Os sinos da agonia

AUTRAN DOURADO

Os sinos da agonia

Copyright © 2022 por Espólio Autran Dourado.

Todos os direitos desta publicação são reservados à Casa dos Livros Editora LTDA.

Nenhuma parte desta obra pode ser apropriada e estocada em sistema de banco de dados ou processo similar, em qualquer forma ou meio, seja eletrônico, de fotocópia, gravação etc., sem a permissão dos detentores do copyright.

Diretora editorial: **Raquel Cozer**
Coordenadora editorial: **Malu Poleti**
Editora: **Chiara Provenza**
Assitência editorial: **Camila Gonçalves e Mariana Gomes**
Revisão: **Tânia Lopes e Daniela Georgeto**
Projeto gráfico de capa: **Mauricio Negro**
Projeto gráfico de miolo e diagramação: **Eduardo Okuno**
Foto de capa: **Sérgio Renato Villella**

Dados Internacionais de Catalogação na Publicação (CIP)
Angélica Ilacqua CRB-8/7057

D771s
Dourado, Autran
  Os sinos da agonia / Autran Dourado. — Rio de Janeiro : HarperCollins, 2022.
288 p.

ISBN 978-65-5511-337-2

1. Ficção brasileira I. Título
22-1787   CDD B869.3
                                   CDU 82-3(81)

Os pontos de vista desta obra são de responsabilidade de seu autor, não refletindo necessariamente a posição da HarperCollins Brasil, da HarperCollins Publishers ou de sua equipe editorial.
Rua da Quitanda, 86, sala 218 — Centro
Rio de Janeiro, RJ — CEP 20091-005
Tel.: (21) 3175-1030
www.harpercollins.com.br

Para Alexandre Eulálio

"Este padeceu o suplício em efígie;
os outros subiram ao patíbulo."

Capítulos de história colonial, de J. Capistrano de Abreu.

"A morte em efígie, ainda que farsa, tinha todas as consequências da natural. Seguia-se dela a servidão e a infâmia da pena e o confisco dos bens. Não aproveitava em circunstância alguma ao réu a esperança de perdão; e quem o quisesse poderia matar sem receio de crime."

História antiga das Minas Gerais, de Diogo de Vasconcelos.

"Dentre os 221 colonos ou naturais do Brasil,
sentenciados no período de 1711 a 1767, são paulistas
de nascimento ou adoção:
— ... (auto-de-fé em 18 de outubro de 1726);
— ... (auto-de-fé em 17 de junho de 1731);
— ... (auto-de-fé em 17 de julho de 1731).
O primeiro, pessoa defunta nos cárceres,
é relaxado em estátua o último, relaxado em carne,
do outro não se declara a sentença."

Vida e morte do bandeirante, de Alcântara Machado.

"Relaxar, v. trans. do Lat. relaxare) ...
...§ — *os réos impenitentes, e obstinados ao braço* ou
à justiça secular; (ant.) entregar os táes a Inquisição,
aos tribunaes seculares depois de terem sido por ella
torturados e condemnados, para lhes serem impostas
as penas de sangue e morte."

Diccionario da lingua portugueza, recopilado
dos vocabulários impressos até agora, emendado
e muito acrescentado por Antônio de Moraes Silva,
natural do Rio de Janeiro.

SUMÁRIO

O romancista carpinteiro,
por Socorro Acioli

11

Primeira jornada
A FARSA

17

Segunda jornada
FILHA DO SOL, DA LUZ

81

Terceira jornada
O DESTINO DO PASSADO

165

Quarta jornada
A RODA DO TEMPO

223

Havia anteriormente, na primeira e na segunda edição, uma nota explicativa da editora, temerosa de que o romance pudesse ser tomado como uma metáfora ou alegoria dos tempos repressivos de então (1970/1977) quando andou mais forte o regime inaugurado em 1964. A partir da terceira edição, a nota foi retirada em virtude do abrandamento da situação política.

O ROMANCISTA CARPINTEIRO

Socorro Acioli

O romance é uma casa com várias portas. E os prefácios existem para oferecer ao leitor uma chave possível para abrir algumas delas e pisar no chão da história com expectativa e desejo. Um prefácio justo, ao mesmo tempo, não rouba do leitor o prazer do espanto, do susto, da raiva e a conexão com a dor dos personagens. Que fique explicada aqui a lei máxima desse microcosmos inventado: os personagens que vivem sob os sinos da agonia entregam suas vidas às diferentes formas de paixão tanto quanto caem nas impensáveis armadilhas do destino. Tudo isso no Brasil mineiro, tempo de glória e crueldade, um constante jogo de duplos e espelhamentos.

Autran Dourado disse, em entrevistas, que *Os sinos da agonia* foi a sua obra que mais lhe custou tempo, planejamento e trabalho. Seguindo na metáfora da arquitetura, talvez estejamos diante de algo mais complexo do que uma casa plana, mais perto da estrutura de um labirinto. "É dentro do labirinto que está a forma, o perigo, o caos organizado. Forma e aventura. Forma e antiforma.", disse também Autran Dourado, no seu livro *Proposições sobre o labirinto*.

Eis então a chave para *Os sinos da agonia*, um labirinto de palavras, feito com as paredes da história do Brasil, dos mitos universais e no chão, as pedras do caminho: paixões inesperadas, fúria, vingança, desmandos do destino.

O som deste livro está anunciado no título: o badalar dos sinos. Quase pontuação, quase trilha sonora, quase um retumbar no coração do leitor. O som do sino é signo, é linguagem, espalha-se por todo o espaço da ficção, comunica e anuncia, guarda angústia e medo no seu código. Os sinos aparecem em toda extensão da obra, de vez em quando, com uma presença de potência, quase um ordenador do caos, um detentor do mistério.

> "Carece de entender a fala dos sinos, pra saber as coisas da vida. O sino da irmandade, se quem morreu é gente graúda. Duas panca-

das três vezes, uma pancadinha entre cada dobre. Quando é anjo, fica ate alegrinho, aprecio muito, os repiques. Pra mim batida de anjinho é diversão. Dobre de saimento é que é tristonho, fica redobrando doído dentro do peito. De gente grande, anjinho não. Os sinos do viático, os sinos da agonia. A aprendida lição de Vindovino. Os sinos, sempre, antes, agora" (DOURADO, 2022, p. 267)

Carece de entender e os personagens nos ensinam, pouco a pouco, o subtexto das badaladas. Ainda sobre o título, é notável perceber que Autran Dourado decidiu deixar a agonia escrita na porta do seu labirinto, com tinta de sangue. O leitor jamais entrará desavisado. Nos espaços desta construção as coisas não serão fáceis, tampouco tranquilas. Há, sim, agonia, pois não poderia ser diferente se a força mestre da narrativa está na chamada falha trágica, o erro que destrói todas as esperanças ao redor. São as paredes da tragédia que alicerçam o trabalho do carpinteiro: *Fedra*, de Sêneca, a releitura de *Fedra*, de Racine e *Hipólito*, de Eurípedes. O arquétipo da madrasta apaixonada pelo genro, da traição, da rejeição, do ódio, da injustiça.

Também não seria possível para um autor como Autran Dourado falar da Vila Rica do Século XVIII sem tocar na ferida da escravidão, do sangue derramado para o enriquecimento de poucos, dos métodos educativos e punitivos para os desobedientes às regras da Coroa Portuguesa. Nenhum leitor entrará inocente, o título prepara e convida.

A escrita deste livro foi iniciada a partir de uma estrutura, um projeto bem elaborado. No seu percurso como escritor, Dourado dedicou-se a refletir sobre o trabalho de criar e compor. A construção de um romance tem como ponto de partida a dedicação de um tempo longo de trabalho, pesquisa, reescrita e nesse ínterim a vida do autor está completamente amalgamada com o processo. Todo escritor parte de um patrimônio simbólico complexo, formado por suas vivências pessoais, familiares, geográficas, depois pelas leituras, influências e sobretudo pelo espírito do seu tempo, as questões prementes de uma época.

Sentar-se e iniciar um romance é acionar esse mecanismo para que o jogo comece.

No caso de Autran Dourado, um mineiro que largou a cidade natal lamentando por "não viver mais com a visão do horizonte barrada pela Serra do Curral",[1] sua primeira pedra foi o marco de um dos estados brasileiros onde a história colonial e a construção de um barroco tropical forçam o artista a nunca esquecer o passado.

A estrutura foi desenhada em quatro partes, que o autor chamou de Jornadas. A primeiro é guiada pelo ponto de vista de Januário. A segunda, por Malvina. A terceira, por Gaspar. A quarta, por Malvina, Gaspar e Januário, fechando o que cada um começou a contar.

No planejamento de escrita do *Os sinos da agonia*, Autran Dourado dividiu o livro em partes bem delimitadas, que detalhou no livro *Uma poética do romance: matéria de carpintaria* (Rocco, 2000).

As quatro jornadas têm títulos independentes: A farsa; Filha do sol, da luz; O destino do passado; e A roda do tempo. A narração é ulterior, ou seja, tudo é contado depois que aconteceu, em um tempo posterior, com um olhar de revisão e análise que não seria possível em uma narração simultânea, quando o leitor acompanha os personagens como uma sombra, no escuro total, ambos sem saber o que vai acontecer.

No projeto de Dourado ele não centraliza o foco narrativo. Ao contrário, desenha um labirinto com salões internos onde cada um tem o espaço para contar a história a seu modo. São vários pontos de narração, de espaço/tempo. Na farsa, na narração de Januário, Gaspar e Malvina, refazendo pela memória todo o emaranhado de ações, decisões, motivos. Januário, por exemplo, narra de um lugar entre o sono e a vigília. Malvina conta enclausurada no sobrado da Rua Direita. Gaspar fala de volta à casa do arraial do Padre Faria, sofrendo e repisando a dor de sua culpa.

Há, dentro do texto, uma reflexão sobre os usos desses modos de narrar:

> "Isidoro ia falando o que tinha visto. Com a ajuda da imaginação e da memória, Januário tentava recompor toda a cena que o preto,

---

[1] DOURADO, Autran. Um artista aprendiz. Rio de Janeiro: José Olympio, 1989. p. 254.

na sua simpleza, mal podia descrever. Recompunha com tudo o que sabia e lhe contaram de sacrifícios e sortilégios, desde a fala cantada e manhosa de mãe Andresa, dos pretos da senzala do pai, das sabatinas recitadas como professor-rêgio, mais tarde no Seminário da Boa Morte, na Vila do Carmo, para onde foi mandado depois" (DOURADO, 2022, p. 43)

E também no trecho: "Foi mais ou menos o que contou para Malvina a mucama Inácia, que tudo ouvia e tudo sabia. Essa história que Malvina recompôs depois, juntando fantasia as conversas que veio a ter com as pessoas da cidade, com João Diogo e mesmo com o próprio Gaspar"

Na excelente dissertação de Mestrado de Reinaldo Martiniano Marques, defendida em 1984 na Universidade Federal de Minas Gerais, há uma conclusão esclarecedora sobre a decisão da forma sofisticada de narrar de Autran Dourado:

> "Na realidade, o discurso do narrador engloba e unifica várias narrativas, produtos de outros atos narrativos. E não é impróprio dizer-se que existem três narrativas, ou versões, de uma mesma história, contada a partir das falas rememorantes de Januário, Malvina Ce Gaspar, que resgatam o passado das personagens. Na 4a. Jornada, no entanto, em que se da conta dos últimos eventos da narrativa se retoma o tempo presente da história, a narração e feita pelo narrador extradiegetico,numa simultaneidade de focalizaão. E pensando-se nas relações de freqüência, de repetição en-tre narrativa e diegese, aplica-se a narrativa de *Os sinos da agonia* a fórmula de Genette: contar n vezes aquilo que se passou uma só vez. O narrador não entrega à onisciência uma pretensa verdade sobre os fatos. Ao contrário, ele abandona a ideia ingênua de uma voz que tudo sabe, tudo acessa e entrega o desenrolar do romance a uma polifonia que leva à uma tensão entre narração e personagens, verdade e interpretação, fatos e subjetividade." (MARQUES, 1984).

Enquanto escreveu um livro após o outro, sua produção ensaística foi talvez a mais profícua entre os narradores brasileiros do seu tempo que pensaram a própria poética. Começou com *A glória do ofício*, em 1957, depois *Uma poética do romance*, em 1973, *Uma poética do romance: matéria de carpintaria*, em 1976. Em seguida veio *O meu mestre imaginário* em 1982 e *Breve manual de estilo e romance*, de 2003, seu último livro publicado em vida.

Em suas entrevistas, Autran Dourado sempre citou Godofredo Rangel como sua principal influência, um mestre do ofício. Rangel foi, também, o principal interlocutor de Monteiro Lobato, em cartas sobre literatura reunidas no livro *A barca* de Gleyre. O exercício era o mesmo: buscar respostas para as perguntas sobre os mistérios de criação com palavras.

O leitor brasileiro merece conhecer, também, o que esteve por trás do pensamento deste grande romancista que precisamos ler e reler para entender melhor a colcha de retalho que compõe a história literária do nosso Brasil. Comecemos, pois, recebendo a chave do grande livro *Os sinos da agonia*, um labirinto de história, mito e destino. Um romance marcado pela intertextualidade trazida pelos textos trágicos, fábulas da mitologia greco-romana, um pouco dos *Lusíadas*, vocabulário e grafia de época, cantatas árias e sonatas. Há também aqui o código das artes plásticas, as pinturas e os medalhões, realizando a conjunção de temas barrocos e neoclássicos, promovendo a conjunção e o duelo dos opostos.

Na metáfora do romance como matéria de carpintaria, aqui temos arestas bem serradas, madeira de lei, sem farpas, pregos bem ajustados e encaixe perfeito de ripas. É possível ver a literatura como madeira, casa, labirinto, como obra dos sinos, como tudo que amplia e enriquece o olhar para as grandes questões da vida. As tragédias são as mesmas dos tempos de Sêneca. Estamos constantemente presos nas mesmas armadilhas, pois somos humanos, desde sempre. A literatura, no fim das contas, é a força que atravessa o tempo e nos explica, remexendo os baús do tempo, um pouco do que nos é permitido saber sobre a aventura de ser humano e carregarmos, no peito, um coração quase sempre indomável. A chave é sua.

Socorro Acioli é jornalista, escritora, professora da Universidade de Fortaleza – Unifor, e doutora em Estudos de Literatura pela Universidade Federal Fluminense – UFF.

PRIMEIRA

JORNADA

A farsa

DO ALTO DA SERRA do Ouro Preto, depois da Chácara do Manso, à sinistra do Hospício da Terra Santa, ele via Vila Rica adormecida, esparramada pelas encostas dos morros e vales lá embaixo.

Não volte nunca mais, meu filho. Nunca mais vai poder me ver, disse o pai, e naqueles olhos duros e obstinados na teimosia ou na aceitação da sina, na cara crestada pelo sol das lavras, nos ribeiros e faisqueiras, Januário acreditou ver (quis, forcejava mesmo o coração) muito longe um brilho de lágrima, uma marca de dor.

A voz pesada e grossa do pai, cavernosa, arrancada das entranhas. Aquilo que ele disse sem nenhuma reserva, pudor ou vergonha, chamando-o de meu filho, ainda doía bulindo dentro dele, como ondas, ecos redondos de volta das serras e quebradas, redobrando, de um sino-mestre tocado a uma distância infinita. Dentro dele na memória, agora ainda, sempre.

Os sinos-mestres dobrando soturnos, secundados pelos meões retomando a onda sonora no meio do caminho, os sinos pequenos repenicando alegres, castrados, femininos, nas manhãs ensolaradas, diáfanas, estridentes. Não agora de noite, antes: nos dias claros que a memória guardava. Não agora que as batidas ritmadas, o tambor dos sapos e o retinir dos grilos enchiam os seus ouvidos. Muito antes, quando esticava os ouvidos, alargava-os, buscando adivinhar, reconhecer, ouvir o que aqueles sinos diziam. Se morte ou saimento, e pelo número das batidas e dobres, que ele ia contando, podia saber se era irmão potentado ou pingante, homem, mulher ou menino; se missa de vigário ou bispo; se a agonia de alguém carecendo de reza e perdão para encontrar a morte final. A gente deve de rezar, meu filho, dizia mãe Andresa. Foi o que me ensinaram. Porque pode e deve de chegar a nossa vez. Isso de dia; há muitos anos.

O pai quase nunca dizia meu filho, era só Januário. Ele também não o chamava de pai na presença dos outros, só quando os dois sozinhos. Assim mesmo evitava, o tremor da voz podia trair a emoção, a dor macerada, escondida. Desde sempre tinha sido assim, mesmo quando mãe Andresa era viva.

Senhor Tomás, vosmecê me fez este filho, agora eu morrendo toma conta dele, não vai deixar ele solto no mundo, se lembrava de mãe Andresa dizendo (ele menino, ela na agonia), pouco antes de encontrar o seu remansoso silêncio de morte.

Onde a mãe agora? Rebuscava nas dobras escondidas da noite, no coração silencioso à espera. Ela tinha ido para o reino brando do Deus que lhe impuseram ao nascer, ou ido se juntar aos seus deuses e parentes ancestrais, no meio de atabaques e surdos e flautas chorosas?

A mãe mameluca, do mesmo bronze da sua cor. Diziam que ela era bugia. O nome soava como uma ofensa. Não a ela, a ele que o confundia com outra coisa. Sou bugra não, minha mãe é que era, pegada a laço, dizia. Filha de branco com cunhã neófita puri. Ele meio puri antes, agora cada vez mais puri. A mãe teúda e manteúda, feito diziam. O pai, Tomás Matias Cardoso, homem rico, quase um potentado, morava com sua mulher Joana Vicênzia e mais quatro filhos brancos (não eram que nem ele, eram brancos de geração), casados. Os outros, cujo número não se sabia, gerados de pretas cativas (não eram que nem ele, carijó), pardos e mulatos, também eles na lei do cativeiro, porque só na morte, em testamento, o pai era capaz de filhar, reconhecer, alforriar.

Não deixa nunca, meu filho, que confundam você com mulato ou cafuz. Você às vezes é meio escuro. Não deixa não, que é perigoso, podem te deitar ferro. Quando eu nasci, na pia me quiseram escrever como cafuza. Assim eu seria escrava. Foi preciso que meu pai tivesse a coragem de chegar e dizer filha minha, filha minha com peça da terra, protegida por bula, por lei del-Rei. Assim a mãe contava.

A casa assobradada do pai no Morro de Santa Quitéria. Podia dali distinguir, dentro da noite, à claridade da lua, os seus telhados. A casa de siá Joana Vicênzia, com seus filhos alvacentos. A casa de mãe Andresa ficava naquele lado de lá, uma cafua nas bandas das Cabeças. Quando a mãe morreu foi morar com o pai em Santa Quitéria, sob as vistas, as asas brancas de Joana Vicênzia. Na frente de siá Joana Vicênzia não chamava o pai de coisa nenhuma, nem de meu padrinho. Ele tinha receio de ofendê-la, magoá-la. Joana Vicênzia era boa, névoa de bondade.

Escondido nas minas de uma mina abandonada, nos contrafortes da Serra do Ouro Preto, à direita do Caminho das Lajes, protegido pelos galhos de uma gameleira, entre avencas, samambaias e pedras de canga, ele via a cidade dormindo. O ressonar suave, a aragem fria da noite impregnada de surdos ruídos e cheiros macios.

Não fosse a luz leitosa da lua cheia, agora alta, pequena e redondinha no céu (grande e sanguínea quando nasceu detrás da negra muralha da serra; desde antes de escurecer ele estava ali, a seu lado o preto Isidoro sempre mudo e fechado, os olhos brilhosos e raiados de sangue, só uma ou outra fala ele agora dizia, e no escuro e mudez parecia mais negro ainda), a luz alvaiada rebrilhando nas pedras do calçamento, nas lajes lisas e polidas das ladeiras, o luar iluminando com o seu brilho esbranquiçado as casas caiadas de branco, as igrejas solitárias (a do Carmo no Morro de Santa Quitéria, São Francisco ele não podia ver, a de Nossa Senhora da Conceição de Antônio Dias, a do Pilar cercada de sobrados, quase invisível, no outro lado, no Ouro Preto, mais adiante as Cabeças), a Igreja do Carmo, cujo perfil se recortava nítido, os telhados negros das casas riscados contra a alvura empoeirada do céu, onde as estrelas miúdas e pálidas feneciam. Não fosse essa brancura enluarada, fria, neutra, indiferente, espectral e suspensa - o manso ressonar que a aragem da noite trazia, a poeira prateada dos ecos, o ciciar cintilante: ele miúdo e desprotegido na sua delicadeza e fragilidade (ele se sentia já morto, quem sabe na verdade não estou morto, se perguntava), aquele mundo coagulado e redondo como as surdas e grossas ondas de um sino-mestre, aquele mundo de silente e imperiosa beleza, envolto num balo de mistério, na sombria luminosidade, no distanciamento em que se achava perdido, a noite que procurava apagar dentro dele as arestas mais acentuadas da sua angústia, da sua dor, da sua agonia. Não fosse tudo isso, não estaria ali agora vendo a cidade da qual não podia se aproximar mais do que a padrasto, porém sempre a ela preso, sempre para ela voltado, mesmo quando ausente, nos sertões distantes por onde andou perdido, escondido, perseguido. Voltado para aquela casa na Rua Direita, para aquele portão na Rua das Flores por onde tantas vezes embuçado ele entrara, de onde saíra correndo ofegante da última vez, fazia um ano. As mãos suadas que ele agora esfregava no jaleco. As mãos sujas de sangue ressecado, difícil de sair, quando lavou as mãos nas águas frias do Caquende, na sua fuga, dias depois. Tinha ficado escondido numa vala no Morro da Forca, conforme combinou com Isidoro. O preto ali agora a seu lado, que viria buscá-lo, para juntos, através de picadas e veredas, chegarem ao Sabará, onde ela ficou de com ele mais tarde se juntar, quando tudo serenasse esquecido, para os dois juntos, ele e ela, mais o preto e a preta, irem em demanda do sertão do couro, dos currais, do São Francisco, onde beira-rio morava a madrinha dela, viúva de potentado, mulher de grande fausto e riqueza, conforme tinham assentado e ela não apareceu, isso há um ano. Às vezes chegava a pensar que nem essa madrinha existia. Preso e voltado para aquela casa, para aquela mulher, como os farelos de ferro grudados numa pedra-ímã. Àquele nome, àquela casa, àquele corpo, para sempre.

Malvina, disse ele ainda uma vez, baixinho, mais um leve tremor de lábios movidos pelo sopro quente das sílabas. Bem baixinho, o preto não podia ouvir e saber o que ele estava pensando. Como se pudesse esconder de Isidoro alguma coisa, por dentro de todo o seu segredo, como se Isidoro não percebesse e acompanhasse os seus mínimos suspiros e gestos, ali como um cão. Mesmo dormindo o preto parecia tudo ver e ouvir. Às vezes ele experimentava, para saber se Isidoro estava atento. Bastava um pequeno gemido, um sopro mais pronunciado, mais fundo e sentido, um breve ai, e lá vinha a voz grossa e rouquenha de preto que sofreu o ferro das gargalheiras. Nhonhô? Alguma coisa, Nhonhô? Nhonhô quer alguma coisa? Assim repetido, cantado, rouco, grosso, na sua melopeia fiel e carinhosa. A voz negra e pesada feito uma mão pesada e escura que o segurava e sustinha. Bastava ouvir aquela voz, a sombra que o acompanhava noite e dia naquele ano inteiro de pesadelo, remorso e dor, para se sentir seguro, de uma certa maneira consolado. Feito fosse aquela outra voz, doce e mestiça, a fala ritmicamente sibilada da mãe cunhã na perdida noite da sua infância, adormecendo-o. Sombra que seguia os seus passos. Os pés pisando firmes e mansos, cuidadosos, o medo de pisar em galho seco ou cobra, os passos ritmados e gingados atrás dele, no ritmo que aprenderam em virtude dos negros andarem sempre juntos, presos e ligados por grossas cadeias que atavam as gargalheiras entre si, para que eles não fugissem de volta das faisqueiras e ribeirinhos, das grupiaras. Os pés atrás dele, aqueles pés enormes e grossos, gretados e duros, os pés que sofreram bragas e ferros. Desde quando aqueles pés, aquela mão de palma maciamente branca, os vincos da cabeça, da vida e do destino cortados fundos, que mesmo uma cigana cega podia ler; desde quando aquela voz pastosa, quente, cantada, o seguia, eco soturno de sua própria voz?

Não se lembrava, tanto tempo fazia. Agora era noite e dia comendo e dormindo a seu lado na mesma esteira, nos pousos e ranchos a princípio, depois com medo de que o pudessem matar, a ele sobretudo, porque não era crime, nas bocas de mina abandonadas nos morros e serras, nas grotas beira-rio, juntos, esquecidos (o longo e penetrante convívio de dois seres ligados ao mesmo destino) de que um era senhor, o outro escravo. Ele senhor, agora? Olhou as costas das mãos bronzeadas, e aquele ano distante da casa do pai branco parece que as tinha escurecido (a ação do tempo e do sofrimento) ainda mais. As mãos de bronze velho de mãe Andresa. Ali no escuro, à luz esbranquiçada do luar, ele sentia que a pinga de sangue branco que herdara do pai como que o tinha abandonado, de todo restituído à noite selvagem da sua raça.

Bugre, diziam quando queriam ofendê-lo. E ele saltava como uma onça pintada, a fúria nos olhos, os dentes arreganhados, o punhal pronto para o revide. Mameluco ele ainda aceitava, tinha mesmo um certo orgulho, embora se soubesse desde cedo bastardo. Gostaria mesmo de ser era branco, da cor alvaiada dos seus irmãos, dos filhos de siá Joana Vicênzia. Boa, ela era boa, uma nuvem de bondade. Aceitou-o a princípio feito estivesse envergonhada, como se Januário fosse filho espúrio não do marido mas dela. Madrinha, era como ele a chamava. Como chamava o pai de padrinho na frente dos outros, não na frente dela, tinha vergonha. Uma vez, em resposta a um carinho meio velado e arisco, teve vontade de chamá-la de mãe. O mais que conseguiu foi beijar-lhe a mão. Ela deixava, feito ele fosse um dos seus filhos. Depois, num ligeiro e brusco tremor, retirou a mão queimando, surpreendida num ato pecaminoso, alguma coisa que não pudesse fazer.

Bugre e bastardo, filho das ervas, as duas chagas da sua alma. E o palavrão que a qualquer pessoa é um simples xingamento, dito a ele soava como a mais grave das ofensas, que pedia vingança. A mãe não tinha sido puta, mulher-de-partido, apenas teúda e manteúda do pai. Ele procurava justificá-la, se justificar. Desde muito cedo, desde quando menino ainda (quantos anos teria? uns quatorze no máximo), uma vez de um pulo chegou a ponta do punhal no peito de um homem que ousara chamá-lo das duas palavras para ele proibidas, que ninguém mais tinha coragem de dizer sequer a palavra bugre, diziam índio quando perto dele. Tinha assentado praça de mameluco brioso, coraçudo, desabusado.

Apalpou o punhal trabalhado de prata, presente do pai, sempre enfiado nos cós dos calções, pronto para o golpe. Agora o punhal não lhe servia mais para ataque, simples arma de defesa. Desde aquela noite, há um ano, quando o carcereiro, por arranjo e traça do pai, lhe deu escapula da prisão del-Rei. Quanto ouro, quanto valimento, quanta amizade o pai não tinha gasto. Acusado de crime de primeira cabeça. Seu último favor, o último gesto de pai. Não volte nunca mais, meu filho, foi o que ele disse. Nenhuma mágoa do pai, ele não o expulsava, dizia apenas uma verdade, feito dissesse está chovendo ou faz frio.

Isidoro, disse baixo mas querendo que o preto ouvisse, esperava. Nhonhô quer alguma coisa? Nada não, só queria ver se você estava dormindo. Durmo não, disse o preto. Tenho sono nenhum, não vou pregar olho. Se Nhonhô quer arriar um pouco, pode dormir descansado, eu tomo conta. Como sempre, pensou Januário. E disse eu não consigo dormir, meus olhos estão ardendo, não consigo nem fechar. Não é pra menos, disse Isidoro, Nhonhô não dorme direito faz muitos dias. Desde que cismou de voltar pra morrer. Você também não dorme, eu não vejo? disse Januário.

Isidoro esperou um pouco para falar de novo. Os olhos escamados de veludo e estrias de sangue no branco acastanhado às vezes pareciam voltados para dentro, buscavam alguma coisa esquecida no tempo, perdida na escuridão. Preto não carece de sono, disse. Nenhum branco, ninguém nunca respeitou sono de preto. Preto é bicho, coisa pior. Eu sou peça da Mina, branco é quem diz.

O pai olhou-o com carinho. Na sua sisudez, o pai tinha uma queda por ele. É capaz de que mais do que pelos filhos brancos, às vezes pensava vaidoso. Foi antes ou depois do presente do punhal? Não conseguia se lembrar, tudo tão brumoso, tanta coisa tinha acontecido, tanto as coisas se distanciavam ligeiras naquele ano de ausência. Via tudo de longe, era como se o pai estivesse falando não a ele mas a um outro, o outro que tinha morrido na pantomima da praça. A voz do pai de repente de novo nos ouvidos. Januário, muito apreço a este mina que lhe dou. Fica com ele pra você. Isidoro é um preto ladino mas só uma vez tentou fugir, foi preso pouco além da Passagem. Preto de lavra é assim mesmo. Muito apreço ao meu presente. Olhe, é um preto-mina que estou lhe dando. Eu podia lhe dar peça que se dá pra ficar junto de mulher ou menino. Um angola, cabinda melhor ainda. Saiba dar valor a um preto-mina, Januário. Apesar de ariscos e fujões, isso às vezes eles são.

E numa outra camada no bolsão do tempo, afogada nas brumas cavernosas, uma outra voz sem cara: Lá ia eu gastar preto-mina em serviço caseiro! Preto-mina é pras lavras, pras faisqueiras. A fama dos minas na faiscação, o faro para o ouro. Tinham parte com o demo, feiticeiros. De longe os olhos de um mina eram capazes de catar num cascalho um grão de ouro da melhor qualidade.

Eu não sou branco, Isidoro, disse. Sou mameluco que nem minha mãe. Você não vê?

O preto buscava lá onde os seus olhos estiveram perdidos, detrás das escamas aveludadas, no negrume da memória, uma resposta para Januário. Buscava uma dor funda e esquecida. Ele fazia tudo por esquecer. Entre guardados inúteis. Queria muito bem àquele menino.

Nhonhô então agora não é mais branco? Não quer, enjoou de ser branco? Sua mãe é que era mameluca, carijó. Nhonhô já vai a duas jornadas na frente do seu sangue de índio. Mas eu não sou branco! insistia Januário. Desde quando Nhonhô se esqueceu que não é mais branco e senhor? Eu não estou aqui pra lhe lembrar? Nhonhô não tem escravo? Nhonhô somente disse que me dava alforria quando tomasse seu rumo sozinho. Por enquanto não tomou, ainda espero que volte atrás. Depois, agora eu vejo, de que valia uma carta de vosmecê, se vosmecê está morto, não é o que eles dizem? Tanto faz como tanto fez. Se me pegam com uma carta de vosmecê, estou frito, vou morrer debaixo de bacalhau, dependurado numa forca de verdade. Tem graça, Nhonhô agora pensa que não é mais branco. Nhonhô pensa que é bugre? experimentou o preto a palavra condenada. Januário não lhe podia fazer nada, a carabina agora estava com ele, escorvada, pronta para o tiro, mas alguma coisa dentro dele (um medo? uma fidelidade? uma sujeição ancestral?) o impediria de atirar caso Januário tentasse espancá-lo, tinira certeza.

Januário ouviu sem mexer um só músculo. Nenhum repelão surdo, nenhum sangue quente subindo pelo peito, engrossando-lhe a goela, saltando-lhe os olhos. Pela primeira vez na vida a palavra bugre não doía como um tapa na cara, perdia toda a sua carga agressiva. O preto tinha falado aquilo para experimentá-lo. Está com raiva de mim porque eu voltei, pensou. Porque de manhã, quando o dia raiar, depois que o sol dissolver a bruma, a cidade um só floco de nuvem, ele ia aparecer diante da soldadada na praça. Eles estavam à sua espera, desde ontem correndo a cidade de ponta a ponta, no seu galope assustado, os brocotós dos cascos, nas suas botas em passo batido, do Vira-e-Sai ao último caminho das Cabeças.

Hoje eu aceito tudo, disse de voz pausada, resignada. Não foi pra aceitar tudo que eu voltei? Aceito ser bugre, eu aceitaria mesmo ser preto, se fosse mulato na cor. Este ano que passamos juntos, um colado no outro, esquecidos da nossa condição, me fez seu parente.

Eu não, disse Isidoro numa raiva súbita que Januário desconhecia, tão acostumado à mansidão que o chicote lhe ensinara na carne desde cedo, menino ainda. Mansidão que Januário atribuía à bondade inata da raça, esquecido dos troncos e bacalhaus, das cadeias e gargalheiras que forjaram a submissão. Parente meu, preto? disse Isidoro arregalando os olhos, soltando uma gargalhada grossa que parecia articulada nas entranhas, quebrando o silêncio noturno apenas pontilhado do brilho dos grilos, do tambor monótono dos sapos. Só porque está sujo? Só porque se misturou com o meu suor sofrido de preto? continuou Isidoro.

E o preto se aproximou mais, agora quase colado a ele. Podia sentir o cheiro ardido de preto sem banho dias seguidos. Podia sentir agora, com engulho, o cheiro nauseabundo com que tinha se acostumado e parecia não mais sentir e agora de repente lhe insultava o nariz, embrulhava o estômago. O preto brilhava de suor na escuridão. O bodum entranhava na roupa, no nariz, na memória. O cheiro que mil sabões, preto ou do reino, não conseguiam apagar. Como ele tinha esquecido o que era bodum ardido de preto? Quando amanhecia, Isidoro era fosco. Ia com o sol se iluminando, no meio do dia era um lago de luz e calor, de um pretume retinto, brilhoso. As bagas de suor porejavam o tronco nu, escorriam pela testa, pela cara lustrosa. Como ele não sentia então o cheiro, e só agora se tornava insuportável? Será que era o medo que fazia o preto feder? A raiva que de repente percebeu nos olhos raiados de Isidoro?

Procura se afastar mais, Isidoro parece perceber, agora ri baixinho. O riso de Isidoro podia ser tomado como choro. Mas Januário sabia que ele estava era rindo, ele nunca chorou. Levou o braço ao nariz, procurou sentir o cheiro do próprio corpo. Quem sabe não tinha também o fedor podre da sua raça, da raça da mãe? A gente é que não sente o próprio cheiro. O cheiro podre que às vezes sentia na cafua dos índios, mesmo quando eles ausentes, aquele cheiro azedo que entranhava nas coisas. O mesmo cheiro ardido que um dia sentiu na mãe e procurou esquecer. Cada raça tem o seu cheiro, nenhuma sente o seu próprio cheiro, só o dos outros. Era capaz de que Isidoro, mergulhado na nuvem do seu cheiro, no bafo do seu próprio suor, não sentisse e apenas achasse insuportável a sua morrinha de índio que ele próprio não podia ao menos perceber. Os brancos fedem a manteiga rançosa, era o que diziam os chineses. Foi o que lhe disse uma vez um reinol que andou por Macau.

Voltou a cara para o outro lado, procurava respirar a aragem fria da noite, o cheiro de mato, das flores que brotavam da terra entre as pedras. Começou a sentir frio. De madrugada, com o frio forte e cortante, teria de se embrulhar nos pelegos e mantas, se aquecer no quentume de Isidoro, esquecido do seu cheiro, como sempre fez.

Eu voltei pra aceitar tudo, retomou ele o assunto que Isidoro queria evitar. Voltei porque não podia suportar mais a espera de uma bala assassina. Qualquer bala pode me matar, sem perigo de crime. Voltei porque quero escolher a minha hora. Quem vai decidir a minha vez sou eu, não eles. Eu vou ter o comando de minha morte.

Isidoro pareceu sorrir, não sorria. O Nhonhô que vosmecê era, este está morto faz muito tempo. Eu vi quando mataram Nhonhô lá na praça, não contei? Eu vi o corpo de Nhonhô balangando no ar.

Sim, era capaz de Isidoro ter razão. Aquele que ele era tinha morrido, precisava aceitar a sua morte de outra maneira, ser outro. Mas como, se estava magicamente preso àquela cidade, àquela casa, àquela mulher? Tinha vindo ao encontro da sua verdadeira morte, pra sempre. De manhã enfrentaria os soldados na praça.

O que Nhonhô tem de fazer é seguir o conselho que venho lhe dando, a gente fugir daqui, nunca mais voltar nas Minas. E embrenhar por esses sertões, ir parar nas cabeceiras do São Chico, mais além. Lá a gente muda de nome. Eu continuo cativo seu, não tenha receio. Se Nhonhô ainda carecer de mim.

Este sim era o preto Isidoro que ele conhecia, não aquele outro que por um instante se mostrou debaixo da pele lustrosa, do riso escancarado.

O preto continuava. O que não pode é a gente ficar toda hora voltando aqui, preso no visgo que nem passarinho.

Era capaz de Isidoro ter razão. Mas uma força estranha o prendia, o chamava para a praça. Uma força poderosa o atraía para a Rua Direita, para junto de Malvina. O ventre de Malvina, os seus olhos, os seus cabelos, o seu sexo ruivo, o visgo. O passarinho pia chorando, sem querer vai indo, esperneando para a boca da cobra, dizem. Passarinho no visgo, ele menino. Agora queria morrer a seus pés, mesmo maldizendo-a. Queria que ela visse o seu corpo estirado de borco na praça, varado de bala, numa poça de sangue. Os olhos que deitavam chispas, que o desnudavam, fulminando-o certeiros. Os cabelos ruivos, de fogo que nem ouro preto, os mesmos raios refulgiam. Filha do sol, filha do fogo. Uma filha de outra coisa, o que ela era, explodiram dentro dele a fúria, a incerteza, o ódio espumoso. Por que ela não tinha vindo, conforme combinaram? Com certeza algum outro. Se lembrava de Malvina cavalgando ao lado de Gaspar Galvão. Não, com este não, do ciúme é que nascia a dúvida. Impossível, enteado, filho daquele João Diogo Galvão.

O nome de João Diogo Galvão lhe devolveu o grito, as mãos manchadas, o sangue seco que ele procurava lavar nas águas frias do rio. Apalpou o bolso, a carta chamando-o. Ela mesma é que deu a Isidoro, não a preta Inácia. Pelo menos foi o que disse Isidoro. Quando Isidoro, embuçado, a procurou a seu mando. Por que de repente a cidade, que parecia tê-lo esquecido, se punha de novo em pé de guerra, soldados por toda parte, vasculhando a cidade, de sentinela nos quatro cantos da praça, onde de manhã ele tentaria entrar? Os dragões de sentinela na porta da Rua Direita, no portão de fundos da Rua das Flores. Foi Isidoro que viu, voltou correndo para contar. Quando, logo que chegaram ao alto da Serra do Ouro Preto, vindos das bandas do Ribeirão do Carmo, mandou que Isidoro procurasse Malvina e lhe dissesse que tinha recebido a carta e, conforme ela pedia, voltava. Não pude, Nhonhô, tem soldado embalado por toda parte. É uma loucura Nhonhô tentar descer. Eu fugi espavorido, eles querem também me matar. A soldadada está esperando, só falam nisso. Vi uns deles parolando no Chafariz dos Cavalos, quando eu fingi que ia catar água.

Alguma coisa devia ter acontecido depois que ela lhe mandou a carta, pensava. Ela não pôde foi avisar. Alguém o tinha visto, foi delatar. Como foi que souberam que ele ia voltar, que estava de volta? Quem sabe não era uma carta de engano? Não, Malvina não era capaz daquilo. Ela tinha dito que o perigo passou, e agora a cidade armada. Por mais que desconfiasse dela em pensamento, xingando-a mesmo, por não ter vindo ao seu encontro no Sabará, conforme o combinado, não podia admitir aquela traição em Malvina.

Como é que eles souberam, Isidoro? Sei não, disse o preto, tem sempre gente capaz de delatar nestas Minas. Muitas vezes a gente não teve de fugir dos caminhos e pousos, quando um mais abelhudo ficava encarando a gente, reconhecendo? Essa gente é assim mesmo. Tem prêmio, Nhonhô. Quem delatar vosmecê sempre recebe alguma coisa, quando nada gratidão. Branco ou preto que quer ser alforriado. Tenho cá minhas cismas, Isidoro. Não paga a pena ficar assim não, Nhonhô. O melhor que vosmecê faz é fazer o que venho lhe dizendo, esquecer essa mulher, esta maldita cidade dos infernos. É a única salvação. Não posso, Isidoro, estou disposto a acabar com tudo de vez. Não consigo viver longe daqui. Sei que não conseguiria ser o outro que você está imaginando, figurando pra mim. Eu sou é mesmo aquele outro que você viu balangando na praça. É para o seu fantasma que eu vou entregar o meu corpo. O meu corpo é deles, Isidoro. Eles só carecem é de me enterrar ou de espalhar os meus quartos ensanguentados nos quatros cantos da cidade, pra exemplar. Eu não vou fugir mais, Isidoro. Fuja você.

Isidoro não disse nada, começou a alisar o cano da carabina, brincando com a fecharia desarmada mas de caçoleta escorvada. Tão fácil, querendo. A carga de pólvora que ele tinha sempre de renovar, pra na hora, de velha, não negar fogo. Poucas vezes tivera de usar. Muito preto querendo ser alforriado. Nenhuma vez em gente, só em bicho, na caça. Tão fácil, querendo. Uma fagulha, nascida no imo da escuridão, ameaçava detonar a carabina. A mão tremia agora, na hora não tremeria. Fácil, era só querer. O único jeito que tinha de escapar. O capeta tentando. Pensara mil vezes. Nenhum jeito possível, ele estava perdido, encantado. Só por ali, a mão tremendo, podia escapar. Ele estaria livre da morte que o esperava, era capaz mesmo de lhe darem alforria, de prêmio. Não, eu não quero pensar, gritou ele mudo para a outra voz que ressoava dentro dele. Aquela mesma voz que ele desconhecia, falando por sua boca quando disse eu não. Parente meu, preto? A gargalhada explodindo, estilhaçando.

Quem sabe Nhonhô não dormia? A voz trêmula, a mão. Não, não conseguiria. Era um sentimento mais forte do que ele. A submissão ensinada, que os brancos marcaram a ferro em brasa na sua mãe, no pai que ele não conheceu. Nele próprio, pensava na cicatriz na espádua. Ia aos poucos se dominando. Dorme, faz bem, disse agora a velha voz sua conhecida, a voz que nem ele nem Nhonhô estranhavam. A voz que disse eu não, tinha deixado de vez o seu peito. O mal-estar e a aflição cessaram. As suas mãos eram outra vez firmes, nenhum tremor. Como a sua voz.

Se é por causa dos bichos e de gente, pode dormir descansado, eu fico de aviso, na guarda. A gente não pode acender fogueira feito nos matos, pra espantar onça pintada. Até que seria bom, a gente se aquecia um pouco. Mas eu tomo conta, Nhonhô, se abandone. A pederneira está aqui é pra isso mesmo. Vou até armar, pra na hora ela ficar prontinha.

Não, eu não durmo, Isidoro. Eu não consigo parar de pensar, a minha cabeça está que nem uma caixa de marimbondo. A coisa hoje tem de acabar, eu estouro.

E depois de um momento calados, por que você, Isidoro, não vai se embora? Eu já disse que pode ir. É perder tempo, Nhonhô, eu tentar escapulir. Eu sozinho não consigo nada, tenho nenhuma saída. Vosmecê vindo comigo, disse ele agora inteiramente esquecido da outra saída, era diferente. Como seu escravo, no país do couro, eu ainda posso. Desde que a gente mude de nome, desista de voltar. Sozinho eu estou perdido, não posso nada. O primeiro capitão-de--mato que me ver deita a mão em mim. O primeiro branco que me ver faz de mim de novo escravo, não tenho como escapulir.

Parou um pouco, esperava Januário dizer alguma coisa. Não acredito mais em quilombo, disse ele como respondendo a uma fala de Januário. Os grandes quilombos parece que acabaram. Só ficaram mesmo uns gatos pingados encafuados aí pelos matos, assaltando viandante desprevenido pra poder comer, que nem eu já fiz muito pra Nhonhô. Os tempos das roças e da fartura alforriada, ganha no peito e na arma, não de mão beijada, tem mais não. O tempo do grande perigo, do medo que os brancos passavam, os camaristas botando a boca no mundo, no escarcéu do cagaço, parece que já passou, volta mais não.

E Isidoro fechou os olhos. Será que Isidoro sonhava? Será que sonhava com os quilombos do Zundu e do Calaboca? Será que ele se entregava ao reino de sonho de Pai Ambrósio? Isidoro devia estar no céu dele, igual ao céu que os brancos inventaram pra ele, povoado de anjinhos mulatos, de nossas-senhoras crioulas. Pai Ambrósio vestido num manto todo bordado de ouro, coberto de pedraria, assentado no seu trono de prata. O seu manto azul, o mesmo manto que vestia Nossa Senhora do Rosário dos Pretos.

Só posso fugir é com Nhonhô. Minha sina é o cativeiro, continuava o preto na sua cantilena, tentando convencê-lo a deixar de lado a sua ideia sinistra de ir ao encontro da morte na praça. Minha sina é o cativeiro. De Nhonhô ou de um branco qualquer. Com Nhonhô já estou acostumado, gosto muito de Nhonhô. (Era a primeira vez que falava assim.) Qual, não dou pra quilombola, é muito dura aquela vida. Eu não tenho mais força, a alma me abandonou. Uma vez não fugi? Se esqueceu da marca de letra que me queimaram na pele, por mando de Sinhô seu pai, na prisão dos pretos, na cadeia? Me chegaram o ferro em brasa, chiando na pele, a dor.

A cicatriz saliente, uma cobrinha no risco do F. Januário tinha vontade de alisar aquela letra de fogo. Assim faziam com negro fujão. Tinha gente que achava que deviam cortar o tendão do pé, pra negro não fugir mais.

Pra quê? continuava Isidoro. Mais cedo ou mais tarde iam acabar me achando. Nhonhô não se lembra daquele mundéu de orelhas de preto enfiadas em cordão de embira, pingando sangue e salmoura? Pra exemplar, pra branco caçador, branco batedor dos seus avós como dos meus, receber a paga da grande façanha. O Senado da Câmara todo engalanado, os camaristas se dobrando no beija-mão do grande chefe branco, senhor deles também. Nhonhô não se lembra, com certeza era muito menino. O Capitão-General no seu melhor fardamento, coberto de ouro e galão, na farda mais rica, se babava de satisfação.

E depois de uma breve pausa, como que respondendo a uma outra sugestão que Januário não fizera, só se fosse um quilombo grande, um quilombo assim que nem o do Ambrósio, onde a gente sempre se protege... Um quilombo assim descomunal, do tamanho da minha nação, onde coubesse tudo quanto é preto... Um quilombo assim que nem o reino do céu que branco promete pra gente no fim da vida...

Isidoro foi se calando. Os olhos agora abertos tinham um brilho mais aveludado, umas escamas de peixe rebrilhando, varados por um raio de luz. Os olhos brilhavam de estrelas como o manto da Virgem. Uma luz esplendorosa, vinda de dentro. Nas névoas do sonho Isidoro navegava, transluzia.

Pode ficar com a carabina, com o cofre de joias que ela me deu, disse Januário. Com as joias você compra a sua alforria. Amanhã eu vou desarmado, gostaria de ir nu como minha mãe me pariu, disse Januário. A carabina eu aceito, disse o preto, tem a sua serventia. Agora, de que me servem essas joias, essas pratas, esses ouros e seixinhos? Nhonhô se esqueceu daquela vez que eu fui vender uma em troca de uma cuia de farinha? Joia só vale em mão de branco ou na orelha e garganta de preta que branco vai emprenhar, se com ela se engraçou. Nhonhô indo comigo pro sertão de que eu falo, a gente mudando de nome e feição, aí sim elas tinham valor. Nhonhô mesmo podia vender. Comigo sozinho, esses ouros e pratas querem dizer perdição. Nhonhô indo embora, eu ficando sozinho, sabe o que é que eu vou fazer? Vou pegar tudo isso e jogar lá embaixo no rio, pra cumprir o ditado – água deu, água levou.

É, disse Januário, é capaz de você ter razão. E começou a pensar que aquelas pedras lavradas, aquelas pratas, aquele ouro todo não valiam nada. Tudo aquilo valia o mesmo que a carta de alforria que o preto recusou. Porque nem mais o seu nome ele podia assinar. Quando Isidoro lhe contou com as suas poucas palavras o que tinha sido a pantomima na praça, a força armada, aquela ópera de títeres, quis rir. Se pudesse imaginar o que viveria dali em diante, escondido nos matos, afastado dos caminhos, faminto e salteador, pelas picadas e vereias escondidas, teria chorado.

A mando seu, Isidoro tinha voltado à cidade para procurar Malvina e saber o que estava acontecendo, por que ela não vinha.

Desde cedinho como agora, nem bem raiara a manhã e os galos desafiaram enfileirados chamando o dia (nenhum galo cantou até agora, hoje; ainda é cedo, quer dizer – a noite ainda vai alta), as ruas amanheceram cheias de dragões e gente embalada, tropa paga e mesmo de ordenança.

Ao contrário de agora, quando o cenho dos soldados era carregado e o ar soturno, e os dragões embalados galopavam agitados e vigilantes pelos caminhos e ladeiras (os cascos reluziam e faiscavam nas pedras do calçamento e gritos guturais ecoavam de lado a lado quando as esquadras de soldados se cruzavam dando notícia ou alertando), subindo e descendo, de um arraial ao outro, desde o Alto da Cruz e Padre Faria aos Fundos do Ouro Preto, as Cabeças, os olhos vigilantes e vivos (os cavalos impavam e relinchavam no cansaço dos morros e ladeiras, o pelo molhado, lustroso de suor), os olhos da tropa regular e da tropa de ordenanças vivos e cintilantes, à cata, à espera de Januário, se ele fosse coraçudo bastante para aparecer e se entregar finalmente.

Ao contrário de agora a cidade amanhecera engalanada, cintilante de bandeiras e gritos.

Desde a véspera, grupos de três homens percorriam as ruas e caminhos, vestidos no rigor da gala, os uniformes nas suas cores vistosas, passados e engomados, as correias e cinturões lustrosos, os galões e dourados reluzentes, os metais e armas polidos para a cerimônia do dia seguinte, que se queria faustosa. De vez em quando paravam nos largos e cruzamentos, onde logo se apinhava um mundéu de gente curiosa, apesar de já saberem os povos daqui e das redondezas, de uma ou duas ou mais léguas em quadra, fazendo pião no pelourinho, o que ia acontecer no dia seguinte. E rufavam no maior fragor, as batidas ritmadas, ora lentas e soturnas, ora disparadas, as suas caixas e tambores enfeitados de fitas encarnadas e azuis.

Depois que se juntava mais gente, um deles desenrolava solene um papel comprido e publicava o bando com o decreto do Exmo. Sr. Governador e Capitão-General da Capitania das Minas. Papel igual, com a mesma letra bordada e graúda, para que mesmo as pessoas que só conheciam letras redondas pudessem ler e saber, foram pregados no pelourinho e na porta das igrejas.

Para que ninguém pudesse dizer que ignorava a decisão do todo-poderoso Senhor Capitão-General. Porque amanhã ele queria as ruas e largos, principalmente a praça defronte ao palácio, onde ficava o pelourinho com o padrão da vila, cheios de gente, para a grande festa de títere e pantomima que ele queria real, assinalada e marcante.

P. a q. ninguém possa duvidar da vingança, rancor e força tonante de El-Rey, sempre magnânimo q. do opportuno ou os povos são merecedentes; El-Rey q. está longe mas q. é bravo e coraçudo e se faz presente pelas mãos de Seus Ministros; de El-Rey magoado e ferido porq. hum de Seus vassalos mais amados, ao qual Èlle Senhor muy prezava, chegando mesmo hua vez a escrever carta de Próprio Punho, em a qual agradecia serviços e oferecia benefícios, amigo q. pereceu por mão homicida, crime vil q. era signal ou aviso para mais hua trahição e motim, dos q.t.to infestão estas Minas trahiçoeiras e inconfidentes; p. a q. ninguém possa se-quer em pensamento detrahir o seu Rey, como dizem os Psalmos das Sanctas Escripturas; porq. a sua memória he p. a sempre negada e abominada por vil, trahiçoeira, peçonhenta, infiel, escarrada e salgada; p. a perpétuo exemplo e escarmento; assim como salgada deve ser a casa onde primeiro vio a luz o infame; p. a q. todos q. lèem este édito ou ouvem o seu bando tenhão a certeza de q. aquelle cujo nome se menciona com asco e se amaldiçoa, deve sofrer morte natural p. a sempre, na fôrca para tanto armada no logar mais público; figurado em effigie, estátua ou boneco, devido q. ausente e fugitivo do braço da Lei Secular e mesmo da Canônica Lei, q. execra e abomina réos de crime do capitulo de primeira cabeça da Ordenação de El-Rey; réo q. se proclama morto p. a a verdade civil, podendo assim os seus bens serem filhados por qualquer q. os queira; e mesmo o seu corpo de facto, se encontrado, e cuja busca se recomenda, pode sofrer consumição p. a sempre por bala, punhal, espada, catana, mãos ou quaesquer peças mortíferas, sem q. ao seu auctor se lhe possa se-quer imputar a pecha de criminoso, antes pelo contrário muy digno e merecedente da estima de El-Rey e de Seus magnânimos favores, bem como de Seus delegados e ministros; e receber

louvor dos magnates honrados e homens bons, e mesmo do commum dos
povos, como na melhor forma e cerimônia se ordena, manda e se proclama
neste édito, q. deve ser pregado em os logares os mais vistos e publicado por
bando em bocas de ruas e quinas e largos e praças, &

Tudo isso capitulado, articulado, em §§ e ff bordados e mais
formalidades, conforme pedia, quer dizer – mandava a Ordenação
del-Rei Nosso Senhor, na língua arredondada, ornada, exaltada, re-
barbativa, retumbante. Só de ouvir todos se boquiabriam e esbu-
galhavam os olhos: de medo, pasmo ou admiração. Tudo isso lido
e treslido em voz cantada, monocórdia, depois de silenciados os
tambores e caixas enfeitados, pelos bandos que percorriam a cidade.
Onde eles mais paravam em orquestra era nos largos da Alegria e do
Pelourinho, este último assim chamado porque onde primeiro foi
que se plantou o padrão de pedra com as armas da Vila, o segundo
pelourinho sendo o que agora havia na praça.

E o dia inteiro, mesmo depois da boca da noite, às almas feito se diz, quando o sino do Carmo e a garrida da cadeia batiam as
nove pancadas compassadas pedindo reza, sono e silêncio, os bandos
corriam, iam e percorriam os caminhos e pontes e chafarizes e os
pontos mais extremos da cidade, apregoando a grande, soturna solenidade, o alegre divertimento que todos esperavam quando o terror
do mando real os abandonava por alguns momentos, as crianças e
o mulherio principalmente, porque os homens nunca se julgavam
a salvo e escapos do poderoso e implacável braço real (sempre se tinha culpa: algum ouro ou prata viciados, alguns seixinhos brilhantes
surrupiados ao vigilante e esperto olho da Real Fazenda, contraban-
deados e atravessados através do Distrito do Couro, alguns pecados
mortais, incestos, sodomias e adultérios, ou mesmo veniais, que se
saldariam com simples missas, espórtulas ou indulgências compradas,
mas que sempre é bom desconfiar, que fiar e porfiar é a nossa principal ocupação, ócio e negócio nestas Minas), todos porém de olhos
aflitos e brilhantes na agoniada espera.

E de manhã bem cedinho, a cidade engalanada e festiva
como se fosse um dia de soberba alegria e não de macabra ópera

e condenação, tropa municiada com a pólvora e as doze balas do preceito, os sabres areados com esmeril, brilhantes ao sol da manhã que já vencera inteiramente as brumas da madrugada e resplendia luminoso na praça, nas paredes brancas das casas e igrejas, e no azul de um céu claro com poucos flocos de nuvem boiando, a tropa se espalhava dividida em pelotões e esquadras pelos principais pontos da cidade, à espera de que o cortejo conduzindo o condenado passasse, para após ele se reunirem com o grosso da tropa em fardamento de gala na praça.

Por todo o trajeto por onde devia passar, as janelas e sacadas das casas e sobrados estavam floridas e enfeitadas de vistosas colchas de damasco vermelho e toalhas bordadas e guarnecidas de renda, como se aquele cortejo fosse uma gloriosa procissão de Corpus Christi, e não o acompanhamento de uma cerimônia que o Capitão--General queria aparatosa, lúgubre e exemplar. Com isso querendo atemorizar os povos das Minas e fazer ainda mais temida e respeitada a sua autoridade, para ganho e glória de Sua Majestade Real.

O cortejo devia ser longo e demorado, saindo das Cabeças, passando por São José e Pilar, para ir morrer na praça. Nunca tinham levantado forca na praça, os enforcamentos ordenados pela Relação da Bahia eram feitos no lugar do costume, no Morro da Forca, onde pouca gente ia, porque no geral se executavam pretos e criminosos desvalidos. Mas o Capitão-General quis que aquela punição diferente fosse executada de maneira aparatosa e também fora do comum. Dizia-se à boca miúda que o Capitão-General se sentia ameaçado na sua posição, tantos os roubos que fazia para si, não para a coroa, e queria com isso fortalecer a sua posição junto a el-Rei e preparar o povo, pelo temor e pela força, para a derrama que viria a seguir, esperava-se.

Era uma grande forca de braúna de quinze degraus, feita a propósito e segundo medida e risco do próprio Capitão-General, conforme se dizia. Nela se poderia perfeitamente executar qualquer criminoso, por mais forte e corpulento que fosse, e não um simples boneco de palha figurando o réu Januário Cardoso, fugido do braço da Justiça del-Rei.

Na praça, de costas para o patíbulo, a frente voltada para o palácio-fortim colorido de flâmulas e bandeiras com as armas do reino e as insígnias do Capitão-General, viera se formar em triângulo a tropa escolhida para a guarda da forca. O vértice do triângulo apontava para o palácio, de onde assistiria à cerimônia e comandaria o enforcamento exemplar o próprio Capitão-General. Um renque de sentinelas, as armas escorvadas e embaladas, se estendia por toda a frontaria do palácio, de guarita a guarita.

Desde muito cedo, manhãzinha ainda, um mundéu de gente se deslocava pelos caminhos, becos e vielas, para se apinhar na praça e disputar os melhores lugares. Gente vinda das duas bandas da cidade, de Antônio Dias e do arraial do Ouro Preto, gente de conhecida rivalidade se irmanava momentaneamente, esquecidas as velhas disputas, que retornariam no cair da tarde, quando o pau devia comer feio; do arraial do Padre Faria, dos Fundos e das Cabeças; de Cachoeira do Campo e da Passagem; mesmo da Vila do Carmo, da banda do além, tinha vindo gente para assistir ao grande espetáculo guinhol, ao inusitado sacrifício em efígie, que o Capitão-General ia dar para edificação daqueles povos das Minas, turbulentos e motineiros, libertários. De noite haveria luminárias e fogos, quando os ânimos estariam escancaradamente exaltados e se praticaria toda sorte de pecados, na fervilhante agitação do sangue, do sexo, da bebida.

Discutia-se e se brigava pelos melhores lugares, tanto nos largos e ruas por onde ia passar o fúnebre cortejo, como na praça onde se realizaria a grande farsa pantomima. Todos queriam ver, ninguém podia perder o grande acontecimento que as Efemérides depois registrariam. Apesar da ordem para que as vendas se mantivessem fechadas, muita gente fizera de véspera a sua provisão de cachaça e patifaria, e cana corria alegre, bebida mesmo na boca da botija, no bafo e no arroto. E alguns mais altos, a pinga subida na cabeça, já riam e antegozavam, na névoa estúpida da bebida, o grã-guinhol, a fantástica ópera de títeres. Eram bêbados contumazes, opilados e hidrópicos, com os seus inchaços e mijos, pretos forros e mulatos, crioulos, brancos pingantes e sujos, a fedorenta humanidade.

De vez em quando passavam em disparada soldados de espada desembainhada e os mais alegres se afastavam ruidosos, gritando vivas a el-Rei e ao Capitão-General, de puro medo das patas dos cavalos, dos ferros dos sabres e espadas. Trocavam-se gracejos e informações, diziam-se os mais cabeludos palavrões. Empalmava-se a bunda das mulatas trigueiras, os dentes de marfim todos à mostra no riso excitado, nos gritos histéricos, os peitos fartos e duros, de bicos do tamanho de uma azeitona, inteiramente de fora. Beliscava-se o braço roliço de pretas exuberantes e assanhadas, vestidas de panos e xales berrantes, cobertas de braceletes, trancelins, correntes e colares de ouro, a cabeça empoada, os argolões nas orelhas, os vidrilhos rebrilhando ao sol da manhã. Era uma festa de moleques e mucamas em dias de folga, do femeaço e dos feitores, de pretos forros e brancos pobres, de mulatos e mamelucos, cafuzos, entrecruzas de caburés e curibocas, carijós. Aquele caldo de gente quente e espumante de onde nasceriam as flores gálicas e os esquentamentos. Um grande festim de raças e ofícios, selvagem, infernal, puro trópico.

Os moradores dos sobrados da Rua Direita e da praça, gente de casta ou fumaça, trouxeram seus tamboretes para junto das janelas e sacadas enfeitadas, cobertas de brocados e damascos, de colchas de seda franjadas, e se divertiam vendo aquele poviléu de gente sem eira nem beira, e conversavam, animados e aflitos, com os seus convidados. Eram principalmente mulheres e crianças, que os homens bons e os fidalgos muito antigos nos livros del-Rei, como gostavam de se pavonear, mentirosamente ou não, eram mais receosos e só chegariam à frente quando o Capitão-General aparecesse na sacada principal do palácio ou descesse à praça, não se sabia, para que fossem vistos e nem de longe fosse posta em dúvida a sua lealdade à Sua Fidelíssima Majestade em Lisboa. Os homens nas suas melhores véstias, calções e casacas, as cabeleiras brancas. As mulheres nas suas altas trunfas, vestidos decotados, de veludo ou tafetá bordados a ouro, cobertas de aljôfares, pérolas, corais, lavrados, anéis faiscantes de pedrarias, gargantilhas, pingentes, rosáceas. Ruivas, rubras, alvaiadas, espaventosas.

De tempos em tempos uma esquadra de dragões tinha de afastar a espaldeiradas e patas de cavalo aquela arraia miúda sempre mais afoita e inquieta, para que as entradas e o meio da praça ficassem desimpedidos, eram as ordens. A impaciência agora era geral e o vozeio crescia, gritos explodiam toda vez que alguém anunciava ter visto a procissão apontar lá embaixo, no cotovelo da Rua Direita.

Tudo impaciência, só às nove horas começou mesmo a se movimentar o cortejo, o passo tardo dos saimentos, ao compasso dos sinos de todas as igrejas dobrando fúnebres.

Uma esquadra de dez soldados, nas vistosas casaquilhas, montados em cavalos com coloridos xairéis guarnecidos de franja dourada, os arreios de sola bordada e latão polidos, os estribos e arreatas reluzentes, o mosquete a tiracolo, a espada na mão direita, a rédea firme e alta, abria o cortejo. Os animais impavam relinchantes e escoiceavam estranhando o vozeio e o ajuntamento, os foguetes que começaram a soltar do alto dos morros, a metralha dos rojões de repetição.

Depois dos soldados, bem na frente, vinha o cruciferário na sua batina de gala, a sobrepeliz rendilhada, erguendo bem alto a grande cruz de prata. Após ele, outro padre, jogando para o povo, benzendo-o, a fumaça cheirosa do incenso no turíbulo. A passagem do cruciferário as pessoas abaixavam a cabeça, se descobriam e se benziam e ajoelhavam na contrição do costume. Louvado seja Nosso Senhor Jesus Cristo, alguns gritavam. Para sempre seja louvado, respondiam. Dos sobrados mais ricos chegavam a gritar vivas a el-Rei Nosso Senhor.

Seguiam-se as mesas e colegiadas das irmandades, nas suas opas roxas, brancas, encarnadas, azuis, castanhas e pretas. Na frente de cada uma o seu padre nos mais ricos paramentos, rezando alto, abençoando os fiéis nas janelas, amaldiçoando o infame réu. Anátema ao infiel inconfidente, falavam alto no exagero, a voz sonora, a empostação enfática. E passavam lentamente, arrastando os pés e sandálias e sapatos e botas, como nas procissões de enterro, as irmandades do Carmo, de São Francisco de Assis, das Mercês e Perdões, do Rosário, do Pilar e da Misericórdia. Iam silenciosos e medidos, o rosário na mão, de cabeça baixa, mudos e ungidos no medo e na devoção.

A longa procissão se arrastava soturna pelas ladeiras.

E vinha incorporado o Senado da Câmara com a sua bandeira, as armas da Vila bordadas a ouro. Os camaristas de capa e volta como de estilo e pedia a cerimônia, ao contrário dos irmãos de opa, eram solenes e enfáticos, a cabeça erguida em vaidosos olhares. E continuava o aparatoso cortejo com o ouvidor, juízes e escrivães nas suas melhores capas com bandas de ruidosas sedas, as suas casacas de lemiste, os bordados de ouro na gola, os coletes de cetim lustroso, os seus chapéus de pluma debaixo do braço, a cabeça empoada, a testa alta suando muito, as meias de seda muito esticadas e justas modelando as pernas, as ricas fivelas dos sapatos, as mãos enluvadas segurando hieráticas o punho dos espadins e bastões.

Eram todos ricos senhores que faziam calar à sua passagem a arraia miúda desrespeitosa e assanhada. Assim pedia a Lei, assim queria el-Rei.

E finalmente o que todos mais esperavam: a carreta puxada por três juntas de escravos, pintada de escandaloso zarcão, feita especialmente para aquele dia. O Capitão-General tivera tempo e capricho para não descurar de nada. Como cuidou do próprio risco da forca. Em cima da carreta, numa cadeira-de-estado alta, para que melhor se equilibrasse amarrado e não caísse aos solavancos das rodas nas pedras do calçamento, um enorme boneco de capim, do tamanho mesmo de um homem, a que tiveram o macabro cuidado de vestir a alva dos penitentes. No pescoço do calunga, o baraço, cuja ponta segurava o preto Mulungu, os calções de riscado de tecido da terra, o tronco pelado, negro e luminoso de suor, feito ele tivesse se lambuzado de unto. O preto ia risonho e glorioso, famoso carrasco ele era, distribuindo olhares e risos. Nunca tinha sido tão importante assim na vida. Uma rótula se entreabriu, uma gaforinha mulata apareceu. Um assobio e o grito Mulungu dos infernos, que o exasperava. Mas o preto parecia a árvore mesma do seu nome, fingia não ouvir. Continuava a sorrir, a boca escancarada, os dentes cavalares branquinhos.

O preto era a única pessoa que conseguia rir. O divertimento que se esperava, a ruidosa festa, não acontecia. De cada lado da carreta vinham três padres, as mãos cruzadas sobre o peito, recitando salmos, dizendo orações, confortando o padecente. Tudo em fingido arremedo de um verdadeiro e exemplar sacrifício. Quando passava a carreta, todos recolhiam o riso, emudeciam. Mesmo interiormente reparando, ninguém tinha a coragem de falar que o Capitão-General levava longe demais a sua fantasia. Só mais tarde, em cartas rimadas e pasquins.

Após a carreta, mais homens armados, para evitar o descalabro dos rabos de procissão, onde o povinho fervilhava e engrossava.

Quando a carreta entrou na praça se ouviu o longo ó de espanto e desacorçoo. Embora todos esperassem mesmo um boneco de palha, parece que no fundo do coração desejavam que ali surgisse, em carne e pessoa, o próprio penitente. O ó foi diminuindo, diminuindo, até morrer no silêncio de lago que era agora a praça ensolarada.

O Capitão-General apareceu finalmente na sacada central do paço, e os olhos do povo e dos sobrados se voltaram para o palácio. O seu melhor uniforme, trespassado de bandas, coberto de dourados e veneras, reluzia. Aos olhos dos áulicos e na língua arrevesada dos panegiristas do áureo trono, era o próprio Sol Novo da América. Assim pelo menos devia se sentir, tal a luminosidade da sua cara, dos seus olhos modestamente baixos, chamejantes; devia se sentir muito feliz na sua glória.

De dentro do maior silêncio surgiu um cavalo negro com os seus arreios aparelhados de prata, o xairel de veludo, a crina entrançada cheia de guizos e fitas de mil cores. Era o coronel dos dragões que ia comandar a solenidade. No seu porte mais marcial e estudado, sanhuda cara de oficial português, todo engalanado de ouro e medalhas, a espada para o ar, se dirigiu em trote cadenciado, o corpo subindo e descendo na sela, para a sacada do Capitão-General. Com a voz grossa, respeitoso, pediu permissão ao Exmo. Senhor Governador e Capitão-General da Capitania das Minas para dar início à solenidade. Voltou-se para junto da tropa que se postara em frente à forca, e começou a dar ordens gritadas, que fazia seguir de largos gestos de espada no ar.

De cima do patamar da forca, na sua plataforma, o preto Mulungu olhava soberano a praça cheia de gente e soldados na mais rigorosa formação militar, tão soberano e soberbo como o Capitão-General titereteiro da sua sacada enfeitada de brocado de ouro velho. Assim ao sol, imóvel e brilhoso de suor, sem o mais leve movimento ou tremor de músculos, o peito estofado, a cabeça erguida, as mãos segurando a ponta do baraço, Mulungu parecia uma colossal estátua untada de alcatrão. Tão hierático e solene (o retinir dos sabres e espadas, o faiscar dos cascos ferrados nas lajes, o brilho dos galões, bandeiras, insígnias e uniformes, a aparição aguardada e temida do Capitão-General na sacada, aumentavam ainda mais a gravidade do momento), surgido do negrume de uma estampa antiga, que ninguém, nenhum moleque mais atrevido ou bêbado teve a ousadia de assobiar e gritar Mulungu dos infernos. Aos olhos daquela gente aterrada ele era mesmo uma potência das trevas.

Um alferes subiu os degraus da forca, parando demorado a cada passo, e veio dizer qualquer coisa a Mulungu. Tão no ouvido e baixinho, era como se tivesse medo de que, no cristal da campânula de silêncio que era aquele mar de cabeças, toda a praça pudesse ouvi-lo, mesmo o engalanado e ostentoso Capitão-General. O preto não entendeu, o alferes ao se afastar, vendo os olhos de espanto, teve de voltar e repetir no seu ouvido. Pelo riso, Mulungu parece que agora entendeu. Sem uma palavra, o alferes se voltou para o padre a seu lado, mudamente dizendo que era dele a vez e a fala. O alferes desceu mais ligeiro os degraus. Só o padre e o carrasco ficaram lá no alto, o silêncio cresceu.

E o padre, a voz cavernosa das endoenças, feito celebrando o ofício de trevas, começou a recitar o credo. A fala em cantochão, a voz no mesmo ritmo, os mesmos crescendos e desmaios do fraseado, as mesmas paradas e silêncios a que estava tão acostumado. Era como se esperasse resposta do padecente.

Terminada a melopeia, a última nota ainda ecoou feito uma pedra na paradeza escura de um poço. O silêncio que se seguiu era entretecido do brilho faiscante de abelhas zunindo no ar.

A um golpe de espada para o alto, do coronel-comandante, de cima da estátua do seu cavalo, os dois renques de tambores refolhados de fitas tremulantes e multicores, postados defronte do pelotão que cercava a forca, começaram a rufar poderosos, em frenéticas, rolantes, contínuas, ensurdecedoras, soturnas e infindáveis batidas...

Isidoro ia falando o que tinha visto. Com a ajuda da imaginação e da memória, Januário tentava recompor toda a cena que o preto, na sua simpleza, mal podia descrever. Recompunha com tudo o que sabia e lhe contaram de sacrifícios e sortilégios, desde a fala cantada e manhosa de mãe Andresa, dos pretos na senzala do pai, das sabatinas recitadas com o professor-régio, mais tarde no Seminário da Boa Morte, na Vila do Carmo, para onde foi mandado depois. Se lembrava de enforcamentos que tinha visto e lhe contaram. Dos sofrimentos e agonias. Dos galés agrilhoados pelos tornozelos a uma comprida corrente, no trabalho forçado de rua, o tilintar dolorido das cadeias. Os pretos açoitados entre lágrimas, uivos, sangue, mijo e suor, no pelourinho. Os juízes, camaristas e padres no compasso cadenciado das cerimônias. Os soldados e alferes e capitães e coronéis e capitães-generais nos seus vistosos uniformes, bandas e veneras, nos dias de continência e gala. Os padres, monsenhores, cônegos e bispos nas suas batinas pretas, roxas ou encarnadas, as sobrepelizes brancas, rendilhadas de bordados e bilros e franjas, nas missas cantadas cheirando a incenso, velas se derretendo na chama em pingos acumulados. Os crescendos e desmaios, as notas sonorosas e plangentes do órgão de fôlego sem fim na nave das igrejas, o canto lastimoso.

Com toda essa matéria sonhada ou vivida, Januário rememorava o que os olhos não viram, o coração não sentiu. Tudo aquilo que o preto procurava, impotente e parco de palavras, lhe comunicar. Como se pintasse o painel da sua própria morte: e na verdade o era, sentia. Sentindo antecipadamente no pescoço o golpe, o peso do carrasco que lhe saltou nas costas. E de relance, num clarão, viu:

Aquele mesmo Mulungu empurrou o condenado para fora do tablado. O corpo se esticando num baque, a corda presa na trave, balangou para um lado e para o outro, girando num movimento pendular, as pernas soltas e desamparadas. De um salto o carrasco foi se esganchar nas costas do enforcado, cavalgando-o, para a morte ser mais ligeira, ou de puro divertimento, nunca se sabe. Diziam que para abreviar o sacrifício, de pura pena e piedade. Como de pura pena e piedade, antes, na cadeia, com certeza pediu perdão ao condenado, era o costume, diziam. Como de pura pena e piedade certamente os juízes e ministros...

... quando súbito, a um novo golpe mais enérgico de espada, de cima do seu cavalo tão preto e brilhante como o preto Mulungu, do seu cavalo ajaezado de sola bordada e prata branca reluzente e guizos e fitas nas crinas entrançadas e no cabo feito os cabelos compridos e soltos das mulheres, o comandante ordenou que os tambores cessassem a sua marcação histérica, em funeral.

Ao contrário do que se esperava, o carrasco Mulungu não empurrou o corpo para fora do tablado, cavalgando-o; ao contrário: puxou com força a corda para trás, e o boneco de palha ficou suspenso lá no alto, junto de uma roldana.

E como se não bastasse esse final de ópera, da grande farsa caprichosamente montada pelo Capitão-General, veio a apoteose política, onde ele se assegurava, aos seus e ao rei a que servia, a continuidade dos crimes, dos roubos e trucidamentos; dos incêndios e devastações; do extermínio das raças que mesmo muitos padres, de cuja escravidão eram beneficiários indiretos, de seus púlpitos rendilhados de pedra-sabão, condenavam; da perpétua espoliação e miséria, da hipocrisia e fanfarronadas; da prepotência das armas a serviço de um Império, e de uma Fé, que se queria nos versos para sempre dilatados; de um poder colonial obscuro, temido, barroco, amado e absoluto, diante do qual todos eram sem nenhum valimento.

Indiferente ao silêncio daquelas cabeças e corpos sujos e suados, àquela mistura nauseante de cheiros e raças, sofrimentos e misérias, dirigindo-se tão somente à tropa formada, veio de novo o mesmo alferes e principiou a ler a compendiosa e enérgica fala do Capitão--General aos seus comandados, aos potentados e povos das Minas.

O que dizia tal fala? No seu obscuro silêncio de agora, na noite de espera, na noite que o envolvia com a sua macieza, ruídos de grilos e sapos e latidos de cachorros e patas de cavalos que trotavam nas pedras lá embaixo, como as dobradas e macias ondas de um sino-mestre tocado por distantes hostes celestiais, entre carne e sono, vida e agonia, mergulhado na sua pesada paixão, não podia Januário recompor. Certamente o que sempre diziam essas falas, ia ele dizendo sem saber se apenas se lembrava ou se principiava a sonhar.

A pederneira armada, Januário no entressono. Isidoro se afastou um pouco, Nhonhô já ressonava. Se a gente pega um boneco, seja um calunguinha, e faz com ele toda sorte de maldade, pensando e dizendo que o calunguinha é a pessoa que a gente deseja tudo de ruim pra ela, se a gente espeta ou fura com faca ou punhal, mesmo a pessoa longe começa a espernear e a sofrer, a sangrar e a morrer, igual o calunguinha. Assim diziam na mandinga que ensinaram Isidoro a fazer. O boneco de Nhonhô dependurado lá no alto da forca, as caixas e tambores batendo surdo. Mesmo longe, Nhonhô devia de ter sentido o baque na goela, o estrebuchamento no corpo e nas pernas, quando o preto Mulungu puxou o grande calunga que o Capitão-General mandou enforcar. Nhonhô estava morto, era questão de mais dia menos dia. Era só entregar o corpo, a alma apunhalada. Nhonhô morto. Não, ele parecia mais que ressonava. Ou era só impressão, ele agoniado não dormia? Desistia de entender aquele moço Nhonhô, a quem deram de pertença quando Nhonhô tinha pouco mais de quinze anos. Seja ladino mas de maneira direita, ia dizendo siô Tomás quando o tirou das lavras, dando ele de presente para o filho meio mameluco. Tinha graça Nhonhô agora querendo ser mameluco por inteiro. Aceito ser bugre, eu aceitaria mesmo ser preto, foi o que ele disse.

Preto era ele. Nhonhô não sabia nem de longe o que era ser preto. As gargalheiras, os troncos, os bacalhaus. As dores, o sofrimento sem fim. Levou instintivamente a mão na espádua, sem mesmo notar apalpava a cicatriz da letra. Seja ladino, preto. Não vá querer fugir, que eu te pego de qualquer jeito. Vou até no fim do mundo atrás de você, negro. Siô Tomás sabia ser duro, não sentiu uma vez no ombro aquela dureza? Seja ladino, sirva bem a Januário, que no fim ou eu ou ele te damos alforria. Engraçado siô Tomás, ele queria não só serviço, mas bem-querença. No princípio refugou, não se esquecia de todo da ideia de fugir. A lembrança do último malsucedido e o medo faziam ele desistir. Servia mais por servir, obedecia. Não

45

era próprio da sina da sua raça obedecer e servir? Depois foi se apegando àquele caboclo forte e espadaúdo, o cabelo liso, duro e grosso, preto, dos puris. Meio puri, o que ele era. A mãe é que era meio puri, filha de branco com peça da terra, neófita feito diziam. Gostavam de esclarecer. Pra ninguém confundir mameluco com preto ou mulato. Chegavam a batizar mameluco como cafuz ou mulato, só pra deitar por escrito a marca do cativeiro. Muito padre faz isso, diziam. Pior é ser preto, puri ainda passa. Não tinha muito paulista que fazia gosto de ter sangue bugre, de avós muito longe? Mas só diziam isso quando brancarões, quando não corriam o risco de serem confundidos com índio ou preto. Preto é pior. Eu aceitaria mesmo ser preto, foi o que ele disse. Não deixava de ter a sua razão. Olhando no tempo, via. Parece que naquele tempo todo, os dois juntos o tempo inteiro, um sombra do outro, um na pele do outro, Nhonhô tinha escurecido; às vezes parecia mesmo um puri, não um puri pela metade, o que na verdade ele era. Foi se apegando a Nhonhô. De tal maneira que não podia nunca saber quando foi mesmo que principiou a servir Nhonhô por bem-querença, não por simples medo e obrigação. Padrinho, disse uma vez Januário na presença dos outros, não prenda mais Isidoro de noite na senzala com os outros pretos, ele não carece disso, não vai fugir, eu garanto. O pai olhou-o demoradamente feito dissesse olha lá o que você está fazendo. Depois mirou Isidoro bem no fundo dos olhos. Isidoro escondeu o mais que pôde o pensamento, disfarçava. Sabedoria de raça, aprendida no relho. Pro velho Tomás não poder nunca saber o que ele estava pensando. Mostrar o que estava pensando era o mesmo que se dizer fraco, covarde, sem força. A sua força era o silêncio, aquele silêncio pesado e escuro na presença dos brancos. O velho nunca que podia saber. Tinha de confiar no seu filho bastardo, na sua certeza. Isidoro deixar o velho saber era o mesmo que aceitar de vez a sujeição. Ainda guardava escondido muita mágoa, muita dor. Podendo, ia começando a pensar. Desistiu, melhor cuidar de outra coisa. Não agora, antes é que pôs de banda. Agora estava livre, podia tomar o seu rumo. Pensava antes, agora. Riu baixinho quando pensou que era livre, agora. Nunca esteve tão preso, nunca foi tão cativo feito agora. É capaz de que mais preso, mais sujigado, mais escravo, do que quando com corrente nos pés, a gargalheira infernal esticando o pescoço, furava a carne. Porque antes ele ainda podia fugir, não agora. Agora sozinho, sem Nhonhô, nem mesmo no sertão do couro, pras bandas do São Chico, ele podia escapulir. Tinha sempre um branco pra sujigá-lo e botar de novo o argolão de ferro nos pés, o colar de ferro no pescoço. Ou prendiam, pra receber paga do velho senhor. Os capitães-do-mato, espingardeiros, cabras sanhudos. Não era só com Nhonhô, qualquer um podia também matá-lo. Nenhum crime matar quem já estava morto, era o que diziam os bandos apregoados a toque de caixa nos largos e encruzilhadas. Se via estranhamente unido a Nhonhô, unha encravada, mais do que nunca. De tal maneira, a própria morte do outro ele assumia. Como uma sina decretada. Se antes não era crime matar negro. Só no caso do dono reclamar a peça perdida. Quanto mais agora. Juntos pra sempre, ia pensando.

Só tinha uma maneira de ser forro, comprar a sua alforria, aquela. Não queria pensar, não podia. Não devia, era verdade. O pensamento mais forte do que ele, do que toda a sua bem-querença de negro escudeiro. Sem dar conta do que ia fazendo, as mãos começaram a pensar por ele, a agir por ele.

Quando viu, estava de carabina apontada para os peitos de Januário. Era um tiro só, assim à queima-roupa. Um certo medo de Januário, do pulo de gato que ele sabia dar. Não agora, agora ele não pode fazer nada, dormindo com certeza. Ele agora era mais ligeiro do que Nhonhô. De repente estacou, balançou fortemente a cabeça, dizendo não e não, querendo negar, querendo se livrar daquele pensamento que as suas mãos voltavam a entretecer. Não, disse ele quase alto à voz conselheira ressoando dentro dele. Aquela voz desconhecida, vinda de funduras sem fim. As mãos trêmulas, não ia conseguir. Tão fácil, querendo, voltava a repetir a mesma voz antiga, raivosa, escura. Não, de jeito nenhum, ele esperneava. Tinha se ligado demais àquele menino. Meio puri, o que ele era. Nunca lhe bateu. Mesmo ralhado. Branco é bicho ruim de nascença. Bondade de branco é pura invenção, da boca pra fora. Feito religião de branco. Pra não carecerem de botar ferro e cadeia. Pra maior sujeição, ia repetindo a voz sinistra, e a mão voltava a se levantar na pontaria. Nhonhô na mira, era fácil. Se te dão alforria, mesmo comprada, você tem de agradecer. Será que ele dormia? E se ele estava só no entressono, mesmo de longe os olhos vivos? Nhonhô desconfiando, percebendo o que ele estava pensando, o que as mãos iam pensando e fazendo por ele, estava perdido. Não ele, Januário é que estava. Então teria de fazer, não tinha outro jeito. A carabina agora armada, fácil. Melhor falar de novo com Nhonhô, ver se fazia ele mudar de ideia, ia ele dizendo, tentando abafar com as suas razões, com a sua traça longamente maquinada, a outra voz, a outra voz mais forte do que ele. A outra voz vinda da sua nação, das bandas do além, por cima do mar. Tão fácil, bastava um brincar de mão.

Nhonhô, disse ele quase gritado, feito se tenta articular um grito no calabouço de um sonho angustiante, a fala estrangulada na goela. Para poder acordar daquele pesadelo mais forte do que a sua sujeição, a sua fidelidade.

Mergulhado num sono pesado, Januário grunhiu qualquer coisa. Feito um cachorro rosna e late no meio do sonho. Nhonhô! tornou ele agora decidido, também ele carecia de acordar. Para que aquela outra voz, o outro eu noturno não o sujigasse, tomando conta das suas mãos, a arma já na mira. O quê? disse Januário, agora claro, voltando. Disse alguma coisa? Nada não, disse o preto. Só queria ajudar Nhonhô a acordar do pesadelo. Vosmecê se remexia tanto, no agoneio do sonho. Eu sonhava? Disse alguma coisa dormindo, perguntou Januário. Não se lembrava sequer de ter adormecido, tão de mansinho passou do entressono para a silenciosa muralha do sono profundo. Um outro eu dentro dele continuava vigilante e insone. Um eu que não conseguia nunca dormir. Tão insone que um simples nome, dito pelo preto, o acordara. Você gritou, perguntou ele para saber até que ponto tinira dormido. Não, disse o preto mentindo, agora tranquilo, o seu fantasma voltado para as bandas do além, de onde mesmo tinha vindo.

Quem sabe ele não estava mesmo sonhando? Não agora, naquela horinha mesmo, de que não se lembrava. Antes, quando se lembrava do que Isidoro uma vez lhe contou. A cena que ele teve de construir com toda a força da sua imaginação e vivência, as palavras do preto eram muito poucas, ele mal podia entender o sonho absurdo que o outro lhe contava. Aquela fusão melosa de sonho, lembranças e pesadelos. A cena na praça ainda agora lhe voltava aos olhos. A cena que ele tinha de reconstruir sempre, meticuloso, com a minúcia fantástica de um velho onzenário pesando ouro. Aquela riqueza de coisa mesmo vista e acontecida e recuperada em repouso, quando os pontinhos mais insignificantes ganham relevo e brilho, dureza e agudez, e se recupera para sempre tudo aquilo que na hora não se cuidou ver, não se reparou. O olho miniaturista ia anotando no espírito o mundo, os seres, as coisas. Para depois. A cena toda que agora lhe voltava sempre em sonho e às vezes ele duvidava se tinha mesmo ouvido de Isidoro, se Isidoro alguma vez lhe contou alguma coisa. Como se ele próprio tivesse presenciado, na praça. Se tudo aquilo não tinha sido um sonho que se repetia, a mesma cadência de uma música decorada. O sonho em que ele agora estava metido, mesmo acordado. Uma sucessão infinita de caixas, umas dentro das outras. Como se ele próprio fosse o seu próprio sonho, o sonho de alguém que carecia urgentemente acordar. Como se de repente, com a ajuda de Deus, pudesse acordar, e se via de novo restituído a seu pai, à sua casa, e nada daquilo de João Diogo, de sangue e enforcamento, de Malvina mesmo, daquela vida inteira de pesadelo, espera e agonia, nada daquilo acontecia, tudo não passava de uma fantasia macabra, um clarão no céu de repente quando primeiro viu Malvina.

Quando primeiro viu Malvina no seu cavalo, ao lado de Gaspar no seu ruão. Quem era aquela aparição, aquela mulher que ele nunca tinha visto antes, de que nunca tinha ouvido falar? Não, não era dali, não podia ser ninguém dali. Não havia na cidade ninguém feito ela, ninguém que se vestisse assim que nem ela. Os ares fidalgos e atrevidos, aquela ousadia de gestos, a maneira de montar e de olhar. Ele olhou-a, viu-a demoradamente, e os seus olhos não puderam mais se despregar daquela cabeça de fogo, daquele corpo ao embalo da andadura mansa do cavalo.

Acompanhava-a de uma certa distância, fingindo que por acaso iam para a mesma direção. Ele que se voltou bruscamente, tão logo a viu. Ela também o tinha visto, reparou nele. Os olhos se encontraram, ela chegou mesmo a parar o cavalo. O outro teve de se voltar para saber por que ela tinha parado. Gaspar olhou-o espantado, os olhos inquiridores, como perguntando que ousadia era aquela de demorar as vistas na sua companheira, de fazê-la mesmo parar. Januário acreditou que o outro podia vir lhe tomar satisfação. Não era homem de briga, pelo contrário. Mas, caçador, sempre sabia atirar. A mão acostumada a esse tipo de confronto, segurou firme o cabo do chicote, apalpou com o cotovelo a pistola. Esperava que partisse do outro qualquer gesto.

Quem é, ouviu ela perguntando. Ninguém, um mameluco qualquer, disse Gaspar não conseguindo esconder a raiva. Ele que o conhecia, com quem chegou mesmo a trocar algumas palavras há mais tempo. Vamos, disse Gaspar chamando-a. Ela o seguiu.

Aquele Gaspar Parente Galvão, de maneiras tão delicadas, rico, cavaleiro e caçador, sempre nos matos com os seus pretos espingardeiros, e cuja virgindade era comentada entre risos naquela cidade de homens femeeiros e preadores, aqueles garanhões de semente.

Esquecidos da interrupção momentânea e incômoda de Januário, lá iam os dois agora, as rédeas bambas, apenas cuidando de não se afastarem do caminho. Gaspar parecia lhe dar muita atenção, apesar de de vez em quando abaixar a cabeça, feito fugindo de olhá-la mais demoradamente.

Quem era? Desde que a viu, não conseguia despregar os olhos daquela mulher, daquele cavalo mouro. Seguia-a no seu cavalo, fingindo ir na mesma direção, cuidando de não parecer provocação. Os dois pararam na sua frente, e ele se escondeu numa moita à beira do caminho. Pôde então vê-la melhor, ouvir-lhe mesmo a voz de cristal e prata. De prata e coral a gargantilha no pescoço. Não agora, ali a cavalo, mas depois. Quando ela vestida de outra roupa, os ombros à mostra, o generoso decote do vestido que se borlava de rendas, os peitos suspensos no justilho apertado subiam e desciam (o perfume de aquila e benjoim depois, ele tentava distinguir, o cheiro grudado nas narinas, ele sentia agora outra vez no escuro, na aragem fria e cheirosa do vento, inundando-lhe as últimas fibras do corpo, da memória, quando dela se aproximou, quando nela se perdeu), os peitos nevosos e duros, a pele de uma macieza e cheiro, mesmo de longe podia sentir e na fantasia, a medo, apalpar, muitas vezes sonhando ele apalpou e beijou, que ela mal cobria, ao contrário – vaidosa deixava provocadoramente à mostra, descendo a rendilhada cortina da sua mantilha, para que todos pudessem banhar os olhos na sua alvura, na sua névoa e sensualidade, e no cheiro dos seus cabelos ruivos e encaracolados, caídos em estudado desleixo sobre os ombros redondos, da mesma brancura salpicada e redonda dos peitos. A gargantilha de coral e prata brilhando e estrangulando a brancura do pescoço que suavemente se transformava em ombros, colo e peitos, como suave era a progressão da linha arredondada do queixo, toda ela harmonia de curvas e cheiros. Toda ela provocação e sensualidade, chamamento ao desespero das horas sonhadas, das noites de fogo, malditas e desejadas incessantemente em agonia, prenúncio de morte e felicidade. Como redonda era a sua cara, os olhos grandes, rasgados, de um brilho persistente, continuando depois no ar, mesmo quando ela os cerrava ou se afastava feito as ondas de um sino ficam para sempre soando no ar. A boca pequena mas carnuda, os lábios que ela trazia sempre umedecidos pela ponta da língua vibrante, rósea, por entre os dentes certinhos e brancos e brilhantes (de pérola, dizia ele no exagero de toda uma poesia que se cultiva entre pastores e pastoras, ninfas, bosques e prados; de nácar, cujo brilho branco se disfarça na íris que se esconde furtiva no vidroso das conchas, continuava ele no acrescentamento que dá calor à frieza das coisas brancas), e aquele nariz fino, a pontinha atrevida, as asas se abrindo e fechando delicadamente ao quentume cheiroso da respiração apressada quando ela em fogo (agora ele pensava, quando todo o desespero do amor ia tingindo de cores e quentumes aquela primeira aparição fria e branca, na sua nuvem distante, Malvina no seu cavalo mouro), as sobrancelhas rubras, a mesma curva harmoniosa, arqueadas...

Aquela mulher ruiva e de cabelos ensolarados, o chapéu preto bem no alto da cabeça, a casaquinha de veludo azul, justa e estofada pelo volume duro dos peitos apertados por baixo, que subiam e desciam no balanço da respiração, a mão esquerda segurava senhoril e graciosa as rédeas, a direita brincava com o chicote de prata nas dobras da amazona, toda ela empinada, fazendo com o seu cavalo um todo de estátua, na faceira provocação de quem se sabe bela, admirada, cobiçada, a cabeça se voltava para um lado e para o outro, na graça que, de tanto estudada e medida, se incorpora na naturalidade e beleza dos gestos, era toda ela uma deusa da caça, ia ele dizendo na mitologia dos versos mal lembrados. Como ela crescia na sua brancura ensolarada, diante da escuridão e mágoa humilhada dos seus olhos de mestiço bastardo. Ele era pequeno diante de tamanho sol, beleza e domínio, começava ele a pensar, atravessado de luz, diminuído, alvejado, reduzido a uma insignificância que o seu sentimento de bastardo e mameluco diminuía ainda mais, para engrandecê-la e exaltá-la na soberba, no orgulho, na nobreza, que dali em diante passou a lhe emprestar.

Nunca tinha visto uma mulher assim, mesmo sonhado. Jamais cuidou que existisse. Não, não podia ser dali. De que palácios, de que cortes, de que bosques encantados, conduzida por que seres alados, nas dobras de que vento, nas aragens brancas e nevosas de que sonho, de onde tinha vindo aquela mulher, voltava ele incessantemente a perguntar, quando ela deu um grito alto e cristalino (quase podia ser uma risada, pensou ele na sua humilhação), chicoteou com força o cavalo, partiu num galope, sumindo na curva empoeirada do caminho.

Ele começou a ouvir brocotós apressados de cascos vindos da noite. No silêncio noturno, apenas ponteado pelo brilho dos grilos no seu canto monótono e infindável, pelo coaxar tamborilado dos sapos, os cavalos davam a impressão de muito perto, mas ele sabia que estavam bem longe, já indo em direção à praça. Mesmo assim instintivamente se encolheu na sombra mais densa da gameleira que um vento manso e frio começava a farfalhar. O farfalhar seco e gasturoso das sedas e tafetás, quando ela se despia, de dentro deles saltava, que mesmo de longe, afogado no tempo, ele podia ainda sentir nas narinas, nas pontas dos dedos...

Eles vão longe, Nhonhô, disse o preto vendo como ele se recolheu à mancha mais escura da sombra da gameleira. Tão acostumado estava a se esconder dos ruídos dos cascos, nas picadas e caminhos, nas vereias por onde vieram andando faz tanto tempo. Bastava o tilintar dos guizos da besta-madrinha enfeitada, o grito distante do arrieiro puxando a fieira de uma tropa de mulas carregadas de cangalhas e bruacas, para eles buscarem abrigo na moita mais próxima, se encolhiam para não serem vistos. Aquela vida de fugitivos e assaltantes, apertados pela fome, aquele ouro e joias sem nenhuma valia.

Januário se embrulhou na manta, cobriu as pernas e os braços com o pelego felpudo de carneiro, a noite esfriava. Nhonhô quer um gole de pinga? disse o negro sentindo frio. Como Januário custasse a responder, ele acrescentou é pinga da cabeça, Nhonhô, esquenta os peitos. Januário tirou a rolha de sabugo com os dentes, deixou a cachaça cair quente goela abaixo. A sensação boa, o quentume. Passou a garrafa para Isidoro, que limpou o gargalo com a mão, antes de levá-lo à boca. Os lábios repuxados num meio sorriso, Januário pensou como era estranha aquela vida. Agora era o preto, seu escravo, que limpava o gargalo em que ele tinha bebido. Antes era o contrário. Na desgraça os dois se irmanaram e na escuridão não se podia distinguir quem era o preto, quem era o senhor.

Já passava da meia-noite, sabia pelas batidas espaçadas da garrida da cadeia, há muito tempo soadas. A lua, pequena e redonda, era indiferente, fria e distante demais sobre as suas cabeças. Um morcego em longo mergulho e depois na subida, quando desenhou a sua sombra escura contra o luar, voou ligeiro e cego, fugindo. No nariz frio e seco a gastura da poeira que ele mal via, apenas pressentiu, na moita seca de onde o morcego voou.

Passada a gastura aflitiva, podia sentir o ar esfriando as narinas, quando encheu o peito de ar e luar, esquentando quando o esvaziava, na respiração que ele forçava para ver o vapor esbranquiçado no ar frio e limpo, puro.

Lá embaixo, o vale coberto da bruma que se adensava seguindo o rumo do Tripuí nascendo nas encostas da serra, perto de onde ele estava, indo se juntar às águas do Caquende, para formar o Ribeirão do Funil no mais fundo do vale, ribeirão que ia engrossar outros rios, coleando por entre serros e montanhas cujos picos se erguiam hieráticos, cristas serrilhadas de pedra contra a luminosidade prateada do luar. A cidade coberta de nuvens esbranquiçadas e brilhantes, agora só podia ver o bulbo das torres da Igreja do Carmo no topo do morro, as suas agulhas contra a brancura do luar. Em pouco a bruma engoliria também as torres apontadas para o alto, luminosamente brancas, de uma luz também intestina, o luar prateando as nuvens em volta, o ar de suspenso e espectral mistério, que as tornavam etéreas, fantásticas, irreais.

A cidade coberta de bruma, a lua prateando o lençol de flocos esbranquiçados, era para a cidade de sonho que ele mais uma vez se voltava. Mil vezes em sonho e luar, não ali e agora mas a padrasto de outras vilas, cidades e povoados, nas trilhas e caminhos, nos pousos e ranchos, era para aquela cidade que ele se voltava sempre. Como um destino de que ele não podia se afastar, de uma sina de que ele não podia fugir. Como a traça que um deus desocupado e terrível lhe tivesse marcado, desde muito antes dele existir, antes mesmo do tempo, desde toda a eternidade, para desafiá-lo e à sua raiva impotente (como fizera a muitos outros, desde remota antiguidade) a romperem o seu círculo mágico (impossível, inútil tentar), e por detrás de um sorriso de pedra, estático e terrível, sem nenhuma significação aparente, propositadamente aberto a toda sorte de decifrações e escondidas suspeitas, dissesse eis tudo o que tracei para este ser nojento mas a que no entanto amaria se ele se prostrasse a meus pés (sacrifício que de nada me adiantaria nem a ele) com os seus incensos, carneiros e oferendas de sangue. Preso àquela cidade, àquela rua, àquela casa, àquela mulher de fogo que o seu coração guardava, sufocando-o. Voltava sempre, agora pela última vez, esperava.

Não volte nunca mais, meu filho, disse o pai e ele estava sempre voltando. Agora de vez, para sempre, sabia. De manhã, seu pai, se tivesse coragem ou se deixassem, podia mandar apanhar o seu corpo na praça. Cansado de fugir, ele voltava.

Na cadeia, quando o carcereiro lhe deu escapula. O pai mandou que apagasse a candeia, e assim no escuro, envolto no cheiro de fuligem e azeite, a voz baixa e grave, naquele tom baixo e rouco que a escuridão obriga, parecia mais uma sombra densa que ele, por não poder ver, sentia.

No pequeno quarto do segredo para onde o levou o carcereiro a fim de que pai e filho pudessem falar melhor, longe dos outros presos e dos soldados. Tem de ser ligeiro, senhor Tomás, não me ponha a perder o cargo e a cabeça, olha que tenho família para criar. O pai não dizia nada a princípio, não queria falar diante de estranho, o que tinha para lhe dizer era muito especial e perigoso, apesar dele e do carcereiro terem unido os seus interesses e destinos pela corrupção e a fraude. Agora, de tanto sentir, via a sombra do pai mais densa na escuridão, sabia-o ali, não pela voz, mas pelo silêncio. No nariz ainda, além do cheiro de fuligem e azeite da candeia agora apagada, a morrinha da vela de sebo que alguém antes deles acendera e apagara, deixando o toco. Ligeiro, senhor Tomás, que já me arrependo do que estou a fazer, dizia o carcereiro na sua fala de branquinho do reino, submisso e interesseiro. E para valorizar, não há ouro que pague o serviço que estou a lhe prestar, senhor Tomás. Pare, disse o pai com raiva da subserviência untuosa que ele havia comprado. Já não levou o seu? Vossa Mercê nunca viu nem vai ver tanto ouro como eu lhe dei, porque não vale tanto. Eu devolvo, senhor Tomás, que eu já me arrependo, não cansava o homem de repetir, de mentira, porque não devolveria coisa nenhuma. Ora, homem, não me aborreça, disse o pai procurando agora a sua vingança do ato que fora obrigado, para salvar o filho, a fazer. O pior de tipos como Vossa Mercê é que a gente, além da presença, tem de sentir o cheiro! Disse na ofensa, sabia que o homem, pelo ouro que recebera, não podia mais voltar atrás ou mesmo reagir.

E o pai se calou, queria ver se, com o seu silêncio, o carcereiro entendia. A gente bate na cangalha é pro burro entender. Eu me vou, senhor Tomás, disse o homem entendendo, a voz ressentida e trêmula. O medo e o arrependimento que ele dizia sentir eram verdadeiros, só que viravam mentirosos porque ele não podia voltar atrás. Converse ligeiro, senhor Tomás, que eu vou tratar de limar umas barras de grade, para ficar melhor o fingimento de que o senhor Januário fugiu. Tem de ser agora, não demore, senhor Tomás, pelo Santo Amor Divino. Enquanto os presos estão dormindo e os guardas ocupados numa tarefa que lhes dei. O homem queria ir embora, entendera, mas no seu nervosismo não podia parar de falar.

E por mais que desejasse parar, continuava falando na sua carregada pronúncia lusitana, na gagueira nervosa e aflitiva que o medo e a ansiedade lhe davam. O pai quebrou o silêncio com que procurara mostrar ao carcereiro que ele devia se calar e sair. Se Vossa Mercê continua falando feito uma matraca, como é que eu vou poder andar ligeiro? Desculpe-me, senhor Tomás; eu já me vou, disse o carcereiro se encurvando naquela subserviência que os guardas corruptos sabem ter. Acabou se afastando, deixou os dois sozinhos.

Os dois sozinhos, era mais duro, pesado e escuro o silêncio do pai. O silêncio feito de ódio e censura prestes a explodir, de tanto tempo guardados. O ódio e censura com que ele procurava disfarçar o sentimento que tinha por aquele seu filho carijó. Depois, no fim, ele se deixaria vencer, quando disse não volte nunca mais, meu filho. Você não vai poder me ver nunca mais. A voz trêmula na emoção de dizer meu filho, assim na despedida, que ele sabia ser mesmo para sempre. Os dois sozinhos, ele que sempre evitava chamá-lo de filho, principalmente na presença dos outros.

Pouco antes de trazer o pai para vê-lo, o carcereiro lhe contou o que estava se passando e a traça que o pai e ele tinham combinado para lhe dar escapula. Ele não sabia de nada, desconfiava apenas que alguma coisa de diferente se passava, pois os outros não falavam com ele, procuravam se afastar quando se aproximava arrastando e tinindo os seus ferros. Por quê? Não era um criminoso como eles? Não tinha nos punhos as mesmas algemas, nos pés as mesmas cadeias? Ou o seu crime era diferente, alguma coisa se passava, que tinha vindo bater nos ouvidos daqueles presos segregados da cidade que mesmo assim tudo sabiam?

Daqui a pouco vou trazer teu pai para falar contigo, dizia o carcereiro com aquela intimidade que lhe dava a corrupção, o dinheiro recebido, quando o levou para o quartinho do segredo. Depois Vossa Mercê foge, disse retomando a cerimônia que ele sabia para sempre perdida, desde que recebeu a sua paga. Mas, pelo amor de Deus, esqueça de mim. Se souberem que fui eu que lhe dei escapula, estou perdido. O crime de Vossa Mercê é mais grave do que eu pensava. Se eu soubesse que era assim tão grave, não teria aceito. Quando o senhor Tomás acertou comigo, eu pensava que o crime de Vossa Mercê era outro. Agora é que fiquei sabendo do seu crime, quando recebi a ordem para amanhã. Amanhã Vossa Mercê deve de ir para a prisão del-Rei...

A prisão del-Rei, crime de lesa-majestade. Januário não entendia a fala desencontrada do carcereiro. De que ele estava falando? Que crime mais grave era aquele? Por que prisão del-Rei? Alguém o tinha denunciado, foi o que disse o carcereiro. Disso ele sabia, desconfiava. No seu desespero e abandono chegou a desconfiar de Malvina, ela não tinha ido se encontrar com ele no Sabará. Mulher capaz de todos os pecados, de todos os crimes. Foram prendê-lo no lugar combinado, só os dois, mais o preto Isidoro, sabiam onde ficava. Mas Isidoro, mesmo preto, não era capaz de uma coisa dessas. Acusação de roubo, o cofre de joias desaparecido, que ela lhe deu e que ele depois ofereceu a Isidoro para o preto fugir, era a prova do crime. De roubo, ele tinha ciência da acusação. Mas que novo crime mais terrível era aquele de que lhe falava o carcereiro?

Eu sei que estão me acusando de roubo, disse. É sobre isso que vão me ouvir amanhã, não é? Eu não roubei, disse Januário mais por dizer. Antes fosse roubo a acusação que pesa sobre Vossa Mercê, disse o homem procurando rir da ingenuidade de Januário. E ante a sua estranheza, começou a falar apressado, a explicar direitinho tudo o que estava se passando. Januário não podia entender, tudo estranho demais, tudo tão absurdo, nada daquilo era verdade. Devassa, o Capitão-General tinha mandado abrir devassa. As ordens eram severas, outros estavam sendo presos naquela mesma hora. Quem foi que maquinou aquilo tudo? A traça infernal, de que ele seria incapaz de escapar. Acionada a manivela que moveria a primeira roldana, ninguém seria capaz de parar aquela máquina diabólica. Era miúdo demais diante da trama contra ele. Por mais absurda que fosse a acusação, tudo se casava tão direitinho, se colava nele como uma luva. Ninguém ia acreditar no que pudesse dizer, na sua verdade particular. Ele próprio se sentia impotente, custava a acreditar não ter sido ele o autor da traça maldita que agora procuravam lhe atribuir. O próprio Capitão-General tinha tomado a si a providência de mandar abrir devassa, amanhã devia ser ouvido, eram as ordens severas. Haveria tortura, acareações.

Foi então que ficou sabendo de tudo. Tinha sido preso por roubo, o que não era verdade, a verdade era outra, ele não podia nunca dizer. E mesmo dizendo, como provar, se só ele e Malvina sabiam de tudo? Ninguém podia suspeitar nada de Malvina, ninguém sabia do que tinha se passado entre os dois. Só Isidoro, mas de que valia o testemunho de um preto, além do mais seu escravo?

Nisso vinha pensando sem cessar desde que preso há uma semana atrás, sem encontrar explicação que pudesse satisfazer não apenas aos seus juízes, mas a si próprio. E agora lhe vinha o carcereiro com um absurdo ainda maior, ele custava a acreditar que alguém pudesse sequer pensar. Mas visto de longe, sob a lógica fria de fatos tão bem acasalados, parecia a ele mesmo mais verdadeiro do que a verdade que só ele sabia. A sua própria verdade às vezes parecia ser a mais absurda, não a outra agora inventada.

Tem de ser hoje, já recebi ordem, disse o carcereiro quando lhe contou o plano para a fuga, conforme o combinado com o pai. Já recebi ordem de cima para transferi-lo para a prisão del-Rei. Ali nem eu nem ninguém pode fazer nada por Vossa Mercê, mesmo que o senhor Tomás tivesse o maior cabedal da terra. Prisão del--Rei, começou Januário a pensar, invadido por um temor sufocante que mesmo em sonho jamais tinha tido.

E ficou sabendo de tudo. Tinha sido preso inicialmente por crime comum, foi o que lhe disseram. Por isso estava na prisão da Câmara. Mas a coisa se complicara, indícios foram se juntando a indícios, transformados em certezas que seriam facilmente confirmadas através de torturas e acareações. O potentado João Diogo Galvão era importante demais para o Capitão-General, para el-Rei. Prisão del-Rei, voltava a pensar apavorado. Nem eu nem ninguém vai poder fazer nada, disse o homem.

Tudo fazia sentido, voltava ele a pensar no seu círculo vicioso. As peças se ajustavam perfeitamente. Só não fazia sentido a sua própria verdade. O seu crime foi outro, não o que ele tinha cometido, era o que lhe dizia agora o carcereiro. O absurdo o vencia, branco. No dia seguinte, a ferro e fogo, sob tortura, contaria o que quisessem. O sangue serviria apenas para confirmar o que de antemão se sabia. Me descobriram, descobriram tudo, mesmo o que não cheguei a sonhar, ia dizendo a si mesmo, sufocado pelo absurdo. Ele próprio começava a acreditar que era réu do crime que agora lhe imputavam.

Como prisioneiro del-Rei, ninguém pode fazer nada por Vossa Mercê. A voz do carcereiro, temeroso do que ia fazer, agora não podia mais voltar atrás, sob pena de também ser acusado e envolvido na trama. O pai devia ter gasto um bom dinheiro de contado. O serviço que estou prestando ao senhor Tomás não tem preço, não se cansava o homem de dizer. E aquelas palavras que ele ia ouvir, já de si terríveis, ganhavam cores mais negras diante da sua impotência e nenhum valimento, diante da absurda trama que agora lhe atribuíam. Tinham recebido uma delação do que se pretendia fazer. Um motim, foi o que disse o carcereiro. Cabeça de motim. Ele teria de dizer quem era o cabeça do motim. Ninguém acreditaria que era ele, um simples mameluco. Ele era apenas o braço, o seu gesto assassino tinha sido o aviso, o sinal combinado para que o motim tomasse conta das Minas. Ele teria de dizer o nome do cabeça, de todos que se achavam envolvidos na conspiração contra el-Rei. João Diogo, um dos principais da cidade, amigo do Capitão-General e del-Rei, a quem tinha prestado os maiores serviços, desde quando limpou os rios inficionados de aventureiros. Que muitas vezes tinha oferecido tropa de negros espingardeiros, mesmo brancos, e índios sagitários, quando soube que el-Rei e o Capitão-General careciam. Quando destruíram os grandes quilombos. Os nomes, diga os nomes. Você vai ter de dizer, diga logo. E ele agora, Januário, não sabia que nomes, não seria capaz de acusar ninguém. Bobagem, os juízes mesmo diriam os nomes, ele teria só de confirmar, de juntar a sua imaginação aos fatos que lhe contavam. Para satisfazer a fúria do Capitão-General e dos homens del-Rei, ele inventaria. Se sentia incapaz de tamanha proeza. Já via nas carnes os ferros, o fogo da tortura. Contaria tudo, mesmo o que não fez ou pensou. No seu medo e pavor, gostaria de saber alguma coisa, de ter ouvido de alguém alguma coisa, de poder imaginar alguma coisa, de poder imaginar qualquer trama que fizesse sentido. Mesmo sabendo que o crime de lesa-majestade (crime de capítulo de primeira cabeça, como lhe dizia o carcereiro, nenhum dos dois entendendo muito bem o sentido dessas palavras, mas sabendo-as terríveis) tinha a forca por punição, ele confessaria, tal o terror que a tortura antessentida lhe dava. A morte é melhor, pensava. Pensava na morte como uma libertação das torturas. Não, as dores não, não suportaria, dizia sem cessar.

O que você foi fazer, Januário! Não era mais o carcereiro, o pai é que falava com ele. Em que alhada você foi se meter! Eu não posso fazer nada por você além do que estou fazendo. Você vai fugir, não vai poder voltar nunca mais.

Mas eu não roubei nada, disse Januário tentando inutilmente explicar ao pai. Já se sentia culpado de todos os crimes que quisessem lhe atribuir. Não é o que dizem, disse o pai olhando-o demoradamente nos olhos, buscando ver nas suas sombras algum sinal que pudesse levá-lo a crer na sua inocência. A voz do pai era mais grossa e rouca do que de costume. O pai que ele sempre julgara tão poderoso era agora tão pequeno quanto ele. Só posso fazer por você o que estou fazendo, disse ele. Nem isso eu podia fazer, rematada loucura. Por que eu vim aqui? Eu não devia ter vindo. Podia fazer o que estou fazendo, mas não devia ter vindo. O pai parecia falar com outra pessoa. Podem me envolver, achar que estou metido em traça contra o Capitão-General, contra el-Rei... O pai falava para si mesmo, para alguém invisível. Eu não roubei, pai, quase gritou. Não carecia de roubar, pai, disse ele tentando trazer o pai para a sua presença, os olhos apavorados como ele nunca antes tinha visto.

Não é o que dizem, era só o que sabia dizer o pai. Dizem que você roubou mais pra disfarçar, a coisa é muito pior. Foi por vingança e desforra, sinal para levante. João Diogo foi o primeiro, os teus companheiros sabem agora como fazer. Conspiração, motim, levante, essas traças de que não entendo, de que tenho até medo de entender. Eu que nunca duvidei, que nunca conversei com ninguém sobre a justeza do que faz o Capitão-General ou os ministros del-Rei!

O pai falava ora para ele, ora para alguém invisível, procurando se justificar de um crime que nem chegaram a lhe imputar. Teve pena do pai, do que estava sofrendo por ele. Os teus companheiros, meu filho, agora já te abandonaram. O Capitão-General armou uma máquina terrível, ninguém vai ter a coragem de pôr a cabeça de fora.

Que companheiros, meu pai? começou a dizer, mas desistiu, via que era inútil, nem mesmo o pai acreditaria no que ele dissesse, a sua verdade não valia nada, moeda viciada. A cidade toda está em pé de guerra, a capitania toda, continuava o pai. Crime contra el-Rei, de lesa-majestade, é o que dizem. Tudo é crime contra el-Rei. Por onde quer que a gente vá, esbarra em soldado. Vai ser difícil você escapar. E se escapar, só mesmo não voltando nunca mais você pode não morrer. Eles podem botar a sua cabeça a prêmio, você tem de sumir daqui. Mesmo você longe, eles podem julgar, mesmo condenar. Mesmo enforcar de modo fingido, em efígie feito dizem. Mas com a mesma valia. Já fizeram muito, ainda fazem e vão fazer. É a lei del-Rei, o braço del-Rei é muito comprido e forte, ele vai sempre atrás de você. Só mesmo sumindo daqui. Qualquer um poderá te matar, não é crime.

O pai se calou, esperava ver no filho alguma coisa que pudesse negar a certeza que agora tinha de que ele era culpado. E como Januário não disse nada nem ele pôde descobrir nos seus olhos a negação em que no fundo não acreditava, continuou. O que posso te dar é isso que te dou, é tudo o que tenho por enquanto. O mais que tinha já gastei pra comprar a fuga que te dou. Saiba dar valor a ela, meu filho. De qualquer maneira, o homem que você é, que você era, não vai poder ser nunca mais. Se quiser continuar vivo, se for ladino como eu espero...

A voz do pai era agora mais rouca e sombria. Acreditou descobrir nela um timbre de lágrima, das lágrimas que ele nunca viu o pai chorar.

Mesmo tendo a certeza de que o pai não acreditaria no que ele ia lhe dizer, precisava dizer. Pensou em lhe contar tudo o que tinha se passado entre ele e Malvina, até o fim, as coisas mais escondidas, os pensamentos mais secretos. Pai, foi ele dizendo sem muita ênfase, nenhuma certeza de que o velho pudesse acreditar no que ia dizer. Pai, nada disso é verdade, tudo isso é invenção, loucura do Capitão-General e dos seus homens. Eu não fiz nada disso. É caso de mulher, de Malvina. De dona Malvina, disse ele diante do espanto do pai. O quê? Que história é esta que você está inventando? Deu agora pra mentir? Está querendo dizer que desonrou casa dos outros só pra eu acreditar que não é culpado de crime contra el--Rei? Você está perdido, Januário. Mesmo eu acreditando no que você me diz, mesmo assim você estaria perdido. Filho meu carijó só tinha mesmo de me desonrar...

Inútil, inteiramente inútil tentar convencer o pai. Nem o pai, ninguém sabia nada do seu caso com Malvina. As suas idas à casa de João Diogo eram tarde da noite, escondidas e embuçadas, pelos portões dos fundos, na Rua das Flores. Se não podia convencer o pai, como é que ele ia se arranjar com os outros?

E o pai, parecendo que ouvira o que ele apenas tinha pensado, disse mesmo se você pudesse me convencer, se pudesse dizer a verdade, quem é que ia agora convencer o Capitão-General, os juízes, a cidade inteira? Me diga, Januário. Essas coisas, quando começam, ninguém pode mais parar. É feito carro em ribanceira. Ninguém pode. Nem o Capitão-General, ninguém. Você está perdido, meu filho. Só não voltando. Não volte nunca mais.

Januário não disse nada, era muito pequeno para o que estava lhe acontecendo. Se nem o Capitão-General, dizia o pai. Ele tinha razão, o pai conhecia as Minas, a lei e o braço del-Rei. Os homens do Capitão-General fariam ele confessar o que bem entendessem. O próprio Capitão-General, o próprio Vice-Rei, cada um queria ser mais zeloso nos negócios del-Rei. Eles estavam loucos por um bode expiatório, para exemplar. Careciam de uma vítima, para melhor poderem fazer a cobrança dos quintos. Quando chegasse a derrama, viria. Era o que falava o pai, e tudo tinha encadeamento e sentido.

Muito mais veraz do que a sua própria verdade, reconhecia ele impotente; o pai tinha inteira razão.

Isidoro deu-lhe outra vez a garrafa. A pinga desceu áspera arranhando a goela, foi queimar o estômago vazio. Como se tivesse uma ferida na boca do estômago. Se retorceu de dor, no vazio. Quer uma broa? disse o preto. É de ontem, Nhonhô, daqueles tropeiros. Mesmo sendo de ontem, é bom forrar a barriga com alguma coisa, não é bom ficar bebendo de barriga vazia. E passou-lhe a broa. Januário mordeu um pedaço, começou a mastigar. Dura e seca, um gosto de farinha velha e mofada entalando a garganta, dava gastura no nariz. Mastigava a massa dura e seca, não conseguia engolir, cuspiu.

O efeito da bebida, a bruma nos olhos. Uma bruma que vinha de dentro, a cidade agora toda mergulhada em névoas. Mesmo as agulhas das torres da Igreja do Carmo tinham desaparecido, cobertas pelo lençol de bruma. Ele próprio envolto em nuvem esbranquiçada. O frio que a bebida afastava com o seu quentume bom. Quando se mexeu, a cabeça rodava. Uma sensação de tontura, ele e o mundo giravam. A máquina do mundo girando, ninguém podia mais parar. Você está perdido, na ribanceira. Ninguém, metido num inferno, entre polias e rodas dentadas. A grande boca que o devoraria. Morto, é capaz de que eu esteja morto, dizia. Quem sabe se viver não é morrer, a gente é que não sabe, pensa que está sonhando. E que só depois, na morte, ele encontraria a sua vida. O pensamento não era assim ordenado, mais a sensação difusa de que tinha morrido, estava há muito tempo no inferno. O inferno em que vivia fazia um ano, com os seus demônios e pesadelos. Malvina, João Diogo e o pai eram sombras vindas da escuridão infernal. Vinham das brumas, das bandas do além, só para atormentá-lo. O próprio Isidoro, cujo branco acastanhado dos olhos podia adivinhar, ali a seu lado, lhe dava a impressão de que não existia: uma sombra na memória, uma figura vinda das brumas de um sonho. Morto, no inferno. A mesma impressão difusa de que estivera sonhando, entranhado no imo pesado e negro de um grande sonho. Aqueles sonhos atropelados, uns saindo de dentro dos outros como muitas caixas vazias. Ele sonhando, o pensamento absurdo de que alguém o sonhava. Carecia de voltar. Mas não estou dormindo, estou morto, voltava a dizer. Morto, no inferno. O sofrimento é que lhe dava a impressão de que vivia, estava apenas sonhando. E no inferno ou no sonho ele se movia com aquela ilusão de velocidade que aumentava progressivamente, assustadoramente, até se tornar insuportável, feito ecos se repetindo na grande campânula de um sonho, nos desfiladeiros infinitos, cuidava enlouquecer.

Mas sabia não estar dormindo. Quando dormia era diferente, conhecia bem os seus sonos e insônias. Aquela sensação cataléptica, o formigamento nos membros, de que dormia, quando na verdade estava acordado. Assim há vários dias, não conseguia ser derrubado pelo sono pesado e total, pelo total aniquilamento, pela morte provisória. Ansiava por essa morte que o reunificaria, mas contraditoriamente não desejava dormir. A fantasia de que, dormindo, estava entregue a todos os perigos. A fantasia mágica de que, acordado, podia dominar o mundo, os seres e as coisas: nada aconteceria sem ele querer.

Sonolência do cansaço, não era bem sono o que sentia. Não estava dormindo, tudo era confuso e estranho. Insone era como se estivesse dormindo: as coisas perdiam a dureza de suas arestas, se esbatiam esfumadas, viviam num estado espectral de sonho. Dormindo era como se vivesse na sua maior lucidez e claridade, diurno. Tudo era límpido e puro, as coisas retomavam as suas quinas e durezas. Era capaz de ver o mundo na sua mais perfeita integridade, os mínimos detalhes, nada lhe escapava. Nenhuma sombra, nenhum gesto. Era quando sabia que estava dormindo. Porque quando na maior claridade, banhado por uma luz forte e branca, crua, que podia cegar, era um baque no peito, um estremecimento e repelão nos membros – ficava sabendo que estava dormindo, tinha acabado de sonhar.

Nesse estado confuso e cataléptico, lúcido e lunar, branco e prateado, os seres e os acontecimentos perdiam a sua temporalidade e sequência, as coisas que tinham mesmo acontecido se misturavam às ainda por acontecer, iam e voltavam, naquela fatalidade monótona e inquietante dos sonhos de repetição. Aquela mistura pastosa de sonho e realidade, em que passado, presente e futuro eram da mesma cor, da mesma intensidade.

De tal maneira pensara e sonhara a sua volta à cidade (o encontro com Malvina, as primeiras palavras, os primeiros silêncios prenhes; depois, ele enfrentando os soldados na praça, a sua própria morte), que esses sonhos ganhavam a intensidade e lucidez fria das coisas acontecidas. No futuro, quando tivessem mesmo de acontecer (ele na praça, os soldados municiados com as balas do preceito, o tinir das varetas nos canos dos mosquetes, a ordem de apontar; fogo, gritou o comandante, e ele caiu sob o clarão da pólvora incendiada, o corpo varado de balas: mesmo morto podia ouvir os comentários dos soldados), se não acontecessem como ele tinha mil vezes pensado, era capaz de pensar que não aconteciam, ele apenas sonhava. Toda essa mistura brumosa de passado e futuro, e mesmo a sensação de presente (o formigamento, a dor nos membros e no peito cansado) o deixava tonto: a cabeça girando, cuidava que ia desmaiar.

Assim a primeira vez, faz pouco, Malvina no seu cavalo mouro, ao lado do enteado. O ciúme que lhe dava agora, como se acabasse de acontecer ou ainda viesse. A cena tão nítida, feito ele tivesse sonhado ou pensado, não tinha acontecido, ainda podia acontecer.

E assim foi que viu, via ou ainda veria Malvina na sua rica cadeirinha de armar, os dois pretos de libré, a caminho da Igreja do Pilar, para a posse do governador.

A mão de Malvina descerrou a cortina de damasco, os dedos longos e macios na carícia antessentida, e ela, abrindo a mantilha, se deixou ver inteiramente: o esplendor dos seus peitos nevosos e duros, aveludados, brilhantes à distância.

E sorriu, sorria para ele, tinha a certeza de que sorriria ainda uma vez, meu Deus. E ele viu os peitos cheirosos que depois iria apalpar e beijar e mordiscar. Via a boca pequena e carnuda, os lábios umedecidos naquele adorável e amoroso sestro de passar a pontinha da língua por entre os dentes. Veria os olhos rasgados e redondos, luminosos, azuis, deitando chispas, sorrindo para ele. E viu os cabelos suspensos na trunfa emperolada, os fios brilhantes. E via os ombros redondos, toda ela uma só harmonia arredondada de miríades de brilhos e cheiros – mesmo de longe ele podia sentir, e até a pequena pinta junto da covinha no rosto. Toda ela uma promessa de felicidade e gozo para sempre, de um prazer tão tenso e intenso como ele nunca tinha experimentado ou experimentaria. Quando se prolongava demais e se esticava na sua maior tensão de corda musical, ele cuidava que o peito e a alma iam súbito romper na maior agonia, como se fosse possível estender até à morte a dor do gozo.

Cego de paixão ele se perdia, acompanhava-a ousado, não se importando se reparavam no seu atrevimento de seguir dona casada na rua. Agora sabia que ela era mulher de João Diogo Galvão, vinda de São Paulo (da nobreza vicentina, se dizia na admiração paulista), da nobreza esbranquiçada à força feito manga amadurecida, embrulhada em papel ou guardada em fundo de gaveta, de São Vicente, ou melhor – de Taubaté, de onde mesmo foi que ele a buscou (as riquezas acrescentadas, mais as prometidas) para acabar com a sua viuvez. João Diogo com mais do dobro de idade do que ela. Ele feio, enrugado e velho; ela jovem e bela, desmesurada e desusadamente bela e jovem.

Januário se perdia e era capaz dos maiores desatinos só para vê-la, para sentir e aspirar a aragem de sua presença, para ficar perto dela. Por ela tudo tinha feito ou faria.

Na cadeirinha de cortinas agora escancaradas, Malvina chegava mesmo a botar a cabeça e o busto de fora para ele vê-la inteira e poderosa, e com os olhos a possuísse. Via-se no fogo brilhoso dos olhos: ela queria ser possuída e derrubada, destruída. Se mostrava sem nenhum recato, só para ele.

E como a cadeirinha se movia agora mais depressa, ela chegou mesmo a se virar, os olhos acompanhando-o enquanto se distanciava levada pelo passo apressado dos pretos no embalo da rua inclinada. Ele sorriu para ela e ela sorria demorado para ele (com os olhos, com a boca, mesmo com o brilho subterrâneo da pele) e de tal maneira ele estava possuído e a possuía, que perdeu o último pudor e receio de ser visto, se inclinou na reverência, tirou o chapéu para ela.

Quando de novo se ergueu, viu que ela prosseguia no sorriso que continuaria a vibrar trêmulo no ar que nem as macias ondas de um sino; mesmo ela longe, afastada dolorosamente dele. Malvina respondeu ao seu gesto com outro galanteio. Como se estivessem num salão todo iluminado de mil bugias, sem cuidar de que podiam estar sendo vistos. Ninguém viu, tinha absoluta certeza de que não sabiam de nada, por isso a surpresa nos olhos do pai, a impossibilidade de provar a sua inocência. E ela fez assim com o leque, abrindo-o num amplo meio círculo, feito ela fosse não a recatada esposa de um homem velho, zeloso e ciumento, mas uma cortesã, bailarina ou artista de comédia.

E ficou então sabendo que ela estava pronta para ele. Agora era questão de mais dia menos dia, de mil e uma astúcias para poderem se encontrar, se falarem. Sabia como essas coisas eram difíceis, senão impossíveis aos seus olhos de mestiço, mas que aconteceriam.

Ela na janela do sobrado, os cabelos agora soltos, no à vontade da tarde modorrenta. Se tinha perdido o brilho e o luxo dos vestidos domingueiros, que a transportavam para a janela enluarada de alta torre senhorial, ganhara aquele morno calor de intimidade – o quentume bom, cheiroso e demorado, de mil promessas.

De novo se olharam, ela tornou a sorrir, agora mais demoradamente, tão demoradamente e aflita que ele teve de abaixar os olhos. Quase de pé no cavalo, jogou a flor para ela. Sem nem mesmo cuidar que pudesse ter gente espiando, ela se levantou, gata arisca e astuta, apanhando a flor no ar, guardava no seio. Não viram, nunca chegaram a ver, se tivessem visto seria fácil provar. Porque depois os dois se cuidavam, a comunicação passou a ser feita não pela linguagem simbólica das flores, mas através de Isidoro e Inácia, mucama de Malvina, que levavam e traziam os bilhetes e cartas. Até que os bilhetes e cartas se tornaram insuficientes, e os dois passaram a se encontrar à noite, ele entrando sorrateiro e embuçado pelo portão da Rua das Flores, em hora aprazada, no costume.

Malvina saltando de dentro das sedas e tafetás, das cássias e melcochados, das cambraias e holandas, nua e desprotegida de suas pétalas, como uma rosa à noite se abre, mesmo assim mais pequena e formosa, soltando inteiramente os cabelos – de perto eram mais brilhantes e cheirosos, estalavam.

Nua na cama, se entregando loucamente. Sem nenhum receio de que o marido, no outro quarto, o do casal, pudesse acordar e dar pela sua falta e sair à sua procura munido de punhal e pistola, pronto para matá-la; ele teria de defendê-la. Assim a sua fantasia. Ela parece que querendo ser surpreendida: os gritos, o amor tão violento, demorado, de gata saltando sobre telhado. O fogo não sossegando nunca, ela querendo sempre mais, provocava-o trejeitosa, gata e rainha.

Aquela mulher selvagem na cama. Os cabelos ruivos, uma mulher de fogo. Aquela ruiva de fogo que ele não merecia quando comparava a sua pele escura de mestiço puxado a puri, e a sua bastardia, com a brancura e a nobreza, de geração limpa, feito diziam, de Malvina. Fazia tudo aquilo somente para perdê-lo, para ele poder matar e morrer, via agora claramente.

E ela toda nua, sem aquele pudor forçado, de mil gritinhos, das mulheres que ele conhecia, era o costume. Os próprios pelos, daquela mesma cor ruiva de ouro velho, pareciam brilhar sombrios na meia escuridão que apenas uma pequena lâmpada de oratório iluminava. Mesmo ela deitada ou reclinada, os peitos pareciam sempre duros e empinados. E sobretudo aquele cheiro penetrante e quente (ainda agora sentiu) chamando-o.

E entre suores e arrepios, quentes ais e suspiros que ele procurava abafar com a boca, para não acordar João Diogo Galvão, os dois se amavam e se entregavam no corpo a corpo da luta de mil fogos acesos, e se pacificavam extenuados, no silêncio de lago que se seguia, e os dois agora cansados e silenciosos quase se liquefaziam na lassidão dos membros, do peito, do ventre satisfeito. Para de novo tudo depois incessante renascer. Porque ela assim melhor o prendia e assassinava.

De dentro da névoa que a claridade do sol matinal vinha desfazendo, começou a se movimentar a procissão de Corpus Christi. Agora de repente a noite virou dia luminoso e o sol brilhava intenso. Estranho, a procissão se parecia demais com o aparatoso cortejo que o Capitão-General mandou preparar para a sua execução. As mesmas gentes e irmandades, só que no cortejo do enforcamento não haviá santos e andores, carros triunfais e figuras de Ventos e Planetas, a não ser os padres e o cruciferário. Quando Mulungu apareceu rebrilhando negro como untado de alcatrão, uma estátua de bronze, soberbo.

Era uma procissão como ele nunca se lembrava de ter visto. Igual a esta, só mesmo vi menino o Triunfo Eucarístico, na era de trinta, disse um velho muito antigo e magro, se lembrando, detrás das cãs, dos olhos sem brilho e empapuçados, a boca murcha cuspindo perdigoto. Era um velho muito seu conhecido, só que agora, por mais que aflitamente forcejasse, apelando para a memória, o nome não lhe acudia. Que importância tinha o nome? Mas angustiadamente procurava se lembrar. Devia ser confusão, miolo mole, lembrança disparatada de velho. Ele não podia ser menino na era de trinta, senão não seria tão velho agora. O velho envelhecia cada vez mais, encarquilhado. Procurava fazer as contas nos dedos, para ver se o velho podia ser menino na era de trinta.

Súbito o velho deixou de interessar, ele suspirou aliviado.

Agora seguia de longe a procissão, os olhos maravilhados. O cruciferário erguendo alto o Cristo de prata, todos se ajoelhavam se benzendo à sua passagem. Mulungu, o peito, nu, brilhoso. O que estava fazendo ali o preto Mulungu? Não, não era sonho, ele sabia, apesar da nitidez diáfana, do brilho das coisas. Procurava atribuir a presença de Mulungu à cabeça cansada, à sua confusão de espírito. Também não era coisa que Isidoro tivesse contado, nada ainda tinha acontecido: a sua prisão no Sabará, a sua fuga da cadeia, a conversa com o carcereiro, a despedida do pai. A sua morte em efígie ainda ia acontecer na praça, veria pelo branco acastanhado dos olhos de Isidoro, raiados de sangue.

Mulungu sumiu, voltou para as brumas, para as trevas de onde viera. Era mesmo uma procissão de Corpus Christi, agora tinha absoluta certeza. Via a boca do velho, a cara esbranquiçada, que comparara a procissão de agora com a festa do Triunfo Eucarístico. A boca murcha desdentada, só os dois dentes grandes da frente, se abrindo e fechando feito mastigasse, a fala esganiçada de flauta de bambu rachada. A flauta rachada fora antes, quando ele ainda ouvia o que o velho estava dizendo. Não agora.

As ruas enfeitadas de arcos cheios de dísticos e insígnias. Lá vinham vindo os carros e as danças e as máscaras e as irmandades. Os turcos e os cristãos militarmente vestidos, os vistosos uniformes e turbantes com broches de pedra do tamanho de uma moeda, as espadas e adagas de prata reluzente acompanhando o ritmo da dança e da música. Os carros dos músicos, os seus instrumentos e vozes. Os romeiros e ninfas, os anjos e serafins, vestidos com as cores todas do céu, as asas de penas brancas e veludosas, faiscando estrelas e pedrarias. A gente miúda: os pajens e negros trombeteiros e gaiteiros, com suas dragonas, alamares, passamanes, fivelas e botões dourados. As alegorias do Oriente e do Ocidente, da Lua e do Sol, a Primavera ornada de flores. E a maravilhosa e inventada figuração dos Sete Planetas, da Fama, dos Quatro Ventos. Cercados de pajens e ninfas, podia-se ver de Mercúrio à Vespertina, da Alva a Saturno. Norte, Sul, Leste e Oeste. Todos vestidos à trágica. E as cabeças coroadas de plumas, cocares e caraminholas de fitas vermelhas. E os cavalos de alto preço, nenhum cavalo sendeiro. Os mouros, os ruões, os morzelos, os alazões, de pelo muito escovado e lustroso, as crinas e rabos entrançados e enfeitados de vária fitaria, guizos e sininhos polidos que nem ouro. Os xairéis agaloados, as selas de veludo, os freios, caçambas e passadores de prata. Uma festa luzente, rebrilhosa, de ouro e riqueza.

E vinham as irmandades todas, dos Pardos da Capela de São José, das Almas e de São Miguel, de Conceição de Antônio Dias à do Rosário dos Pretos, do Pilar do Ouro Preto, dos Perdões e Mercês, nas suas melhores e trabalhadas opas de sedas, fitas e bandas, com as suas insígnias e padroeiros bordados a fio de ouro e prata nos guiões de damasco colorido e franjado. Na maior ordem e respeito, o chápte-chápte das botas e sandálias no silêncio e unção, segundo o grau e destaque de cada um, das mesas do Carmo e São Francisco ao menor dos irmãos do Rosário dos Pretos e das Mercês. Carregando as suas varas, tocheiros e cruzes de prata, polidos a rigor. Com seus andores e charolas forrados de seda, brocado e damasco, em caprichosas volutas de talha dourada, onde luziam os santos e santas, os oragos da devoção de cada um, cobertos de mantos com renda prateada, cheios de estrelas e crescentes de lua bordados a pedraria e vidrilho faiscante.

E os padres com os seus paramentos tão luzidios e ricamente bordados como os mantos das imagens. Os turíbulos de cheiroso incenso, as navetas. Pareciam nobres reis magos trazendo incenso, mirra e ouro para o Menino. A espantosa pantomima, a festa.

Mais atrás, o Capitão-General, no seu custoso e brilhante uniforme, as suas veneras, bandas e dragonas, cercado da nobreza militar e literária, do Senado da Câmara, do terço de dragões. E finalmente o Divino Sacramento sob o pálio carmesim, a sua custódia de ouro e pedras.

E tudo ele via nítido e preciso, como se as coisas existissem sozinhas e isoladas e não misturadas e embaralhadas, cinzentas. Com um olho lúcido, agudo e imóvel de relojoeiro montando e desmontando complicado engenho. Ele via de novo, revia.

De repente os olhos pararam na aparatosa e risível figura de João Diogo Galvão, bem ao lado do Capitão-General, por ele chamado amigo, com carta de próprio punho del-Rei. E ficou vendo-o feito um alfaiate ou costureira vestindo-o para a festa.

Em que João Diogo se tinha tornado! Um casquilho, um cortesão! Era um outro homem, um outro João Diogo Galvão. Não mais a casaca de antigo camarista, severa. A casaca agora de veludo verde-garrafa debruado a ouro. A véstia de cetim verde, de um verde mais claro que a casaca, estampado de ramagens brancas. A laçada grande no pescoço, as pontas caindo em estudado desleixo. Os calções de brocado, as meias de seda pérola, os sapatos de cordovão, a vistosa fivela de prata. O chapéu de três pancadas, com presilha de broches, debaixo do braço em sinal de respeito diante da presença do Capitão-General e do Sacramento. Era agora um homem polido, maneiroso. Os punhos da camisa de renda fofa e refolhuda.

Um outro homem, um outro João Diogo Galvão. Em que Malvina o transformou! Tudo por amor de Malvina, para cativá-la. Assim ela queria. Em vez do antigo correão de sola (se lembrava da primeira vez que viu João Diogo, Januário menino), um talim de veludo. A velha espada ou catana, que tinha cortado muito mato, aberto muita picada, decepado muita orelha de negro fujão e cabeça de índio (feito seu pai bandeirante, de Taubaté, dos primeiros a chegar ao Tripuí depois dos descobertos), tinha sido trocada por um florete de copo de prata, de nenhuma serventia senão compor

71

a rica figura. Em vez dos cabelos selvagens e desgrenhados, a cabeleira empoada, o laço de gorgorão refolhudo no rabicho. Mais que tudo, a cara rapada, muito branca, empomadada, coberta de polvilho (que horror, meu Deus!) substituíra a barba agressiva e mateira de antigamente. Da mesma maneira que a sua casa não era mais um castelo de armas no Padre Faria, com escravos e cabras embalados, de potentado em armas e arcos feito se dizia, desde que se mudara para a Rua Direita, uma casa assobradada e de sacadas rendilhadas, também ele era outro. Meu Deus, que escândalo! Do antigo potentado fizeram um casquilho cortesão. Ele sentia nojo do velho João Diogo, ainda não de todo acostumado, no desajeitamento das novas roupas. E o pior era que ninguém ria, todo mundo parecendo nem notar, é capaz de que achando até bonito. A boniteza do espalhafato que a gente miúda aprecia. Será que só ele, no seu ódio ruminado, espumante, reparava? Será que só ele, por causa de Malvina?

De repente se viu, todos os olhos se voltavam para o Capitão-General. Não bem para o Capitão-General, mas para João Diogo Galvão a seu lado. O velho parecia começar um passo de dança, cambaleava. Voltavam-se para ele, como se pudessem ver, debaixo da cara empoada e melenta de suor, empastada, escorrendo, a sua palidez de cera. Alguma coisa se passava com ele, João Diogo devia estar sentindo alguma coisa. As pernas foram se vergando, o corpo bamboleou, foi se esparramar no chão. Os homens em volta, o próprio Capitão-General se abaixou (aquilo causou muito efeito, para depois, na sua política) para ajudar a abrir a casaca, desabotoar a véstia, a camisa suada.

O cortejo parou. O Capitão-General gritava qualquer coisa para os homens ao redor. Veio a sege dourada do Capitão-General, que o acompanhava a uma certa distância para um caso de necessidade. Tudo aquilo acrescentava muito as suas grandezas, ele já de si tão grande por nascimento e tença, com nome de pai e avós arrolados em livros del-Rei, dizia-se na basbaquice áulica e louvaminheira. Carregado nos ombros pressurosos, o velho foi metido na sege, que partiu barulhenta, os ferros e cascos tinindo faiscantes, luminosa de ouro e sol.

Aparando com a mão a chama da vela, cuidando da luz como de um ovo ou do ouro em pó nos pratos de uma balança, para que o sopro da fala apressada e aflita não a apagasse, Malvina repetiu mais uma vez a traça que há muito vinham maquinando. Vinham é modo de dizer, na verdade tudo aquilo era ideia de Malvina, ela é que maquinou.

No princípio ele não queria, propunha sempre outra saída. Por que a gente não vai embora sem isso, se você me ama mesmo? A gente foge, ninguém vai nos achar, dizia tentando demovê-la, a ver se convencia Malvina a simplesmente fugir com ele. Não, dizia ela. João Diogo vai atrás com a sua gente embalada, vai nos catar no fim do mundo. Você não conhece João Diogo, a sua mão. E depois, para que viver fugindo, cada dia num lugar, sem pouso certo? Não, Januário, esta vida que você quer me dar não me serve. Sou lá cigana arranchada, São José mais Nossa Senhora fugindo em burrinho? Nossa Senhora que me desculpe o exagero da comparação, mas não dou pra viver fugida em lombo de burro. Você não diz que me ama, que faria tudo por mim?

Era capaz dela ter razão. Dona de casta, acostumada no sossego morno da riqueza, de jeito nenhum poderia viver a vida que ele lhe propunha. Tinha de fazer como ela desejava, não podia mais passar sem ela. O dia que não se encontrava com Malvina era de uma tristeza canina, de feroz e desconsolado desespero. Agora queria Malvina só para ele. A simples ideia de que João Diogo vivia a seu lado, ou mesmo Gaspar, deixava-o desatinado. Ultimamente os encontros, cada vez mais perigosos e arriscados, iam se tornando difíceis, senão mesmo impossíveis, escasseavam. Hoje não pode, ela mandava dizer nas cartas, por intermédio de Inácia ou de Isidoro. Nem amanhã. Não sei quando é que vai poder ser. Daquela que o ama e tem como senhor do seu coração, dizia ela na esperança, espevitando a chama da sua paixão, e bordava os arabescos da assinatura caprichosa. Ou então, sempre rebuscando preciosa os fechos das cartas e bilhetes, que ele guardava no peito como escapulários: daquela cativa na sua torre, suspirosa de seu senhor, Malvina. Ela mordia e assoprava.

E ele se desesperava por não poder vê-la, por não poder abraçá-la e possuí-la. Às vezes parecia que ela dificultava as coisas para forçá-lo a se decidir. João Diogo está doente, não quer que eu largue ele hora nenhuma, mal dorme, acorda a noite inteira, dizia ela, e a simples menção no nome do marido deixava Januário louco de ciúme. Ela não ia ao ponto de escrever o nome de Gaspar, mesmo por boca ela evitava dizer. Mas se não tinha essa ousadia, não falava mais como de primeiro – o velho, caprichava no nome de João Diogo, só para espicaçá-lo, no fundo ele sentia. Malvina era viva nas artes.

Você não terá de fazer quase nada, repetia ela. Basta a gente acordá-lo de repente. Assustado, nos vendo juntos, ele desmaia. É capaz mesmo dele morrer, sem a gente, você, carecer de fazer mais nada, dizia coleante, escorregadia, no sibilo. Ele está muito velho, fraco e doente, desfalece à toa, no susto eu garanto que é capaz de morrer, dizia indo e vindo, volteando, cerzindo, arrematando, bordadeira. Você não tem visto, não tem sabido, perguntava de repente surpresa, delicada, faceirosa. E lumeava, siderado ele achava que mesmo um doce cheiro segregando. Ele não podia nunca mais passar sem Malvina. Aquele dia na procissão, quando veio carregado, não morreu não sei por quê? continuava ela juntando razões, bordejando. Foi a custo que voltou, eu cuidei que a gente não ia carecer de fazer mais nada, tomava Malvina no ceceio macio, menininha. E não só a boca falava, mas os olhos, os meneios, o voejar zunido de abelha, a dança airosa dos gestos.

Você não terá de fazer quase nada, dizia ela agora outra vez, a mão ligeiramente trêmula protegendo a chama. Ele podia ver a grande sombra que a mão pálida e transparente projetava na parede branca. Era um breve tremor, mais um desejo dele de ver, de que Malvina fraquejasse e não carecessem de fazer o que tinham mesmo de fazer. Um breve tremor, ele é quem mais tremia. O apertão na boca do estômago, o medo de que na hora não tivesse força. Súbito ele tão forte, que já enfrentara situações piores, que já esfaqueara mais de um em brigas e desafios, sem nenhum medo, agora tremia diante da ideia de enfrentar um velho dormindo. O sono, o corpo abandonado, davam-lhe estranho medo. E na angústia e na escuridão, à luz trêmula da vela, ele antevia um corpo branco, largado, perigosamente largado, terrível no seu silêncio.

Ela era mais forte do que ele, percebia. É capaz de que porque ela é que maquinou tudo. E se ele apenas desmaiar, não morrer, ameaçar de voltar, como é que iam fazer? Aí a gente, você que é mais forte, vai ter de fazer. E diante dos seus olhos medrosos, como para sossegá-lo: não vai ter sangue, basta sufocar com o travesseiro. Se ele não morrer, quando tentar voltar a si. E ela era agora capaz de tudo dizer, macia; nada mais ele estranhava.

Por que aquilo, por que ter de acordá-lo? pensava Januário, lógico raciocinava. Apesar de mais fortes o medo e a angústia diante do corpo dormindo. Bastava sufocar com o travesseiro. Não, vinha ela astuta, quanto menos sinal a gente deixar é melhor, não vão descobrir nunca como é que foi. Porque ninguém, a não ser Isidoro e Inácia, sabe de nós. Eles vão saber que nós matamos o velho, disse ele. Nada, disse ela, eles também vão achar que ele morreu dormindo, a gente arruma o corpo depois.

Ele se via pequeno, menor do que ela. Uma certa vergonha de servir de braço a uma traça tão feminina. Preferia a luta, ele comandava, era dono e senhor dos seus gestos. Nada de luta, dizia ela adivinhando-lhe o pensamento. Se descobrirem que você o matou, nós dois estamos perdidos, a morte dele não valerá de nada.

Como ela podia ser tão fria, como tinha pensado tudo? Você leva o cofre, vai me esperar no Sabará, dizia Malvina. Quando o perigo tiver passado e ninguém mais suspeitar, eu vou invento que vou visitar a minha madrinha no São Francisco. Passado o perigo, a gente pode mesmo voltar, se quiser, sem dar muito na vista. Ninguém vai desconfiar de nada, ninguém sabe de nós dois.

Muito complicada a ideia do cofre, de ir para Sabará. Pra que aquilo tudo, se ninguém sabia de nada? Ele bem que podia ficar ali mesmo, ninguém sabia de nada. Mais viva, tinha sempre um jeito de convencê-lo. Porque aqui, meu bem, você vai querer me ver, eu também, vai dar na vista, tudo pode ir por água abaixo. Quando tudo tiver passado, se você não quiser viver aqui, a gente pode ir para os sertões do São Francisco. Com as posses que ele me deixar, a gente vai poder viver uma vida regalada, só nós dois, sem ter de ficar fazendo tudo apressado e escondido. A gente pode mesmo se casar, pensando bem é melhor.

Às vezes tinha um certo nojo dela, de pensar friamente assim essas coisas todas. De si próprio também. Mas fazia por esquecer, concordava.

Vamos, disse ela puxando-o. Sem o anteparo da mão a chama da vela tremeu mais, enquanto caminhavam pelo corredor. A sombra dos dois na parede era enorme, a dela muito maior do que a dele. Ele seguia-a manso, um menino puxado pela mão de sua mãe. A mão dele úmida, a mão de Malvina fria. Como frio e úmido o gosto do beijo que ela lhe deu antes de saírem do quarto dos fundos, onde costumavam se encontrar. Antes a boca era quente e úmida, cheirava a quentume. Agora, quando o beijou, era apenas fria e úmida. A mão dele é que suava. Como é que podia ser assim tão segura de si, tão fria? pensava ele horrorizado, com medo de Malvina. Aquele sestro de umedecer os lábios com a pontinha da língua, que tanto o esquentava, adquiria um significado terrível, o coração batendo mais apressado na goela.

E se ele pudesse se livrar daquela mão apenas fria? pensou miúdo. A mão de Malvina segurava-o firme, não era mais aquela mão lânguida, gordinha, macia, tão feminina, que o encantava; ganhava uma rigidez, uma força que antes não possuía. Resolveu ceder, a melhor coisa era se entregar à força que ela de repente passou a ter.

Ainda foi ela que girou a chave na fechadura. Tinha cuidado de tudo, das mínimas coisas, mesmo de trancar o velho. Empurrou a porta, a porta rangeu seca, enferrujada. O simples ranger da porta podia acordar o velho. Mas o barulho não era tão alto, o silêncio e a angústia é que o tornavam insuportável. Pisando de leve, entraram no quarto de repente iluminado pela luz da vela. Na cama de cortinado de seda fina e transparente, arrepanhado por uma fita larga nos cantos, o velho se remexeu ajeitando, feito um cão no seu sono, como se apenas o seu corpo tivesse percebido a luz e a presença dos dois no quarto. Voltava-lhe aquela impressão de amulheramento que lhe deixara o velho aquela vez na procissão. Na sua magreza, na camisola branca, bordada, com punhos de renda fofa e refolhuda, João Diogo parecia mais uma velhinha faceira sonhando com os anjinhos do céu.

A que ela tinha reduzido o marido; pensou ligeiro, sem cuidar que não fora ela que o transformara, ele é que se mudou por causa dela, para cativá-la. Como ele próprio ali estava fazendo o que no fundo não queria: manso, passivo, amulherado.

No silêncio e na angústia, o coração descompassado na goela, cuidando de mal respirar, as coisas ganhavam uma vida que antes não tinham. E ele via tudo na maior nitidez, vagaroso. Nada lhe escapava, como se não apenas o velho no seu sono, mas os próprios objetos o ameaçassem. E como a própria cama se parecia com aquele velho casquilho todo empoado e brilhoso na procissão. Os varais finos e delicados, toda filetada, a tábua da cabeceira com o mesmo filete branco desenhando festões, folhas e flores, que circundavam o dístico O AMOR NOS UNIU.

Tudo ele via, as mínimas coisas e tudo o ameaçava. A cara lavada e rugosa, a boca murcha entreaberta na respiração ressonada e barulhenta, os cabelos soltos, secos e sem brilho, feito cabeleira das imagens roxas nos seus nichos, parecia mesmo uma velhinha em ruína. Não fosse a angústia comprimindo o peito, e o medo, teria achado João Diogo tão risível quanto da outra vez. Mas não conseguia ao menos dominar os músculos da cara, que tremiam. Na angústia e no medo, magnetizado pelo cortinado de seda, por aquele corpo afundado no colchão de palha que rangia (como a porta rangeu) ao menor movimento do velho no seu ressonar, viu o corpo se virar, a mão direita cair para fora da cama. Aquela mão magra e ruguenta, escura, cheia de veias grossas, manchada, que se destacava do braço seco e branco, os tendões à flor da pele, feito cordas, de tão salientes, parecia não pertencer àquele braço, ganhava vida própria, era um bicho.

Afastou a vista do velho afogado entre lençóis e fronhas bordadas, correu os olhos por todo o quarto. O assoalho de tábuas largas, as paredes brancas, o teto apainelado, a cômoda filetada feito a cama, a canastra de sola pregueada com as iniciais J. D. G. Estranho, como ele se interessava por essas coisas miúdas e desimportantes, que de repente ganhavam uma significação especial, cheias de vida e sombra, de sumo e presságios. Sentiu um baque no peito quando viu, encostado num canto, o clavinote velho, que devia ter sido do pai de João Diogo, de boca larga, de mais nenhum uso certamente, apenas lembrança.

Por que se ocupava, por que se detinha naquelas miudezas? Talvez para não se ocupar do corpo mesmo do velho afogado entre bordados e rendas, o ressonar grosso e incômodo. Do que teria mesmo de fazer. Malvina lhe soltou a mão, se afastou um pouco. Os olhos de Malvina de repente não eram mais azuis, escureciam. De um brilho duro, que revelava apenas a aflição de acabar aquilo tudo ligeiro, ele custava tanto! Ele cuidava de mal respirar ou de respirar acompanhando o ressonar do velho, feito desejasse magicamente dominar de longe o seu sono, e que o velho só pudesse acordar quando ele permitisse. Siderado pelo cortinado de seda, pela mão magra e escura, mal conseguia se mexer.

Os olhos pousaram nas chinelas, e junto da mão caída, como se o velho, inconscientemente, no seu sono, desejasse alcançá-la, a pistola aparelhada de prata, o cano longo. A pistola era de um brilho faiscante. Ainda o mesmo homem que não conseguia dormir longe de uma arma, indefeso, entregue, como se, mesmo com a vida tranquila e pacificada de agora, não pudesse dispensar a sua pistola, assaltado por medos noturnos e ansiedades. Ela não tinha lhe falado naquela pistola, pensou ligeiro. Ele estava desarmado, de repente se lembrou, como era louco e descuidado. Mas o velho ressonava, ao menor movimento suspeito ele podia facilmente dominá-lo de um salto.

Olhou de novo para Malvina, mudamente lhe perguntando sobre a pistola com certeza carregada, com certeza o cão armado. E ela disse apenas aflita (com a boca? os olhos?) vamos, ligeiro. Entendeu o que ela queria dizer, o que ela disse. Ligeiro, só podia ser agora, não tinham tempo a perder.

E foi se aproximando da cama, com o pé imobilizaria aquela pistola, caso o velho súbito acordasse. Não chegou a dar dois passos,

Malvina se aproximava de novo dele, procurava lhe alcançar a mão. Viu, não com os olhos, presos ao corpo que agora retorceu como sentindo a presença dos dois no quarto, mas com a mão, que ela lhe passava qualquer coisa. Sentiu a dureza do cabo, o frio da lâmina, ela lhe passou um punhal. Ela estava preparada, ele não, pensou ligeiro o seu instinto. Ela não lhe dissera nada da pistola, do punhal. O velho tornou a se mexer e as pontas dos dedos (o braço agora todo fora da cama) quase tocaram a pistola. Quem sabe o velho não dormia, estava apenas fingindo, a ver se conseguia alcançar a pistola sem ser notado?

Antes que pudesse com o pé alcançar a arma, Malvina deu um grito. Voltou-se para ela, e quando menos viu, João Diogo estava sentado na cama, a mão empunhando a arma. Havia uma espécie de riso nos olhos, na boca murcha do velho. A pistola apontada para ela, para ele.

Ele vai atirar agora, pensou vivo o corpo de gato de Januário, pronto para o salto, a fim de evitar a descarga.

E o que antes era apenas uma suspeita, se confirmou: o velho ria maldoso, soberano detrás da arma. A boca começou a se mexer e ele disse você, bugre! para Januário; você, puta! para Malvina.

Malvina, porém, foi mais ligeira do que ele, fez o que nenhum dos dois esperava, soprou a vela. O quarto no escuro, Januário se jogou de comprido no chão. Um clarão, um estrondo. O velho acionara o gatilho. Agora está perdido, pensou mais ligeiro Januário junto da cama. De um salto estava sobre o velho, imobilizou-o. E gritava, sem saber por quê, gritava, índio jugulando onça.

O corpo do velho imobilizado, ele cravou fundo o punhal no peito magro e duro, sentia ora a resistência do osso, ora o fofo do colchão de palha. Uma, duas, três, não sabia quantas vezes, apunhalava a esmo. Uma fúria, sentia uma fúria poderosa nos dentes rilhados. O velho gemeu uma, duas, três vezes. Depois emudeceu, não se mexia mais. Mesmo assim Januário continuou abraçado com ele, como se temesse algum resto de vida.

Vamos, disse Malvina, e só então percebeu que ela estava viva, que a descarga da pistola podia tê-la ferido. Vamos, disse ela, e ele seguiu a sua voz, tateando no escuro, até alcançar a mão que o catava. Por aqui, disse ela conhecendo de olhos fechados a casa, sem carecer de nenhuma luz.

Atravessaram o corredor mais claro, em direção ao quarto iluminado, de onde tinham vindo. Na claridade da candeia pôde ver que ela estava lívida. Com medo, perguntou ele. Não, disse ela, mas havia na sua voz um tremor, uma pressa incontida. Não era medo, mas alguma coisa pior, não sabia o que era, e ele é que tremia.

Agora vai embora ligeiro, já! disse ela quase gritando. Salta pela janela. Pode vir gente pelo corredor, com certeza ouviram os gritos que nós demos. O cofre, não se esqueça do cofre!

E sem cuidar da altura, ele saltou a janela. Caiu sobre um pequeno telhado, foi escorregando até ao chão. Caiu de pé, já corria para o portão. Quando acreditou ouvir um tiro atrás dele, na casa. Depois outro, agora com certeza. Quem sabe o velho não tinha ainda morrido, fôlego de sete gatos? Abriu o portão, e só então se voltou. No retângulo iluminado da janela se recortou a figura de Malvina. Ela gritava qualquer coisa seguidamente.

SEGUNDA

JORNADA

Filha do sol, da luz

1

QUANDO JOÃO DIOGO GALVÃO decidiu de novo se casar, foi de um gesto inusitado e magnânimo: ouviu o filho sobre a justeza e sabença do que ia fazer. Disse quem era a escolhida. Uma moça muito boa de São Paulo, da nobreza vicentina, fez questão de acentuar. Das melhores famílias de Piratininga. E com a boca cheia, o que não mais chocava o filho, tantas e tão ligeiras eram as transformações por que o velho passava, das roupas aos gestos mais cuidados e elegantes, as maneiras rebuscadas, com a boca cheia disse uma Dias Bueno! Gente fidalga, de linhagem e cota d'armas, com nome escrito nos livros do reino.

Era disso que eu estava carecendo, disse modesto. E a voz cresceu de novo, como se tivesse vergonha daquela modéstia e procurasse compensar com a voz a fraqueza de se confessar sem linhagem. Porque ouro e fazenda não lhe faltavam, posição tinha. É verdade que recebera o Hábito de Cristo, mas requerido, pelo seu próprio merecimento, e do pai. Sou tido como amigo del-Rei, continuou; e o Capitão-General o recebia quando ele desejava, ouvia-o mesmo em assuntos de governança. Quando quiseram acabar com o perigo dos quilombos, foi a ele o principal a que recorreram. No Senado da Câmara, se falava, diziam logo amém.

Gaspar ouvia na aparência desatento, os olhos na janela aberta, um meio sorriso nos lábios.

Tudo isso que nós temos, ia dizendo o pai, foi conquistado por mim e por teu avô, que Deus tenha. Tudo no peito e na coragem, com muito sangue e perigo. Tudo de meu é muito suado.

Atrás de nós não há nada, é sertão bruto, areal. A nossa linhagem, se a gente pode falar assim, a bem dizer começa comigo.

Porque o velho Valentim Amato Galvão, pai de João Diogo, se confundia com os mamelucos, dormindo em pousos com índios e pretos, nunca se deitou em cama fofa. Como ele próprio no princípio da vida, quando os dois atravessaram aqueles sertões todos, do Taubaté ao Tripuí. Sopro que vem de rei a rei, feito se diz; de nascença e bem-querença, feito se diz; nobreza sem mancha de geração, era ela que vinha trazer para a casa deles.

E como Gaspar olhasse perguntando, ele disse as tuas mãos estão limpas, Gaspar, as minhas não. As de teu avô nem é bom falar.

O avô Valentim tinha chegado a matar branco, porque índio não mansueto pouco contava, ele matava índio até por distração, pensava Gaspar. Depois conseguia perdão del-Rei do crime de branco. El-Rei sempre perdoava, carecia muito dos seus serviços, por causa da preação e dos descobertos.

Gaspar continuava calado, só pensando, os olhos no chão. Achava graça naquelas falas novas do pai, mas não sorria, o cenho preocupado. Não só nas roupas e nos modos o pai andava agora diferente. Gaspar era todo respeito e unção. Os olhos sonhosos e puros, pensativos, que ele costumava trazer sempre baixos. As longas pestanas e o negrume brilhoso dos olhos, que faziam as mulheres suspirarem inutilmente. Diante do pai e das mulheres, sobretudo se o miravam mais detidamente, costumava corar.

E agora ele não sabia se o pai estava apenas cumprindo uma nova obrigação ou se desejava mesmo saber o que pensava de assunto tão particular seu. Por isso ouvia calado, ponderava. O que também era aliás do seu feitio. De poucas palavras e fala curta, gostava mais de ouvir do que de falar: deixava que os outros acabassem primeiro, para então dizer umas poucas coisas, muito pensadas e medidas.

Era capaz do velho estar mesmo querendo um conselho. Depois, diante do entusiasmo com que falava, do brilho e fogo que renasciam nos seus olhos já baços e cansados, iluminando aquela cara crestada do sol (se lembrou) de muitos sertões e faisqueiras, trigueza que ele agora disfarçava a poder de pó e pomada, cada dia acrescentando mais demão, Gaspar conteve as rédeas: melhor ver onde é que o velho ia parar.

O meio sorriso de Gaspar se explicava – o pai tinha agora uns olhinhos piscos de menino arteiro que acaba de fazer alguma ou de receber mimo. Já andava desconfiado das idas e vindas do velho a Taubaté, deixando com prepostos e capatazes os interesses das suas lavras e roças, já que ele filho pouco cuidava dessas coisas. Gaspar vivia sempre metido nos matos, com dois ou três negros espingardeiros, na caça grossa. Quando na cidade, solitário e trancado na sua livraria.

No início, antes dos comentários maliciosos que começou a ouvir, pensava que o pai ia rever velhos parentes. João Diogo era também de Taubaté, de onde partira Antônio Dias para os seus descobertos, até meio aparentado com ele. Tinha vindo ainda menino com o pai, o avô Valentim Amaro Galvão, em demanda do ouro do Tripuí, que parecia mesmo sem fim, de faiscação e lavra recentes, prometendo durar toda a vida, tanto que ninguém nunca cuidava da plantação. A mãe não queria que o marido levasse João Diogo. O menino mal fez doze anos, dizia ela. Um rapagão, já é homem, não quero filho amaricado, dizia Valentim, conforme gostava de contar o pai a Gaspar. Por causa dos perigos que eram aquelas entradas sertão adentro, desmatando e preando índios, guiados apenas pelo faro dos bugres meio amansados e dos mamelucos desabusados, pelo ímã do agulhão. As picadas e vereias incertas, apagadas, perigosas, infestadas de febres, feras e botocudos de decantada fúria e gula, que espiavam de longe as primeiras bateias nos ribeiros para caírem em cima de flechas e bordunas. Tanto se fantasiava.

Como o pai ainda era dado a mulheres e se vangloriava de suas aventuras (gente de sangue quente, diziam dele e do falecido Valentim), não escolhendo raça ou idade, ao contrário – preferindo mesmo as pretas e mulatinhas dengosas e tenras, Gaspar a princípio não deu muita importância àquelas ausências de meses seguidos. O velho sátiro ainda se atola em carne, dizia com certo asco. Uma crioula ou mulata de partido a mais, uma mameluca ou puri a menos, não iam encompridar demais o já longo rosário de pecados do velho João Diogo, dizia agora dando de ombros, conformado com o sem-jeito do pai. O que não acontecia quando Gaspar era mais novo e a mãe ainda viva, e ele ficava sabendo da existência de mais um bastardo, dos muitos filhos das ervas com que o pai ia povoando aquelas brenhas e sertões, e que depois certamente seriam nomeados e aquinhoados no testamento e nos codicilos. Como o cabedal era muito, Gaspar dava pouca importância às futuras generosidades; tinha a certeza de que a maior parte caberia a ele, único legítimo sucessor do grande potentado e magnate que era agora João Diogo Galvão. Os filhos das ervas, se nascidos escravos, seriam aquinhoados com coisa de pouca monta além da prometida alforria. O que mais o incomodava e, apesar da aparente indiferença de agora, o magoava, era o desassossego lascivo do pai, desinquietador de cativas e donzelinhas. O velho ainda levava um tiro de tocaia, era o que diziam. Além do mais e sobretudo, Gaspar era casto. Um puro de vocação e promessa, diziam.

O pai continuava falando. Gaspar ouvia em silêncio, os olhos sombrios, agora voltados para a janela aberta, voavam no azul.

Malvina, ela se chama assim, disse o velho. Um nome bonito e sonoroso, você não acha? Eu só de dizer o nome me parece que vejo a figura. Que figura, Gaspar! você vai ver.

Não vai ser tão cedo, pensava Gaspar. Quando ela chegasse ele não estava mais ali. Ia para o Serro do Frio, para umas casas que tinham ali, ficava por lá um ano, se não mais. Dava tempo ao velho, não queria presenciar falas amorosas, trejeitos melentos. Como tudo aquilo desagradava. Mas sabia de antemão ser dificultoso e sem proveito contrariar o pai. Mesmo que tivesse coragem.

Ela era muito bonita e prendada, dizia o pai. Sabia ler e escrever, os dois podiam vir a ser até muito amigos, iam ter muito que conversar. Ela faria companhia ao filho, que andava tão arredio e sozinho que chegava até a preocupar...

E depois de uma pausa, esquecido do filho, a lembrança lá longe no Taubaté, disse é mesmo uma lindeza. Nunca vi lindeza igual!

Será que o pai não ia se dar ao respeito? Abaixou os olhos, a ver se assim o pai moderava os sinos da alegria.

Uma lindeza, não se cansava de repetir. Ruiva, parecia que tinha lume nos cabelos, na cara. Uns olhos azuis faiscantes, feito duas continhas do céu, dois pingos de luz, duas estrelinhas caídas do além...

Era demais, um descaramento! Capaz do pai estar de miolo mole. Naquela idade falar daquele jeito na presença do filho. Sem nenhum recato, ele que sempre o respeitou. Gaspar se lembrava com certeza da mãe morta. Por ela tinha feito o seu voto de castidade para toda a vida, quando ela morreu e ele teve de voltar do reino, onde estudava, sem ao menos vê-la no caixão, entre flores e fitas, pela última vez. Aquelas falas do pai como que ofendiam e sujavam a memória da mãe. A mãe que era o contrário daquilo tudo que João Diogo falava, de uma beleza repousada e severa, toda mansidão, a alma grande e nevosa, da brancura e pureza mesmas do céu. O pai agora ofendia a memória da mãe.

Vossa Mercê não carece de carregar nas tintas, disse rápido numa estocada. O pai sentiu na carne a cutilada do filho, fuzilou-o com os olhos. Gaspar sabia como enfrentar o pai: abaixou os olhos, não disse mais nada, o seu silêncio pesava.

João Diogo se continha, puxou um pigarro fundo valendo por uma resposta. Era demais aquele seu filho Gaspar! Puro, virgem! Uma vergonha! Numa linhagem de padreadores e desbandeirados, aquela castidade era quase uma afronta, manchava o seu nome. Apesar da natureza frágil, da delicadeza e dos modos de mazombo que estudou no Colégio dos Jesuítas e Cânones em Coimbra, música com os melhores mestres no reino, que frequentou as cortes da França e Toscana, Veneza e Nápoles, Roma, que tudo teve do melhor, era Gaspar um homem coraçudo, dado à caça e aos matos entrançados e perigosos, que deixara de lado os modos e as roupas casquilhas em que ele João Diogo agora, depois de velho, se iniciava. Senão, podia até pensar que o filho era um amaricado. Não, Gaspar não era um amaricado. É só puro e virgem, dizia no consolo.

Embora Gaspar nunca lhe tivesse falado nisso, João Diogo custou muito a se acostumar com a ideia do filho. Queria iniciá-lo feito o velho Valentim o iniciou, na dura lei do sertão, conhecendo todas as coisas da vida. Para que os outros, quando o vissem passar, dissessem ali vai um filho do potentado João Diogo Galvão, de assinalada memória. Apesar do muito respeito e unção, Gaspar parecia não gostar da sua presença. Só o respeito e a unção valiam e consolavam. O filho ficava que nem lacre, abaixava os olhos toda vez que tentava lhe falar das suas passadas aventuras, dos seus casos amorosos. Quando não tinha ainda desistido de guiá-lo na vida. Melhor deixar de banda, era o que dizia então.

Não agora. Agora ele disse você está pondo reparo nas minhas falas, no que eu estou falando? Não, pai, de jeito nenhum, disse Gaspar. E depois de um silêncio maior, é que eu achava, em respeito à alma de minha mãe, Vossa Mercê devia me poupar de ouvir essas palavras namoradas, que ficam melhor na boca de um rapaz cortesão e peralta.

Viu o pescoço do pai engrossar, as veias incharem, o vermelhão na cara, a fúria que podia explodir. Depois a brancura súbita, ele podia ter uma coisa. Não queria questão com o pai, respeitava-o. O velho fizesse o que lhe desse na telha. Na verdade, não devia nem mesmo ouvi-lo, era fora do costume, pai nenhum fazia aquilo. Antes que a cólera rebentasse ou o velho desfalecesse, disse Vossa Mercê não me leve a mal, me perdoe. Eu disse num repuxo de coração, pelo muito amor e devotamento de minha falecida e santa mãe.

Era demais para ele, o velho custava a se acalmar. Cuidou de rezar um credo em silêncio, sempre esfriava o sangue. Apesar do gênio colérico, aprendera a se conter diante do filho, cujas letras e sabença respeitava. Não tinha sido à toa que o mandara para fora. Só lamentava que Gaspar não tivesse concluído os cânones em Coimbra. Depois da morte de Ana Jacinta não quis mais voltar para o reino. Podia ser um figurão na comarca, não era. Vivia sozinho, na caça ou trancado no quarto. O pai sabia de sua fama de estúrdio e esquisitão. Na cidade riam da sua pureza e castidade. Mas respeitar, sempre respeitavam. Porque o filho, apesar de não ser nenhum arruador, tinha bom tiro. Era pelo menos um consolo. Como um consolo a razão por que o filho não terminou os últimos estudos. Um coração nobre, a devoção que dizia ter pela mãe. Via, porém, que não era só esse o motivo de todo o respeito que tinha pelo filho. Desde criança Gaspar era sisudo e caladão, de sua pessoa ressumava e resplendia uma aura de respeito. Feito alguém não carece de falar alto e grosso para ser ouvido.

Apesar de não entender o coração do filho (puxou pela mãe, na família de João Diogo não tinha ninguém assim daquele feitio), de querê-lo um digno continuador do seu nome e fazenda, de sangue esquentado e peito sanhudo, que era o de que mais careciam aquelas Minas traiçoeiras e sanguinárias, aqueles sertões de bichos e bugres, aquelas vilas e lavras e roças de pretos rebelados e fingidos, que só a poder de muita chibata e bacalhau amansavam, apesar de tudo isso, respeitava-o, e depois que desistiu de encaminhá-lo na vida e aceitou o risco de Deus, amava-o de todo o coração. Não ia de ser agora que deitaria a perder uma relação que a custo de muitos recuos e negaças tinha se tornado boa e harmoniosa.

Filho, eu te entendo, disse agora calmo e pausado. Não era letrado, tinha mesmo nenhuma sabença, mal sabia garatujar o nome. No fundo ainda era um homem dos antigos, dizia, que as modas de hoje mal escondiam. Debaixo daqueles panos era ainda um homem de bandeira. Feito o pai Valentim, cristão velho na fé, que Deus o tivesse na sua glória. Mas entendia o coração do filho, pelo menos tentava. Só com o que não conseguia atinar era o que tinha a ver a falecida mãe com tudo aquilo. A sua Ana Jacinta, que sempre venerara e a quem nunca deixou faltar nada, que Nosso Senhor a tenha. Sua falecida mãe está no céu, meu filho, na Glória, disse. Ela quer é descanso de alma, não está cuidando de nossos negócios terrenos. Deixa ela em paz, reze por ela.

Era o senhor pai que agora falava, Gaspar só tinha de obedecer. Sim, meu pai. Vossa Mercê é capaz de que tenha razão. Mas eu sou mesmo assim, é do meu feitio, não consigo ser de outro jeito. Nasci assim, vou morrer assim. Pau que nasce torto, só machado endireita, não é o que o senhor sempre diz?

Não, ele não queria endireitar o filho a machado. Só queria que Gaspar o entendesse, não queria magoá-lo. Por isso o escutava.

Mas carecia. Falava agora manso, e havia um molhado de ternura na sua voz. Carecia de dar descanso à alma da mãe, do contrário ela não achava paz no seio de Deus, no rebanho dos santos e anjos. A quantidade de missa que mandava rezar por ela não tinha conta. Mesmo no seu testamento, que ia fazer antes de se casar, ela teria missa por mais de um século, enquanto durassem a lembrança e gratidão dos homens e os ratos não comessem os papéis do cartório.

Um antigo Gaspar, mazombo lido em livros de França, antigamente dado às luzes e às ideias, aos versos e à música, e que, de repente, com a morte da mãe, tudo abandonou para voltar às Minas e adotar os modos e roupas rudes de agora, a barba crescida, selvagem e arredio, um antigo Gaspar meio que sorria irônico da crença ingênua do pai. Pai, Vossa Mercê não repare no que eu vou dizer, mas missa só não adianta. Rezada ou cantada, com vigário ou bispo. O que vale é o coração.

De novo a cara do pai escureceu, o sangue subia-lhe à cabeça. Vossa Mercê não me leve de novo a mal, eu peço perdão. Se Vossa Mercê, senhor meu pai, acha que eu não devo de dizer o que penso, a gente não deve continuar. Na verdade, não carecia de me ouvir em nada, bastava me comunicar o seu querer. Vossa Mercê sabe que a sua vontade é lei, eu beijo ainda agora a sua mão, respeito.

O velho de novo se acalmava, era muito ciente e jeitoso aquele seu filho. Uma pena ele não ter querido acabar a faculdade, podia ser hoje ouvidor. Mas mesmo ciente e jeitoso, corria perigo. Aquelas falas, aqueles livros. Só saber outra língua, ter livraria sem ser clérigo ou letrado, era muito perigoso. Sabia que de vez em quando o filho falava certas coisas mais abusadas, tinha ideias estúrdias. Aquilo que disse uma vez na presença do Capitão-General e ele bondoso e amigo fez que não ouviu, de que tinha até muita honra em ser mazombo, deixara-o acabrunhado. Chegou mesmo a dizer ao pai coisas piores, sobre governança. Rematadas insanidades, melhor esquecer. Foi o que fez, agora se lembrava.

Meu filho, vou lhe dizer uma coisa, guarde o meu conselho, disse. Era palavra de quem o amava e que sofreria muito se alguma coisa de ruim lhe acontecesse, os tempos eram perigosos. Ele não devia de nunca falar assim. Nem pensar alto, as paredes têm ouvido, se lembrasse sempre. O que Gaspar tinha lhe dito sobre missa, que o que valia era o coração, podia perdê-lo. Tinha sonido de Lutero e Calvino, um desses do satanás. As línguas andavam soltas, o Capitão-General era seu amigo, mas não perdoaria nunca se soubesse que tinha um filho herético, de partes com os fumos do demo. Eram ideias de satanás, nunca lhe disseram os padres da Companhia? Mesmo que o Capitão-General, por sua causa, de quem era muito chegado e de quem gozava da privança, não quisesse, se alguém fosse lhe contar que Gaspar duvidava da Fé, e assim del-Rei, ele tinha que obrar. Sabia que o filho não pensava mais assim, mas essas ideias de satanás andavam pelos ares, eram miasmas que vinham com os navios. O Capitão-General era homem de coração bondadoso, mas cumpridor, obrava no seu ofício. E então, com toda a sua força e valimento, nada ia poder fazer por ele.

Eu sei, meu pai, me calo, lhe agradeço, disse Gaspar. Aliás tinha deixado de pensar como antigamente, quando vivia entre peraltas e academias no reino. Quando viu que mazombos e branquinhos eram tudo gente da mesma laia. Quando falavam em ideias luminosas, só pensavam mesmo em si e no seu acrescentamento. No país das Minas, povoado de pretos e mulatos, caribocas e mamelucos, pensar como eles pensavam, deixando essa gente toda de lado... Eles é que tinham de tomar a si a empreitada, toda essa terra era deles. Depois, não acreditava mais em conversas desocupadas, puro desfastio de espírito, luzimento de padres e letrados donos de escravos.

João Diogo ouvia lívido, o terror pintado na cara. Ainda bem que o filho vivia agora sozinho pelos matos, não tinha amizade com branco nenhum, ninguém podia escutá-lo.

E era contra a razão eu me servir de escravos e pensar como pensava... Gaspar não continuou, aquilo era tão absurdo para o pai, de tão difícil entendimento! Melhor calar. Pai, mais uma vez o senhor me perdoe a língua solta, disse. É que eu fico tanto tempo sem falar que até me perco quando falo. Quanto a esta parte, Vossa Mercê pode ficar descansado.

Era isso o que eu esperava ouvir de você, disse o pai se recuperando. É muito perigoso, meu filho, não convém. Lembre-se sempre – as paredes têm ouvido.

Agora um silêncio embaraçoso começou a pesar entre pai e filho. No silêncio, de repente a sala ficou fria e escureceu. Era como se mil aranhas tecedeiras e silenciosas tivessem tapado a janela azul.

Vossa Mercê pode continuar, disse Gaspar depois de algum tempo. Me diga mais da dona que escolheu.

Agora tinha a certeza de que o pai não ia mais falar das belezas e confortos da sua futura madrasta.

Não é bem dona, meu filho. Não é o que você está pensando. Não é mais menina, mas ainda não é matrona. Já fez vinte anos, é mais moça do que você.

Gaspar sentiu um baque no peito, um horror mudo o assaltava. Pai, disse ele, Vossa Mercê vai outra vez me perdoar, pela última vez, mas eu careço de lhe perguntar umas coisas. Antes de tudo, Vossa Mercê está me perguntando por perguntar, por desfastio, porque quer falar com alguém sobre a mulher que escolheu, ou quer mesmo ouvir o meu juízo?

Pode falar, filho, disse o velho se contendo outra vez. Falar com aquele seu filho era feito passar o dedo no fio duma navalha. Quem pergunta quer ouvir, disse. Se um quer escutar é só a sua própria voz, que fale ao vento e assunte o eco. Se perguntou era porque queria saber.

Gaspar cuidou muito, pesou uma por uma as palavras antes de dizer. Apesar de falar que queria ouvir, o pai era capaz de não permitir franqueza, não estava no costume. Pai, Vossa Mercê já cuidou de uma coisa? Já pensou na diferença de idade? Vossa Mercê tem pelo menos três vezes a idade da moça.

João Diogo de repente murchava. Todo o sangue e alegria, todo o calor e luz tinham desaparecido. Era agora um velho quase humilhado, da idade mesmo que devia ter. Eu sei o que você está querendo dizer debaixo dessas palavras, disse se retomando. Quem vai me perdoar, se pai tem que pedir perdão a filho, agora é você. Sei que não gosta que eu fale de minhas coisas, de minha parte mesmo de macho, perto de você. Faz muito que não falo, dou muita volta atrás do morro quando falo com você, não reparou? Mas agora vou dizer, se quiser pode lavar as ouças depois. O tempo tem me alcançado muito pouco, meu filho. É verdade que não tenho mais o fogacho de antes, mas mulher nenhuma com quem me deito tem se queixado. Nunca, nenhuma ainda até agora. Umas até louvam muito, agradecidas. E olha que não é por causa da minha bolsa. Ainda vai demorar muito para alguém me dizer que sou um frouxo. Agora então, depois que eu conheci Malvina, parece que o quentume renasceu. Eu sou de novo o mesmo homem de antigamente! Vai custar muito para alguém me desmerecer!

A cabeça de Gaspar rodava, a cara ardia. Os olhos no chão, ele não ousava olhar a cara do pai. Não ia dizer nada para contrariá-lo, fizesse o que bem entendesse. Como sempre foi, como era norma, segundo o costume que o pai tinha querido quebrar.

Pai, Vossa Mercê faça o que bem lhe aprouver. Esqueça o que eu falei. Se é assim como diz, eu acho mesmo que deve de se casar. É melhor do que ficar por aí no vareio, sujeito a alguma traição ou malvadeza. Case-se, meu pai, é o melhor que o senhor faz.

O velho João Diogo agora sorria satisfeito. Tinha ouvido o que queria, este sim era o filho muito amado do seu coração. E para mostrar que estava feliz, se permitiu mesmo um conselho amigo, de pai para filho. Gaspar não devia se prender tanto assim à lembrança da mãe, no remorso, só porque não chegou em tempo de vê-la antes do saimento. Apesar de fraca (depois que você nasceu, ela nunca mais teve saúde, disse), ninguém podia adivinhar que ela ia morrer naquela hora. Se ele tivesse desconfiado que ela estava mais ruinzinha do que o de sempre, tinha mandado chamar. Mesmo assim havia o mar entre eles. Mesmo que mandasse avisar, ele jamais chegaria a tempo. O remordimento a gente cura é botando terra por riba, foi o que disse.

Tinha jeito não. O filho sempre fora assim. Você se lembra de quando morreu a sua irmã Leonor, perguntou, e viu que o filho estremeceu. Gaspar tinha o culto dos mortos, era duro de esquecer. Quando a irmã morreu, ele tinha sete anos e ela nove. Foi a mesma coisa quando Leonor morreu. Para arrancar Gaspar de junto do caixão foi um custo. Para tirar Leonor da sua lembrança foi uma luta, o menino só vivia cuidando daquilo, dela durinha e fria, as mãos postas no vestido branco, no caixão coberto de flores, um anjo indo para o céu.

Enquanto o pai ia falando, ele desviava os olhos para a janela, o azul limpo do céu. Era como se não ouvisse. O pai estava acostumado, ele ficava assim, mas ouvia. Feitio de gente estúrdia e esquisitona. Herdara aquele jeito da mãe.

E se tivesse acontecido com Gaspar o que aconteceu com ele, foi o que perguntou. Ele andava disputando a flecha e trabuco umas datas que pertenciam ao pai, nuns ribeiros inficionados, nas bandas do Serro do Frio. Devido a um recado mal dado por um positivo, que passou a outro, por boca, a sua mensagem, o pai cuidou que ele tivesse morrido. O velho Valentim teve um tal abalo que morreu mesmo na hora. Ele tinha no final da vida umas repentinas bambezas, que nem eu, disse o pai.

Ele também se sentira culpado daquela morte. Porque podia ter ditado a alguém uma carta contando ao pai o que tinha acontecido. Não ditou, e era como se, mesmo sem querer, o seu silêncio o tivesse matado. Mas viu que devia ser forte. Eu tinha de ter a fortidão do velho Valentim, que Deus tenha, disse. Era assim que faria se estivesse no lugar de Gaspar: procurava esquecer. Ele também tinha sofrido demais da conta, amava muito o pai. Mas tocou a vida pra frente, se esqueceu. Só de raro em raro, como agora, é que se lembrava.

Meu filho, disse, a gente não deve de contrariar nunca a vontade de Deus. A gente deve é de dar descanso aos mortos. Sofrer pelos outros é comum e caridoso, mas purgar a dor, esticar o sofrimento, é duvidar da certeza, abusar da pontaria de Deus.

Foi mais ou menos o que contou para Malvina a mucama Inácia, que tudo ouvia e tudo sabia. Essa a história que Malvina recompôs depois, juntando fantasia às conversas que veio a ter com as pessoas da cidade, com João Diogo e mesmo com o próprio Gaspar.

2

MALVINA NÃO DEU MUITA importância quando ouviu falar pela primeira vez no nome de João Diogo Galvão. Era com certeza mais um daqueles inúmeros geralistas que apareciam em Taubaté, de volta das Minas, aparentando mais cabedal do que na verdade possuíam. Depois se revelavam meros pingantes, não tinham de riqueza mais que duas braças de melcochado.

O que o pai mais queria era um daqueles tão decantados magnates do ouro e do diamante para casar as filhas e assim dourar o seu brasão desgastado e empalidecido, dando mesmo mostras de ruína, desde que se viu forçado a mudar de São Paulo para a vila de Taubaté, depois da má fortuna que teve jogando quase todo o seu cabedal nas bandeiras que partiam continuadamente para o país das Minas Gerais. Como tantos outros antes e depois dele, tão logo começaram a chegar as primeiras novas dos descobertos.

Malvina deu pouca importância porque sabia que a primeira a sair para salvar a tão apregoada casa e linhagem do pai, com raízes nos mais antigos livros do rei, devia ser Mariana. Mariana era a mais velha, andava beirando os trinta e cinco anos, o que deixava os pais desesperados com o futuro negro de uma solteirona em família nobre e empobrecida.

Não que Mariana fosse feia, ao contrário – era até bem bonita, mas de boniteza sem graça, chorona, apesar de esperta para outras coisas. É que os pretendentes eram mamelucos de cor mais carregada ou mesmo mulatos ousados, que disfarçavam, a poder de muito pó e pomada, a sua trigueza, e alardeavam fama e cabedal nas Minas Gerais. Os brancos sem mancha de geração eram uns pobretões que nem eles, e se o pai não tomasse cuidado, em vez de salvar a sua linhagem, acabava perdendo-a de vez. Depois de consultas e mensageiros, feitas as contas e apurados os cabedais e haveres que alardeavam possuir nos distritos das Minas (o velho dom João Quebedo, apesar de entrado em anos e já nas cãs da velhice, era muito vizonho e ligeiro para essas coisas), verificava-se que os pretendentes não valiam dez réis de mel coado, só possuíam bazófia e guizos.

Todos os que tinham aparecido até então não passavam de uns pobretões, mesmo pés-rapados audaciosos, senão pícaros. Tudo feito as vistosas e impróprias roupas com que se vestiam para alardear uma casquilhice que neles, sem a sabença das regras e sem traquejo, eram motivo de riso e chacota entre as moças do lugar.

De nobres como eles, de prosápia e casta, há muito que o pai deixara de cuidar. Não trazer cabedal e alargar pobreza é que é desatino, dizia o sábio velho toda vez que um deles o procurava. Depois deixaram de aparecer, ficavam sabendo – o famoso dom João Quebedo Dias Bueno era tão pobre e decaído quanto eles. Aliás se via pela casa terreira onde morava na cidade e mais ainda pela casa da roça no abandono. Enfim, todos com a mesma pontaria, farinha do mesmo saco.

Não que Malvina fosse assim tão desprendida, bem mandada, e aceitasse passivamente a ordem de precedência estabelecida pelo pai, depois de sutilmente soprado pela mãe. Mas a mãe perdera muito a força depois daquela descaída, quando o marido andava pelo reino em busca da proteção dos parentes com privança na casa real, de que nasceu o seu bem-amado e infeliz Donguinho, vergonha e tristeza de toda a família e mesmo uma das secundárias razões da mudança para a fazenda, e depois da falta de braços e cabedal para tocar a roca, para a vila de Taubaté. Dom João Quebedo aceitara aquele maldito Donguinho e acabou dando à sua Vicentina, por grandeza de alma e muita caridade, um perdão que ela nunca mereceu ou merecia, mesmo quando amatronada, sempre rubra e esquentada, nos esbanjamentos, perto de qualquer macho. Se a mãe antes mandava e imperava, agora se limitava apenas a insinuar e a soprar; quem decidia mesmo e comandava era o marido. Dom João Quebedo foi desde sempre um manso e soberano varão, perdoava as fraquezas da mulher, mesmo porque andava fraco e nunca a assistira com a desejada regularidade. Também ele tinha os seus pecadilhos de mocidade, mas se aproveitou daquele aberrante e doloroso nascimento para tomar da mulher as rédeas do comando. Isso há muitos anos, precisamente há trinta, que era a idade atual de Donguinho.

Malvina não era pois assim tão desprendida e bem mandada. Era moça de grande ânimo e vontade, de uma vontade, ânimo e astúcia tão grandes feito a mãe na mocidade. Além de se saber muito mais nova e bonita do que Mariana, confiava nos seus encantos e chamarizes, no poder infalível de suas maquinações. É verdade que os seus santos padroeiros eram muito fortes, ajudavam muito, mas ela confiava na sua própria fortidão e sina.

Assim, apesar dos seus vinte anos, Malvina era paciente tecedeira, Mariana virava uma sombra perto dela. Quando os enganosos desistissem e o bom e verdadeiro pretendente aparecesse, ela saberia como proceder. Malvina tinha a ciência e malícia da mãe, a que juntava a ambição do pai, que só a mansidão nobre e preguiçosa prejudicava. Só que nela essa calma e preguiçosa mansidão era apenas aparente, leve camada de verniz. Na verdade, era a mãe cuspida e escarrada feito se dizia, tinha a mesma beleza e presença, o mágico poder de dona Vicentina na sua mocidade. Diziam e Malvina sorria maliciosa e sabida. Confiava nas mansas e calculadas virtudes herdadas do pai, não se deixaria arrastar e se perder pela afoiteza da mãe. Na hora saberia como fazer. E assim sorria, pacientemente esperava.

Por gente de sua inteira confiança nas Minas, agora desesperadas depois que o ouro e os seixinhos brilhantes começaram a escassear nos ribeiros e grupiaras, apagando a ruidosa e desvairada alegria, dom João Quebedo mandou apurar quem era aquele apresentado João Diogo Galvão. O geralista lhe falara de suas sérias pretensões e perguntou se podia visitá-lo para conhecer a família. Vossa Mercê vai de novo para as Minas, para as suas casas, disse dom João Quebedo. Vou procurar saber, pelas fontes que o senhor me deu, das suas virtudes e valimento. Na volta a gente se fala.

João Diogo assentiu com a cabeça, todo o seu jeito era de homem sisudo e cumpridor. Mas dom João Quebedo, muito escolado nas malícias e artimanhas da vida, disse, mais para provar o homem, fica assentado: se tudo correr bem nas apurações, a moça é a primeira, de nome Mariana.

João Diogo grunhiu um está bem, e dom João Quebedo ajuntou: a filha, além do nome e da casta, das virtudes e bom parecer, dos modos e prendas (sabe até ler e escrever, o que não é de desmerecer, disse), pouca coisa tinha para dar. Não careço, disse João Diogo, Vossa Senhoria não sabe ainda quem eu sou. A moça Mariana, se Vossa Senhoria, depois da apuração que vai mandar fazer, me aceitar pra genro, levo ela pras Minas só com o vestido do corpo. De joias e mimos, das belezas e do restante eu cubro o seu corpo.

Dom João Quebedo corou, sentiu um repuxão forte por dentro. Apesar de pobre e decaído, tinha ainda a prosápia e o orgulho muito vivos e quentes na alma, a cara queimando. João Diogo podia perceber a sua vergonha e humilhação. Mesmo sendo rico como dizia sem exagero, o que muito o impressionou, o homem era grosso e rasteiro, apesar do disfarce e das roupas de vestir que agora usava para bem impressionar. Não ia levá-lo em casa sem antes ter a certeza de que as filhas, Malvina sobretudo, muito risonha, perdessem o siso e botassem tudo a perder. Primeiro teria de saber a verdade sobre o forasteiro de por si tão apregoada riqueza. Prudência e água benta não fazem mal a ninguém, disse para si mesmo.

Um grosso, um rude, com certeza ainda fedendo a preto e bugre, pensaram por ele o seu orgulho e linhagem. Mas se lembrou da carência, da sua Casa, cujo principal ficava no reino, de que tanto se orgulhava. Se lembrou da família, da mulher e das filhas; do insano Donguinho, sua dor, humilhação e vergonha, que ele teria de aturar a vida inteira, até que alguém (se solto nos pastos e nos matos quando na roça: cobrindo éguas se escapulia do quarto sem janelas, trancado a sete chaves; baboso, mijando pelas pernas abaixo, furioso) ou ele próprio, num dia de maior desespero, o matasse. Se lembrou da sua casa na vila, onde antes só vinha para as festas, agora morada permanente, com apenas seis peças da Angola que lhe garantiam o serviço e o sustento. Se lembrou das terras e chão, agora sem nenhuma valia; da sua Fazenda da Ribeirinha no abandono, o mato recuperando o terreno perdido, conquistado a duras penas, a casa de morada caindo em ruína. Se lembrou de que antigamente, nos tempos de fartura, a Fazenda da Ribeirinha era um mimo, um pomar viçoso; se lembrou da sua plantação de marmelo, do seu fabrico de conservas, das mais de duas mil caixas de marmelada e goiabada que mandava para a cidade da Bahia; das pereiras, das parreiras, das figueiras; das canas (chegou a sentir na pele a aragem imaginária vinda do antigo canavial), tachas e alambiques; das centenas de escravos labutando; dos pastos cheirosos, das bostas nas currais, o quentume bom no nariz, ele longe, do alpendre, só espiando preguiçoso; dos seus muitos bois de semente, das vacas cheias, das novilhas vazias saltando e mugindo no azul-cinzento do entardecer. Tudo isso carecia de voltar, meu Jesus! ele carecia muito de ser feliz e risonho. E em sonho a roça e os campos reverdeciam.

E mais longe, como um eco que se escuta sonhando, a música das violas e alaúdes, dos cravos e harpas e flautas sonorosas, das casas dos parentes no reino, das vezes que foi lá. Com ódio espumoso se lembrou da ingrata parentela, de muito valimento na privança del-Rei, que o abandonou quando mais carecia de ajuda para recuperar os grossos cabedais que foram se esvaindo naquelas malsucedidas empreitadas das bandeiras em que se meteu, não de corpo mas emprestando, quando queria somente uma recomendação ao Capitão-General das Minas para conseguir uns contratos, para então se mudar, quem sabe para Vila Rica e depois para a corte? O velho sonhava, o velho tresvariava.

Se lembrou da sua carência doída, das privações. Se lembrou da sua casta e brasão, sua linhagem e cota d'armas, que a sua humilhada nobreza ainda arrotava, e sentiu um apertão na goela, lágrimas nos olhos. Se lembrou principalmente da sua atual miséria, e pôs o orgulho de banda.

Porque aquilo que João Diogo Galvão disse, ele entendeu mal. Confuso e perturbado, o ouvido direito meio surdo, na sua humilhação entendeu o verbo cobrir no sentido mais chulo: Donguinho solto no pasto quando na roça, atrás das éguas. Só muito mais tarde ficou sabendo ser Vicentina, no seu amor e fraqueza pelo bastardo, quem lhe dava escapula. Agora, as chaves nas algibeiras, os uivos de Donguinho não o incomodavam tanto, só nas noites de insônia.

Tão distraído, tão metido andava dom João Quebedo nas suas sombrias ruminações, João Diogo cuidou que ele divagava nas cãs da caduquice e não somente não o ouvia como tinha se esquecido da sua presença, os olhos perdidos nas bandas do além. Dom João Quebedo, o senhor está me ouvindo? disse puxando-o pela manga da casaca puída, ruça, muito cerzida, mas limpa. Que o velho se cuidava, viu. Mantinha a duras penas a nobre aparência à antiga, a barba nevosa e perfumada, que não se usa mais – reparou o geralista que tinha rapado a cara para ficar mais na moda e impressionar as moças, agora que queria se casar e enobrecer.

João Diogo teve de puxar outra vez o velho pela manga. Hein? disse dom João Quebedo, só agora voltando dos horizontes nevoados das suas ruminações. Vossa Mercê falou alguma coisa? disse. Se falou, me perdoe não ter escutado, ando meio surdo, é a idade.

Tão nobres eram os modos e as falas de dom João Quebedo Dias Bueno, que João Diogo, com certo acanhamento, disse não, não tem muita valença, o principal o senhor já ouviu. Porque tudo aquilo, todo aquele polimento e modos o encantavam. Procurou guardar bem na cabeça a figuração do velho, para depois copiá-lo, quando de volta às Minas, no palácio e nas casas do Capitão-General. Só a barba é que não deixaria mais crescer. Afinal não era assim tão velho. A barba também lhe lembrava os passados e rudes tempos das bandeiras, quando à frente dos seus pretos e índios mansuetos, seus cabras espingardeiros, ele próprio seguia o rumo dos rios, o sol tostando nas faisqueiras.

Não me leve a mal, senhor João Diogo. Não é desatenção, tomou a dizer dom João Quebedo. Tinha agora muito boa impressão do homem. Se atrás daquilo houvesse cabedal, o brasão e a linhagem estavam salvos, toda a sua vida se reconstruiria como depois das chuvas reverdecem os pastos e canaviais. De novo já pressentia o cheiro bom do melado nos caldeirões e tachas, ele bamboando na rede. E na monotonia dos maníacos e saudosos, voltou a sentir na aragem o cheiro bom do capim meloso, da bosta quente dos pastos e currais.

Minha Nossa Senhora da Conceição, eu careço demais dessas coisas, ele mudamente pedia. Não me deixe morrer sem ter tudo isso de novo, implorava em oração. Eu pago missas, mando dourar talha de altar. Mando erguer uma capelinha na fazenda. Quem sabe não era melhor ele deixar aquilo tudo, ir para as Minas com o genro, a Vila Rica de tão decantada fama? Voltava a suspirar monocordicamente. Sim, iria para as Minas. Com o valimento do genro conseguiria contratos, voltava a prosperar.

E Donguinho? picou dentro dele um espinho. Dava-se um jeito...

Estamos conversados, na volta a gente se fala, disse João Diogo vendo o velho na pasmaceira, não voltando nunca mais. Vossa Senhoria me dá licença, eu já vou indo...

Quando chegaram as primeiras notícias sobre o pretendente, a comoção quase mata o velho dom João Quebedo. Passados os seus sonhos tresvariados de nobre decaído, dava o devido desconto, sabia que a riqueza de aluvião das Minas decaía, pouquíssimos eram agora os potentados. Cuidava João Diogo Galvão apenas bem de vida, gozando da privança do Capitão-General e Governador das Minas. Apesar das ausências de velhice, dom João Quebedo não era ainda caduco. Mas quase morreu.

Vicentina, Mariana, Malvina, venham ouvir, gritou esquecido dos modos. As filhas e a mulher pensaram que alguma coisa de muito sério tinha acontecido, dom João Quebedo ensandeceu.

Que foi, minha Nossa Senhora? disse dona Vicentina assustada, já mandando uma preta trazer chá de congonha bem forte.

O velho se deixou cair num banco, as filhas abanando-o. Derreado, lívido, suando frio.

O homem é um potentado, começou a dizer quando conseguiu fôlego. Potentado de grande séquito, rico em armas, prata e ouro, seixinhos brilhantes. Tem até tropa de mil pretos espingardeiros, índios sagitários, tudo como antigamente. A sua casa é um verdadeiro castelo de armas, me disseram. Mariana, alargue as ouças, escute.

E ele falava entrecortado, perdendo o fôlego toda hora, carecia de abanação.

Quem mais escutava, porém, era Malvina. Os olhos lumearam, deitavam chispas. Sim, nada de castelo de armas, de mil pretos espingardeiros, pretos só os de serviço, pensou. Um sobrado, um sobrado de teto apainelado, e não aquela casa deles de esteira barriguda. Tudo pintado na mil perfeição. Na melhor rua. E as baixelas de prata e ouro, as joias e vestidos custosos, as sedas e veludos, as cambraias e holandas, os damascos e brocados. Já se via no espelho, o penteado alto, as plumas, as joias refulgentes, a trunfa enfeitada de fios de pérola. Malvina, como o velho, desvairava.

Vendo os olhos da filha mais nova, dona Vicentina disse não é pra você, Malvina. A vez é da Mariana, foi o que o seu pai combinou.

Mariana, a quem não escaparam os olhos luminosos da irmã, já chorava. Ande, estafermo, se avie! disse a mãe dando-lhe um empurrão e se dispondo a falar.

É como eu combinei, disse o velho retomando o fôlego e as rédeas, olhando duro para a mulher. Pela conhecida semáfora ela ficou sabendo que dom João Quebedo tinha mudamente lembrado o seu bastardo Donguinho. Será que a senhora já se esqueceu? parece que ele dizia. Dona Vicentina se calou.

Mas eu não disse nada, disse Malvina fingindo espanto. Carecia de se cuidar. Os olhos me traíram, pensou ligeira. E num instante, a cara mais limpa do mundo, os olhos apagados, era toda a filha bem mandada e recolhida.

Eu sei que a vez é de Mariana, não vou trair a minha irmã, disse, e Mariana conteve as lágrimas. A própria mãe, tão ligeira quanto ela na esperteza, acreditou no que Malvina dizia. E para desfazer a má impressão que descuidadamente deixara transparecer nos olhos, Malvina completou: Ele deve de ter pelo menos três vezes a minha idade, pode até ser meu avô. Apesar da cara rapada e das pomadas e pós, a gente vê, disse se traindo outra vez. Estava num dia infeliz, se deixava levar pela novidade e emoção. Prometeu a si mesma nunca mais se deixar trair.

Como é que a senhora sabe, perguntou o pai, os olhos soberanos. Ora, senhor meu pai, eu vi detrás da rótula Vossa Mercê conversando com ele, disse, e o pai se aliviou.

Tudo foi feito e cuidado para quando João Diogo Galvão chegasse de novo. Os vestidos e casacas limpos e engomados, tudo bem passadinho. A casa vivia numa roda viva. Mesmo os pretos cativos que faziam serviço de rua para garantir o sustento da família foram postos na limpeza. E tudo, apesar da mal disfarçada pobreza (miséria é um inferno, pensou Malvina, os olhos magoados, a alma humilhada), era limpo. Não tinham mais alfaias e pratarias, tudo o mau sucesso levou. O que vale é a nobreza, minha filha, disse dona Vicentina para Mariana, enquanto lhe ajeitava o melhor vestido, que escapara às traças, guardado com muito cuidado na arca do quarto do casal. Porque o potentado João Diogo Galvão carecia de ter uma boa impressão.

E teve. Só que tudo foi inteiramente diverso do que se cuidou.

Quando João Diogo entrou naquela casa terreira e dianteira, casa de pobre endomingado, lhe apresentaram apenas Mariana. Malvina se trancara no quarto, disse que não ia atrapalhar festa de ninguém, só apareceria mais tarde, mesmo assim se fosse chamada. O que acabou de vez com as nuvens suspeitosas que ainda teimavam em perturbar o céu azulado das fantasias de dona Vicentina.

Na verdade Malvina só apareceu quando foi chamada, uma semana depois. Porque João Diogo podia reparar, pensou o pai. Podia sobretudo pensar que não era só o maldito Donguinho que vivia trancado.

De Donguinho João Diogo já sabia, mesmo debaixo de sete chaves ninguém esconde por muito tempo um insano na família. Como a beleza. Mesmo sendo um homem trancadão, que não dava estribo a conversa vadia, ficou sabendo da perigosa insanidade de Donguinho e da beleza da moça Malvina. Perguntou por ela. Não que se interessasse particularmente por Malvina, estava apalavrado era com Mariana, que mais lhe convinha, ele próprio achava, por causa da idade. Mas e a outra filha, senhor dom João Quebedo? disse.

E Malvina apareceu. Foi como se um sol entrasse na sala, todos pensaram na pasmaceira. Tão esplendorosa vinha. O vestido de seda farfalhante, o jeitoso penteado, a graça faceira da fita de gorgorão azul.

Onde a danada desta menina descobriu este vestido? deve ter pensado a mãe vendo ruir o seu castelo de sonhos. Atrevida, pensou certamente o pai. E o ruivo brilhoso dos cabelos, o lume dos olhos, a auréola iluminada que parecia rodeá-la, pensou João Diogo Galvão varado de luz.

E ela sorriu para ele ao se curvar na reverência. Lhe estendeu as pontas dos dedos, ele trêmulo apalpou. Chegava ao atrevimento de não recolher logo a mão, só recolheu quando ele a soltou.

Mas tudo nela ficava bem. Tudo nela me encanta, disse para si mesmo João Diogo, esquecido da sua palavra a dom João Quebedo. Uma pastora, uma daquelas lindas e soberanas pastoras de que falavam as liras e as odes que o Capitão-General gostava de ouvir declamar nas suas casas. Foi a comparação que ocorreu ao velho João Diogo fazer. Não que ele gostasse de liras e odes, mas de tanto ouvir dizer. Ele que chegava mesmo a cochilar nos saraus e academias de palácio.

Pelos olhos, pela frieza e tremor das mãos, pela lividez da cara do geralista, a fidalga Malvina Dias Bueno ficou sabendo que tinha vencido.

Daí em diante tudo aconteceu de roldão. De nada valeram as lágrimas de Mariana, os gritos da mãe, os ataques do pai. Malvina não dizia uma só palavra, tinham de adivinhar o que ela estava cogitando. Já desconfiavam. Ela se limitava a sorrir, o que levava a família ao desespero.

De nada valeu também a conversa que teve o pai com João Diogo Galvão, quando este lhe comunicou que se tinha de casar com alguém na sua família, esse alguém era Malvina. João Diogo já se decidira e quando ele se decidia, toda força para demovê-lo era puro desperdício. Foi o que disse dom João Quebedo à mulher, quando lhe comunicou que era forçado a dar a mão de Malvina. Depois, não adiantava refugar, o homem era um potentado, era capaz até de roubar a menina. E a gente fica sem os dedos e os anéis, disse ele a dona Vicentina, sentencioso, à guisa de desculpa. Quando não carecia: os dois pensavam da mesma maneira.

3

NÃO, ELA NÃO MORARIA por muito tempo naquela casa acachapada e terreira, sem comodidades, com a nudez dos pobres. Cansada de ser pobre, pouco se lembrava, ela menina, dos tempos de largueza e gastança do pai, quando chegou mesmo a dedilhar um cravo que ele mandou vir do reino para Mariana, na Fazenda da Ribeirinha em pleno verdor. Casa rústica, mas bem defendida, verdadeira fortaleza e castelo de armas feito dizia o pai, no que não exagerava. Não, de jeito nenhum, foi a primeira coisa que pensou Malvina ao entrar na casa de João Diogo Galvão, no arraial do Padre Faria, em Vila Rica.

Uma casa feito casa de sítio ou roça, sem muitos móveis e alfaias, desguarnecida de tudo aquilo com que sonhava a imaginação fértil e poderosa de Malvina. De tudo aquilo pelo que ela se viu forçada a fazer o que fez com Mariana e a família (se consolava dizendo que só ela seria capaz de salvar os pais e a linhagem, Mariana sendo muito boba), se sacrificando não (embora tenha sido o que ela pensou quando viu João Diogo em camisa de dormir, na cama do casal), mas querendo de todo o coração se casar com um homem mais que maduro, de velhice mal disfarçada, podendo ser seu avô.

Uma casa espaçosa, é verdade, mas de móveis grosseiros e parcos, mal polidos, sem guarnições ou enfeites, que quase sumiam na vastidão das salas, quartos e alcovas. Uma casa grande, bem posta e arejada, mas sem baixelas e talheres de prata, sem copos e garrafas de cristal, sem serviços de porcelana. Se ele os tinha, era escondido em arcas de segredo ou enterrados, mais como cabedal do que para uso.

O maior luxo (luxo não, comodidade, corrigiu Malvina) que João Diogo se permitia eram pratos e vasilhames de folha ou estanho, as canecas de esmalte e os vidros de água, senão botijões vazios de vinho, ou as bilhas bojudas de barro. Tudo isso fica bem na cozinha, para os escravos, disse Malvina.

Se bem que ultimamente, quando passou a gozar mais chegado da privança do Capitão-General, ele já vinha mudando muito. Desde que se decidiu a se casar de novo, passou a cuidar mais da sua pessoa, abastecendo, sem conhecimento da matéria e acanhado de pedir conselho, o seu toucador de pentes e escovas, tesouras e plumas, engenhos de borrifar, potes de pomada, petrechos de mil e uma serventias, que ele mal adivinhava, chegando à ingratidão (foi o que a mucama que Malvina escolheu, Inácia, lhe disse). Apesar de que Inácia, mesmo preta, era mais do lado dos brancos do que dos pretos, e de Nhazinha, como ela passou a chamá-la, por quem tinha verdadeira veneração – dizia, desde que lhe deu muitos panos e joias, e a promessa de uma futura alforria, coisa de que ela nem mais cuidava, tão bem vivia agora, não mais trancada na senzala, morando no corpo da casa, perto da senhora), à ingratidão de trocar o seu velho preto barbeiro (Inácia dizia não de pena mas de temor, Nhazinha podia fazer o mesmo com ela) por outro comprado a bom preço, mestre no ofício, sabido das tafularias.

Casa de fazendeiro pobre é o que mais parecia o casarão de João Diogo, pensou Malvina meio desconfiada, juntando numa só imagem as duas casas em que tinha vivido até então, a da roça e a da vila. Desconfiança que se desfez diante da quantidade de pretos nas casas de senzala, nos fundos da horta. Aquela profusão de escravos e feitores e cabras espingardeiros indo e vindo das roças e faisqueiras, das muitas datas que o marido possuía tanto em Vila Rica como na Vila do Carmo, no Serro do Frio e mesmo no Tejuco. Foi o que ficou sabendo ainda por intermédio de Inácia, que se desdobrava no faro e nas notícias. Malvina cantava e dançava, dando gritinhos de alegria, chegou mesmo a beijar a cara lustrosa de Inácia, o que conquistou de vez a preta, que por seu lado ia amealhando uns miúdos cabedais para mais tarde.

Enfim, a casa de João Diogo era de uma carência de tudo. Pelo menos para o gosto fidalgo de Malvina, foi o que ela achou.

Não, nem vê que ela moraria mais ali, pensava já no fim do primeiro mês de casada, agora acolitada e bem servida por Inácia, que tratou logo de afastar para bem longe, na cozinha e na senzala, as outras mucamas. Por decisão de Malvina, a quem João Diogo passou logo o comando da sua casa de morada, era Inácia que dirigia os pretos e pretas do serviço caseiro.

Não, tudo aquilo ficava muito bem antigamente, no tempo do senhor seu pai, um valeroso capitão, disse ela a João Diogo, sabendo os seus pontos fracos. Não pra você (no fim da primeira semana já o tratava de você, não ia de ser ela a chamar a vida inteira o marido de senhor e Vossa Mercê); para ele que vivia na privança do Capitão-General, para ele que tinha voz e comando na comarca. Não pro meu maridinho, disse ela faceira, e João Diogo se desfez no melado, os olhos mansos e alagados que não tinham mais tamanho, tanta era agora a sua paixão pela mulher.

E ela, doutora nas artes, disse sorrindo maneirosa, meu bem, deixa eu ajeitar esta laçada de gravata. Vai custar um pouquinho mas você vira o homem de mais bom gosto daqui. De causar inveja no próprio Capitão-General e no Ouvidor. E sorriu lindamente, avivando os folhos de renda da camisa bordada de João Diogo. E lhe deu um beijo à distância na cara, que o assanhou todo. Ele em ceroulas, pois agora já se permitia ficar mais à vontade diante de Malvina, o que jamais tinha acontecido com a sua primeira mulher, tentou avançar um carinho mais audacioso, no que foi refugado delicada, mas firmemente. De noite a gente faz, quando voltarmos da festa, disse ela.

Embora nos primeiros dias estranhasse um pouco a linguagem maliciosa e mesmo livre que Malvina sabidamente usava, a que ele não estava acostumado senão com mulher-dama e mulata de partes, agora chegava a achar graça. Essas falas acendiam na sua alma de velho luminosas aleluias, fogos urgentes. Assim, em vez de se amuar, ele sorria, já antegozando o prometido para a volta, mesmo sabendo que viria morto de cansaço daqueles saraus, pouco acostumado a noitadas, homem do eito e da luta, sem força para mais nada. Mesmo assim forçava, para não dar má impressão à mulher; mesmo à custa de um risco para o coração, o seu lado mais prevenido de velho pensava.

Mas Malvina sabia dosar muito bem as suas mezinhas e poções. Cuidado, Nhazinha, não vá com muita sede ao pote, Inácia já chegava ao descaro de lhe dizer, agora mais que chegada, cada vez avançando um pé, aumentando um ponto. E assim, ora arteira quando ele estava desanimado e cabisbaixo, ora arisca que nem juriti que já viu gente, quando ele se assanhava demais, ela ia levando-o para onde bem queria. Porque Malvina tinha receio de que ele a tomasse por dona experimentada e desvirginada. Do que ela não precisava: João Diogo Galvão conhecia virgens e donzelinhas como ninguém, tão acostumado no pastoreio quanto ela na malícia.

E assim os dois viveram muito felizes e contentes os primeiros meses. Ele mais do que ela, é verdade – moça sempre carece de outras coisas. Embora ele não fosse um frouxo, ele se permitiu dizer um dia, e ela riu muito, forçadamente, mas sempre jeitosa, medindo bem os sustenidos para o velho não estranhar, quando ele lhe explicou o que era frouxo.

Nesses meses Malvina só teve uma questão que muito a preocupou. É que a família, dom João Quebedo e a mãe principalmente, teimava em querer vir se juntar ao feliz casal. Mariana se conformara, com a ajuda da madrinha se recolheu a um retiro em Itu, onde santamente vivia na paz e no silêncio de Deus. A vinda da família era a perdição de tudo aquilo que ela sofridamente, miudamente tecera, pacientemente maquinou para a sua maior glória e proveito. Ela também carecia muito de ser feliz, dizia feito um eco do pai. Mais do que ele, a mãe e Mariana, que aproveitaram bem os antigos dias de abastança.

E dona Vicentina lhe fazia por carta os mais patéticos apelos. Falava em dureza d'alma, em filha sem coração. De tanta tristeza, o velho pai estava nas últimas, era capaz de morrer sem vê-la, a filha querida do seu coração; por que ela não vinha em seu socorro e não o mandava buscar? Apesar de toda casta e linhagem, empáfia e brasão d'armas, dom João Quebedo não encontrava ninguém que lhe fiasse um vintém, todos viram a ingratidão da filha, isso não se esconde. Era o que dizia a mãe, as letras bordadas das cartas com manchas de lágrimas propositais.

Malvina não os mandava buscar por causa principalmente da mãe. Dela e de Donguinho. O pai não, dom João Quebedo, apesar de sua esperteza e voracidade, estava muito velho, não ia conseguir de jeito nenhum estragar a reputação de João Diogo Galvão. Donguinho é que era o fim. E a mãe estremosa não abandonaria de maneira alguma o seu bem-amado espúrio. Disso Malvina sabia, a mãe tinha um grande coração.

Era o que ela contava ao marido, abrindo cuidadosamente os podres da família, quando ele a via toda chorosa lendo as cartas que continuadamente chegavam de Taubaté. Malvina chorava as mais sentidas lágrimas, enxugando-as nos mais lindos lencinhos de cambraia bordados com florzinhas que eram mesmo uma delicadeza do céu.

João Diogo se entristecia, aquelas lágrimas arruinavam o seu amor. Já entrado em anos, ele não tinha muito tempo a perder. Maldita e degenerada família, grunhia entre dentes, longe da mulher. E concordava com as ponderadas razões de Malvina, chegou mesmo a lhe gabar o siso e tino. Duma mulher assim é que ele carecia. Mas o Capitão-General, ninguém na Capitania das Minas podia saber da existência do demente Donguinho e de dona Vicentina. Dona Vicentina tinha chegado à ousadia de lhe deitar uns olhares foguentos e pecaminosos, quando dele se despediu. Temendo a incestuosa promessa dos olhos de dona Vicentina, ele refugou, abaixando a cabeça. Na sua confusão de espírito e no pouco apreço que tinha pela vida humana, vestígio dos tempos antigos, chegou mesmo a imaginar que mandava matar o furioso Donguinho quando a mãe o soltasse no pasto. Para se ver livre daquele pesadelo que vinha perturbar o azul da sua paz doméstica.

Tudo os dois conversaram enquanto discutiam a melhor maneira de ajudar os Dias Bueno sem pôr em risco a fama cada dia mais crescente de João Diogo Galvão, princípio e não fim de linhagem.

E decidiram que o melhor seria dar tudo aquilo de que dom João Quebedo Dias Bueno carecesse para pôr em dia a sua vida, a Fazenda da Ribeirinha, e reparar a casa de vila em Taubaté para os dias de festa e de gala. O pai era muito cuidadoso das palavras, se magoava à toa à toa, foi o que disse Malvina, e João Diogo corrigiu o ditado e ela escreveu em vez de dar, emprestar, mas ficando claro nas entrelinhas que era para sempre. Dar ou emprestar o necessário, não para restabelecer ou aumentar o antigo fausto, que nunca João Diogo conseguiu saber se era verdadeiro ou sonho imaginoso, mas para o velho nobre melhorar de vida. Mesmo porque dom João Quebedo não tinha mais nem idade nem forças para dilatar fazendas e cabedais.

Tudo desde que nenhum deles botasse os pés em Vila Rica, fez questão de acentuar João Diogo, e a mulher escreveu. Nem de longe Malvina se magoou, era o que prazerosamente queria. Arranjou uns modos floridos e rebuscados, engenhosos e gongóricos, muito nobres, de botar em palavra escrita aquilo que João Diogo rudemente disse. Ela também achava, mas nem de longe ousava pensar alto na presença do marido, tão nobres eram os seus sentimentos.

Ela dizia essas coisas nas cartas com grande habilidade e capricho, em letras de talho e volteio. Tinha medo de que o pai, sabendo que a culpa de tudo era a mulher e Donguinho, descarregasse a sua antiga fúria, agora acrescentada, não em dona Vicentina, mas no demente bastardo. No fundo ela amava aquele seu meio-irmão, espinho e dor da sua vida. Debaixo daquela sujeira e fúria, Donguinho era belo e forte; às vezes manso e terno, de olhos puros e azuis, quando sabiam lidar com ele nos seus dias melhores. Porque dom João Quebedo podia ter a tentação de matá-lo, chegou muitas vezes a prometer antigamente, e ela ouvia detrás das portas o pai ameaçar a mãe. A velhice serenou o pai, mas aquilo podia voltar. Por isso caprichava nas cartas e nas palavras rebuscadas, nas delicadezas de coração.

E assim, com muita polícia e finura, tudo ela fazia para conquistar o marido e conseguir o que queria. Se esmerava nas carícias e no ronronar de gata, ficava agora peladinha diante dele. Se ele não gostasse tanto e aquilo não lhe fizesse tanto bem, era até capaz de estranhar; não mais estranhava. Para conseguir o que ela mais queria, um rico sobrado na Rua Direita, perto da praça, do palácio, da Igreja do Carmo.

E conseguiu. João Diogo não lhe negava mais nada. Qualquer capricho da mulher era uma ordem cumprida gostosamente, ele não media despesas. Os seus grossos cabedais e arcas pareciam não ter mais fundo. Ele nem chegava a se preocupar. Se o ouro escasseava nos ribeiros e ribeirões, nas encostas e grupiaras, e as Minas se empobreciam, ele, com o prestimoso bafejo de cima e repartindo com os mais chegados do palácio e, através deles, matreiramente, com o próprio Capitão-General, ia agora conseguindo bons contratos no Distrito Diamantino e muitas léguas de sesmaria nos sertões do São Francisco, onde os pastos vicejavam e o gado, da melhor qualidade, dos melhores bois de semente e vacas de casta que jamais se viu, vindos de terras distantes, de além-mar, mugia manso e quente no pastoreio dos pretos e cabras de confiança.

João Diogo comprou um sobrado ainda por acabar, na Rua Direita, e se entregou, ele próprio no comando dos mestres e pretos, a aperfeiçoá-lo e engaraná-lo. Agora, soprado e ajudado pela mulher, não tinha mais nenhum pudor ou medo de ser rico. Esbanjava, era o que se dizia, e ele, seguro de si, dos seus cabedais e fazendas, mais o bafejo do Capitão-General, ria e se encasquilhava todo, ele e a mulher jogando um jogo muito divertido, de nababos e potentados das índias.

Tudo feito, o chão de tábuas corridas de madeira de lei, muito bem aplainadas e cepilhadas, os tetos apainelados, pinturas de alto preço, as sacadas de rendilhado de ferro com as letras de João Diogo Galvão e pinhas de cristal, vidros nas janelas, o restante ficava por conta de Malvina, que se encarregou das alfaias e adornos. E como prêmio para todo o sacrifício de João Diogo, mandou entalhar na cabeceira da cama o dístico O AMOR NOS UNIU, entre flores e guirlandas. Ela teimou e repisou, ele não queria o dístico, achava meio baboso, coisa pra gente moça, mas enfim essas coisas faziam parte das novas modas. Cada tempo tem seu uso, cada porca tem seu fuso.

João Diogo era mesmo o homem mais amado e feliz da terra. Debulhando o rosário nas missas do Carmo, todo apertado e casquilho, mas na maior unção, nunca cansava de agradecer a Deus, a

Nossa Senhora da Conceição, a Nossa Senhora do Carmo, à imagem de Santa Quitéria da antiga capela, a todos os santos e anjos, a alegria que depois de velho alcançou. Tudo aquilo era demais para a sua idade, bastava, dizia estalando. E se não pedia às potestades do céu e ao seu particular padroeiro que aumentassem o seu quinhão de amor e felicidade, era por medo de que não aguentasse. Agora de coração bambo, de vez em quando tinha uns suores frios, uns humores esquisitos, desmaios e desfalecimentos. E tanto era o seu medo de perder o amor de Malvina, e o pavor do desrespeito, santo é muito desconfiado, que não chegava nem ao menos a externar a prece escondida no porão da alma – alguns anos mais de vida sem frouxidão. Temia um castigo dos céus, os deuses são muito zelosos e ciumentos, às vezes terríveis, podiam desconfiar.

Antes de um ano o feliz casal estava morando no sobrado da Rua Direita.

Das baixelas, candelabros e pratarias, dos brocados e damascos, dos tapetes e cortinas, dos cortinados e roupa de cama e mesa, de todos os panos caseiros, de tudo cuidou Malvina. Fica a seu critério, foi o que disse João Diogo melhorado até de vocabulário. Só não deixou que ela bulisse numa coisa: no clavinote do falecido pai. O clavinote devia ficar no canto do quarto, bem à vista, pra lembrar os tempos de antanho, disse caprichando no palavreado. Aquele clavinote tinha uma intrincada e fabulosa história, Malvina mal chegava a acreditar, não sabia dar valor a essas coisas. De quando Valentim Amaro Galvão, numa de suas primeiras entradas no sertão das Gerais, depois dos descobertos do Ribeirão do Carmo e do Tripuí, teve, para melhorar de armas, de trocar todo o ouro conseguido a sangue e fogo por aquele clavinote de tanta serventia nos matos e emboscadas. Tão pouco contraditoriamente valia o ouro naquelas eras tumultuadas, tanto valiam as armas.

Aquela chusma de pretos espingardeiros e cabras de guerra, de gente do eito e do peito, que enchiam as casas da senzala no arraial do Padre Faria, Malvina fez questão de mandar para as lavras do marido, para o Tejuco e para o sertão do couro, onde eles eram mais úteis. Foi a ponderada razão que ela apresentou ao marido. Ele concordou, mais uma vez louvando-lhe o siso e sabença, virtudes raras em mulher tão jovem. Ela só queria os pretos do serviço caseiro, aquelas mansas, fortes e sorridentes peças da Angola, tão dóceis e obedientes – é verdade que depois de muita pancada. Inácia, por exemplo, era uma angola da Cabinda. O marido que ficasse com aqueles minas tão louvados e arrelientos, mas fossem mandados para bem longe, ela não carecia de gente daquela laia. Foi o que ponderou e disse, no que mais uma vez se obedeceu.

Só também não foi obedecida numa outra coisa. Que João Diogo se desfizesse daquela pistola de prata, mantida sempre escorvada junto do leito, para qualquer precisão. Apesar de agora descuidado e folgazão, temia assaltos e represálias. Ninguém fica tão rico impunemente, parece que uma fagulha tridentina, escondida na consciência, teimava em lhe dizer e ele forcejava por desouvir, mas não tinha como. Não dizia isso à mulher. Uma Lazarina, vinda de outros reinos, era o que dizia gabando a arma, justificando, já que essas origens tinham tanta importância para a sua fidalga esposa.

Em compensação lhe deu uma cadeirinha de arruar com dois pretos treinados, de libré, todo galoados. Uma cadeirinha que era mesmo uma lindeza, tão rica e dourada, adamascada por dentro. E sem que nada lhe cobrasse, muito pelo contrário – ela era toda dadivosa, de coração magnânimo, ele pagava todos os carinhos e teteias com a generosidade do seu potentado coração, cobrindo-a de joias de ouro, prata e coral, pedras e camafeus, crisólitas e filigranas, essas belezas todas que encantam os corações femininos.

E por fim deu na veneta de Malvina de pedir um cravo. Não só para dar maior luzimento e animar as festas e saraus que daria, mas para ela se aperfeiçoar. Quando menina, nos tempos da abastança, tinha tido aquele principinho de iniciação musical, depois tudo foi por água abaixo. Como pediu e lhe foi dado mestre de música, um mulato forro que sabia das pautas e das gavinhas. Não só sabia cravo, também tocava flauta muito bem.

Quando Malvina, de muito ouvido e aplicada, já adiantada nas lições, tocava umas gavotas e sarabandas e mesmo pequenas peças de uma sonata boa para principiantes, mestre Estêvão na flauta,

112

enchendo a casa de sons e alegria, João Diogo Galvão, recostado na sua cadeira de estado, ouvia embevecido.

Um dia ele se lembrou de repente do seu esquecido filho Gaspar, há tanto tempo afastado, não sabia por que sertões e casas do seu domínio ele andava. A felicidade não permite lembranças penosas, foi mais ou menos o que disse a si mesmo à guisa de desculpa. Também não tinha de que se desculpar, Gaspar era um ingrato de marca maior, continuou buscando melhor cômodo para o espírito.

Malvina, quando Gaspar estiver de volta, vai ser muito bom, disse. Ela não sabia se era a segunda ou terceira vez que João Diogo lhe falava no filho. Não se interessava, não queria saber de concorrência na estima e na gastança do marido. Pelas conversas das amigas e pelas mananciosas informações de Inácia, ela já sabia como era Gaspar, mas não demonstrava por ele o menor interesse.

Ele toca flauta muito bem, aprendeu no reino, quando estudava outras artes, continuava João Diogo. Nunca mais tocou depois que a mãe morreu. Vivia trancado com os livros, agora menos, mais metido nos matos, caçando e reinando. É esquisitão, mas uma boa alma, você vai ver. Não sei por que ele ainda não deu as caras, a qualquer hora ele aparece por aqui, para conhecer a madrasta, disse brincalhão. É capaz de que, vendo você tocar assim tão bem, ele se anime e volte a ser o que era. Não, eu não sei ainda tocar direito, disse modesta. Não faz mal, o senhor Gaspar deve andar meio esquecido e duro dos dedos, fraco de sopro, disse o mulato metendo o bedelho onde não era chamado. Eu ficaria muito feliz, disse João Diogo. É esquisitão, mas de muito bom coração, puxou à mãe nas delicadezas. Muito bom e sensitivo, sempre foi assim desde menino. Quando a irmã morreu...

É, perguntou Malvina, interrompendo-o, fingindo espanto e desinteresse, mas na verdade já agora interessada. Gaspar era mesmo um esquisitão. Há um ano o pai estava casado e ele nem ao menos se dignava a aparecer para conhecê-la. Mas se era assim tão sensitivo como o pai falava, devia de ter uma alma feito a dela. Se era dado aos livros, devia saber aqueles versos que falavam de ninfas e pastoras, liras e sanfoninhas, que agora tanto a encantavam nos saraus e academias. Se era de flauta e música, devia ser uma alma irmã, pensou voando para os serros azulados, já uma musicista.

Porque ela começava a se cansar da solidão das tardes, quando o marido ausente, vistoriando as suas lavras. Sua alma voava para longes serranias. Os prados limpos e verdejantes, os riachos sonorosos e cristalinos, as fontes puríssimas e dulcíssimas, as frondes sombrias dos arvoredos, de que falavam as odes e as liras, os sonetos e as fábulas, as éclogas e romances, as cançonetas e cantatas.

4

NA VERDADE GASPAR CUMPRIU o que a si próprio prometeu. Somente um ano depois do pai instalado com a sua agora rica e fidalga Malvina na nova casa da Rua Direita, é que ele apareceu. Mesmo assim João Diogo teve de lhe mandar recados bem fortes, que nunca porém o alcançavam, tão sumido andava por aqueles matos, brenhas e rios. Como se Gaspar, farejando de longe os mensageiros do pai, evitasse as veredas conhecidas, preferindo as picadas mal abertas que só o seu índio batedor e seu escravo espingardeiro conheciam. Sempre mateando, sempre fugindo.

Aquilo já estava passando da conta, parecia até um gesto afrontoso contra o pai e a própria madrasta, que ele nem sequer conhecia. Era o que lhe mandava dizer o pai pelos muitos positivos remetidos para o Serro do Frio, o Tejuco, as ribanceiras do Rio das Velhas e do São Francisco, os sertões do couro. Recados que continuavam sempre não o encontrando.

E João Diogo se enfurecia por não saber por onde andava metido aquele seu esquisitão e lunático filho. Mas dizia à mulher que Gaspar era a alegria do seu coração, a sua esperança para a velhice. Exagerava nas cores do sentimento, no entanto verdadeiro. Tudo para se desculpar e ao filho. Malvina podia desconfiar.

E Gaspar, sempre de humor vário, sotrancão e sorumbático, ia comendo léguas e mais léguas de chão. Assim passando sumido dias e meses. Mas sempre nas lavras, roças, matas e sesmarias do pai. Tão grandes eram agora os domínios do potentado João Diogo Galvão. Sempre fugindo, fugindo não apenas do pai e da madrasta, mas de alguma coisa além, ele não sabia precisar o que era. Tão ansioso e agoniado vivia.

Ele mesmo com certeza não alcançava explicação para o que lhe acontecia. Era como se aquela agonia e alucinação, aquele desespero e febre de quando a irmã morreu, de quando soube da morte da mãe sem que pudesse dar as últimas despedidas ao corpo na hora do saimento, como se toda aquela perturbação a que o seu coração delicado estava sujeito, tivesse voltado.

Foi o que contou João Diogo a Malvina, tentando justificar aquele culto aos mortos e o voto de recusa ao amor. Eram frutos de grande nobreza e generosidade de alma, disse à mulher. Ele sabia que ela apreciava muito essas delicadezas.

De tudo isso ela gostava, mas João Diogo não conseguia sopitar a fúria e mágoa de não se ver obedecido. O desespero de nem ao menos encontrá-lo, erradio pelas vereias do seu mundo potentado.

De vez em quando tinha notícias do filho. Alguém o vira muito além do Sumidouro, nas terras perigosas dos botocudos. João Diogo despachava gente para lá. Quando o recadeiro do pai, acompanhado dos pretos e cabras sanhudos, chegava lá, vinha outra notícia inteiramente diversa: tinham visto Gaspar nuns matos fechados no vale do Rio das Velhas, a caminho do São Francisco.

E como essas buscas eram infrutíferas e já se fantasiava e se aquecia a imaginação, se criava o sonho e a fábula, o que muito desmerecia a sua fortidão de velho potentado, João Diogo se dispôs a reagrupar os seus homens, como nos velhos tempos de limpeza dos ribeiros e rios inficionados, das guerras dos quilombos, e partir em demanda do filho rebelado e fugido do alcance do seu braço e da voz do seu mando.

Tudo isso esquentava não só a imaginação do povinho, mas da própria Malvina, mais sonhadora. Essas histórias e enredos desencontrados, de rastos perdidos no sertão e no vai dos rios, aliados à fama daquela alma perturbada pelos mortos, à grandeza do puro coração, de que falava o marido, vinham encher os dias monótonos de Malvina, as suas tardes lerdas e tristonhas, o seu espreguiçamento de gata ronroneira que procurava despertar. Na penumbra os olhos azuis faiscavam, ela crescia em encantamento. Parecia mais bela do que nunca, reparou João Diogo e seu amor cresceu ainda mais.

E ela, por divertimento, para que aquelas buscas e casos fantasiosos não cessassem, cada vez mais emocionantes e impossíveis, figurava acrescida mágoa, um despeito sentido, de não ter o filho do seu amado esposo o menor interesse em conhecê-la. É, João Diogo, está parecendo que o seu filho não aprovou o nosso casamento, dizia. E ele, aprovou sim. Se não aprova mais agora, vai aprovar, repetiu firme, a voz pesada. E debaixo das roupas casquilhas, dos pós e empelicamentos, surgia renascido o bravo e coraçudo João Diogo Galvão, de temida e respeitada legenda.

E João Diogo trocou de roupa, se vestiu dos grossos panos e couros que os matos e os sertões pediam, calçou as botas e as rosetas, se municiou de boca e de arma, e já estava de partida à frente dos seus melhores pretos espingardeiros e cabras pelejados, quando voltou um dos positivos distribuídos aos quatro ventos daquele mundão abandonado de Deus com a boa nova de que tinha não somente avistado Gaspar, mas falado com ele: Gaspar vinha vindo de volta, obediente ao pai.

Que é isso, homem? disse João Diogo, os olhos vermelhos de ódio, quando se defrontou com o filho. Essa fugição é pra me desrespeitar? Desaprova a minha escolha? Põe algum reparo na fama da sua madrasta? E eram perguntas duras, mais recriminações e extravasamentos de ódio do que indagações demandando resposta.

Não, meu pai, disse Gaspar. É que eu não sabia que o senhor andava carecendo de mim, disse ele sério, e João Diogo procurava ver nos olhos sombrios algum sinal de mentira, para fazer valer a sua autoridade e justiça. Quando o primeiro positivo que me alcançou me deu o recado de Vossa Mercê, eu vim de pronto. O mais ligeiro que pude, quase matando os cavalos que troquei por esses pousos por aí a fora, disse e o pai acreditou, tão sujo e cansado, estropiado mesmo, ele vinha.

Vá se limpar e descanse, disse o pai. E não me apareça assim na presença de Malvina. Ela teria uma impressão muito ruim de você. E se voltando para a preta Inácia que, de olhos esbugalhados, tudo espiava e ouvia, disse crioula, não fique aí feito um estafermo, se avie! Vá lá dentro cuidar de um banho bem esperto e de uma boa muda de roupa para o seu senhor moço.

Inácia cuidou de tudo, ligeira, os olhos piscos esbraseados, figurando afobação. E foi contar tudo à sua querida senhora, aflita e nervosa pelas notícias. A volta do enteado se tornara não apenas para o marido uma questão de honra: ela já começava a se sentir humilhada, espezinhada mesmo. E riu satisfeita, mais uma vez vitoriosa, quando Inácia lhe contou as novidades, na sua peculiar exageração.

Gaspar não apareceu logo na sala para conhecer a mulher de seu pai, a famosa fidalga de Piratininga, das melhores famílias de lá, da nobreza vicentina, feito lhe disse o pai há tanto tempo. Se lembrou daquela antiga e penosa conversa. Meio rindo por dentro, o cansaço não lhe permitia bulir sequer os músculos da cara, a voz apagada. Se nunca levara a sério a empáfia dos nobres do reino, que tanto o aborreciam, quando por lá andou, tratando-o, com desprezo, de mazombo, palavra que ele, como outros, transmudava em motivo de orgulho, não era a nobreza vicentina que havia de impressioná-lo. Ia primeiro descansar bem, depois apareceria, disse ao pai, deixando o corpo cair pesadamente sobre a cama fofa que não via há muito tempo. E caiu na funda paz do cansaço e do sono, no torpor do esquecimento.

João Diogo cerrou cuidadosamente a porta, recomendando silêncio. Todo mundo na ponta dos pés, de bico calado, dizia Inácia aos pretos sob os seus cuidados, a mando da senhora. Bacalhau vai cantar no lombo de quem atrapalhar o sono do meu sinhozinho dono, disse afetada à arraia miúda da cozinha e da senzala.

O pai vinha vê-lo também na ponta dos pés, cuidadoso. Desconfiava, queria ter a certeza. Temia que o filho fosse um rebelado e ele tivesse de tomar uma decisão. Apesar de tudo, de velhos ressentimentos (Gaspar não era que nem ele e o velho Valentim), amava muito e respeitava aquele seu filho. Abria a porta devagarzinho, com todo cuidado, para não ranger. Ficava de longe vendo o corpo esparramado de cansaço dormindo, ouvia o fôlego cansado, difícil, ruidoso. E quando no segundo dia viu Gaspar dormindo mais manso, chegava mais perto da cama, espiando demoradamente, a respiração suspensa, temendo que o seu próprio bafo o acordasse. Gaspar carecia mesmo de um bom descanso, podia estar até doente. Com pena, tinha sido injusto no julgamento do filho. Desrespeitador e rebelado não; estúrdio, esquisitão, só isso. E assim ele dormindo, tinha mesmo a certeza de que Gaspar o amava e respeitava. E via de longe não só com os olhos, mas com o tato imaginoso, como se o apalpasse acarinhando: os cabelos desalinhados, a barba cerrada, as pestanas compridas, a pele branquinha que ele herdara da mãe, muito mais branca por causa da diferença com os cabelos pretos lustrosos. Igualzinho à mãe, tão manso e puro. E aquela pureza que antes o enfurecia, dava-lhe agora um quentume bom no peito, um travo na goela, um molhado nos olhos. Menino dormindo, o que ele era. Aquele mesmo menino que tanto lhe irritava a machidão e aspereza de antigamente, agora o enternecia. Um certo remordimento de ter tentado criá-lo segundo as regras e os costumes seus e do velho Valentim Amaro Galvão, que não se ajustavam ao feitio do filho, julgado adamado pelo seu velho preconceito de geralista curtido. Se arrependia, os olhos cada vez mais molhados. E sozinho, sem que ninguém pudesse vê-lo, dos olhos caíam lágrimas.

Foi o que ele se permitiu contar a Malvina. Agora era outro homem, se dava a essas fraquezas de contar tudo à mulher. Mas nada disso, João Diogo, nenhuma lágrima é feia, disse ela. E ele, ainda que meio desconfiado, concordou. É que eu não me acostumei de todo com esses modos nobres, disse. É uma questão de tempo, meu bem, disse ela. Você mudou demais da conta, cada dia avança mais. Tem horas que eu penso que você não é nem mais a sombra daquele bruto que foi me conquistar no Taubaté. Dizia, isso agradava e adoçava a boca do marido, quando o próprio João Diogo, mesmo aceitando, sabia que ela é que o conquistou. São sentimentos muito nobres, continuava Malvina, que só o distinguem desses brutalhões do sertão. Está bem, dizia ele ainda desconfiado, mas não conte a ninguém. Frioleiras, João Diogo, nada disso tem importância! E mesmo no fundo se sentindo apassivado, o que feria os seus antigos brios, ele prosseguia a educar o seu coração depois de velho.

A própria Malvina, nas suas lições de cravo, tratava de tocar baixo. Nada de solfejos aborrecidos, pedia a mestre Estêvão uns pequenos trechos de sonata. Trançava a porta da sala, e quando o mestre se inflamava no comando e na flauta, ela dizia baixo, baixinho, bem baixinho. Pra não acordar o meu enteado que chegou cansado de viagem. E mesmo desejando que a sua doce música e não qualquer ruído viesse acordá-lo, tocava bem baixo, pedia ao mestre moderação. As notas do cravo abafado e longe, não aquela flauta espalhafatosa de mulato músico sestroso; a sua música macia e dulçorosa é que devia despertar o enteado. E Malvina voava nas asas do pensamento, feito gostava de dizer. A música em surdina, como deve ser para um menino dormindo. Ele agora dormia que nem um anjinho do céu.

Era o que ela mesmo se dizia nos seus contrariados desejos maternais. Também não queria questões e desavenças com Gaspar. O que ela mais desejava agora era manter todo aquele luxo e abastança, aquele estadão, o amor do marido, mais o respeito e a amizade do enteado. A alegria do marido era a sua felicidade, ele cada vez a cobria mais de mimos e riquezas. E depois, ela se dizia, muito ia lucrar com as ponderadas conversações de uma pessoa tão bem criada, instruída no reino, feito diziam que era Gaspar. Fariam bem ao seu espírito, completariam a educação interrompida com a quebra da sua família paulista, tão diferente das outras que não deixavam as filhas nem ao menos aprenderem a ler.

Mas ele é um esquisitão, dizem que deixou todas as delicadezas de banda, lhe dizia uma outra voz. A paixão e a flauta, para se entregar feito um bruto àquelas grossas caçadas de macacos, onças e veados mateiros. No meio daqueles bugres, que mesmo de longe fediam e ameaçavam.

Ela daria um jeito, habilidade não lhe faltava, pensou com firmeza, respondendo à voz incômoda. Como conquistou o amor apaixonado de João Diogo, mudando-o para melhor, conforme achava, também ganharia a amizade e o respeito do filho.

E então os doces tempos antigos retornariam àquela casa. Como nas eras daquela falecida dona Ana Jacinta, de que falavam tão bem os pretos da senzala. Para quem Gaspar costumava tocar a sua flauta e recitar versos, lhe disse Inácia. Dona Ana Jacinta que, mesmo sem saber ler, de tanto amar o filho, de ouvido tão fino e coração tão brando, tudo entendia. Boiando nas nevosas nuvens do céu alto e azulado, que faziam e se desfaziam ao sopro do vento. Não era mais dona Ana Jacinta que ali estava. Muito menos Malvina, galopando nas asas do vento. Quem ali estava, os dedos suspensos e os olhos sonhosos, quando sozinha no entardecer da sala, era uma figura bifronte, melhor – uma fusão das duas, de Malvina e de Ana Jacinta. Um ser alado, líquido e etéreo, que já ouvia os mais puros sons de flauta, os versos mais lindos do Parnaso que a sua contaminada imaginação cismava de inventar.

E quando, no mesmo dia da chegada, viu que mestre Estêvão não se comportava de acordo com o silêncio e a unção que o sobrado pedia, pretextando doença, dispensou-o do dia seguinte, mandaria avisar quando melhorasse.

Sozinha ela agora dedilhava caprichado o cravo. Só lamentava os dedos não terem a mestria e ligeireza do pensamento. Se por acaso, o que quase toda hora acontecia, um daqueles mil sinos da cidade começava a dobrar por missa e Angelus, aleluias e morte, ela só pedia a Deus e à Nossa Senhora da sua devoção que não deixassem ninguém estar para morrer. Não suportaria ao menos a ideia de que aqueles arrastados, tristes e torturantes sinos que tocavam a agonia às vezes o dia inteiro (só paravam quando o agoniado rendia a sua alma), aqueles malditos sinos e não a música que os seus dedos (mais que seus dedos ainda inábeis, o seu coração) fabricavam, viessem acordar Gaspar.

Tão boa e maternal andava. Na verdade, queria agora dar a João Diogo o sossego e o amor que ele merecia. E a Gaspar, um lar tranquilo, remansoso, onde ele pudesse encontrar o descanso, a pureza e a mansidão que a sua torturada alma tanto ansiava.

E o seu filho Gaspar, perguntou ela uma hora, não aguentando. Ainda não acabou de dormir, de descansar?

João Diogo olhou-a entre satisfeito pelo interesse e um certo espanto diante da irritação e aspereza da voz de Malvina, quando ela fez a segunda pergunta. Não, disse ele, eu tenho ido lá. Já falei com ele algumas vezes. Pouco, é verdade, mas nos falamos. Está tão cansado que mesmo a voz é apagada, um fio de voz. Eu tive que esticar muito o ouvido para escutar o que ele dizia. Não tem cabeça pra nada, não aguenta duas linhas de livro, é o que diz. A própria conversação deixa Gaspar morto de cansaço. Foi o que ele me disse, coitado.

Assustada, Malvina perguntou se quem sabe ele não estava doente. João Diogo fez não com a cabeça. Quem sabe ele não carece dum médico, perguntou ela. Tem um agora aqui muito bom, que até atendeu uma vez o Capitão-General. Me disseram, corrigiu ela vendo os olhos desconfiados do marido.

João Diogo continuou calado, ponderava muito o que a mulher tinha dito. Não, ele não está doente, não se queixa de nada, só de cansaço. Mas um cansaço assim não é comum, disse a mulher sábia. É mais do que comum, disse ele. Você é porque não conhece esses sertões brutos, nem Gaspar, tão delicado. Ele não foi feito pra essa vida, acho que ele se daria melhor com os livros, numa banca de doutor, do que nos matos caçando, vagando. Foi por isso que eu mandei ele estudar no reino. Mas ele cismou, é emperrado, é opiniático, não quis continuar nos estudos depois que a mãe morreu. Eu acho hoje é que, ele não abusando, até que uns matos de vez em quando lhe fariam bem. Desta vez ele passou da conta, por isso está assim desse jeito.

Mas quem sabe ele não adoeceu? voltou a mulher à carga. Não apanhou uma dessas febres malignas nesses rios infestados? Não, disse João Diogo, não tem olho nem cara de febre. Eu já tive essa ideia. Uma vez cheguei à desconfiança, apalpei a testa dele, ele até riu. Tem febre nenhuma não, está doente não.

O coração maternal de Malvina não sossegava, ela queria de toda maneira ajudar. Se não é doença, quem sabe ele está carecendo não é de cuidado de mulher? Eu poderia ajudar, disse se oferecendo.

João Diogo riu alto, quase uma gargalhada. Você nunca viu, não conhece nem mesmo de fama Gaspar, disse. Gaspar nunca deu licença pra mulher nenhuma entrar na sua alcova, só a mãe quando era viva. Ele não gosta de mulher. E vendo nos olhos de Malvina o que ele muitas vezes tristemente cuidou, corrigiu: Não é o que se pensa, ninguém pensa isso dele. Sabem como ele é bom na pontaria e na espada. Não é só de medo, hoje todo mundo respeita o meu filho homem. Além do feitio, que não é meu, puxou pela família da mãe, ele fez uma promessa à Virgem Santíssima, quando a mãe morreu.

Mas que diabo de promessa é essa? disse ela. Sei lá, não atino com o razoado da promessa dele, disse João Diogo. Deixei de banda querer entender. Se fosse não se casar, disse Malvina, eu ainda entendia a razão da promessa. Mesmo não sabendo em troca de que ele prometeu isso à Virgem. Tem gente que não se casa, não quer nunca tomar estado. Mas se afastar da vida da cidade, de tudo o que é bom e belo, das pessoas iguais a você e a ele, ele que podia viver na privança do palácio, tão bem-dotado como dizem que é... Isso é que eu não consigo de jeito nenhum entender. Onde já se viu viver por essas brenhas e matos bravos sem necessidade, correndo risco de vida. E sempre fugindo, fugindo não sei de quê.

Ensimesmado e tristonho (a mulher vinha ressuscitar velhas indagações), acostumado agora ao jeito do filho, João Diogo não disse nada, parou a conversa naquele ponto. Ou não ouvia mais o que a mulher estava dizendo, os olhos descansando nas mãos de Malvina sobre o teclado, a música interrompida quando ele chegou. Aquelas mãos delicadas mas firmes, gordinhas e carinhosas, bem-feitas e perfumadas, a pele clara e macia, meio pintadinha por causa da ruividão. Uma flor caseira, de palácios e salões, ia ele pensando deformado, enquanto meio ria por dentro do cuidado exagerado da mulher para se abrigar do sol, ela que tinha os cabelos da mesma cor avermelhada. Ela, filha do luzimento e do sol, pensou ele ternamente. Tinha sobejada razão, uma pele assim tão branca e maciazinha, era um perigo o mero mormaço. E se lembrou dos cuidados vaidosos de Malvina com a sua beleza, os banhos e a limpeza. Noutros tempos, até pensaria mal dela. Como estranhou os seus modos na cama, a sua nudez rubra, mansamente à vontade, nos primeiros meses de casados, agora sua paixão e delícia. Como agora ele próprio se cuidava e se emperiquitava. Eram os usos, contra os quais nada se pode.

Você não está me ouvindo? disse ela aborrecida de falar ao vento, ele com certeza já caducava. Estou, disse ele mentindo. Eu estava era matutando em tudo isso que você vem me dizendo. E acha que eu não estou certa? disse ela. Está, minha filha. É que a gente, eu aprendi, não pode querer mudar o feitio de dentro das pessoas, só a casca. Querendo, com jeito, pode, disse ela se lembrando do próprio caso de João Diogo. Quem vê que um homem antigamente feito ele era capaz ao menos de aturar aquelas conversas?

Com pancada, sendo menino, pensou ele se lembrando, ele próprio se sentindo derrotado. Em homem não se bate, disse outra regra sua de macho. Pode se matar, mas não se bate. Só escravo é que a gente corrige na chibata e na pancada. Ou, se não corrige, se cala. Mesmo assim tem uns que viram quilombolas, e a gente tem de acabar com eles no ferro e na bala.

Mas afinal, o que você deseja mesmo, minha filha? disse ele cortando as próprias ruminações, podiam aborrecer a mulher. Eu quero saber se tem alguém que cuide dele, disse ela fingindo um amuo que estava longe de ter, apenas contrariada no seu desejo mais escondido de mãe que ainda não podia ser. Tem, disse ele, tem o preto lá dele, um preto de estimação e de toda confiança, que cuida de tudo o que ele carece, que nem sombra dele. Ora, um preto! disse ela. Mulher é que entende dessas coisas. Mesmo se fosse uma preta. Certas horas, o que faz mesmo falta é o desveloso cuidado de mulher branca, que sabe das coisas do corpo e do coração. Ora, um bronco! disse ela esquecida das mãos e do coração prestimoso de Inácia, a que ela agora se entregava sem nenhuma reserva. Quem sabe eu não podia ir lá tentar dar uma ajuda?

Se ele estivesse querendo contrariá-la e aborrecê-la de vez, teria rido. Onde já se viu uma mulher no quarto de Gaspar! Tinha graça, era mesmo pra rir. Mas disse meu bem, não vá se aborrecer tentando. Eu não deixo você se aborrecer, chegam os tempos da sua família. Não sou eu, ele é que não ia deixar de jeito nenhum você no quarto dele. Quando uma mulher, dona ou donzela, se aproxima, Gaspar parece que muda, até se arrepia. Se alguma mais atrevida lhe toca mesmo na mão, ele fica vermelho que nem encarnado de flor.

Se é assim, disse ela fazendo beicinho, ele fingiu não reparar. O melhor que a gente faz é esperar, disse ele. Se até amanhã Gaspar não der mostra de querer aparecer, eu vou ter umas falas mais pesadas com ele. Então você vai tentar o que está querendo.

Não estou querendo por mim, corrigiu ela. Se quero é porque estou vendo você tristonho e cuidoso, de quase mais nenhuma conversa.

Num recuo de gata, parou. Às vezes parece que eu até nem existo, ia ela tentando um dos seus últimos recursos, mas João Diogo disse firme, numa voz antiga, amanhã; e ela viu que não teria nenhum proveito em continuar.

5

GASPAR SAIU DO QUARTO. Malvina estava na sala, junto da janela, quando ele surgiu na porta do corredor. Não entrou logo, e os seus olhos percorreram atentos tudo ao redor, do tabuado do assoalho ao teto apainelado. Parecia interessado na graça das pinturas cujos temas, as quatro estações, ela mesma é que escolheu. Rente à cortina, Malvina procurou se esconder, assim podia vê-lo sem ser vista.

E ele continuava a ronda dos móveis, dos tapetes, dos damascos, do lustre de cristal. Satisfeita, o lustre de cinquenta luzes era o seu orgulho. Será que gostava? Aprovava a sua obra, as mudanças tão grandes que fez na vida de João Diogo? Sim, devia aprovar. Se era um homem delicado, que viveu não só no reino, mas noutras cortes, onde a vida é sempre melhor. Aquelas terras maravilhosas, aqueles fantásticos reinos que nem pareciam existir. Gostaria tanto de viver longe dali! Daquela gente atrasada. Viviam pondo reparo no que ela fazia. Nos seus modos, no seu comportamento, nas suas roupas, nos seus gestos. Não davam sossego, desciam a catana por detrás, sabia, então Inácia não contava? Sim, uma outra vida. Nascera para outra vida. Fidalga, de linhagem e cota d'armas, o pai é que gostava de dizer. Não era daquela gentinha que enriqueceu da noite pro dia, com as águas do rio.

Tão interessada em saber se ele aprovava a sua obra, não pôde reparar como era mesmo o filho de seu marido. Vaidosa e interessada em si mesma, teria enorme tristeza se ele não aprovasse. Alguma coisa lhe dizia que ele podia não estar gostando. Não foi porque não gostava daquela vida faustosa do reino e da imitação que se procurava fazer no palácio e nas melhores casas de Vila Rica, que ele deixou a cidade e se metia no mato, com gente tão diferente dele? Não, não foi. Foi pra ficar sozinho, disse ela. Pra fugir dos remordimentos e tristezas. Desde que a mãe morreu. Uma alma delicada sofre demais com essas coisas. Foi assim quando a irmã (como é que se chamava? Ah, Leonor) morreu. Não, não fugia das cidades e das delicadezas da arte e do espírito. Fugia era dos pensamentos negros, um atormentado. Saberia como tratá-lo. Ela com o seu feitio alegre, toda luz. Já se via mudando-o. Fazia ele voltar a ser o que era antes. Tanto se via, que se esqueceu de vê-lo.

Agora no meio da sala. Apesar de forte, tinha uns modos delicados, uma pisadura leve e medida, mas não era o compasso de dança dos casquilhos. É a vida na caça e no mato que o fez assim, mas a gente vê que não é um desses brutos. Um refinamento nos gestos, não procurado nem rebuscado. No maneio que fazia parte do corpo, luz de dentro das coisas. Nada parecia procurar, nele tudo era achado. Não eram maneios e gestos adamados – outra coisa que ela não sabia nomear. Nem mesmo no Capitão-General, da nobreza melhor do reino, acostumado na governança das Índias, nas embaixadas del-Rei, via aqueles modos. Assim deviam ser os nobres. O Capitão-General às vezes era meio bruto e grosseiro, não tinha muita polícia nas falas e nos gestos. Uma vez chegou mesmo...

Não usava as roupas da moda. As roupas que desajeitadamente João Diogo usava. Se vestia não como tinha chegado. Aquelas roupas de mato, todo sujo e desarrumado, fazia até medo. Diferente. A casaca e o gibão de corte severo, nada de debruns, bordados ou rendas. Panos de boa qualidade, as cores é que não eram vistosas. Nenhum enfeite, dourado ou prata. E aquelas botas de cordovão que ninguém usava mais. Como fosse montar, não era trajo de montaria. Ele era o contrário de tudo o que ela achava bonito nos homens. Se ele frequentasse assim as festas de palácio, iam rir dele. Não riam certamente, tanto respeito na sua pessoa e figura. Mas seria malvisto, comentado. Aquelas línguas cortadeiras. Também ele não ia a palácio e às casas ricas. Não carecia de ser casquilho, cortesão. Em vez de censurá-lo, elogiava muito o seu todo de homem. Nunca tinha visto ninguém assim. Um homem de outros tempos. Não dos outros tempos que ela antes fantasiava, de outros tempos. Saído dos livros que ela leu, as mulheres da cidade não liam. Não se usa mulher ler. Muito menos comentar com os homens em demorado comércio. Mesmo nas festas, no palácio. Não fica bem em dona casada. Gente faladeira e atrasada, nobreza de de-repente. Se pensava não em Piratininga, mas no reino. Nos imaginosos reinos da sua fantasia. Os heróis dos livros, que ela então (antes) vestia com outros panos e cores. Agora deviam ser assim feito ele. Tão nobres e polidos, de coração severo e apaixonado. Se deixava levar pelo que lia, os versos que ouvia, agora embalada nos metros e nos ritmos.

Ele avançou para o cravo, puxou a toalha de damasco. Agora podia vê-lo bem de frente. Tão de frente, tinha até medo de ser vista. Não queria ser vista, ainda. O coração batia descompassado, aquela figura de homem. A cara muito branca e pálida, pra quem vivia nos matos e ribeiros. Devia se proteger com aqueles chapelões, senão seria mais trigueiro. O pedaço de cara que a barba deixava ver, muito branco. Quem sabe não é, não foi tísico? Outra vez maternal, queria cuidar dele, sendo tísico. Não era, o pai teria falado. Às vezes não se sabe. Uma brancura de porcelana, os dedos dela já apalpavam. De novo se esquecia do coração maternal. Não só a brancura, o brilho. Em volta dele uma auréola de luz, encantamento. O esplendor de prata dos santos. Não apenas em volta da cabeça, de toda a sua pessoa. Resplandecia.

E ela se encantava, nunca tinha visto ninguém assim, não cansava de repetir. E a barba (as caras agora sempre rapadas e empoadas, já começava a achar que essas modas eram pouco próprias para homem), uma barba que ele tinha aparado no quarto (será que ele botou cheiro, benjoim?), uma barba fechada e preta, lustrosa. Lustrosos os cabelos apenas arrepanhados atrás por uma fita de gorgorão preto. Não podia ver bem os olhos. Com certeza do pretume brilhoso de certas ágatas. Os olhos no teclado do cravo aberto, os dedos alisando as teclas que ela tantas vezes desesperadamente carregara na agonia do aprendizado. Queria aprender o mais ligeiro, não tinha tempo a perder. Tão pretos e brilhosos que nem os cabelos. Duas jabuticabas. Não, duas ônix negras, ela preciosa corrigiu. Já enriquecia e fantasiava.

E as mãos crestadas do sol do sertão. Era branco, via-se. Viu antes, pela cara. Muito branco, pálido. Delicado, foi o que lhe disseram. Mais do que disseram. Crestados, mas sem a dureza das mãos acostumadas ao amanho da terra, dos rios, das armas. Deviam ser macios, os dedos alisando seda, pele ou arminho. Como é que conseguia aquela macieza delicada? Uma mão de dedos compridos e finos, adivinhava o rosado das unhas.

De repente ele bateu uma tecla, nota ré. O som vibrou no ar numa altura sustenida, muito maior do que na verdade era. Agora um ut que ele carregava, soando redondo e espraiado. Um mi duro. Ele catava cá e lá as notas. Sons isolados, ainda nenhum acorde, pensou se lembrando da sua primeira lição de música. Ela menina tocava assim mesmo, querendo imitar Mariana, que já sabia. Depois começou também a aprender. Quando tudo acabou, o gato comeu, o sertão levou. Os acordes, já sabia agora tocar muito bem. Pelo menos achava. Dispensou por uns dias aquele mulato sestroso. Ele era um menino que carregava as teclas para ver o som que faziam. Quando devia saber, o pai disse. Mas disse que o filho tocava muito bem era flauta. Por método certamente. A gente via, não era nenhum orelhista. Quem toca bem flauta deve ter sido alguma vez acompanhado por cravo, sabe onde ficam as notas. E ele entendia, fez assim com a cabeça aprovando a qualidade do cravo. Ela disse para ele, só pensando – do reino. Manufatura de Lisboa, disse por ela mestre Estêvão repuxando os beiços, mulato pernóstico. Uma preciosidade, nunca vi beleza igual, crescia o mestre no elogio. A senhora tem mais uma joia em casa. Mais que uma joia. A primeira vez que viu o cravo. Mas não carecia de falar, ele (não o mulato, mas ele) devia saber muito bem todos esses mimos e riquezas, delícia das almas bem-dotadas. Das ricas almas, música e poesia. Ela já cavalgava outra vez nas asas do sonho, no grifo fantástico, no mais remoto azul.

Quando foi chamada para a dureza das coisas, a luz crua da vida. Ele tinha tirado um acorde finalmente, despertando-a. Mal tirado, mesmo para ela. Está sem treino. Tanto que ele mesmo notou, franziu a testa e fechou os olhos com força. Feito tivesse quebrado alguma coisa, vamos dizer um cristal. E voltou a repetir o acorde. Agora a cara era mais tranquila, quase alegre e feliz. Pelo menos num repouso sério e seguro de quem tem certeza das coisas e sabe que acertou. Outra vez o mesmo acorde. Pelo menos para ela estava perfeito. Ele também achou. Daquele acorde podia nascer uma melodia. Uma sonata, uma ária, lindeza do céu.

Mas alguma coisa aconteceu com ele. Quem sabe uma lembrança penosa, um remordimento? Minha Nossa Senhora da Conceição, eu prometo todas as velas do seu altar por um ano. Não deixa, não deixa de jeito nenhum ele ter feito a promessa de nunca mais tocar. Aconteceu, agora sim ele tinha quebrado o cristal mais precioso. Porque ele correu a mão com raiva pelo teclado, da primeira à última tecla. Tão forte o fragor, de repente dezenas de rolinhas na sala voavam assustadas e ruidosas, o estrondo dum clavinote. Tanto ela estremeceu.

E mesmo trêmula e atônita conseguiu avançar para ele, lhe segurou o braço e imperiosa disse não! Um não que ele deve ter ouvido tão forte feito ela ouviu os sons encarrilhados despertando-a da frouxidão e do suave encantamento. E ele sacudiu o braço (sem querer, ela reparou mais tarde, quando depois no quarto não parava de se lembrar), se afastou brusco. Um menino apavorado pelo ribombar redondo daqueles trovões que estouravam longe, grossos e soturnos, ruir de mundos. Quando os raios coriscavam nas serras e rompiam os céus das tempestades noturnas. Isso depois ela reparou quando depois no quarto se lembrava – na hora confusa e branca.

E ela não soltou o braço, de jeito nenhum o largaria. Não porque não quisesse, os dedos duros. E ele, só agora voltando, viu-a pela primeira vez. Os olhos espantados e selvagens.

Sim, ele tinha os olhos selvagens que brigavam com todo o resto do seu feitio delicado, medido, pausado, fino. Isso ela não pensou na hora com palavras. Nem na cabeça, no coração, na barriga. Em algum lugar que ela não sabia nem podia precisar: dentro e fora dela, acima e debaixo dela. Não só antes como depois de acontecer, na hora mesmo acontecendo. Como se uma pessoa sombria e premonitória, ubíqua no tempo e no espaço, pensasse por ela, nela, além dela.

(Era um casto e um selvagem, olhou-a selvagemente assustado. As palavras vieram depois no quarto. Mesmo no quarto, não sabia de onde tinham vindo essas palavras. Coisa igual nunca tinha lhe acontecido.)

Você, disse ela num tom mais baixo. E ele, sem ainda poder falar, na brancura do marfim recentemente raspado. Não faça isso, prosseguiu ela mais dona de si. E ele, só agora parecendo dar pela presença de carne e osso a seu lado, foi ganhando cor. Num instante, tão rapidamente como aquelas coisas aconteceram, corou. Ela nunca tinha visto ninguém vermelho assim. Seria por causa da sua presença, da sua mão de mulher ainda prendendo o braço (os dedos não mais duros, mas porque querendo), ela se perguntou, viu depois no quarto.

Agora não era todo o corpo estremecendo. Só a mão tremia, quando ele, delicadamente e firme, retirou a mão dela.

E ele continuou sem dizer palavra, é capaz de que não podendo. Se afastou, foi até à janela. Mesmo meio de costas para ela, podia ver que ele passava a mão pela face, da testa à ponta da barba, com força desmesurada, feito querendo arrancar uma máscara grudada na cara. Alguma coisa o sufocava e ele, arrancando a máscara, talvez pudesse respirar. Não era o mesmo conhecido gesto de alguém que limpa o suor da cara.

Durante muito tempo, poucos instantes, assim ficou. Pelas costas ela viu que o peito dele subia e descia, no ofego da respiração cansada. De fôlego curto, o coração fraco demais para qualquer emoção mais forte.

Ela ia algumas léguas na frente dele, há muito dona de si. É só tempo de esperar, disse ela paciente. E esperou.

Quando Gaspar se voltou era outra pessoa, quase a mesma pessoa de antes. Só que pálido demais, nem uma pinga de sangue na cara.

E ela viu-o na sua inteireza, viu a beleza que ela nunca tinha visto num homem. Achou as palavras, súbito descobriu o sentido de todo o seu segredo humano. Que antes e outros antes dela certamente nunca tinham conseguido achar, jamais achariam, tinha a certeza. Só ela, a não ser (impossível) que sentissem o repentino e avassalador poder de tanta beleza.

Sim, o que fazia dele um ser branco e puro, casto e fugidio, diferente, que os mais chulos e baixos chamavam a princípio de amaricado, para depois se arrependerem, porque na verdade (ela viu nos olhos selvagens) não era, era a beleza. Não a beleza comum que há nas mulheres e mesmo em alguns homens; uma beleza diferente, uma beleza que não havia antes na terra. É capaz de que a inocente e terrível beleza dos anjos, pensou a sua fantasia. Os anjos puros e imaculados que beiram perigosamente o pecado, continuou já agora afogada em grossas brumas.

Me perdoe tudo isso, disse ele. É que eu cuidava estar só. E vendo que ela olhava demoradamente as mãos no seu tremor de sempre, que ele quase estendera para ela quando falou, as palmas voltadas para cima feito aparando alguma coisa muito delicada e leve que podia cair do céu – retirou-as ligeiro, protegendo-as do seu olhar. Mas nada disso (todo esse pudor e recato) a ofendia ou magoava, antes encantava.

O som da voz e a sonoridade harmoniosa da fala tinham a mesma encantatória beleza. Tudo nele era puro, sonoroso, poético, sonhador e pastoril, começava já a pensar na preciosa retórica que, de tanto ouvir, ela repetia e embaralhava.

Os olhos de Gaspar pousaram nos seus olhos, mergulharam por ela adentro, varando-a de luz, estremecimento e dor. Agora mais mansos, ainda selvagens. O selvagem nos olhos era para sempre, viu transfigurada, toda ela tremia. E foi dela a vez de corar. Empalideceu depois, feito aos pouquinhos desmaiando, enquanto durava aquele olhar. E se sentia toda tremer e queimar por dentro, nos fogos da agonia. Ferida, varada, perdida, pensou num último esforço para voltar a si. Nunca aquilo me aconteceu, nunca mais me livrarei dele, pensava sempre depois no quarto.

Mas era ainda uma mulher forte, segura de si. Conseguiu arrebanhar as forças que lhe fugiam e voltar à tona. E voltando, foi dela a vez de olhá-lo demoradamente, quase máscula. Tão fortes e poderosos eram agora os seus olhos.

Gaspar pareceu não aguentar aquele olhar. Reverente abaixou a cabeça, sem ousar estender-lhe a mão. Se Vossa Mercê me permite, disse se afastando.

Assim ela não pôde nem ao menos adivinhar o que tinha se passado com ele.

6

DAQUELE DIA EM DIANTE tudo na vida de Malvina foi num crescendo. Desde o primeiro olhar que a varou de estremecimento e dor; afogando-a na escuridão, que ela, filha da alegria, da vida e da luz, desconhecia (assim se sentiu perdida, para sempre aniquilada e miúda, só a muito custo conseguindo voltar à tona, para então reerguer as suas armas e passar ao ataque); desde aquele encontro na sala as mudanças que começaram a se processar em Malvina escapavam inteiramente ao seu domínio.

Uma nova mulher tinha nascido naquela hora, pensou ela cuidando que era outra. Se se visse de fora ou mais de dentro, teria visto que era a mesma Malvina arteira e manhosa, dominadora e voluntariosa, de sempre. Aquela Malvina que às vezes ela se punha a ver através dos olhos do pai, da mãe e de Mariana, antes, e agora de Inácia, e a fazia dizer (na verdade a preta não ousava, não podia ainda dizer) Nhazinha tem partes com o demo. No fundo tremendo, temerosa do que dizia, apelava por um pacto à escuridão. Por fora se persignava e se maldizia. Te esconjuro, satanás! Me salve, Senhora da Conceição! Ela carecia tanto de ser feliz! Sem saber repetia o pai, a mãe.

A mesma Malvina, a mesma mulher forte e vitoriosa de sempre. A diferença estava na paixão e no sofrimento, mas paixão e sofrimento são coisas acrescentadas na alma, não mudam o sumo de ninguém – apenas calam e derrotam. Assim desde menina, semente do que é e era. Só que até presentemente, apesar de toda a pobreza humilhada e da decadência brasonada de sua família lhe terem cortado uma vida esplendorosa e feliz que ela julgava como sendo, por direito de nascença e predileção dos céus, naturalmente sua, não tinha na verdade conhecido o sofrimento e a dor. Pelo menos assim sentiu de repente. Toda a pobreza e humilhações passadas apenas serviram para lhe dar força, ódio e ciência; para ser a mulher em que se transformou.

Sim, ela sofria. A partir daquela hora passou a sofrer e a sangrar. Se queimava no silencioso, impossível e pecaminoso amor. Ela mesma sabia que a sua paixão era pecaminosa e sem continuidade possível. Condenava-se severamente o incesto e se punia. Afinal ele era filho do seu marido.

E como sofreu, ia de um ponto ao outro de suas dúvidas e contradições, na ambivalência do querer e do sentir. Embora nas trevas, consciente e lúcida se deixava devorar por uma fatalidade invencível a que tinha de obedecer. Mas era sincera nas suas confusas preces. Que Nossa Senhora da Conceição a protegesse e antecipadamente a perdoasse.

Ela que jamais tinha se sentido culpada (ao contrário, sempre se justificando, sempre achando razões para explicar tudo o que fez e fazia), agora ruminava antigas culpas e remorsos que na época verdadeiramente não sentiu. Ah, os céus se vingaram de mim, dizia ela no seu desespero e angústia, na sua agonia. De tudo que tinha feito com Mariana. Apesar de soprada pela mãe e aparentando obedecer mansamente aos planos e desejos do pai, Mariana já amava em silêncio aquele prometido Diogo, mais próximo dela em anos do que de Malvina.

E pedia perdão, agora carecia demais do favor e da clemência dos céus. Se lembrava do sofrimento do pai, do desespero dos seus últimos dias, por não poder se juntar a ela; da sua morte. Havia o consolo de que não o deixara no abandono: João Diogo cuidou de prover a recuperação da sua fazenda. Se o pai sonhava preguiçosamente com a abastança, o poder e a glória, a douração do seu brasão de armas, a mãe era como ela: só queria a alegria festiva e despreocupada, os prazeres da vida, os gozos da carne e do coração. Mas a mãe se consolava fácil, tinha o dom da leviandade e do esquecimento. E se lembrava mesmo de Donguinho. Se lembrava de Donguinho com uma ternura especial, toda molhada na dor e no arrependimento. Apesar da sujeira e da demência, Donguinho era belo, puro, forte. Nos seus músculos e gritos, lembrava os deuses. Dos três, era ele com certeza quem mais inocentemente sonhava. Só queria as verdosas pastagens, o azul do entardecer; o cheiro quente e úmido, resfolegante, das éguas; a bosta quente e o verde dos pastos e dos currais. Era o único que não a aborrecia, não tinha nem ao menos o entendimento necessário para conscientemente aborrecer.

Por isso ela agora mais se arrependia e implorava perdão. Pela morte do pai e de Donguinho. O pai morreu de velhice e tristeza. Já Donguinho foi morto numa emboscada ardilosa: quando, insatisfeito com a liberdade que a mãe amorosamente lhe dava, passou a pular as cercas de outros pastos e currais. A mãe, livre afinal, depois da apuração dos haveres que lhe ficaram, se foi com um maganão para o reino, onde vivia por enquanto uma vida regalada e feliz.

Tudo isso aconteceu tão depressa, na hora ela pouco cuidou. Era como se só naquele instante, relembrado na amargura e na carência de perdão, acontecesse. Antes, dona dos suspiros e da química das emoções, chorava agora lágrimas incontidas nas insônias que passou a ter. Tudo aquilo que aconteceu com a sua família voltava a acontecer.

E ela se castigava dizendo que tudo o que acontecia com Gaspar era culpa sua, pagava penas antigas. Acontecia porque ela tinha deixado acontecer. Mesmo na dor e no arrependimento, se pensava onipotente, tudo podia dominar e reger. Sempre a mesma Malvina, nada mudou.

Porque carecia de clemência e perdão, passou a compreender e a perdoar. Assim compreendia e perdoava a ambição e o orgulho do pai; assim compreendia e perdoava os pecados e o mau passo da mãe, de que resultara Donguinho; assim compreendia e perdoava a própria insanidade de Donguinho, que ela não tinha nada de perdoar. Antes tão severa, agora mais não.

Sempre alegre e luminosa (filha do sol, da luz), na sua ânsia de entender e explicar, tudo atribuía às forças da noite e da morte. Eram as trevas que se voltavam contra ela, era o mágico e implacável poder da escuridão que procurava derrotá-la.

A sua paixão por Gaspar não conhecia mais barreiras, mentalmente todas venceu. Sem força e coragem, não tinha ânimo bastante para se confessar. Ainda. Nem a ele nem à Inácia. A ninguém.

Todos os recursos e artimanhas ela usou. Mas era atualmente uma mulher medrosa, qualquer coisa a assustava, tudo a fazia sofrer. Uma mulher que se deixava assaltar pela paixão, ela que nunca amou. E se devorava e ardia, se deixava consumir. Dia e noite não sossegava o impossível amor. Um amor que não devia dizer. Nem de longe podia deixar que ele desconfiasse e viesse a saber.

Mesmo tão diferente do pai, Gaspar o amava e respeitava. Filho de meu marido, não se cansava ela de dizer. Por que não outro? Por que justamente ele? Nada podia esperar, impossivelmente esperava. E aquela mesma figura em que ela através dos olhos emprestados de Inácia se via, voltava maliciosa e sibilina a soprar: não há homem casto, toda mulher seduz e se deixa seduzir. O pecado é o sinal dos homens, desde tempos imemoriais. Era só tentar.

Começou então a jogar o mais intrincado e perigoso dos jogos. Muitas vezes acreditava se avizinhar do abismo. Um passo à frente e tudo poderia ruir. Tudo queria ganhar, nada queria perder. Ela se dividia, era uma casquinha na voracidade do rio, que a correnteza podia levar.

Diferentemente do que esperava, Gaspar não a evitou no dia seguinte. Nem nos outros. Ao contrário, passou a procurá-la, aparecia na sala mal ela feria as primeiras notas do cravo, mesmo em surdina.

E conversava muito, ele. Ela, antes tão falante, tinha atualmente a língua presa, o coração miúdo na palma da mão. Sempre respeitoso e juizado, as conversas de Gaspar eram tão mansas e harmoniosas quanto a voz que ela ouviu da primeira vez. Lhe contava casos, chegou mesmo uma vez a rir.

E essas falas a embalavam no sonho diurno, no vapor quente e macio das fantasias; sufocavam as suas noites de solidão.

Queria cada vez mais. Queria mesmo sabendo que não podia nem ao menos em segredo desejar. Gaspar era casto e puro, respeitava o pai. Não dava ao menos uma luzinha de esperança, nenhum sinal de outro desejo além do sublime convívio familiar. Por fatalidade e escolha antes tão solitário, se sentava agora junto dela como à beira de um lago sereno, liso, sem nuvens – na fronte a brisa tranquila dos pensamentos azulados. Ela assumira o lugar da sua mãe, ele era o filho muito querido do pai. Malvina divagava.

João Diogo gabou muito a atitude da mulher. Malvina, que alegria, ele parece outro homem, disse quando notou as mudanças por que passava o filho. Não era mais o mesmo. Ainda sisudo, é verdade, mas tão manso e bom. Via que Gaspar estava muito feliz. E tudo obra dela. Parecia até os tempos em que ficava conversando tardes inteirinhas junto da mãe. É verdade que não saía, mas não fugia mais dele, dela que era mulher. Ele tinha tanto medo de que isso não acontecesse!

E havia de fugir? disse ela fingindo rir. Ele não reparou o custoso do riso, tão feliz não podia reparar. Por acaso sou bicho? disse ela. Mordo gente? Não, meu bem, disse João Diogo. É que ele tinha tanto medo de que os dois não se dessem bem. Toda noite não se cansava de agradecer a Deus o bem que lhe tinha feito. Mulher melhor do que ela não tinha, nunca que havia de encontrar. Ora, tenha modos! disse ela afastando-o. Gaspar pode entrar de repente e ver. Por mim não, por ele. É tão puro, tão vergonhoso, tão bom!

A alegria de João Diogo chegou na cumeeira quando ouviu os primeiros sons de flauta vindos do quarto de Gaspar. No começo baixinho. Ele tem medo de ser ouvido, pensou. Feito estudando método. Não carecia, tocava tão bem. Depois mais desembaraçado, deixara os exercícios. Uma peça inteirinha João Diogo já ouvia distante, do quarto do casal. Era a música dos anjos, do céu. Chegando ao corredor, deu com Malvina na porta do quarto de Gaspar, ouvindo embevecida. Ao ver o marido, estremeceu. Que susto você me pregou! disse ela cuidadosa depois. Quando comentaram o acontecido. Tão feliz ele estava, não percebeu o tremor da mulher. Ela levou os dedos aos lábios, pedindo silêncio. Nada podia perturbar Gaspar. Capaz de que ele, tão arisco, se desconfiasse que estava sendo observado, acabasse jogando fora a flauta, nunca mais tocava. Foi o que mudamente disseram.

Ela se encostou na parede. As mãos cruzadas no peito, os olhos cerrados, os lábios entreabertos, mal respirava – a emoção forte demais. Um perigo o que tinha feito, se recriminou depois. Mas João Diogo a via sempre com o maior enleio, no maior amor. Ela era tão pura e delicada quanto o filho, disse-lhe mais tarde. Como é que uma pessoa podia ser assim tão delicada? Como é que a música conseguia fazer alguém ficar assim feito ela? Sempre dormindo nas horas de música, nos saraus do Capitão-General, ele não conseguia entender. Mesmo comigo, quando eu toco? disse ela manhosa fingindo-se amuada, quando via como João Diogo ficava perto do cravo, se ela tocando. Meu bem, com você não é pela música, é por você mesmo, disse ele. Só ficar perto de você me deixa todo baboso e feliz. E como desta vez fosse mais insistente na sua urgência de carinho, ela permitiu. Chegou mesmo a retribuir com um leve beijo na cara empoada.

Era o que o marido lhe dizia, ela viu que não corria nenhum perigo. Apesar disso se prevenia, tinha medo de ser traída pela voz, pelo olhar. Um dia ele ciumento podia desconfiar do que estava acontecendo, do que ela pensava. Como se os seus mais secretos e perigosos pensamentos transparecessem no olhar, na voz, nos mínimos gestos.

Avançando cada vez um passo, mais segura de si e do chão que pisava, Malvina se permitiu algumas, para ela agora, audácias. A propósito de tudo e de nada, dizia várias vezes o nome de Gaspar. Dava voltas; inventava assuntos. Pelo simples prazer, pela fruição, pelo gozo de dizer. O coração batia cavo demais no peito, na goela. Olhava a cara de João Diogo, os seus olhos limpos, não via nada diferente. Ele não sabe nem podia saber, respirava ela aliviada. Vencia.

Só numa coisa João Diogo reparou, viu que ela mudava. Não era mais como antigamente na cama, não se entregava como antes. E como lhe dissesse qualquer coisa, ela disse meu querido, é que ando tão cansada... Às vezes me dá vontade de parar com os meus estudos de cravo, dispensar mestre Estêvão, disse experimentando o terreno. Isso não, disse ele. Ainda quero ver você e Gaspar, os dois tocando juntos uma, como é que se chama? Sonata, disse ela. Pois é, uma sonata pra mim. Já quer um duo, perguntou ela maldosamente arriscando. Gosta tanto de música assim? Não, disse ele, é por ver vocês dois felizes. Aquilo lhe fazia um bem tão grande ao coração de pai e de marido. Ela estremeceu, uma pedra desgarrou da serra, rolou pela ribanceira.

Não podia continuar assim, noite após noite se negando, fingindo cansaço, dor de cabeça, mal-estar e outros incômodos. Um dia, sem querer, quando cedeu a uma das urgências de João Diogo, copiando um prazer antigo que não mais sentia (ele não devia desconfiar, ela se esmerava na mímica e nos suspiros), viu na cara enrugada alguns traços do filho. Antes nunca tinha visto, tanto diziam que Gaspar era parecidíssimo era com a mãe, era todo ela. Se parecia também com o pai, era um João Diogo rejuvenescido e apurado: a dureza dos traços abrandada pela beleza e finura duma alma delicada. João Diogo quando moço, apesar de bruto, grosso e curtido, devia ser assim que nem o seu filho. O desejo de ver era tão grande que via o impossível de ver. Chegava a inventar um João Diogo novo e belo. Não era ainda aquela beleza terrível e angelical do filho; também não era mais aquela feiura que aumentara desde que conheceu Gaspar. Conseguiu mesmo alcançar o prazer de antes, quando Gaspar ainda não existia na sua vida.

E como conseguiu, voltou a ser a Malvina de antes, apurava nas artes. João Diogo agradecia feliz. Era capaz até de morrer, dizia. Tão fortes eram o prazer, a alegria e a felicidade que estalavam no seu doente coração. E como a alegria voltasse novamente a luzir nos seus olhos, parecendo retirar a catarata e o embaciamento da idade, ela via nos seus olhos os olhos de Gaspar. O mesmo brilho faiscante e violento, os mesmos olhos selvagens (não eram de surpresa e espanto como ela pensou) de sempre, que contrastavam com o todo delicado e puro de Gaspar.

Essas mínimas descobertas cresciam desmesuradamente na agonia, assanhavam e redobravam-lhe ainda mais a desenvoltura e as artes. Segurava e apertava com as duas mãos a cabeça de João Diogo, mergulhava no seu lume, nas sombras morteiras, no perigo daquelas águas brilhosas. E quando a boca murcha de João Diogo procurava a sua boca, ela refugava: queria os olhos, só os olhos, os olhos para sempre.

No desvario e no sonho, só temia se perder. Deixar escapulir o nome guardado no coração, repetido sem sossego – Gaspar! Gaspar! Cada vez mais se abeirando perigosamente das brenhas e das correntezas. E só parava quando, extenuado, João Diogo dizia chega, agora eu é que estou cansado, posso morrer. A última fagulha lúcida do coração dizia o mundo pode ruir.

Depois das tempestades, do estralejar dos raios e do ribombar dos trovões, quando o céu se limpava e tudo era de novo límpido azul, ela caía na mais funda tristeza e prostração. Confusa, agitada. Sentia que já cometera todos os pecados. Ao que ela mesma se dizia ainda não, Gaspar não sabe de nada, nunca vai saber. Não ousava mais pronunciar o nome da santa protetora, com medo de ofender. Para pedir perdão e dizer nunca mais, com medo de não poder. Atordoada se dividia, mil vozes gritavam dentro dela.

E esse mesmo jogo sutil e arriscado passou a praticar com Gaspar. Nos seus recolhimentos dizendo que sem querer, na hora querendo. Ia até ao ponto em que ele pudesse perceber. Aí parava, não iria além. No dia seguinte continuava mais adiante, já querendo que ele, na parte mais escondida do coração, soubesse. Soubesse e afogasse, não deixasse ao menos transluzir nos olhos pretos e sombrios que ele sabia. Ela podia dizer com os olhos, debaixo das escamas das palavras; só não podia por boca dizer. Só se ele, sentindo um dia o mesmo amor e o mesmo pecado, dissesse... Malvina tresvariava, pela primeira vez na vida amava, se ardia e se incendiava.

Mestre Estêvão vinha de manhã, dava as suas lições, ia embora. Gaspar não aparecia nunca, quando ele estava. Como mestre Estêvão lhe perguntasse por aquele moço que tocava diziam que era uma maravilha (quero ver essa preciosidade, disputar com ele num duo), ela ciumenta dizia não, o senhor sabe como ele é. Mas fale pelo menos com ele, disse o mestre. Já falei, ele não quer, ela mentia.

De tarde é que Gaspar aparecia na sala. De manhã, na comprida mesa do almoço (ele numa ponta, o pai na outra, ela no meio), os dois pouco se falavam. Só as falas próprias da ocasião. Você quer isso? Quer aquilo? O feijão está a seu gosto? Quer mais carne? Ou generalidades: como estava frio ou quente, como os dias eram secos ou chuvosos. Pai e filho é que conversavam. João Diogo, agora indo pouco aos seus imensos domínios, perguntava como iam as suas lavras no Serro do Frio, os contratos no Tejuco, o boi e o pasto no sertão do couro, ele que tinha ido lá por último. Eram conversas mansas e pausadas, pai e filho agora se entendiam. Esquecida das tardes e das noites, Malvina sorria feliz, a paz reinava naquele lar. Era ela a artífice de toda essa harmonia e felicidade. Pelo menos assim dizia João Diogo, gabando muito as prendas e o feitio da mulher. Mesmo aos da rua ele não escondia a sua satisfação. Chegou a dizer ao Capitão-General.

Quando de tarde Gaspar aparecia, um sol entrava de repente na sala, espantava para longe as tristes penumbras. Ainda não se voltava, abaixando ligeiramente o tom dos acordes (será que ele percebia, se perguntava), ela sabia que Gaspar entrara na sala. E vinha (os dedos caprichavam nos acordes, pareciam mais sábios do que realmente eram), estava no meio da sala. Gaspar agora pertinho dela. Se não fosse o cravo podia até ouvir-lhe a respiração quente e mansa. Sem se voltar ela dizia é você, Gaspar? O coração aos saltos, trêmula, ofegante. Tão bom e fundo o prazer escondido na penumbra. Sim, sou eu, continue, dizia ele. Ela continuava sem se virar, prolongando até onde, até quanto podia, a proximidade muda e quente, a pura presença. Vai bem, está tocando muito bem, dizia ele. Então Malvina se voltava, parando a música. Deu agora pra mentiroso, é? Procurava dominar o timbre da voz, ainda trêmula. E ria para ganhar tempo, ver se havia nele vestígios da emoção sentida por ela. Nada, neutro e frio. Os olhos eram mesmo tristes e suaves.

Depois de algum tempo já tocavam juntos (ele na flauta, ela no cravo) pequenas sonatas, pavanas, mesmo umas tarantelas. No princípio Gaspar se negou. Malvina, vendo que no fundo ele queria (não era à toa que treinava no quarto), insistiu.

Apesar da emoção, ou por isso mesmo, acompanhada ela tocava melhor do que sozinha; tocava com mais calor e emoção. Gaspar corrigia-a num ou noutro trecho, ela aprendia sempre mais depressa do que com o enjoado do mestre Estêvão.

Vamos de novo, dizia ele paciente. Com você é muito melhor, aprendo muito mais ligeiro, dizia ela. Mas continue com mestre Estêvão, ele sabe do ofício, dizia ele quem sabe adivinhando o pensamento de Malvina. Eu quase nada sei de cravo, continuava ele modesto. Pra mim sabe demais, dizia Malvina. Ele sorria envaidecido.

Aqui, apontava Gaspar na partitura. Vamos repetir até ficar direito. Repetiam.

Uma vez, Malvina estava distraída e aflita, não sabia por que não conseguia esconder o desespero nos olhos, na voz – aquela agonia sem fim que a martirizava. Quando ele disse outra vez aqui, ela sentiu o braço de Gaspar roçar-lhe o ombro, bem rente ao pescoço. Gaspar demorava apontando a partitura mais do que carecia, do que ela esperou. Para ele não fugir, Malvina procurou devagarzinho se chegar mais, até sentir o corpo de Gaspar quase colado ao dela. Aqui? disse ela. Tira a mão pra eu ver.

E trêmula pegou pela primeira vez naquela mão. A mão fria, depois quente; a macieza firme. Era uma tentação forte demais, o coração surdo e disparado, ela cuidou desmaiar. Mais tarde, sozinha na solidão do quarto, repassou mil vezes aquele instante. Para gravar bem e depois se lembrar e sonhar. No sonho avançava e prolongava no futuro, inventava o que deixou de acontecer. Depois se lembrava do que inventou, era feito tivesse acontecido. Não queria esquecer nunca os mínimos instantes, gestos e ruídos. Um ouvido, um coração no seu estado normal, jamais perceberiam. Ela percebia.

E ele estava demorando mais do que devia, do que ela merecia.

Gaspar não foi ríspido como Malvina esperava e temia. Também não fugiu, só ficou um pouco mais vermelho. Para, num instante, sem que os dois se dessem conta e pudessem loucamente dizer nós, hein? se recompor e reencontrar o equilíbrio e a segurança perdidos. Através de um silencioso aviso nos olhos dele, Malvina ficou sabendo que devia soltar a mão, aquilo nunca mais podia se repetir. Ela achou estranho, entre mãe e filho não podia haver esses cuidados e receios, uma parte dela cuidou. Assim Gaspar devia considerá-la: não uma mulher apaixonada e ardente – alguém que estava no lugar de sua mãe. Porque não conseguia vislumbrar nele outra coisa além de amizade e respeito. Afinal ela era a mulher do seu pai, reconheceu Malvina humilhada, com ódio.

Um homem esquisito aquele filho do seu marido, às vezes ela pensava. Quando não havia nada a estranhar, ela própria reconhecia. Vacilante, ia de um polo ao outro de suas dúvidas e ruminações.

Mesmo sofrendo, gostava demais daquelas tardes. Se não ia além era por cautela: medo de que ele, percebendo, fugisse para sempre. O coração esperava, sempre espera. Por isso se precavia, continha a parte futura do sonho, o que ainda não aconteceu. Aquelas tardes deviam durar toda a eternidade.

Como às noites, à luz do candelabro, a cara bem junto do livro, ele lia para ela uma écloga, uma lira, uma elegia. As nuanças de luz e sombra, de cores e meios-tons, que iam do marfim velho ao mais recente marfim, a veiazinha azul latejando na fronte, a palidez iluminada, cresciam à luz das velas. Arregaladamente dilatada, tudo ela via e guardava para sempre, para depois.

Ela achava que viviam os mais altos momentos de espiritualidade e beleza. Eram seres eleitos e privilegiados, a quem os deuses favoreciam. E não estavam mais em Vila Rica: projetada no espaço e no tempo, ela se deslocava para outros lugares. Primeiro Lisboa, depois outros reinos mais finos e cultivados. Toscana, Nápoles, França, Veneza, aqueles lugares todos de sonho que pelos olhos dele ela conheceu. E já se via numa casa de ópera iluminada por mil lustres faiscantes de sons e brilhos.

Você está tocando tão bem, disse ele outra vez. Que tal se a gente chamasse o velho para ouvir o nosso duo? E outra pedra se desgarrava do alto da serra, tão forte e cavo bateu o coração de Malvina. Sem que os dois soubessem, detrás da porta João Diogo ouvia enternecido.

Chamaram o pai. Malvina viu então que não podia alimentar nenhuma esperança. Se Gaspar tinha por ela algum sentimento, era o afeto que deve existir entre um filho e a mulher de seu pai. Sentado comodamente no canapé, João Diogo agora dormia a sono solto. Devia ter sonhos muito bons, sorria. Era muito feliz.

Veja como o velho dorme. Veja como ronca, disse ele e riu. Também Gaspar era feliz. Os tempos de antanho tinham voltado, via Malvina com alguma mágoa. Só ela era agora infeliz.

E começou a recorrer ao jogo das palavras, das frases truncadas e ambíguas, dos subentendidos, às suas sinuosidades e alçapões. Com o meticuloso cuidado de quem monta o delicado engenho de um relógio ou lida com pólvora, dosava cada uma das suas falas, as palavras mais insignificantes. Através delas, debaixo delas, nas suas dobras e reentrâncias, ia dizendo tudo o que guardava no coração. Era o que pensava, nunca pôde saber se ele recebia aquelas ternas e desesperadas semáforas. Sempre cuidadosa, porém: ele podia conscientemente perceber e fugir.

Um dia Malvina perguntou de chofre por que ele era tão contrário ao amor. Gaspar olhou-a demoradamente. Ela não conseguia adivinhar se o olhar era de surpresa, do pudor de se ver de repente desnudado. Se ele se irritava por ver invadido um chão seu tão particular. Se era apenas espanto diante do absurdo da pergunta.

Depois de pesado silêncio ele respondeu perguntando quem tinha dito aquilo. Não, não sou contra o amor, disse ele olhando-a nos olhos. Não havia nos olhos de Gaspar nada que dissesse que ele queria dizer alguma coisa somente para ela. Era uma frase comum, uma afirmativa como outra qualquer. Mas o coração apaixonado pensou: se ele não é contra, é capaz de se tornar a favor. Debaixo de suas palavras podia haver um recado misterioso, ainda por decifrar. Sim, talvez. Era um homem tão fechado e sofrido, conhecera tanto a dor. Um homem treinado nas artes de sofrer e esconder. Se esquecia que ele ficava pálido diante das mulheres. Antes, observou ela. Fazia tempo que não se perturbava mais na sua frente. Sempre à vontade, mesmo o silêncio não pesava mais. Tão mansas, doces e arrastadas eram as tardes agora.

Sou contra é, ia ele dizendo, ela pensou ele vai se abrir. Mas Gaspar não continuou. Por não saber o que dizer? Por ter se arrependido de estar se abrindo? Certamente preferiria falar de outros assuntos, de coisas vagas e aéreas, conforme o seu feitio.

É promessa à Virgem, perguntou ela. Que promessa? disse ele. A de nunca se casar, disse ela. Quando sua mãe morreu. Disseram-lhe isso? disse Gaspar. Comentam demais a minha vida. Por não me entenderem. E ela disse foi seu pai que me contou. É capaz de eu ter dito isso alguma vez, disse ele. Talvez pra me livrar de alguém que queriam me empurrar. E como ela se animava a avançar outra pergunta perigosa, disse é capaz de eu ter feito mesmo tal promessa e depois me esquecido. E como agora ela risse, ele completou: mas você vê que no fundo não me esqueci, estou cumprindo a promessa, não me casei. E começou a dedilhar na flauta os primeiros sons de uma oitava. Não, disse ela tomando-lhe delicadamente a flauta. Depois, nós vamos agora é conversar.

Agora era Malvina que falava, Gaspar se limitava a ouvir. De vez em quando sorria incrédulo. E ela lhe dizia quente, mansa, perigosa e cautelosamente, as palavras mais ternas que um coração sabe do amor. Ele devia amar, não podia se recusar ao amor. Era contra a natureza, contra o que Deus comanda. E vendo que às vezes se abeirava demais das areias movediças, corrigia. Você deve procurar uma moça (ela não diria casar, isso nunca, pensou), alguém assim perto da sua idade, que o compreenda. Alguém com os mesmos gostos seus. Alguém pra cuidar de você. A companheira que o seu coração merece. No fundo ela dizia – eu.

Mesmo corrigindo, se arriscava demais. Mas Gaspar não dava mostra de perceber, dizia brincando e a minha promessa à Virgem? E ela dizia, toda íntima, bobinho, uma promessa se levanta. A Igreja é mãe, não é madrasta, tem jeito pra tudo. Tem, disse ele rindo pela primeira vez um riso aberto. Não é madrasta, e pelos seus olhos viu que estava brincando com ela: ela era a sua madrasta.

E essas conversas não paravam mais. Os calorosos elogios do amor eram cada vez mais ousados e insinuantes. Mas ela sempre cuidava e media, não desejava se arriscar além da conta. Por uma leviandade podia botar tudo a perder. Não passava nunca além do que permitia o medo de perdê-lo. E continuava a ver se mesmo sem palavras, sem falar, mas dizendo, sem a fala do olhar, de alma para alma, pelos invisíveis condutos do amor, o convencia do segredo que intimamente, silenciosamente, guardava.

Ele não percebia, cego e surdo. Quem sabe ele não finge e compactua, lhe dizia o seu demônio, açulando-a a quebrar aquele gelo, a comover aquela alma fria e empedernida, aquele passivo e duro coração.

7

QUANDO ACONSELHOU O MARIDO a viajar até o sertão do São Francisco, Malvina não tinha uma ideia muito precisa do que ia ou podia acontecer. Mais tarde, quando procurava se lembrar, não conseguia descobrir exatamente quando surgiu a primeira semente da trama que começou a crescer dentro dela, a ponto de sufocá-la, e não saber mais o que fazer. Sem poder parar o engenho precipitado, se deter.

Às vezes pensava que tudo nascera do desejo de ficar o maior tempo possível junto de Gaspar. Não mais se contentava com aquelas tardes quentes e mansas, os dois sozinhos, tão boas; queria as noites também. De noite era a presença do marido na sala, cochilando. João Diogo chegava a roncar, a boca aberta, tinha horas que babava. Aqueles roncos, aquela baba, aquele corpo esparramado no canapé, estragavam os momentos da mais alta espiritualidade que ela acreditava viver. Perturbavam o mundo maravilhoso da poesia e da música, o delicioso convívio de duas almas irmãs. A sua imaginação ardente tudo encharcava e engrandecia.

Era muito fácil acreditar que aquele desejo era honesto e puro. As coisas só se passavam por enquanto dentro dela. Nunca teve a certeza de que Gaspar suspeitava do sentido de seus silenciosos e sutis recados e semáforas. Ela própria desconfiava que a raiz de tudo devia ser mais profunda. Procurava escavar sempre mais, a ver se descobria. Quem sabe não tinha sido naquele primeiro olhar? Um pensamento tão imperceptível e sorrateiro quanto a hora exata da inseminação.

De uma hora para a outra começou a conversar com João Diogo sobre os seus negócios. Desejava saber como andavam o gado e os pastos do sertão. Ele não maldou que ela queria vê-lo longe. Nem mesmo Inácia, sempre especula e de olho vivo, desconfiava de nada. Tão bem escondia, tanto andava no fio da faca.

Você agora deu pra andar muito interessada nas minhas roças e no meu gado, disse ele rindo. Achava muita graça em tudo que Malvina dizia. Ela era um brinquedinho, um divertimento muito bom, que lhe alegrava a vida. Pra dizer a verdade, estou muito preocupada com o seu cabedal, disse ela. E ele, arregalando os olhos, perguntou por quê. Não é cisma não, disse ela, você vai ver.

Ela tinha razões para temer. João Diogo, que depois de velho passou a se impressionar mais facilmente, pediu a ela que falasse claro, não gostava de meias palavras. Na verdade, acreditava no faro das mulheres para certas coisas, o olho premonitório para os desastres e ruínas. Se espantou, franziu a testa, grunhiu. Alguma coisa não andava bem.

Malvina conhecia João Diogo melhor do que ninguém, sabia como lidar com ele. Agora podia falar, seria ouvida e acatada. Disse as suas preocupações. Ele carecia de cuidar mais das terras e do gado no sertão do couro. Então ele não via que o ouro estava secando, que os ribeiros não davam mais o que davam antes, que todo mundo ia empobrecendo? Que as Minas se acabavam? E citou casos que ele conhecia muito bem.

João Diogo ficou pasmo, os olhos arregalados. Onde é que a mulher tinha ido buscar aquela sabença toda? Se acostumara a ver em Malvina apenas a beleza e o amor, jamais podia imaginar que ela notava o que vinha acontecendo. A sua salvação está no gado e nas terras, disse ela. Se esqueça do ouro e dos seixinhos brilhantes, que foram a perdição de meu pai e vão ser a perdição das Minas. Com faro apurado para essas coisas, ele já sabia, só que não tinha mais se detido no assunto, desgraça dos outros sempre é bom esquecer. Quando viu que o ouro ia secar, tratou de alargar os seus domínios para as bandas do São Francisco, tinha agora um gado melhor do que ninguém. Confiado na sua riqueza, se esquecia de reparar nos outros. Mas a palavra de Malvina o assustou, mexia fundo com ele. Salvação, minha filha? Onde é que você foi buscar essa ideia, perguntou querendo saber até que ponto ela sabia das coisas. Eu estou muito bem de vida, não sei mesmo onde botar tanto cabedal.

O coração sempre agora temeroso, depois de lembrado se assustou com as palavras salvação, perdição das Minas, viu que ela tinha razão. E se lembrou de repente que todo mundo se endividava, vendia e escondia coisas, não era mais como antigamente, todo mundo andava agora em atraso com el-Rei. O pavor da derrama assombrava e não deixava dormir. Um desastre nas suas terras de gado podia arrastar os cabedais acumulados suadamente. Foi o que disse a Malvina depois, quando se rendeu.

Agora, porém, não queria se mostrar convencido de todo. Mas, minha filha, quem é que lhe disse isso? Alguém no palácio? O Capitão-General? Eu sei, disse ela segura de si, e viu que o nome do Capitão-General ganhava outra sonoridade, tão desconfiado e ciumento andava das atenções, dos olhares e das falas com que o Capitão-General dera para assediá-la, e que ela, consentidamente e vaidosa, deixava. Uma vez João Diogo chegou mesmo a mostrar suspeita, mas vendo o espanto e os seus olhos tão puros, se limitou carrancudo a lhe dizer tenha cuidado, meu bem, não dê estribo ao Capitão-General, ele gosta de se engraçar com donas casadas.

Eu sei porque sei, tornou ela a dizer. Não foi nenhum Capitão-General. Tenho ouvido muitas falas atravessadas, muito choro e medo no ar. Assim mesmo, eu era menina, mas me lembro muito bem do que aconteceu com meu pai. E olha que naquela era havia ouro demais. Por que você não conversa com Gaspar? Gaspar falou disso com você, perguntou ele e ela respondeu falou por alto, você sabe como ele é. Ele é como você, acha que eu não posso saber dessas coisas. Mas ele devia ter me dito, disse João Diogo com raiva.

Malvina já tinha conversado com Gaspar sobre as terras do sertão do couro. Ele lhe disse que aquilo andava meio abandonado, mas sertão é assim mesmo, quem é que podia tomar conta daquilo tudo? Malvina contou chorando a bancarrota do pai. Ninguém cuidava que aquilo podia acontecer com eles e aconteceu. Conseguiu convencer Gaspar do perigo que estavam correndo. Fazia agora o mesmo com o marido.

Vou ter uma conversa séria com ele, disse João Diogo. Ao que ela lhe disse cuidado, meu bem, você não vai querer botar a perder todo o trabalhão que tivemos com ele, pra Gaspar ficar aqui. Ele pode ir embora outra vez, não voltar nunca mais!

João Diogo viu que ela mais uma vez tinha razão. Carecia de muito jeito para falar com o filho. Ia ver. Isso, meu bem, com muito jeito, disse ela, e para tentá-lo ainda mais, perguntou por que ele não mandava Gaspar. O coração batia descompassado, ele podia aceitar o conselho. Eu tenho medo de você sozinho nesses matos por aí, disse ela. Não era mais criança para essas coisas, alguma coisa podia lhe acontecer, disse ela sentindo um baque mais fundo. Pela primeira vez lhe aflorava claramente no espírito a possibilidade de João Diogo morrer. Afastou depressa a ideia. Muito verde, carecia amadurar. Só muito mais tarde ela se permitiu pensar abertamente, sem nenhum arrepio ou temor.

Por que não leva Gaspar com você? disse ela certa da negativa. Era até uma maneira de ir passando para ele o comando de tudo que um dia seria seu.

João Diogo jamais aceitaria. Primeiro, para não dar parte de fraco, segundo, para não deixá-la sozinha – agora havia na sua vida a sombra assustadora do Capitão-General.

Ora, mulher, ainda sou muito homem pra cuidar do que é meu! Não careço de filho pra essas coisas. Enquanto vivo, eu é que cuido dos meus negócios. Sou muito macho para enfrentar sozinho com os meus negros e cabras qualquer sertão, disse irritado, e ela viu que tinha vencido. Ele não brigaria com o filho, Gaspar não tinha perigo de ir; de jeito nenhum os dois iriam juntos.

Daí a umas duas semanas João Diogo partiu.

Durante o tempo que João Diogo esteve fora, Malvina viveu os seus momentos mais felizes. Não avançou aparentemente além do que já tinha ido – era feliz de outra maneira. Uma felicidade tensa, às vezes chegava a doer, tão fundo o prazer que sentia. Só quem já viveu as sutilezas das sensações e dos sentimentos em segredo, o perigo das paixões pecaminosas, podia entender o que se passava com ela. Assim pensava Malvina, cada vez mais desesperada. Além da casta de origem, criava para si a nobreza dos corações sofredores.

Era feliz e conhecia a dor. No seu exagero, chegava a se comparar a um preto, a um cão. Tanto sofria. Mas preferia sofrer a deixar de ser feliz. Mesmo sofrendo, se achava feliz. Por isso não avançava além do que já tinha ido. Era até mais cautelosa do que antes. As emoções porém, essas ela as aprofundava sempre mais e mais.

Quem mais falava agora era Gaspar. Malvina abaixava os olhos quando ele olhava para ela. Temia fitá-lo demoradamente, o coração podia traí-la. Alargava os ouvidos e sentia. Tão fundo o prazer, muitas vezes deixava de prestar atenção no que ele dizia, gozava apenas a música da voz. Toda ela se abria, se deixava encharcar daquela voz, daqueles gestos, daquela presença, daqueles olhos pretos. Uma terra seca e ávida, se bem que sombria. Mesmo não vendo, sentia os olhos de Gaspar pousarem sobre ela. Malvina lhes emprestava uma morna e suave carícia. Se sonhava amada, deixava-se amar em segredo. Imaginava os olhos não apenas tristonhos e sonhadores: quentes e ardorosos. Estendia a cara, o pescoço, o colo para ele. Tão perto às vezes, chegava a lhe sentir o quentume do hálito. Os seios arfavam quentes

148

no oferecimento: os olhos neles pousassem levemente. Feito a suave, quente e úmida pressão de uns lábios. Perto demais, perigosamente perto. Mesmo cautelosa, se avizinhava do perigo.

Nesses momentos de êxtase, cerrava os olhos. Na pura e dolorosa agonia, os lábios entreabertos, esperava. Não tinha o direito de esperar, mas esperava. Não sabia bem o que esperava, esperava somente. Ignorava que a felicidade e o amor doessem tanto. Ela era apenas uma pequena bola de pelos e arrepios, de dor. Miúda e tensamente contida, um só núcleo para onde convergiam todas as sensações. Cada dia e cada vez mais fundas. Depois gozava esmiuçadamente no recolhido repassar da memória. Uma memória não apenas do passado, mas do futuro. Tanto tinha avançado no que ia e podia acontecer. Na memória do futuro, fantasiosa e absurda, trabalhava delicados e preciosos fios. As mãos tecedeiras e aflitas, aranhas ágeis e calculistas, fabricavam os mais vaporosos, colantes e finos tecidos. Neles se abrigava, procurava vencer a solidão do leito gelado e vazio.

O repassar das emoções acumuladas em segredo se fundia com a absurda memória do futuro. Passado e futuro eram uma só memória, pasto do tempo presente. Não sabia mais distinguir o que tinha vivido daquilo que sonhou.

E rolava na escuridão do quarto vazio, molhada de suor e angústia. Todo o corpo doía, um feixe de nervos e de dor. O tempo noturno passava, o monstro crescia assustadoramente no vapor da escuridão. Ela se acreditava possuída de mil demônios. A maldição da mãe pesava sobre ela.

De repente, negra e suja, desgrenhada, aos uivos, saía a correr pelos pastos, os cabelos e crina lambidos pelo vento frio da noite. A noite se encolhia, ela estava nas tardes azuladas da fazenda. Não era mais ela, era um ser monstruoso e andrógino que corria os pastos e descampados do entardecer. Era Donguinho redivivo vindo amorosamente nela se fundir. Carinhosamente ele a convidava para a escuridão sem fim, para a sua eterna noite de demente.

Só quando a fantasia tecida pelas aranhas na escuridão se aproximava das goelas vermelhas e negras das aberrações, é que a própria angústia do sonho a despertava. Banhada de suor, paralisada pelo terror branco, ela via que tinha sido um pesadelo, não era a lúcida frieza da imaginação febril e insone. O coração batia disparado, mais desgovernado do que quando ela perigosamente se abria, se oferecendo, aos olhos de Gaspar.

Acendia o castiçal, se despia para enxugar o corpo. Nua e à luz vacilante da vela, a pele lívida e azulada, toda ela estava colorosamente manchada de bichas. Esfregava o corpo com força, a ver se conseguia tirar a gosma do pesadelo.

Depois de algum tempo, ainda trêmula, quase refeita, quando via que estava inteiramente desperta, chegava na janela para respirar o ar frio da noite. Apagava o castiçal, temia ser vista por algum capataz da senzala, os pretos já trancados. Pensava em chamar Inácia, mas tinha medo. O céu alto e estrelado, as estrelas frias e duras, longe, perdidas. A névoa pegajenta tinha passado, retornava à lúcida frieza de um mundo que realmente existia.

Recomposta, vestia outra camisa de dormir. A macieza fria, engomada e perfumosa do pano – a mesma sensação boa da noite estrelada. O mundo existia realmente: era duro, frio e bom.

Era tentada pelas fantasias diurnas, menos perigosas do que as névoas de chumbo dos pesadelos. Saía para o corredor. Apagava a vela e ia descalça. Surpreendida por alguém, podia dar a impressão de que era sonâmbula. Não se deve acordar os sonâmbulos, eles não se lembram depois.

E descalça, os pés no tabuado duro e seco, ia deslizando, apalpava a escuridão. Até os dedos reconhecerem a cal fria da parede. Depois a primeira porta, a segunda. Finalmente a porta de Gaspar. Os dedos alisavam as tábuas grossas que a separavam dele: do seu sono, da sua fria escuridão. Numa carícia, alisava a porta, os dedos querendo alcançá-lo à distância, tocar-lhe a pele branca e sedosa, a barba áspera, negra. E tentava sentir o respirar noturno detrás da porta, o sono manso e bom. Tal era o seu desejo (a cara colada na porta, o ouvido contra a tábua), que acreditava ouvir. Grossas lágrimas caíam dos olhos, escorriam pela cara. Engolia o choro, nenhum gemido ou suspiro. Tão afundada no desespero amoroso, era capaz de que ela própria não soubesse que chorava.

Tudo se passava no mais dentro dela. Nunca teve a ousadia de tentar a fechadura, ver se ele deixava a porta aberta. Era só fantasia e memória do futuro, depois. Como se tudo realmente já tivesse acontecido.

Como se estivesse sendo perseguida, voltava correndo para o quarto. Deixava-se cair pesadamente na cama. Os olhos engrandecidos de susto e de escuridão, começava a pensar. Carecia dar um paradeiro naquilo, achar uma saída para a sua desesperada solidão.

Na escuridão do quarto vazio, somente na escuridão úmida da terra, começou a crescer e a tomar vulto o desejo de que João Diogo podia, devia morrer. Por isso o mandara para aqueles perdidos sertões. Não foi para confessar o seu impossível amor. Mesmo no desvario, tinha a certeza de que Gaspar não a deixaria nem ao menos dizer a primeira palavra do seu amor.

Já pensava sem desvios e sem desvãos na morte de João Diogo. Queria-a mesmo de todo o coração. Se não pedia à sua madrinha do céu, era com medo de que a santa a castigasse ao ouvir dos seus lábios o que já tinha visto no coração. Tão consciente do pecado de que ela não queria, não podia mais fugir.

Morto o marido, se acabava o parentesco. Não havia mais pecado, pensava. Gaspar não ia recusá-la, aceitaria o seu amor. Confiava nas suas próprias artes e encantos, na astúcia sigilosa, no poder subterrâneo da persuasão. Acostumada no despenhadeiro das fantasias, acreditava que a própria Igreja já abençoava o novo casal. Eram tão fáceis os breves de anulação...

Sonhava que João Diogo morria varado por uma flecha, por bala. Via-o morrer aos poucos, tão doente andava ultimamente. Mas tais sonhos, quando tudo acontecia sem ela arredar uma palha, acabaram logo. Muito mais cedo do que esperava, João Diogo voltou.

8

JOÃO DIOGO VOLTOU, TUDO saiu inteiramente diverso do que ela tinha imaginado.

Nos primeiros dias ainda teve alguma esperança. Ele viera bastante abatido e arriado, dando partes de doente. Quase tão cansado e abatido quanto o filho quando voltou de seu voluntário exílio. Menos, é verdade. Apesar de velho, João Diogo não era da natureza delicada e enfermiça do filho. Curtido pela vida, pelo ar e pelo sol dos sertões, guardava reservas, forças escondidas que nem de longe Malvina podia suspeitar. Um homem de outras eras, então se dizia.

Em pouco ficou bom, se desempenava. Não era, porém, o mesmo homem de antes, via-se. Embora não tivessem consumido com ele, o sertão do couro, as muitas léguas e a vida de que ele se desacostumara o tinham alcançado bastante. Mas não era doença de matar, era doença que podia durar toda a vida. Doença mesmo de velho, ela viu desesperada. Achaques e perrenguices, queixumes e implicâncias. Enfastiado, de nariz torcido. Tudo isso ela teria de aturar para sempre.

Mesmo os desmaios e as mãos que ele levava ao peito, aparentando dilacerante dor, que a princípio tanto a animavam, perderam inteiramente o seu perigoso significado, eram coisas banais; ela não dava mais importância a essas coisas. Quando ele se queixava, ela sacudia os ombros, suspirava aborrecida. São flatos de feder, prosaica ela se dizia, desacorçoada.

Até mesmo o fogo e urgências de João Diogo, antes semanais, foram escasseando. Sem que ele pedisse, ela se desvencilhava das roupas, saltava nuinha em pelo de dentro de suas últimas holandas. Branca e reluzente, lisa e sinuosa, se metia debaixo dos lençóis, se aconchegava ronronante às carnes flácidas e indiferentes. Não que ela quisesse ou se consumisse em urgências, era mais uma maneira de tentá-lo. Podia ter um desmaio de vez, para sempre. Não, filha, hoje estou muito mal, ele dizia. Em ódio e ressentimento, acabou desistindo. Era um defunto em vida, pesado de carregar. Ele não morria. E pensava com ódio de si mesma: tinha mandado para aqueles sertões um velho ainda válido, veio de volta um traste sem nenhuma serventia.

A angústia e o desespero aumentavam dia a dia. Sufocada, vendo-se sem saída, temia ainda mais não se conter, tudo arruinar.

Para agravo do seu desespero, Gaspar se mostrava cada vez mais frio e distante, apesar de não se afastar de casa, todas as tardes e todas as noites juntos.

E aqueles momentos antes tão bons se transformaram num suplício moroso, silente e arrastado. Sem ela poder ao menos gritar.

Nada podia fazer, repetia sem cessar. O que é que se passava com ele, já se perguntava. Morno, frio, indiferente. Quem sabe não era verdade o que diziam dele? Não era normal aquela indiferença às mulheres, a ela principalmente. Um pecado contra a natureza. Para depois dizer não, ele não era amaricado, era pior – frio e neutro.

Se no princípio acreditou que aquela recusa era uma promessa à Virgem, depois da convivência e das prolongadas conversas, viu que não era verdade. Nunca tinha visto ele ir à igreja, muito menos rezar. Em matéria de religião, se não era contra (foi o que disse uma vez João Diogo se lastimando), era tão frio e indiferente quanto no amor. Deus podia se vingar, uma parte dela dizia ameaçando. Se vingar não da indiferença às coisas da fé, mas do amor.

Se não era promessa, se não era amaricado, que era então? Pureza e castidade, coração limpo para sempre? Era irônica e ressentida. Magoada nos seus brios de mulher, via que a sua beleza, as suas artes e encantos eram de nenhum efeito sobre Gaspar. Ela havia de destruir e corromper! passou a dizer entre dentes. Corromper aquela beleza e aquela castidade que tanto a ofendiam na sua vaidade e orgulho. Crescia em ódio, destruí-lo talvez. Donguinho.

Porque passou desesperadamente a querê-lo. De qualquer maneira, inteiramente e já. Sem disfarces, máscaras e subterfúgios. Não lhe bastavam as artes e as nuanças, o sutil, inocente e solitário prazer que era a fusão da memória do passado e da memória do futuro. Queria o presente, já e agora. Não aguentava mais esperar. Mesmo tendo de matar, mesmo tendo de morrer.

E começou a crer que aquele Donguinho redivivo, o Donguinho enfurecido e insaciável, voltava para tomar conta da sua alma, do seu corpo de mulher. Não apenas em sonho, era um Donguinho diurno e constante. Mais terrível e ameaçador do que quando ela dormindo. E esse Donguinho de olhos vivos e avermelhados, quentes, piscos e ávidos, queria sujar toda pureza e castidade, possuí-lo. Era um ser andrógino, monstro fabuloso. Chegava a não se ver mais como mulher e gente: macho indomado, besta resfolegante, queria emprenhar e destruir. No desespero, temia cair para sempre na demência que afogou Donguinho nas brumas e na escuridão.

Viu que não podia continuar assim. Carecia se abrir, pedir ajuda a alguém, se confessar. Ninguém pode viver assim tão sozinho e atormentado. O silêncio afoga e destrói, o silêncio é o deserto, o inferno do amor. Parecia pensar e dizer. Tinha esticado demais da conta o silêncio, o sofrimento, o amor.

Foi então que se lembrou de Inácia, tanto tempo esquecida. Inácia, a salvação.

Se trancou com a preta, antes de dizer pediu mil vezes sigilo, era um segredo de morte. Deu-lhe um trancelim, uma medalha do tamanho de um dobrão, arrecadas de ouro, tudo do melhor quilate. Que é isso, Nhazinha, carece disso não, dizia a preta recolhendo as joias. Prometeu alforria, apelou para a dedicação, para o sentimento. Os olhos em lágrima, abraçava e beijava a preta. Inácia lhe alisava a cabeça, enxugava as lágrimas, feito ela fosse uma menina. Encostava a cabeça no colo farto e quente de Inácia, soltava das entranhas os mais fundos suspiros e gemidos. Toda aquela torrente impetuosa e azinhavrada, durante tanto tempo escondida e sufocada, rompeu as barreiras. Malvina encontrava o seio carinhoso, o abrigo e proteção que sempre lhe faltaram.

Sossegue, Nhazinha, disse Inácia. Se acalme antes de falar, não é bom falar assim. Se depois que acabar de chorar, não quiser mais dizer, se cale. Se bastar só o choro, pode não dizer. Eu entendo a mudez, minha senhorazinha. Agora, se vai falar, não tenha medo, destramele o coração. Eu prometo diante de Deus, da minha Nossa Senhora do Rosário dos Pretos, que vou esquecer. Se eu não puder ajudar. Quem sabe eu não posso ajudar, Nhazinha do meu coração?

Inácia, eu amo, disse depois que chorou o que tinha de chorar. E mais do que as lágrimas, só dizer lhe aliviou a alma tensa, afrouxou o corpo e o coração. A sensação de alívio, de carnegão espremido, era tão grande e boa! Só agora era ela mesma: desanuviada voltava a respirar. Tudo loucura e fantasia, a noite tenebrosa passou. O sol invadia os quartos e corredores, ela era outra vez a filha da luz. Donguinho se afastou ligeiro, se dissolveu para sempre na paz do seu eterno azul.

E ela só sabia dizer eu amo, Inácia, amo de todo o coração! Disse que há muito se abrasava e se consumia, tinha horas que pensava enlouquecer. Não era mais dona de si, tanto amava e sofria. Nunca tinha amado antes, não sabia o que era amor. Mas era um amor impossível Inácia. O que é que elas podiam fazer?

No seu elemento, os olhos arregalados, Inácia falou. Há muito sabia que Nhazinha amava e não era mais dona de si. Então não via, não tinha olhos e coração pra ver? Só que nunca tinha se animado a deixar o seu canto, conhecia o lugar dela. Chamada, vinha; não chamou, ficou. Esperava o momento de Nhazinha mesmo carecer de falar. Agora já tinha dito que amava, só faltava dizer quem era o afortunado que merecia tanto amor. Você não sabe, Inácia? Nunca desconfiou, nunca maldou? Olhava a preta bem no fundo dos olhos castanhos. Não, Inácia não sabia. Malvina tinha sido mais forte e capaz, dissimulada e escondedeira do que se julgava. Nem Inácia, nem João Diogo, nem o próprio Gaspar sabiam do seu desvairado amor. Ainda estava em tempo de recuar, se arrepender. Aliviada, o carnegão espremido, podia mesmo nem dizer.

Embora dizendo o contrário, Inácia ardia de curiosidade. Queria tanto ajudar! Nhazinha podia dispor, por ela era capaz de fazer a pior coisa. Tão boa era Nhazinha, tamanha a dedicação de Inácia. Antes de Nhazinha ela não era gente, uma preta sem ninguém por ela. É alguém que eu conheça, perguntou. Do palácio? Já tinha ouvido detrás da porta uma cena de ciúme do senhor. O Capitão-General? avançou.

Quem dera, Inácia! Quisesse Deus que fosse o Capitão-General! E quase sorria da ingenuidade de Inácia, satisfeita consigo mesma, com as suas artes de escondeção. Com o Capitão-General não havia perigo, bastava ela querer. O Capitão-General era caído por ela, chegou mesmo a lhe confessar o seu amor. Se quisesse, era só fazer assim com o dedo, cachorrinho ele vinha lamber-lhe os pés. Aí então não tinha nem sombra de medo de João Diogo: ele, sabendo, nada podia fazer. Afinal de contas, era o Capitão-General.

Quem que é esse desgraçado feliz? disse Inácia não se contendo. Não sei se devo, se tenho coragem de dizer, disse Malvina. Quem sabe não é melhor eu me calar? Sabia-se fingida, desejava era amarrar Inácia ainda mais. E o pior é que ele, não digo que me despreza, é capaz de nem mesmo saber que estou perdida por ele assim. Nhazinha não contou pra ele? Não. Não deixou nem ao menos ele desconfiar? Não, não podia. A gente quando está namorada, mesmo não querendo, se deixa ver. Não, até agora eu sou dona de mim, isso não aconteceu. Eu não posso, seria doideira deixar ele saber. Mas quem é então esse homem tão embuçado? Por que Nhazinha não pode, não digo dizer, pelo menos deixar ele ver? Não sei se devo dizer, é pecado demais para mim, Inácia. Diga, Nhazinha, pode dizer.

Não vou dizer o nome, não tenho coragem, você é quem vai dizer. Eu? disse Inácia. Sim, você. Ele não é do palácio, você o conhece muito bem. Conhece ele muito, está cansada de ver.

E os olhos de Inácia foram se abrindo, se arredondando, brilhosos de espanto. Adivinhava, já sabia o nome que Nhazinha ia dizer. Toda hora você vê, ainda agorinha mesmo você viu, disse Malvina. Não, Nhazinha! disse a preta horrorizada. Senhor Gaspar! Me perdoe eu ter dito, disse Malvina abraçando-a. Eu carecia demais de dizer a alguém. Você me prometeu não falar. Se não puder me ajudar, é só ficar calada, sei o que vou fazer.

E diante do olhar desesperado de Malvina (podia ser uma ameaça de se matar), disse Nhazinha me perdoa, é que eu nunca podia adivinhar. Mesmo eu sendo às vezes descarada, sei que nem tudo a gente pode fazer. Não diga nada ainda não, me deixa acabar. A gente deve de ter a mão nas coisas, não deixar acontecer. Botar um freio na ruminação desabalada, a gente só pensando pode chegar a fazer tudo.

Malvina voltava a chorar. Eu não devia ter dito, você mesma não me perdoa, jamais me perdoará, disse. Não é isso, Nhazinha, é que eu esperava todo mundo, menos sinhô Gaspar. Branco mesmo me ensinou que a gente deve de andar de olho no pecado, não é todo pecado que se pode fazer. Vamos ver se a gente faz alguma coisa pra Nhazinha esquecer.

Esquecer? disse Malvina, quase gritando. Mas eu não quero esquecer!

A preta não podia perdê-la, nem ia se perder. Por enquanto, disse ela. Enquanto a gente vê o que se pode fazer.

E entre recuos e negaças, avanços e negativas, começaram a examinar o que juntas podiam fazer.

Muito pouco, o melhor ainda era esperar. Não fazer nada ainda. Espera, não é assim na caça? Ele não era dedicado à caça? Era armar esparrela e esperar. A arma, porém, sempre escorvada. Bichinho tretou, fogo nele! Continuar ao menos como até agora. Não deixar Gaspar perceber, nem João Diogo suspeitar. Se até agora tinha aguentado tudo sozinha, juntas era mais fácil. Era dar tempo ao tempo. Quem sabe se nesse meio-tempo Deus não se lembrava de chamar João Diogo? Não, Malvina tinha pensado muito nisso, tão cedo Deus ia se lembrar de chamar. Quem sabe, as duas diziam, nenhuma delas com coragem de dizer o que Malvina já tinha muitas vezes pensado e que Inácia só agora pensava pela primeira vez. No concílio dos deuses ele estava condenado. João Diogo devia morrer.

Nhazinha quer o meu conselho, perguntou Inácia. Quer saber o que acha uma preta que está cansada de pecar? Conheço os homens, Nhazinha. São pretos, vosmecê vai dizer. Mas, por dentro, branco e preto é tudo pão bolorento. E eu, me perdoe falar nisso, não conheço só preto, muito branco comigo já dormiu, já se engraçou. Não sou preta só de senzala e cafua, conheço muito quarto de branco e senhor.

E não vendo nenhum espanto diante das falas que ela própria achava desavergonhadas, gozando da promiscuidade, começou a dar o seu juízo. Nhazinha era moça, ninguém tão linda e desejada como ela. Seria fácil conquistar um outro alguém. Não, não era nenhum Capitão-General. Mas se eu não consigo amar outro homem? disse Malvina. Consegue, Nhazinha, a gente sempre consegue. Depois a gente é capaz de ver que ama até mais, muito melhor.

Malvina devia arranjar um outro em tudo e por tudo diferente de Gaspar. Um homem forte e coraçudo, de alma à flor da pele. Um homem sem arrepios e pureza, um homem só de mulher. Um homem capaz de arrastá-la e vencê-la. Um homem que despertasse a ambição e o ciúme no coração frio e adormecido de Gaspar. Um homem que fizesse tudo por ela, ela não careceria de fazer nada. Um homem tal e qual ela por dentro, da sua iguala. Um homem decidido e rude, tudo aquilo que Gaspar jamais conseguiria ser. Um homem enfim capaz de matar e morrer.

A última demão de tinta dada por Inácia no retrato do homem não era a mesma que Malvina viu. O que disse não foi o mesmo que o coração agoniado de Malvina suspeitou. Outra semente caiu na terra amanhada, viu na hora, não careceu de depois para descobrir. E dentro dela a semente já inchava e crescia, dentro dela a árvore floresceu.

9

A IDEIA DE IR a cavalo até Vila do Carmo era mais um dos caprichos de Malvina. Pelo menos assim achou João Diogo Galvão, acostumado a atender-lhe os mínimos desejos. Dessa vez, porém, relutou um pouco antes de ceder. Mas, meu bem, disse, eu estou sem saúde pra ir com você. Depois daquele viajão que você me inventou. Não estou reclamando não, só digo pra mostrar que não nego nada a você. Mas neste caso, pense outra vez. Depois daquele viajão não tenho forças pra quase mais nada. Deixa eu melhorar que a gente vai. Ela disse não, fez aquele beicinho, revirou os olhos magoados. Você não tem nada que fazer naquelas bandas, dizia João Diogo. Ela continuava no não e no beicinho, conhecia o marido. Ele insistia nas suas razões. Depois você mesma não vai aguentar, continuou. Por quê, perguntou ela. Por acaso não fui fazendeira, não andava nos cavalos de meu pai? Não é isso, Malvina, é que você não está mais acostumada, faz um tempão que não monta... É muita légua de chão pra quem não tem mais costume. Mesmo você chegando só até Santo Antônio da Passagem, que é ali mesmo, já era muito, voltava estropiada. Voltava não, disse ela firme. João Diogo, começando a explicar, já era meio caminho andado. Mas eu, cansado e perrengue, não posso ir com você, disse ele voltando ao seu estado. Então eu vou sozinha, disse ela voluntariosa.

João Diogo só olhou para Malvina, não disse nada, nem grunhiu. Noutros tempos era diferente, não admitiria desacatos, só havia a sua vontade. Mesmo com um ser amorável e delicioso como era a sua mulherzinha. Agora andava tão mudado, nem parecia mais o mesmo: ela o amansara além da conta. O jeito era concordar, senão teria de aturar dias e dias seguidos a cara amarrada da mulher. O que acabava doendo nele: ela era um bichinho inocente e ronronante que ele não suportava ver sofrer. Mesmo o sofrimento sendo por coisa de somenos. É capaz de que lhe prejudicasse a graça e beleza, agora a única alegria da sua vida.

Sozinha não, onde é que já se viu! Só se for com Gaspar, disse ele finalmente cedendo. No fundo ainda achara que o filho, por causa da promessa, não gostaria de ser visto na rua com mulher. Mesmo sendo a madrasta, que ele tanto respeitava. Ela que tinha sido uma bênção dos céus, trazendo Gaspar de novo para o conchego familiar.

Mas isso mesmo é que Malvina queria. Enquanto ele ia com o milho, ela voltava com o fubá. Já tinha falado com Gaspar, ele não concordara. Tem medo de andar comigo na cidade? disse ela provocando-o. Não vão falar nada, afinal sou sua madrasta. Irônica, sem saber se ele tinha ou não percebido o que ela queria dizer. Pela primeira vez depois de muitos meses Gaspar pareceu corar, ela se sentiu muito feliz. Ao menos reagia, era um bom sinal. Não é isso, disse ele, é que não quero, não gosto de andar pela cidade, ver essa gente, e ela disse que não iam ver ninguém, iriam pelos matos, ele não gostava tanto de mato e bicho? podia até lhe mostrar aquelas coisas todas que tanto gabava. Mas você não vai aguentar, disse Gaspar antecipando o pai. Ela não fez beicinho, com esse não adiantava, disse que se não aguentasse voltavam da Passagem.

O pai falando, Gaspar não teve outro jeito senão ceder. Daí a uns dias mandou aprontar o seu ruão e um cavalo bem manso, de andadura mais a jeito, para ela. Mesmo Malvina tendo dito que era fazendeira experimentada, antigamente. Ele riu, não acreditava muito.

Malvina se aprontou toda. Estava tão elegante e bonita na sua casaquinha azul, o chapéu de seda preta no alto da cabeça. Enfeitada e formosa, rendas e sedas bordadas na camisa e nos punhos, o chicotinho de prata lavrada brincando na mão, batia nas dobras da amazona. Ele se permitiu gracejar se ela ia a alguma festa. Vou, disse ela cada vez mais ousada. Desde que tinha se decidido avançava muito, apesar de Inácia recomendar tanto cautela. Vamos dançar a noite inteira valsa a dois, de par constante, e viu que ele corou mais do que da primeira vez. Ela era quase feliz novamente.

Os dois já iam devagar no caminho da Passagem, proseando. Ele dizia como eram aqueles matos e brenhas quando vieram os primeiros paulistas esbarrar no Tripuí.

Foi então que veio vindo um cavaleiro na outra direção. A princípio ela não deu muita importância. Instintivamente diminuiu a marcha, podia ser uma égua a montaria do homem, era capaz de assanhar o seu mouro. Não tinha no punho e na rédea a confiança que queria aparentar.

O homem freou bruscamente o seu cavalo, encarou-a demoradamente. Tão demoradamente, tão ousadamente, os olhos luminosos e faiscantes, espantado diante da aparição. Se sentiu tocada por aqueles olhos, tão macho era o mestiço. E coraçudo, não ligava ao menos para a presença de Gaspar. De uma certa maneira era um abuso. Agora queria homens desabusados, a imagem que ela e Inácia esculpiram e encarnaram. Aquele mestiço tocou-a de chofre. Na sua memória do futuro via-o fisgado por ela. E o homem se parecia cada vez mais com a figuração que as duas fizeram. Era de um macho assim que ela carecia.

E para atender não só aos olhos insistentes e mesmo despudorados que cativadamente a fitavam, mais para provocar o outro, lhe devolveu o olhar forte, gordo, quente, ousado. Se sentia depois de muito tempo vitoriosa. O desconhecido abaixou os olhos.

Quem é, perguntou, e Gaspar respondeu irritado que era um mameluco qualquer. Vamos, disse. Tinha pressa de ir, ela viu. Como também viu, tinha a certeza de que o mameluco os seguia. A ela, a ela! Podia sentir na nuca o seu olhar quente. O medo, alguma coisa podia acontecer. Agora não queria, não podia. O mameluco cortou caminho pelo mato, foi esperar numa moita mais adiante. Gaspar não deve ter visto, ela viu. Só para vê-la, se sentiu lisonjeada. Tornou a parar. Deixava se ver demoradamente, queria.

Riu sem nenhum motivo, deu um grito, chicoteou o cavalo. Num galope disparado, louca, inteiramente siderada, feliz. O galope disparado, Gaspar tentava alcançá-la. Ela se deixando arriscadamente cair. E aquilo tudo maravilhoso, uma visão antecipada de tudo o que ela queria ter, acontecia. Meio tonta, aproveitou para fingir que desfalecia. Ele veio, saltando nem bem o cavalo parou. Segurou-a, apertava-a contra o peito, juntos demais. Tudo podia acontecer. Na verdade, nada aconteceu, só antevisão.

E aquele mameluco não a deixou mais em paz, viu feliz. Onde ela ia, lá estava o mameluco na espreita. Audacioso, não se pejava de olhá-la demoradamente na presença de todos. Do mesmo jeito da primeira vez. Um olhar afrontoso de macho, sabia da sua força. O olhar que aguçava a sua parte exacerbada e quente de fêmea. Mais! pedia com os olhos, provocando-o. Negaceava, retrocedia quando ele avançava demais. Um homem coraçudo e sem paradeiro; ela facilitando, era capaz de abordá-la na rua, diante de toda a gente, na presença mesmo de João Diogo. Mesmo sabendo do risco, já sorria para ele: os olhos mais limpos, alegres e brilhantes que sabia ter. Mais! dizia no compasso apressado do coração.

Quando na cadeirinha, se entregava para ele em olhos e sorrisos, compridamente. Ele rondava o sobrado. Toda vez que chegava na janela podia vê-lo encostado na casa fronteira, sempre audacioso. Perguntou quem era. Inácia já tinha percebido, disse que era Januário, filho carijó de Tomás Matias Cardoso. E o nosso homem, disse ela se entregando de vez a Inácia. Mas não carecia de ser mameluco, um filho das ervas, disse Inácia, apesar de preta. É capaz de assim não servir pro que a gente quer. Sinhô Gaspar não vai ligar, pode até tomar nojo. É ele mesmo, disse Malvina já pensando noutra traça, bem diversa daquela que combinou com a mucama. Tinha de ser ele, só ele tinha aquela coragem. Nenhum outro antes dele.

Para Januário não ter mais nenhuma dúvida, chegou uma vez a retribuir o galanteio. Estava pronta para ele, era o que queria dizer. Outra vez, ela na sacada, de cima do cavalo ele lhe jogou uma flor. Apanhou a flor no ar, guardou-a entre os seios. Mas não bastava a muda linguagem das flores, ele jogou o primeiro bilhete numa pedra. Respondeu por intermédio de Inácia. Inácia tratava de protegê-la, estavam se arriscando demais.

Daí em diante tudo foi uma sequência lógica e natural de fatos. O primeiro encontro. Sábia e ladina, Inácia levou-o de noite para o quarto dos fundos, cujas chaves ela passou a guardar. Era um cão na vigia.

Da primeira vez Malvina ainda teve medo. Trêmula e contida, sem mãos sobre o coração disparado, se entregou àqueles braços fortes e quentes que a esmagavam. A fúria do femeeiro atrevido chegou a espantá-la, tão acostumada antigamente aos braços moles e mornos de João Diogo.

Depois a segunda e a terceira vez, quando ela deixou de se preocupar, e se entregava toda. Confiante na esperteza de Inácia, nos seus olhos caninos e vigiadores. Não havia ouro que chegasse.

E agora, quando João Diogo dormia a sono solto e se apagava a luz debaixo da porta de Gaspar, Inácia ia buscar Januário no portão da Rua das Flores. Toda noite era aquela entrega furiosa e agônica. O coraçudo mameluco lutava contra a sua esperteza de gata: a tensão felina – mansa por fora, selvagem por dentro. Ela se arrepiava na curva dos gatos, nos guinchos das gatas.

E o que ela passou a fazer ia além dos limites, vencia as últimas barreiras. Era toda corpo e fúria domada. E os dois, ela principalmente, rolavam no êxtase e no desvario.

Não que Malvina tivesse se esquecido de Gaspar. Por artes diabólicas, a tudo o seu espírito se acomodava. Tudo fazia para preservar aquela parte tão delicada da alma que Januário jamais podia satisfazer. E como antigamente via nos olhos de João Diogo as sombras de Gaspar, só atingiu o ritmo que o coração e a carne pediam quando viu: Januário era por fora o que Gaspar era por dentro. Aqueles olhos selvagens não podiam enganar.

E fundia os dois numa só figura: Januário e Gaspar se completavam, eram uma só pessoa. E a memória do passado e a memória do futuro, toda ela memória, se encontravam no presente daquele corpo. Nele se realizavam. Quando se entregava a Januário, não sabia mais qual dos dois a possuía. Na verdade, ela é que os possuía a um só tempo, a um só tempo os fecundava e paria.

Mas essa fusão perigosa e feliz não durou muito tempo. Não podia, a alma desejava as mansas e idílicas pastagens, os rios cristalinos e os arvoredos, a pureza, a castidade. A música e a poesia, a suave brisa do entardecer azulado. Nada disso Januário (aquele corpo) lhe podia dar. Gaspar não era apenas os olhos selvagens: era um ser divino por quem a sua alma ansiava e enfeitava. Por quem ela se perdeu.

E voltou à traça que só em parte Inácia sabia. Dados os primeiros passos, tudo maquinado, ela passou a agir. Era uma questão de dias. Apesar de selvagem e coraçudo, Januário era pequeno demais diante dela. Faria dele o que bem quisesse. Mais fácil do que com o pobre do João Diogo. Uma brincadeira de criança perto da alma esquiva de Gaspar.

Mas nem tudo ela sabia, nem tudo a sua memória do futuro podia prever e registrar. Assim aquela noite distante, quando iam pelo corredor, ela na frente de Januário, em direção ao quarto de João Diogo. Se lembrou dos costumeiros ataques e desmaios do marido, da pistola junto da cama, do punhal escondido nas dobras do vestido, a outra pistola que ela trazia debaixo da casaquinha. Trêmula do esforço que fazia por se conter, a mão protegia a chama vacilante da vela. Só sabia até certo ponto o que ia acontecer.

TERCEIRA

JORNADA

O destino do passado

1

O CAIXÃO DO PAI, os quatro tocheiros crepitantes. O corpo coberto da cabeça aos pés por uma toalha de damasco roxo. Mesmo assim dava para ver a umidade das manchas. A cor não aparecia, absorvida pelo lavrado do tecido, as variações de tonalidade. Quando viram umas manchas de sangue ou líquido começarem a brotar na véstia. Tinham sido muitos os golpes, as manchas principiaram pequenas, aqui e ali, botõezinhos de rosa que iam se ligando, para se transformarem em horríveis manchas de sangue escuro e pisado, o sangue roxo dos carnegões. Por isso escolheram o damasco roxo. Mesmo na casaca de veludo verde apareceu uma grande mancha, feito outra condecoração. Junto da venerada Ordem de Cristo com que pensaram enfeitar o peito murcho, dando-lhe aquela imponência e solenidade de que ultimamente o falecido fazia tanto gosto, quando nas festas e procissões.

Na casaca ainda se conseguia disfarçar a mancha, bastava mudar a posição das insígnias da Ordem de Cristo; na véstia, não. Só trouxeram a toalha de damasco quando o corpo já estava na sala e as manchas ficaram berrantes demais. Uma véstia de cetim verde-claro lustroso bordado de ramos e flores. A véstia de que ele mais gostava quando ia na procissão de Corpus Christi. Foi o que lhe disse o novo escravo barbeiro. O velho comprou por bom preço, o escravo. Quando começou a se enfeitar, mudava de figura, queria ser casquilho. Aquele duro e bruto virar casquilho, peralta na sua idade. Era o que faltava. No entanto aconteceu. Coitado, o pai chegar a esse ponto. Ultimamente andava de miolo mole, diziam dele. Às vezes ele próprio achava, certas bobeiras. Não estava, então. O des-

166

caimento mesmo só começou quando o pai voltou daquela viagem tão longe. Ela é que inventou, não sabia por quê, ela sempre tinha muitas razões. Ele próprio se convenceu. Porque antes o pai era até bem desempenado para a sua idade, ainda fazia praça de fortidão. Ia de novo tomar estado, que é que o filho achava, perguntou. Aquela conversa penosa parecia mais distante no tempo do que na verdade era. Por causa das coisas todas que aconteceram. De repente as coisas começaram a acontecer tão depressa, num instante já eram passado detrás dos morros, eras mortas. Mesmo as coisas de há um mês tinham as cores, o sonido e o mofo das velharias. Tão difícil era lembrar, desencavar o comecinho de tudo. Se lembrava agora da conversa penosa. As bazófias, as machezas, as valentias, o apregoado fogacho. Nunca nenhuma ainda até agora se queixou, disse o pai. Na boca murcha e enrugada um melado de satisfação. As mulatas de partido, as famosas donzelinhas que ele tanto apreciava. Velho sátiro, disse agora se lembrando, tentava voltar a ser aquele antigo Gaspar. Não era mais o mesmo, tantas coisas se passaram ligeiras. De repente começou a se envergonhar da figura que fez diante do pai, a sua reação violenta diante das fanfarronadas, do fogacho como o pai gostava de dizer. Pelo muito amor e devoção de minha falecida e santa mãe. Que tem a sua falecida e santa mãe a ver com isso? disse o pai. Na hora não se envergonhou, tantas coisas se passaram. O tão apregoado fogacho do velho, quando ainda podia. Tudo acabou, os tocheiros, o caixão, o damasco roxo.

Foi o preto barbeiro, cheio de mesuras e revirar de olhos, suspiros e lágrimas fingidas, quem lavou e arrumou o corpo. Por que não botou a casaca e a véstia preta de antigo camarista, perguntou, e o preto disse que não ficava bem, o velho não queria, tinha horror dos panos pretos, ultimamente só queria saber das cores vistosas. Uma vez até me disse, voltava o preto a dizer. Não continuou, viu a sua cara de desagrado. Então quis lhe contar como estava o corpo, quantas punhaladas. Não deixou. Que preto mais desagradável o velho tinha arranjado! Bastava a ração da noite passada, teve forçadamente de ver. Quando foi acordado por gritos de ladrão, ladrão. Malvina gritava feito louca, num exagero não muito dela. Não podia falar, trêmula, sufocada. Depois desmaiou nos braços de Inácia. Pensou em fazer um gesto de ampará-la, faltou coragem. Não queria saber quantas punhaladas, doía e enojava. A boca brilhosa do preto, os trejeitos, mesureiro. Não deixou o preto falar. Não quis ver o corpo nu, o horror de qualquer nudez. Ainda mais nueza morta, pensou com asco. Lhe disseram que devia, era uma espécie de cerimônia, ele devia presenciar. Não, eu não! disse horrorizado. Antevia a brancura nua, os pelos e a virilha, as partes murchas. O corpo do pai varado não sei por quantas punhaladas. Brutal! Foi brutal! diziam os homens, o quarto cheio. Deve ter sido mesmo coisa de bugre, não são gente. Bugre? Como é que sabiam? Foi a preta que viu e contou, disse alguém. Ele não perguntou. Sim, a preta, a mucama. Não gostava daquela Inácia. Ela certamente. De ouvido sempre colado nas portas, os olhos esticados na sala, sombra no corredor. Uma vez gritou com ela, a preta se escafedeu. Agora, quando o via, evaporava. Nada podia fazer, muito chegada à madrasta, pensou a primeira vez que viu Inácia toda dona e mandona. Pois devia ver o banho do morto, disse um outro, não mais o barbeiro. Não foi o barbeiro que disse da primeira vez, estava fazendo confusão. Tinha sido um velho, agora se lembrava. Por ser um velho de respeito, de bom parecer, ele perguntou para quê. Pra depois se lembrar, disse o velho. Pra ter mais ódio na hora da vingança, da punição. Deve ter feito cara de desgosto, o velho se afastou resmungando esses moços de hoje. Vingança pra quê? Se tinha sido roubo, Malvina gritou ladrão, ladrão. Mesmo que não fosse, pra que vingança? Por honra, o pai parecia dizer. Mesmo por honra. Esses moços de hoje! Deixa pra lá. Honra! Vai ver o pai, não continuou.

Só foi ver o corpo quando já vestido e pronto para a sala. Quando viu o pai, teve um horror branco e mudo, recuou trêmulo. Não bastava a máscara da morte, pensou enfático. Muito melhor a palidez de cera, o marfim da pele. A roupa ainda podia deixar passar, aquilo não. Tirem isso, limpem a cara, disse gritando ao ver a brancura medonha do pai. Mas ele gostava tanto! disse o preto. Quem mandou fazer isso? A senhora, por acaso? Não, a viúva só quer ver o corpo na sala, disse alguém. Tanto falavam, tudo tão confuso.

O preto de olhos arregalados, esperando. Então limpe tudo, estou mandando! Quem manda agora sou eu, disse espantado, de repente tinha assumido o lugar do pai. Tinha assumido o lugar do pai não era de agora. Se horrorizou mais do que quando viu a cara branca, fechou os olhos. Medonha a cara do pai, máscara de comédia. A pomada branca, o carmim nos beiços murchos. Em vida já enojava, quanto mais depois de morto. A cara deve ser a dele mesmo, disse comandando agora o final da pantomima macabra. Como era, disse. Como devia ser, corrigiu. Como era antes da mãe morrer; sentiu uma dor funda no peito. Antes de. Não continuou, não ia enveredar agora por um caminho perigoso. Deu outras ordens, se afastou, foi para o seu próprio quarto.

Só mais tarde apareceu na sala, depois da essa armada, os tocheiros acesos. Os tocheiros crepitavam feito tivessem jogado sal nas chamas. A cera derretida escorria grossa e mole, para endurecer no meio da vela. Figuras esculpidas em cera, alfenim. Na igreja, quando menino, ficava um tempão distraído vendo com que pareciam – bicho ou gente? Também se deitava no capinzal, via a dança das nuvens, os riscos e as figuras que o vento fazia e desfazia. Uma vez viu direitinho Leonor no seu vestido branco, só faltou rir para ele. Igualzinho da última vez. De tanto queria vê-la. Quando morreu.

Tinha passado muito tempo no quarto, o pai sozinho na sala cheia de gente. Sem ele, queria dizer, sem ela. Com certeza tinha vindo antes dele, voltara para o quarto. Um de cada vez, melhor assim. Nada dos dois juntos, só na hora do saimento. As regras, tinha de cumprir. Para evitar. Podiam ver. Certas coisas. Pensar.

Os sinos voltaram a tocar. Mesário e protetor de irmandade, o pai tinha direito aos dobres especiais. Uma pancada, duas, contou. Duas pancadas três vezes, os dobres espaçados. Primeiro os sinos pequenos, depois os meões. Por último os sinos-mestres. Que dobre era? Devia ser o que o pai tinha direito, a finados. Em todas as igrejas. De tempos em tempos, até sair o corpo. O dia inteiro. Todas as igrejas vão dobrar a finados. Ordem do Capitão-General, disse alguém. Uma honra para ele. Pra quem? Para o pai, ora. Morto, de nada adiantavam os dobres e as pompas. Vivo ele gostaria, gostava daquelas coisas. Melhor assim, melhor a finados. Ruim mesmo era quando tocavam à agonia. Às vezes o dia inteiro, as batidas espichadas, dava nos nervos, intervaladas. Ainda bem que o pai não teve agonia. Ele na agonia ia ser horrível. Ela.

Ela já tinha vindo, se retirara. Amparada pelas outras mulheres, compadecidas da sua grande dor. Foi o que primeiro pensou, quando, mesmo não querendo, procurou-a perto da essa, no meio dos grupos que se formavam e se espalhavam pelos cantos, junto dos reposteiros, nas sacadas. Não a viu mais desde a noite, ela gritou e ele teve de socorrê-la. Ele não passou a noite no quarto do pai, ela também não. Ela estava muito passada, foi o que disseram. Afinal a coisa se passou junto dela. Viu, ela é que gritou ladrão, ladrão. Coitadinha, sofre tanto, disseram. Suja de sangue, a camisa de dormir suja de sangue, manchada de pólvora, sem se cuidar de botar uma capa por cima. Brutal, foi brutal! Brutal ele correndo a mão com força no teclado do cravo. O cravo não estava mais ali. Trouxeram foi mais cadeiras para os visitantes, devia ainda vir muito mais gente. Um dos principais da terra, o pai. Vai ter um grande saimento, alguém disse. Via pela mostra, a sala cheia. Se já estava assim àquela hora, quando fosse mais tarde seria um formigueiro. Um enxame de gente entrando e saindo, sussurrando. Se falavam alto, alguém dizia mais baixo, tudo voltava ao ceceio das falas abafadas. Gente, ele não sabia por quê, chorando. Se não eram nem parentes. Vinham abraçá-lo, a cara compungida. Um grande homem, uma grande perda. Gente já tirando terços, ora pro nobis. Mais tarde ficaria insuportável. Tinha ganas de fugir, abandonar tudo. Não, loucura. Podiam pensar, podiam falar. Teria de permanecer junto do pai o tempo todo, já estivera muito tempo no quarto. Quando ela esteve certamente junto do caixão, o corpo já coberto pelo damasco. O tempo todo, aguentaria? Ele e a sua fraqueza, aquela maldita alma delicada, tinha medo de não aguentar. Se simulasse, se tivesse mesmo um desmaio. Seria levado para o quarto, estaria dispensado. Não, iam falar. Coisa de mulher, não ficava bem em homem da sua idade. Só o pai, ultimamente. Mas o pai ultimamente andava muito doente. Muitas vezes pensou que ele.

170

Teria de ficar até o final. Nunca mais tinha ido a um enterro, mas sabia como era. Então não se lembrava? Aquele culto soturno e espalhafatoso dos mortos. Ele também cultuava os mortos, mas à sua maneira, recolhida e delicada, só dele. Os mortos, as suas duas mortes. Uma só, a outra ele não viu. Lamentava inutilmente. Sozinho no reino, tinha chorado. Queria guardar a imagem pura e bela da mãe para sempre. Como ficou com a da irmã, parada no tempo, imutável. Só dele, para sempre. Porque a mãe viva, ele no reino, a distância dissolvia os traços, era difícil recuperá-la. A morte fixava os traços, congelava-os em cera.

Meu Deus, agora trouxeram flores, grandes vasos de flores. As flores, a cera. Cobriam o damasco de flores, com certeza as manchas. Aquele cheiro quente de vela derretida se misturava com o cheiro adocicado e penetrante das flores. Aquela outra vez, há vinte anos. Então achava bom o cheiro, era até gostoso cheirar, na hora. Na hora, depois não, depois dava enjoo se lembrava. Depois não suportava mais a mistura de cheiro de flor e cheiro de cera derretida. Separados ainda iam, juntos não aguentava. Das flores ainda gostava, não lhe traziam de chofre aquelas lembranças encadeadas. Mesmo quando era obrigado a ir à igreja, não ficava mais perto dos altares, por causa do cheiro, a náusea. Para os outros não devia ser mau cheiro, para ele. Um cheiro entre morrinha de cachorro e coisa podre. O cheiro não era nem das velas nem das flores. Ou as velas e as flores eram para disfarçar outro cheiro, mais penetrante e duradouro, o cheiro do corpo? O cheiro não era nem das flores nem da cera derretida, não se cansava de repetir. O cheiro estava mesmo era grudado no nariz. Vindo de dentro dele, feito uma doença. Bastava se lembrar, vinha o cheiro. Às vezes tão forte, podiam perceber. Se afastava quando o cheiro era mais forte. Começou a suar frio, quem sabe não estava doente? Quem sabe ozena não era assim? Nunca tinha visto, só de imaginar nauseava. Um cheiro podre que ninguém aguentava, diziam. Mesmo o doente. A angústia, o suor frio e o cheiro aumentavam, não ia resistir.

Alguma coisa? O senhor quer alguma coisa? Está sentindo alguma coisa? disse uma mulher. Só então, com a fala da mulher, é que voltou a si, a angústia melhorava. O cheiro não era assim tão insuportável como pensava. Quando pensava ele de novo junto de um caixão, como agora. Agora junto do pai morto. Carecia aguentar, o cheiro não era tão forte como ele pensava. Era só não respirar fundo, pensar noutras coisas. Uma questão de acostumar, esquecer. Sim, suportaria, não podia se afastar. O que haviam de dizer, aquela gente falava tanto? Afinal era seu pai, ele é que teria de cuidar de tudo. Agora, depois. Tirou o lenço da algibeira, limpou o suor da cara. Então, melhorzinho, perguntou a mesma mulher, amiga e solícita. Sim, estava. Estava mesmo muito melhor, vencia a angústia. Na angústia o cheiro se tornava nauseabundo, intolerável. Tinha de vencer a angústia de vez. Já, agora. Fechou os olhos, se apalpou. Ele existia, suspirou aliviado; o cheiro passava.

Curioso é que ele achava aquele cheiro bom. Na hora, antes, hoje não. Na hora, quando há vinte anos, Leonor. Ela linda e fria, branca, vaporosa. Toda branca, o caixão de seda, as rendas, a grinalda de flores na cabeça. A cabeleira preta, tão preta como a dele, como a da mãe. Eram muito parecidos. Nove anos, ele sete. Não podia se afastar de Leonor, iam levá-la para sempre. Nunca mais Leonor, nunca mais os dois juntos no azul da tarde. A mesma cor de cera e marfim. Nela mais de marfim. Um marfim novo, azulado, liso e duro. Quando passou a mão pela testa de Leonor. Pensou que não ia aguentar, que nem agora com o cheiro. A primeira vez que tocou a dureza fria, o marfim azulado da cara de Leonor, foi a medo. Depois outra vez, quando viu que nada acontecia. Não sabia o que ia acontecer, tinha medo, podia acontecer. Quando viu que nada acontecia, achou até bom alisar a pele fria, dura e azulada de marfim. Depois vieram arrancá-lo de junto da irmã. Depois levaram ela embora. Depois nunca mais, só lembrança.

Escravos entraram na sala e começaram a arredar os móveis, abrindo uma clareira na sala. Que é que estavam fazendo? Por que não fizeram isso antes? Como fizeram com o cravo. Custou a perceber o que faziam. Depois viu, quando colocaram a toalha branca de linho quase só renda, tão rendilhada e bordada. Ainda guardavam a toalha, alguma preta mais apegada à mãe deve ter se lembrado.

A toalha era da mãe, ele é que tinha mandado do reino para ela. Queria tanto ter uma toalha assim. A mais fina, pra dia especial, disse ela. Quase não havia dias especiais no casarão no Padre Faria. O pai pouco lhe dava, não se lembrava, homem de pouca carência, então. Ela também quase nada pedia, não era mulher de vontades e caprichos. Submissa, quase ausente, metida nas suas rezas, afogada na sua mansidão. A presença pálida e diáfana. Tão pura e piedosamente bela, de uma beleza que acalmava o coração. Depois dela, nenhuma outra mais. Todas perigosas, demoníacas. Depois da morte da minha mãe não há mais mulher que eu possa amar, foi o que disse quando recebeu a notícia. Ele que nunca tinha amado nenhuma, jamais permitiu dedos de mulher nele tocarem. E ria por dentro, amargo, irônico. Não se deve dizer desta água não beberei. Não bebeu, nada tinha ainda acontecido. Ou aconteceu? Não. Estranho como as coisas antes de acontecer nos assustam. Daí o medo, a angústia. O diabo não é tão feio como pintam. Dito do próprio diabo, artimanhas de tentação. Antes de acontecer é pior. Não tinha sido assim ainda agorinha mesmo, quando do cheiro de vela derretida e flor? Agora nem notava, tão acostumado. Só agora notou, quando pensou. Melhor não pensar, a angústia podia voltar.

A toalha sobre a mesa. Os dois castiçais de prata lavrada deviam ser pesados e valiosos. Não tinham sido da mãe, via-se logo. Coisa da outra certamente. Não se lembrava de ter visto antes. A casa do pai na Rua Direita era uma riqueza, depois do segundo casamento. O crucifixo grande, o tronco e os braços da cruz imitando lenho. O corpo doloridamente agonizante, a cabeça meio inclinada. Encarnado em dor: na testa coroada de espinhos, no tronco varado pelas lanças, gotinhas de rubi remedando sangue. Não era de damasco, do mais puro e branco linho o sudário com que envolveram o corpo martirizado. O pai não sofrerá nenhum sacrifício, loucura a comparação. Só se ele, se ela. De linho, do melhor linho. Careço de muito pouco, disse a mãe quando lhe perguntou o que queria do reino, na hora da despedida. Como o pai antigamente, mais do que o pai. De pouca, nenhuma carência. Nada pedia, pouco lhe era dado. Remordimento fundo do que deixou de fazer. Mesmo ela não pedindo, devia ter feito. Depois tudo mudou na vida do pai, tudo ele dava. Ela que ajudava a amealhar nas eras das vacas magras. Agora este sobrado na Rua Direita, junto da praça. Nunca que a mãe teria pensado nisso, voltava agora a reparar, tanto tinha esquecido. Remordimento de ter esquecido. Em todo caso, me traga uma toalha de linho, disse ela. Do melhor galego. E se arrependendo de ter vontade: pode ser de cambraia mesmo. Mas eu gostaria na verdade era de uma de linho, se puder. É capaz de servir no dia da minha morte. Sempre pensando na morte, a mãe. Ele antes, agora outra vez. Que é isso, não pense assim não, mãe! Não vou mais te ver, filho, alguma coisa me diz. Ela sempre se achando à beira da morte, tão doentezinha. Sempre doente, sofrida, ele pouco ligava. Devia ter ligado, pelo menos não teria viajado. Não ligava, não viu. E os seus olhos agora se enchiam de lágrimas, mesmo fazendo força para não chorar. Devem estar pensando que os olhos úmidos são por causa de pai. Serviu para ela, a toalha. Alguma preta mais chegada, agora no borralho da cozinha, depois escondeu. Pra que a outra. O ciúme da senhora, a outra podia usar. Em coisa de sinhá morta nenhuma outra bota a mão. O medo daquela gente da senzala, os quebrantos. Dele também. Os olhos penetram as coisas, emprenham, deixam presença. Depois não se pode tocar, perigoso. Agora no borralho da cozinha, quando Inácia passou a reinar, a outra.

É só falar em tentação e coisa-ruim aparece. Não se deve de falar. Nhazinha mandava perguntar o que o senhor mandava, Inácia veio dizer. Como ele queria as coisas. Que coisas, perguntou. Não sabia. Na hora, depois, a gente vê, disse. Não entendia dessas coisas. Pode voltar pra junto da sua senhora. Então ela pedia seu mando, queria jugo? Mulher pra ser montada, ela? Riu de novo por dentro, as lágrimas sumiam. Se fazia de mansa, queria sujeição. O jugo, o mando. Ele no lugar do pai. O que sempre temera, acontecia. Não vai acontecer, disse cortando o pensamento que começava a se intrometer pelas frinchas e que ele remetia de novo para o breu da escuridão. As coisas aconteciam.

Estranho como as coisas antes de acontecer nos assustam, voltou a pensar. Agora calmo e frio, os olhos não mais chorosos, apenas tristes. Aqueles olhos sonhosos, as mulheres gostavam de dizer que ele tinha. Tanto o irritavam, quando ousadas. Nunca nenhuma nele tocou, a pureza prometida. Não aos santos, bobagem daquela gente. À mãe. Uma comédia aquilo que inventaram de promessa à Virgem. Deixava, era melhor, mais uma forma de se proteger. Ela mesma um dia lhe perguntou pela promessa. Que promessa? disse achando que rindo. Então. Se protegia na promessa, a Virgem era um bom escudo. Ele que as queria à distância. As mulheres, o ondeado viperino, coleantes, sibilavam. Não queria saber de mulher, não conhecia. Medeia, a mulher de Egeu. Ele queria ser mestre em artes, o colégio da Companhia. Condena todas as mulheres, Medeia. Como eram mesmo os versos? Sêneca, como podia? Mestre de cristãos e conselheiro de Nero. A virtude e os leões, as partes ensanguentadas. Não queria saber de mulher, e elas o perseguiam. A promessa era um escudo até certo ponto. Para umas até aguçava, chamariz. Com a primeira mulher nasceu o pecado, se lembrou dos exercícios espirituais. Inácio, a Companhia. Outra mulher, a Virgem, calcou com os pés o pecado, redimindo. As noites insones, os cilícios imaginários mordendo a carne. Eu pecador me confesso. Uma vocação para Deus todo-poderoso, ele seria? Não era, não foi. Os pés nus, brancos. Descalça Ela pisava a cabeça. Elas sibilinas não o deixavam. Aquele pé branco, a carnação. Se persignava, pedia perdão nas noites ciliciosas. Pelo seu coração imundo, sofria. Sofria e elas o perseguiam. Ele uma pedra-ímã, ele é que atraía. O encanto irresistível. Queria não ter, elas insistiam. De chofre ele as atraía. Sem querer, a simples presença. O seu cheiro, antes mesmo dele chegar, sentiam. Quando entrava numa sala. Mesmo agora não despregavam os olhos de cima dele, tinha de abaixar a cabeça. Todas se voltavam para ele. Mesmo os homens, quando rapazinho. Se afastava, fugia. Um puro no fundo, apesar das ciliciosas acusações. Pelas suas antigas ideias tinha vontade de não ser, mas era. Antes, antigamente. Agora se sentia de repente novamente sujo. Pise a minha cabeça, Senhora da Conceição! pedia nas noites rançosas de dor e remordimento. Não sabia por quê, nada tinha feito. Nada aconteceu antes, agora. Como as coisas antes de acontecer nos assustam!

Assim desde menino. Lindeza do céu, diziam. Se irritava, lindo era ser uma menininha. A desconfiança do pai, tanto lhe doía. Queria o filho forte, um sanhudo. Feito ele, que nem, mais atrás, Valentim Amaro Galvão. Não conseguiu, o pai. Ele próprio se sentia delicado. Fazia uma força sobre humana para se vencer. Por isso se entregou às caçadas, aos matos. À caça grossa, quando voltou do reino. Era também uma maneira de se afastar da cidade, as pessoas o incomodavam tanto. O pai feliz, se sentia compensado: Queria estar sozinho como agora, não o deixavam. Toda hora vinha alguém cumprimentá-lo, abraçá-lo. Mesmo elas, ele as afastava delicadamente, porém firme. Abraços desagradáveis. Era um bom caçador, ninguém como ele na mira. Nas flechas, mesmo os índios mansuetos, os seus sagitários. Quanto lhe custara tudo isso? Porque se sabia delicado e fraco. Queria não ser assim, ter outra alma, outro corpo, ser outro.

Menino, elas diziam ele era lindo. Uma menina, e queriam passar a mão na sua cabeça. Fugia horrorizado daquelas mãos, daqueles dedos, os lábios quentes e pecaminosos. O simples toque daquelas mãos o arrepiava. Só a mãe podia lhe alisar a cabeça, ele não sentia nada. Nada de horripilante e terrível – antes uma sensação azul, boa, mansa. Um prazer fundo, demorado, ele queria esticar para sempre, nunca devia acabar. Uma pureza, o desejo de ser assim toda a vida. Aquilo não podia, não devia acabar. As lágrimas choradas escondido. Não queria mostrar, não podia mostrar que chorava, diante do pai. Quando homem se despediu da mãe, foi para o reino. Uma toalha de linho bem rendada, só o que ela pediu. Alguma coisa me diz que não vou te ver mais. Uma dor sufocante, uma premonição – nunca mais tornaria a vê-la. As pessoas emprenham, deixam um pouco da sua presença nas coisas, nos lugares por onde andou. Por isso voltava. Se já não gostava do reino, com a morte da mãe teve mais um motivo para voltar. Longe de casa, achava que podia reencontrá-la nas coisas que os dedos dela amansaram. Quando voltou, a casa vazia, dolorosamente vazia. Um vento frio tinha varrido a presença da mãe, folhas secas. As coisas eram tristes, frias e silenciosas, opacas e duras. Mesmo as que foram dela. A mãe tinha evaporado no ar, neblina dissolvida pelo vento mal o sol da manhã. Os riscos que as nuvens formavam dançando, adensando, esgarçando.

O céu era azul, limpo, nenhuma nuvem boiando, àquela hora da manhã. Via pela janela defronte. Abaixou os olhos, ficou olhando as próprias mãos, não queria olhar os outros, o leve tremor das mãos. Podiam pensar que ele não ligava para a morte do pai. Até agora não tinham visto nele nenhuma lágrima. Esquecido de que ainda há pouco os seus olhos se encheram de lágrimas. Ele não chorava, homem não chora. O pai de cara fechada para ele. Quando levaram o corpo de Leonor. Leonor também podia passar a mão nos seus cabelos, na sua cara. Ela lhe fechou os olhos, os dois deitados meninos (as nuvens boiando) no capinzal. Fica assim de olhos fechados e espera, que vai acontecer uma coisa, ela dizia. Ele, bobo, esperava um tempão. Assim de olhos fechados parecia demorar mais. Posso abrir? Ainda não. Custava. E ele sentiu ela rindo, achou muito gostoso, não abria ainda os olhos. Então percebeu ela se aproximando de mansinho, o quentume bom da respiração. Ela lhe beijou as pálpebras cerradas e ele sentiu o molhado gostoso dos lábios, entre frio e quente. E riam agora, os dois estavam rindo um para o outro.

As meninas, ainda suportava, queria mesmo. Antes não, só Leonor bastava. Agora, homem feito. Quando o viam na rua vinham atrás dele. Agora mesmo tem uma ali maiorzinha me olhando, estou vendo. Davam-lhe adeus, jogavam beijos e ele achava até bom, sorria agradecido. Em Coimbra, quando saía para a Faculdade de Cânones, tinha sempre uma esperando por ele na janela. Devia ter uns cinco anos, morava na casa colada à dele. Ele se limitava a sorrir. Medo, os outros podiam pensar. Os homens zelavam não só pelas mulheres, mas pelas meninas. Podia ser que alguém. Pelo que eles, pecaminosos, pensavam. A vizinha, uma certa parecença com Leonor. E sempre também de vestido branco, tão pura, vaporosa. A mãe, Leonor. Um dia a mãe da menina chegou na janela, viu-o. Daí em diante não teve mais sossego, aquelas manhãs tão boas acabaram. A mãe da menina é que passou a deitar uns olhos pesados e quentes, pegajosos, que diziam coisas para ele. Fingindo que estava acompanhando a filha, a mulher abanava a mão para ele. Se oferecendo, sibilina, matreira. Todas iguais, sempre aquele inferno. Passou a descer a rua em vez de subir, assim evitava a mulher na janela. Assim acabaram aquelas manhãs tão boas.

De novo os sinos. Muito longe, não podia saber de que igreja. Só quando era a do Carmo, ali mesmo ao lado. Assim o dia inteiro. Não o incomodavam, mas para que aquilo tudo? O pai gostava, gostaria de saber que tinha aquelas honrarias todas. Não ouvia, surdo para sempre, morto, o pai. Visto de banda, o corpo coberto pelo damasco era o suave perfil de uma serra antiga. Podia imaginar o risco do relevo: a cabeça, o nariz, as mãos cruzadas, os pés. Um serrilhado suave, o serro. Os pés eram a montanha mais alta. Certamente calçado, os sapatos de fivela de prata, não se lembrava de ter visto no quarto, na hora do corpo vir para a sala. Corpo presente. Alguém disse vai haver missa de corpo presente. Missa de réquiem, prestavam ao pai todas as honrarias. Merecia, um grande potentado, um magnate, era o que diziam.

E veio o padre nos seus melhores paramentos rendados e sedosos. O menino do turíbulo, a fumaça cheirosa e boa do incenso. A fumaça durava no ar, penetrante. E aquele cheiro bom, das suas melhores lembranças, espantava para mais longe ainda a mistura nauseante de vela e flor – de vez em quando voltava, ele se lembrando.

O padre o cumprimentou, pedia permissão para começar. Sim, pode, como queira. De repente senhor da casa, no lugar do pai. O pai com certeza aprovaria; sempre o quis ultimamente sucedendo nos negócios, tomava conta de tudo aquilo que seria mesmo dele. Depois que adoeceu, antes não. Depois que voltou mais perrengue, antes não. De repente se lembrou, tinha esquecido. Um pouco, espere um pouco, disse chamando o padre. Alguém vá lá dentro saber se a viúva não quer assistir. Disse viúva, não quis dizer madrasta nem Malvina. O pai aprovaria, ele próprio Gaspar não aprovava. Aprovava o quê? Não sabia, alguma coisa doendo. Ele no lugar do pai. Mas não era isso o que o pai queria? disse a si mesmo, se consolando.

Enquanto não voltavam, um silêncio incômodo pesando entre ele e o padre. O padre sentiu o incômodo primeiro, começou a falar, a consolá-lo. Devia ter fé e confiança em Deus, na Virgem Maria. Ele se limitava a fazer que sim com a cabeça. Nossa Senhora da Conceição pisando a cobra. Ou não era Nossa Senhora da Conceição? O padre perguntou se ele não ia comungar. Não, e vendo alguma coisa nos olhos do padre, disse não estou preparado.

Vieram dizer que siá Malvina tinha conseguido finalmente dormir, estava morta de cansada, as mulheres que a atendiam achavam melhor ela não vir, pelo menos agora. Ele também achava, mas não disse nada. Vossa Reverendíssima pode começar, disse, criando uma distância enorme entre ele e o padre.

Agora todos rezavam, mesmo os homens, os rosários nas mãos debulhando. Batiam no peito, resmungavam as falas da reza. Ele se limitava a acompanhar mecanicamente o que os outros faziam: se joelhavam, quando se levantavam. Não rezava, mas fazia canhestramente o sinal da cruz. Abaixava a cabeça nas horas certas, quando o sininho do menino tocava. Todos olhavam para ele, isso o incomodava.

Durante aquele tempo todo de missa calada o pensamento voava longe. De vez em quando o latim do padre nadava sobre o ceceio monocórdico das vozes ondeadas. E aquelas falas soltas, cuja tradução mentalmente fazia, de vez em quando começavam a doer. Não as frases propriamente, algumas palavras. Palavras que eram molas, o pensamento passou a ser conduzido por elas. Palavras macabras e terríveis. Se aquela gente soubesse o que queriam dizer, seriam outras as caras, não aquela compunção fingidamente devota. Se irritava com os outros. Porque era contra ele mesmo que começava agora a se irritar. Aquelas falas eram ditas particularmente para ele. Quando falavam do pecado e da morte.

Voltou a pensar no pai vestido daquele jeito. Na lembrança, a figura do pai era mais desagradável do que na hora, no quarto. No quarto ainda mandou tirar a máscara branca de pó, pomada e carmim. Agora nada podia fazer. As manchas de sangue começavam a aparecer. Se ligavam umas às outras, formando uma só mancha carregada. E aquela mancha escura e úmida crescendo, ele sentia a cabeça girar.

Se sentou na cadeira mais próxima. De olhos fechados a mancha parecia crescer mais ainda. Até tomar toda a véstia, o verde-garrafa da casaca escurecendo mais e mais, agora era um verde de folha velha e encardida, úmido e pesado. Impossível evitar, fraco como estava não tinha mais força nem domínio sobre si. Impossível evitar os sonhos de repetição que passou a ter depois daquelas tardes: ela no cravo, ele na flauta. Aquelas tardes, nunca pensou que pudessem acontecer e aconteciam, e ele tanto gostava. Aquelas tardes, na verdade nada acontecia além da música. Nada aconteceu, disse tentando afastar as primeiras cores, os acordes sombrios do sonho. O coração pesado não confirmava o que a boca dizia. E o sonho vinha vindo, de longe percebia quando vinha, antes ainda podia deter. Não agora, pensando que podia desmaiar. Seria horrível, aquela gente toda em volta dele. Um fraco, um delicado, se acusava. Vinha vindo, já via a porta do pai se escancarar, o homem não chegava a tocá-la. Aquele sonho de uma certa maneira era uma premonição de tudo que aconteceu. A porta escancarada, o homem atrás do qual ele estava ficou parado no vão da porta. E viu o pai sozinho na cama vazia do casal, ela não estava. A figura do pai branca e assustadora. A cabeça e o tronco erguidos pelos travesseiros. A camisa de dormir toda rendada, afogado em rendas e bordados. E a cara, ao contrário do que acontecia sempre, muito branca e pintada, os lábios de um carmim quase roxo. Por que ele se pintava para dormir, era a pergunta que se fazia. Na verdade, o pai não se pintava para dormir, isso é que era estranho, sabia. E em vez do homem avançar para o pai, a cama é que vinha deslizando para ele, como se o assoalho fosse inclinado, parou a um passo dele. Então o homem cresceu e saltou sobre a cama, o braço negro desferiu várias punhaladas seguidas. Nenhum grito do pai: à primeira punhalada a boca de carmim se abria, e a língua era roxa, o grito ficou estrangulado na goela. O grito preso, sufocado, roxo – dentro dele Gaspar. Quando, num esforço de que no sonho se julgava incapaz, conseguia articular o grito, é que acordava. O mesmo grito estrangulado agora, como um pedaço de broa entalado na goela, sufocava. Carecia gritar, acordar. No entanto temia soltar o grito, o braço que saiu do corpo do homem (a mão não era mais preta, tão sua conhecida) era o seu próprio braço. O grito entalado, acordaria se gritasse. Mas ali agora não podia gritar, tanta gente. Não via as caras, os olhos, mas sabia que todos o olhavam. Gritando estaria perdido. Gritaria.

Foi então que uma mão pesada segurou-lhe o ombro, puxando-o para trás, impedindo-o de cair. A mão o acordava, devolvia o corpo à claridade da sala, ao ar puro, à vida. Não, não chegou a gritar, viu aliviado. Se tivesse gritado todos estariam de olhos voltados para ele – mudos, censurando. A mão firme, real, protetora, amiga. Vontade de beijar a mão que o salvara. E começou a sentir um frio por todo o corpo, feito em febre, podia começar a tremer e a bater queixo. O suor na testa porejava frio, a camisa molhada, gordurosa, colante.

O homem a seu lado se abaixou, os lábios quase colados no seu ouvido, disse alguma coisa, está sentindo alguma coisa? Está tão branco, suando muito. Quer sair? Eu ajudo. Não, estou bem, isto passa, disse. Todos se voltaram para ele. Ergueu o corpo, arrebanhou as últimas forças. Passados alguns terríveis instantes, as pessoas foram se voltando para o altar. Agora estava sozinho, salvo. Levou a mão sobre a mão no ombro. Pensou, não chegou a dizer, Deus te acrescente. Ele que não mais acreditava. Não chegou a dizer, a pressão da sua mão na mão protetora já dizia. Porque o homem retirou a sua. Ele estava bem agora, sabia que estava. A angústia tinha de novo passado, o sonho se esvaiu.

E voltando da angústia, salvo da agonia, frio e lúcido, vivo, os lábios mentalmente articularam uma reza. Tão intimamente, tão escondido e a medo, mesmo o seu vizinho mais próximo, se estivesse atento, veria apenas o ligeiro tremor dos lábios, notaria a respiração difícil? Ele que não mais rezava, tinha mesmo se esquecido. Rezava a primeira reza que a mãe lhe ensinou. A reza mais simples, a que ficava e na hora agônica renascia. Rezava, mudamente pedia, implorava às potências obscuras, às divindades tanto tempo escondidas debaixo do chão da alma, que não o abandonassem. Depois poderiam destruí-lo, não naquela hora. Pedia forças para aguentar, ele que dava aos outros a impressão de serenidade, de segurança, de fortaleza de alma num corpo tão delicado e quebradiço. Ele que os homens temiam (o riso não vencia o temor, ficava a meio caminho, sem graça) e as mulheres buscavam, desde o primeiro olhar cativadas pela sua beleza, pela sua serenidade. E amaldiçoava a beleza frágil e angelical que era a sua perdição. E pedia que as rugas, os cabelos brancos e a fealdade o deformassem. Para não ser motivo de tentação, para não ser mais tentado.

E aquela reza muda, desentranhada do chão escuro, tanto tempo esquecida, lhe devolvia a calma perdida. Agora tinha a certeza de que não mais aconteceria. E os seus olhos se encheram de lágrimas. As lágrimas corriam mansas pela cara. Tamanha era a sua alegria de se ver livre do sonho, da sensação pegajosa e sufocante: não mais se importava de chorar. Chorava livremente, assim nunca chorou. Um menino se abriga no colo da mãe, se entregava à fraqueza das lágrimas. Era limpo e desamparado, protegido e feliz.

E tornava a dizer como as coisas antes de acontecer nos assustam. Agora era forte, inteiriço, transparente. Estava pronto para assumir o papel que lhe cabia. E a certeza de que era forte na sua fragilidade, de que a alma reencontrara nas lágrimas o equilíbrio perdido, tornava-o soberbo e iluminado. E essa luz que vinha de dentro dele devia transparecer na cara e nos olhos, feito um esplendor de prata polida e lustrosa em volta de uma imagem de santo. Dele irradiava uma epifania luminosa. Uma sensação de calma e beleza, suave perenidade. Como se a sua pele possuísse uma luz intestina, irradiava serena ternura.

E se voltavam para ele, principalmente as mulheres, tocadas por aquela ternura e beleza, tocadas de luz. E não havia nelas nenhum sentimento impuro: tudo era calma, magia mansa. Tocadas de luz, elas o envolviam num halo de carinho e amor; também elas começavam a chorar. E era um choro manso e bom, feito só de lágrimas. Nenhum grito, suspiro, desespero, agonia. Em silêncio choravam. E pela primeira vez desde as eras remotas da sua infância, a mesma livre sensação de beleza e amor sem pecado. Amar era bom, encharcava o coração de harmoniosa serenidade, de luz.

E a ternura que vagou no ar – aragem branda, macia e perfumada – a todos contagiava. Era como se todos, a uma só voz, afinados e suaves, pálpebras que vagarosamente se fecham ao doce peso do sono, não estivessem mais rezando: cantavam um canto de glória na nave do céu.

Procurou respirar fundo. Aquele cheiro de flor e cera derretida não mais o nauseava, sentia um antigo e novo prazer. Aquele mesmo prazer de há vinte anos, Leonor. E as lembranças da irmã eram boas e ternas, puras e mansas como o olhar daquelas mulheres.

Nada podia acontecer. Mas como uma fagulha escondida debaixo das cinzas de um braseiro, uma semente na terra úmida longos anos amanhada pela solidão e pela angústia, ainda restava o medo na alma calejada: podia acontecer. Desviou de novo o pensamento do velho rumo. Não mais chorava, era um homem forte, o pai se orgulharia. Os teus pecados te serão perdoados, disse-lhe uma voz velhíssima, jamais poderia saber de quem era – não se lembrava nem queria se lembrar. Bastavam-lhe a paz, a promessa. Mesmo passageiras.

Terminada a missa, vieram lhe dizer que o Capitão-General acabava de chegar. Sabia o papel que teria de desempenhar. Como venceu a angústia e se sentiu mais forte, tinha a certeza de que suportaria bem a presença do Capitão-General.

Foi recebê-lo na porta, era de seu dever. A casa era sua, ele estava no lugar do pai.

Nas cores vistosas da sua farda (vermelho e amarelo), enfeitada de galões e galacés, bandas e veneras, esmalte e pedrarias, o Capitão-General destoava do luto geral, brilhava. Mas ele era o Capitão-General e Governador das Minas, se vestia na sua melhor gala, homenageava o prestante súdito. Mas essas dragonas douradas, os bordados de ouro, prata e seda, a vistosa banda, o porte marcial que soberbo caprichava em qualquer ocasião, não causaram desta vez em Gaspar nenhum desgosto, o menor arrepio. Achava natural, o pai merecia. Era uma homenagem a aparatosa visita, o pai havia de gostar. Tudo como devia ser.

A presença do Capitão-General causou grande rebuliço na sala. Os cortesãos e os principais da cidade e as suas mulheres, que até então se espalhavam em pequenos grupos de conversas abafadas (homens de um lado, mulheres de outro), se abriram num só riso. Esquecidos de que o principal na sala era o corpo de João Diogo Galvão, todos se voltavam em risos e guizos, piscadelas e trejeitos, para o representante del-Rei. E as mulheres, mesmo as mais parecidamente honestas, se permitiam ternos e prometedores olhares para aquela figura baixota e atarracada, que se queria garbosa e fulgurante. Pelo menos assim se julgava o Capitão-General, e elas e eles, na ânsia de agradar, confirmavam. As mulheres é que são piores, pensou o antigo Gaspar. O Capitão-General era dado a galanteios e ousadias, e se murmurava à boca miúda seus furtivos e embuçados amores, elas se esmeravam.

Aquela ternura e fraterna comunhão sumiam no ar, o quebranto se foi. Novamente o antigo ódio sufocava o peito. Não era o Capitão-General, eram elas; são todas uma coisa só. E mentalmente as reunia todas num só palavrão.

Depois de algum tempo em silêncio diante do corpo do potentado João Diogo Galvão, a cabeça baixa e os olhos meio cerrados, feito rezasse, disse que Gaspar devia se orgulhar do pai. Um homem muito prestante, el-Rei o tinha por amigo. Uma grande perda, para mim e para o reino. Mesmo sabendo tudo aquilo falsidade (el-Rei mal conhecia o pai de ouvir dizer, é capaz de que nem lhe guardasse o nome, a famosa carta de el-Rei era sermão encomendado para um leal e distante servidor), Gaspar, vestido da nova figura para si próprio composta, de ser em tudo e por tudo um digno filho e sucessor de João Diogo Galvão, disse Vossa Excelência sabe, meu pai tinha por el-Rei filial devoção.

O Capitão-General sorriu feliz. Sempre tivera suspeitas de Gaspar – um daqueles mazombos instruídos que voltavam para a América cheios de ideias perigosas; tinha-lhe mesmo um indisfarçável desprezo. Gaspar sabia disso, mas agora tinha de se comportar. Vamos nos dar bem, meu filho, disse o Capitão-General. Permita-me tratá-lo assim, pela grande estima que tinha por seu pai. A mesma estima espero ter a honra de merecer da parte de Vossa Excelência, disse Gaspar um tanto envergonhado de sua nova figura. Toda a riqueza e poder do pai, acumulados a duras penas, não iriam assim por água abaixo, por fraqueza e orgulho. De repente, como um filho pródigo arrependido, descobriu: era o seu dever, cumpria-o. Se Vossa Excelência quiser ter a bondade, numa de suas cartas para o reino, pode assegurar a el-Rei Nosso Senhor que tem no filho de João Diogo Galvão o mesmo leal e devotado vassalo, disse solene e rebarbativo, pouco acostumado à linguagem cortesã. Era risível na comédia que representava, mas continuou no seu propósito – dali em diante seria outro homem. Custasse o que custasse, a qualquer preço. Tomaria estado, se preciso. Nesse papel nenhuma angústia sentia, se achava protegido. Mesmo quando ela chegasse. Ela mais forte e astuta do que ele, sabia.

O Capitão-General chamou-o para uma sacada, queria ter um particular com ele. Fez sinal aos seus acompanhantes, todos ficaram sabendo que a conversa era a dois. Bem mandados, se afastaram; de ouvidos esticados, mas longe.

O Capitão-General disse já saber quem era o assassino. Um certo Januário, mameluco e bastardo. Dessa corja de mestiços armadores e filhos das ervas que infestam estas Minas! Conhecia, perguntou. Sim, mal, mas conhecia. De nome e de vista. Filho de Tomás Matias Cardoso, filho carijó. Mas o pai é homem cumpridor, de bem, disse o Capitão-General. Tomás Matias Cardoso se mostrava mesmo pejado, coberto de vergonha, não sabia o que fazer. Foi o que lhe disse, quando o chamou para perguntar pelo filho, tão logo ficaram sabendo. Como ficaram sabendo tão ligeiro? disse Gaspar, ajuntando, se Vossa Excelência me permite a ousadia de perguntar. A mucama de dona Malvina, uma tal de Inácia, é que contou. Sempre ela, sempre ela, pensou Gaspar. Ela viu quando ele saltou, disse o Capitão-General. Toda gente o conhece, um armador de marca. Dona Malvina, com quem ainda vou estar mais tarde, pode confirmar. Ela não sabe o nome do homem, não o conhece, mas, vendo-o, é capaz de reconhecer. Pelo menos foi o que disse a tal mucama.

Gaspar se lembrou daquele mameluco bastardo, de má fama e catadura. Um daqueles mestiços bastardos e lascivos, de que tinha verdadeiro horror. Aquela vez, quando os dois iam a caminho da Vila do Carmo. A ousadia de parar diante de Malvina, o olhar afrontoso. Pensou em reagir, devia ter reagido. Quem é, perguntou ela. Um mameluco qualquer, se lembrava de ter dito. Por que ela se interessava? Pela audácia, certamente. Como toda mulher, lisonjeada. O Capitão-General estava certo, aqueles mestiços eram uma corja. Na sua castidade tinha horror daquela gente metida e criada no meio do femeaço, o simples olhar sujava. Devia ter reagido, estava armado. Depois se esqueceu do encontro, voltava a se lembrar. Será que Malvina se lembrava? Se lembrava certamente. Não, não devia se lembrar, tantos a cortejavam, disse com ódio. Render-se à sua beleza era uma obrigação, ela devia achar. Como se usava diante del-Rei, do Capitão-General. Menagem obrigatória. Quando ela passava, todos se voltavam, muitas vezes viu. No palácio, o Capitão-General com a sua fama...

O Capitão-General continuava, Gaspar ouvia atencioso. O pai gostaria de ver aquele seu novo filho. Vossa Mercê pode estar certo de que o criminoso será por mim exemplarmente punido! É o que mais desejo, disse Gaspar. Como melhor achar Vossa Excelência.

Não, não havia dúvida, era ele mesmo, dizia o Capitão-General. Tudo levava a crer. O próprio pai, um homem de bem, disse que o filho não dormiu em casa. Esses filhos das ervas é que sujam um nome, disse raivoso o Capitão-General. Meus homens estão no seu encalço, viram o rumo que tomou. E por roubo! Pobre Tomás Matias!

Vossa Excelência acredita em roubo? Não haveria outro motivo, perguntou Gaspar. Porque Tomás Matias Cardoso era homem rico, o filho, apesar de bastardo, morava com ele, era mimado, alardeava prosápia e riqueza. Já cogitei disso, disse o Capitão-General. Uma vingança, Vossa Mercê quer dizer? Sim, disse Gaspar. É capaz, também pensei nisso, disse o Capitão-General. Pelos muitos serviços que prestou a el-Rei. Uma vingança ou, quem sabe, coisa pior? Os olhos do Capitão-General brilhavam. Um aviso talvez para outra coisa, disse o Capitão-General.

Num instante Gaspar adivinhou o relampejo de ideia do Capitão-General, a moenda da sua ruminação.

Mas e o cofre que ele roubou? disse o Capitão-General depois de ruminoso silêncio. Não perguntava a Gaspar, era mais um cacoete de pensar. Cofre, perguntou Gaspar, e o Capitão-General disse sim, a senhora não lhe falou? Nem a mucama? Não, não estivera com ela desde a hora do crime, a mucama não lhe disse nada. Sim, era capaz de ser, ela gritou ladrão. O senhor tem razão, disse o Capitão-General, pode ser uma traça bem urdida, para desviar a atenção do motivo mesmo... Ou quem sabe um sinal? Eu sou mais pelo sinal, para coisa mais vultosa...

O Capitão-General trabalhava ligeiro. Logo mais vamos ver, disse, os meus homens estão atrás dele. Mandei um terço de dragões no rumo que me disseram para onde ele foi. Não tem como escapar, amanhã mesmo acredito que estará aqui. Se botarmos a mão nele, a ferro e fogo ele confessa. Vamos ver, Vossa Mercê me deu uma boa ideia, louvo e agradeço, disse, embora Gaspar não tivesse dito nada, só perguntado. O Capitão-General é que maquinava.

O Capitão-General certamente pensava na derrama, em ficar bem junto à corte. Gaspar preferia acreditar em vingança. O pai era homem poderoso, duro antigamente. Na limpeza dos ribeiros inficionados e na guerra dos quilombos tinha sido impiedoso. O que desejo é agradecer todo o interesse de Vossa Excelência por meu pai, tudo o que tem feito. Dos dobres dos sinos das irmandades aos dragões na porta de casa. Não há de quê, disse o Capitão-General. Não faço mais do que a minha obrigação, afinal o senhor seu pai era amigo del-Rei. Sim, isso era, disse Gaspar, perfeito na sua nova figuração. A propósito de dragões, disse o Capitão-General, não como homenagem, mas para proteção e sobreaviso, Vossa Mercê se incomodaria de hospedar por uns dias um alferes que eu mandasse para cá? Eu mesmo escolho um homem de polimento e modos, de minha confiança, respeitador, por causa de dona Malvina. Não, até agradeço, disse Gaspar, e era sincero no que dizia, não desejava ficar mais sozinho com Malvina.

Adivinhando-lhe o pensamento, ou porque também ele pensasse nela, o Capitão-General perguntou de chofre por Malvina. Nos olhos brilhosos e piscos um interesse suspeito, certa malícia. Tudo era possível naquele Capitão-General, pensou dividido. Vou mandar chamar a minha madrasta, disse Gaspar depois de algum tempo.

Quando, não demorou muito (ela estava pronta há bastante tempo, apenas aguardava o seu chamado?), Malvina entrou na sala. Gaspar sentiu um baque tão surdo no peito, o coração disparado, as mãos úmidas e frias, e de repente uma onda de calor lhe subir à cara (podiam reparar, tenência, Gaspar, pensou ligeiro, quase astuto; desde o último ataque de angústia aprendia a se dominar), sentiu um tal estremecimento, que teve instintivamente de se apoiar numa cadeira. Como alguém se protege de uma visão inesperada, embora no fundo – surdo temor – a esperasse. A madrasta que ele mandou chamar não era a mesma Malvina esperada e temida. A madrasta que ele mandou chamar era apenas uma palavra e um nome, pessoa não.

A pessoa que entrou na sala era tão real e diabolicamente maravilhosa (disso ela própria devia ter ciência), tão queimosa e irradiantemente presente como aquela outra que várias vezes nela ele percebeu (sinuosa e coleante, sibilina) e que começava a lhe surgir (a princípio nublada, sob mil disfarces) nos sonhos, e que depois conscientemente levava para a solidão do quarto: quando então, depois de resistências e remorsos, a repensava procurando decifrá-la nos mínimos gestos, sonoridades e silêncios, e acreditava muitas vezes entendê-la na sua semáfora, e sofria na carne o cilício do desejo e da agonia. Ele que esmagara todo e qualquer movimento pecaminoso do coração: o coração devia ser puro e casto como a mãe e a irmã.

Afogado em angústia, sensações e lembranças diante do corpo do pai morto, não tinha na verdade até agora pensado na Malvina real e existente, fulgurante e perturbadora. Quando pensava, era só em nomes e palavras semeados aqui e ali – Malvina, ela, madrasta –, não aprofundava esses nomes até encontrar o ser que eles designavam. Embora sabendo que ela gritantemente e rubra existia, temendo (afastava-a para as brumas do além) que ela ressurgisse viva e ardente do braseiro coberto de cinza (na aparência apagado e frio), a qualquer sopro de vento, numa curva mais perigosa da lembrança.

Malvina entrou na sala. Mesmo sem querer, todos se voltaram para ela, ninguém careceu de anunciá-la. Porque se esperava ver, e nisso a imaginação se consumia, como era ela coberta de luto. Como eram a sua graça e a sua beleza marcadas pela dor; se ela realmente sentia. Se suspeitava e se queria que ela não sofresse, tudo nela devia ser pantomima, ópera, fingimento. Tanto provocavam a cidade as suas maneiras ousadas e diferentes, os seus vestidos vaporosos e os risos e olhares atrevidos, a sua bamboleante cadeirinha dourada vinda do reino. Tão senhora de si e tão livre, as outras mulheres se sentiam diminuídas e de longe a acusavam, no coração já tendo elas cometido todos os pecados. As Minas e o ouro, o sangue e a escravidão, os crimes e a cobiça, chamavam sobre si todas as culpas e punições. Foi o que ele agora de repente pensou, recriminando-as. Esquecido de que muitas vezes, não consciente e lúcido (o seu lado mais acusador e trevoso é que pensava), a censurou e puniu, a si mesmo e não a ela punindo e censurando pelas suas próprias lembranças e pensamentos perigosos. Isso agora, não antes; antes não sabia, desconfiava. E sempre cobriu essa desconfiança de camadas cada vez mais grossas de terra. Porque doía reconhecer, pensar. Chegou a esquecer.

Vinha tão bela, impossível não se voltar. Mesmo os poucos que não se abriram em risos e guizos quando entrou o Capitão-General, tinham os olhos voltados para a negra e brilhosa aparição. Só ela existindo: tudo se descoloriu, se apagou. Os sinos cessaram e o silêncio era uma praia deserta e reverberante de sol e ondas sonoras de luz. Diante das sedas e tafetás negros e farfalhantes de Malvina, tudo era moldura, bambolina, céu azul.

Vinha tão bela, mais bela do que realmente foi, pensava ele varado de luz e dor. Mais bela velada de luto, na presença da morte. Ele em pânico viu-a pairar sobre as nuvens do abismo. E de repente, ainda em sustenido pânico, viu: aquilo pelo qual se sentia desde sempre fascinado não era a morte propriamente, era a beleza, a beleza que ele não se permitia nem sequer pensar. Por temer, por se saber sem forças, antecipadamente derrotado. Tão grande era o seu desejo, a muda e sinistra atração, ele tinha de se proteger com o manto da morte, da brancura, da pureza sem cor. Temia e amava as mulheres no que elas tinham de mais quente e belo, forte e devorador. Aquele quentume, cheiro e sangue das fêmeas bravias no entardecer.

E o clarão que lhe revelou a verdade tanto tempo escondida, afogada e temida, contraditoriamente lhe dava uma lúcida certeza. Tinha de evitá-la, as fantasias eram impossíveis, o pecado existia, ele tinha de vencê-lo e esmagá-lo, como alguém esmaga com o pé uma víbora. Era mais forte do que pensava, o homem sempre se salva.

Estranho como as coisas antes de acontecer nos assustam, tornou a dizer. E a frase, tão repetida, ganhava agora um tom e um significado que não tinha das outras vezes. Ele podia vencê-la e se vencer. Em vez de evitá-la e fugir, se revestir de calma, ver o que até então só se permitiu furtivamente: ela na sua perigosa integridade, afogueada e bela. Era uma forma de se punir e purgar.

E viu que não tinha mais o coração menino e adolescente. Súbito envelhecia, era mesmo um homem muito idoso. Era um homem que sucedia a seu pai. Se via com a fria e severa aceitação da fatalidade e da renúncia: o seu destino do passado, a consumação da vida.

E sem nenhum rubor, o coração aberto, sem temê-la, pôde então ver Malvina.

Ela se cobrira de luto e o luto não afogava a sua beleza, mais bela ainda. A mantilha rendada cobrindo a cara, caindo sobre o vestido, realçava o redondo fremente dos ombros e dos seios. E naquele negrume, os seios, propositadamente apertados por baixo no justilho, subiam e desciam, ondeavam; eram duros, livres, brancos, perfumados. A sua brancura e beleza não careciam de nenhuma joia – embora ela não fosse branca e sim ruiva. E aquela harmonia de formas redondas e queimosas resplandecia por debaixo dos véus e das rendas pretas. Os olhos grandes e rasgados, vermelhos de lágrimas ou de sono, tinham um brilho tão forte que nenhuma sombra ou negrume conseguia apagar. E os cabelos ruivos, cobre polido, ouro preto do melhor quilate, esplendiam a sua própria luz, brilhavam. Mesmo no escuro, os cabelos e os olhos brilhariam, iluminavam.

Malvina dobrou os joelhos, curvou a cabeça na reverência ao Capitão-General. Ele segurou-lhe a mão, levantou-a, impedia-a de completar a curvatura. Como numa dança, o salão todo iluminado e a música lenta, os dois se dirigiram, em passos medidos, no minueto, para junto do corpo de João Diogo Galvão. Mudos e iluminados, vivia-se uma grande festa de dor.

Ela de um lado da essa, ele do outro, Malvina não ousava ainda olhá-lo de frente. A atenção aparentemente voltada para o Capitão-General, Gaspar sabia que, desde que ela entrou na sala, os olhos de Malvina o procuravam. Tendo-o encontrado, dele não mais se afastavam, mesmo baixos e escondidos. Os olhos dos dois não tinham ainda se encontrado e demoradamente se mirado. Ele se achava agonicamente frio e calmo. Mesmo sabendo que as suas mãos tremiam, os seus joelhos se agitavam, não se importou mais, se conformava. O que vale é o coração e a cabeça, quis dizer quando mais uma vez disse como as coisas antes de acontecer nos assustam. Ele se dominava. Mesmo forte e ousada, ao se defrontarem ela é que recuaria. Sou outro homem, disse buscando apoio na recente certeza.

Ele podia vê-la como sempre quis e temeu: parados um diante do outro. Malvina se aproximou da essa, e a mão, saindo debaixo da mantilha, ia tocar no caixão. Não, ela não ia tocar no corpo de João Diogo Galvão! Os dedos ariscos e vivos não suportavam o frio, o ceroso contato da morte. Ela não iria tão longe, pelo menos diante dele. Aquela mão o atraía, ainda mais brilhante por causa da mantilha preta. E ela, na pele aqueles olhos frios e persistentes, recolheu a mão; tão ligeira como se tivesse tocado nas águas geladas de um riacho. Melhor assim, pensou ele. No fundo negro do vestido e da mantilha, a mão de Malvina parecia uma outra mão. A mão branca decepada pairava no ar, viu uma vez em sonho.

Malvina suspirou fundo, e o lenço debaixo da mantilha, enxugou as lágrimas, todos viam. Cuidadoso, o Capitão-General, aparentemente respeitando a sua fresca viuvez, foi levando o braço em torno dos seus ombros. Não chegou a tocá-la, todos voltados para ele, deixou o braço cair. Tão junto dela, devia estar sentindo o cheiro quente, pensou Gaspar. O cheiro dos seios, o cheiro quente da respiração, dos soluços contidos, o cheiro de benjoim que ela usava. Mesmo de longe Gaspar podia sentir. Os olhos do Capitão-General, fingindo que pousavam na toalha de damasco, deslizaram enviesados e cobiçosos para os seios subindo e descendo na moldura do decote ousado, coberto pela mantilha. O Capitão-General disse a ela qualquer coisa, Gaspar não conseguiu ouvir. Com certeza para estar mais perto dela, sentindo forte o cheiro quente e lascivo. Porco! pensou Gaspar, e sem saber por quê, teve um ódio profundo do Capitão-General.

E o que tanto esperava acontecia: ela levanta os olhos para mim, diz. E pela primeira vez os dois se olharam demoradamente, perigosamente. Como dois inimigos de morte se defrontam apalpando, se certificando da agudeza e brilho do punhal, cada um atento ao menor gesto do outro. Num desafio mudo e prolongado, cada um dizendo para o outro é você quem vai recuar primeiro.

Mas não, ela não era sua inimiga, ele é que sozinho dizia; ela dizia outra coisa: ela pedia e implorava, e os seus olhos na verdade cheios de lágrimas. Implorava e pedia o quê? Ele não sabia e não queria saber, de longe o seu coração suspeitava, sempre adivinhou. E os olhos dela pareciam dizer então? e agora? Tudo isso sobre o corpo do pai, pensou ele num tremor de entranhas.

Mas não desviou os olhos, tinha a absoluta certeza de vencer. Era uma questão de tempo, no momento se sabia mais forte do que ela. Malvina abaixou os olhos, humilde e triste como uma criança repelida, um cão escorraçado. E ele viu que Malvina agora realmente chorava, as lágrimas quentes, sacudida de fortes soluços. Podia abaixar os olhos.

O choro devia incomodar o Capitão-General, ele não sabia o que fazer. Pensava com certeza na sua posição, na vergonha de ainda há pouco, quando teve de retirar o braço que ia ampará-la. O Capitão-General acenou para ele, chamando-o. Gaspar fez que não entendeu, temeroso esperava. Novo aceno de cabeça, os olhos dizendo, desta vez estranhava, imperioso mandando. E Gaspar foi para junto de Malvina, do Capitão-General. Assim faria o pai, pensou assumindo e inventando um velho João Diogo Galvão.

Malvina inclinou a cabeça para ele, dolorosa. Ele não fez nenhum gesto de proteger, de amparar. Os braços caídos e moles, desfibrados. Incapaz de se mover, se limitou a olhar aqueles olhos rasgados e brilhantes, chorosos, que desesperadamente e insofridos imploravam. Não responderia. Não que não quisesse, porque não podia. Um formigamento frio corria o braço dormente, do pescoço às pontas dos dedos. Ainda desta vez foi ela que agiu, ele não vencera.

Malvina se inclinou um pouco mais, foi se chegando macia e dolente, encostava a cabeça no ombro dele. Impossibilitado de qualquer reação, não se moveu. A cabeça de Malvina pesada e quente no ombro. O cheiro estalante dos cabelos, o cheiro ondulante dos seios, o cheiro queimoso dos olhos e das narinas. O braço que se colava ao dele em toda a sua extensão, a mão tateando procurava. Encontrando, apertou a mão dele. A mão era tão fria, suada e trêmula como a dele. A casa rodava, a terra estremecia surda, os sinos dobravam dentro da sala, o corpo vibrava – um enorme diapasão, as ondas ensurdecedoras, sem fim.

2

E TUDO PODIA ACONTECER. Nada aconteceu. Assim como havia em Malvina uma memória do futuro e em Gaspar uma memória do passado, pode-se dizer que havia para ele um destino do passado e para ela um destino do futuro. Embora essas palavras, assim juntas, sobretudo memória do futuro e destino do passado, possam parecer contraditórias e arbitrárias, e na verdade o são e os seus conceitos e significados se chocam e se contradizem (comumente a memória diz respeito ao passado e às coisas ausentes mas vivas, ou melhor – mortas, porque acontecidas, a matéria do destino é sempre o futuro e as coisas latentes, lívidas, ainda por acontecer), só recorrendo a uma arbitrária e contraditória aproximação, a um símile ou metáfora, poderemos entender e amar dois seres tão diferentes e tão próximos, de encontro difícil, senão impossível, a não ser pela destruição, e tudo que com eles se passou e ainda passará. Por isso sobre eles nos debruçamos, mergulhados na sua memória do futuro e no seu destino do passado, na sua memória do passado e no seu destino do futuro, e acompanhamos as suas angústias e desesperos, as suas ânsias e agonias, e assistimos ao mover do engenho acionado, e velamos e ouvimos os oráculos e pelos dois imploramos aos deuses cruéis e vingativos, impávidos ou indiferentes às nossas súplicas e ameaças inúteis. Tão acima e tão perto de nós estão os deuses.

Se em Malvina não era o destino mas a memória que regia, embora ela vivesse no futuro e para o futuro, e por isso amava (quando se voltava para o passado era para se justificar e buscar novas forças para a caminhada ascendente) – porque ela, no seu orgulho, confiava em si, na sua força, certeza e poder, e por isso previa e calculava as coisas que a sua imaginação ia inventando e sonhando como um destino ainda por se realizar, mas preestabelecido, adquiriam existência e realidade, aquela imutabilidade das coisas acontecidas, e era difícil para ela depois saber se tinham ou não se passado, tanto as encharcava com o sumo do amor no quentume do coração.

Ela não tinha consciência dessas coisas e do engenho que a movia, não sabendo o que ainda estava por acontecer, e que acontecia, já aconteceu no coração, e por isso podia se lembrar do que sonhou e desejou como uma coisa do passado, portanto acontecida, e recorria a esse futuro transmudado em memória e nele vivia, procurando tirar lições, ver onde os erros e acidentes a evitar, como alguém olha um mapa na escuridão; ela não sabia que tudo isso é uma forma de destino e possui a inevitabilidade das coisas fatais. Se tivesse a simples sabedoria antiga de que tudo é destino e o destino é com os deuses que cuidam da vida humana, e que pensar assim, mesmo em momentos de dor e agonia, conforta e alivia o coração; de que a fortuna dos homens ascende e cai não como resposta a seus atos e indagações, e que as mudanças se sucedem com absurda e gratuita fatalidade, pelo menos a nossos olhos, talvez não a outros; de que o destino é cego e só um cego pode ver na escuridão, embora se possa, depois do acontecido, examinando as causas e consequências, dizer que havia razões remotas e mesmo próximas, e que tudo aconteceu por isso e por aquilo (um erro ou acidente perfeitamente evitável, por exemplo), no desejo muito humano que temos de tudo explicar e tudo prever.

Ó, Tirésias, iluminado interiormente pela luz da tua escuridão, nos ajude a desvendar e entender, porque essa é a nossa humana ânsia indagadora; mesmo sabendo que é impossível ao homem alterar o intrincado tecido. Às vezes, Tirésias, cuidamos, e por isso a ti recorremos, no Hades ou quando ainda vivias, e ainda agora, antecipadamente sabendo que não se pode evitar e mesmo assim desesperadamente querendo, com a ilusão de que as tuas falas, tão carregadas de lutos, presságios e significados, possam nos dizer e orientar em nossas tarefas e atos, como os antigos, não tão antigos como tu, mareavam segundo as estrelas e o simples rumo do agulhão. Te pedimos porque és e foste humano e não um ser divino, e sabemos que ao Senhor dos oráculos, não a ti a quem só é dado ver, somente esta velhíssima prece podemos balbuciar. Nos livre, Senhor, das dores e cicatrizes, e se impossível, nos dê força e coragem para suportar.

Se em Malvina era a memória, nele era o destino, o destino do passado. Mais lúcido e trágico do que ela (ele aceitava), de tanto sondar o coração e buscar se conhecer, de tanto não sonhar e avançar, não em frente como ela, ao futuro, mas para trás, mais e mais, sempre em direção a um passado cada vez mais brumoso e impenetrável, distante e fugidio como o futuro e, como o futuro, inevitável, ele seguia o seu caminho para o passado, sem desespero ou sobressaltos (não que não sofresse, sofria, e isso vimos), lucidamente agônico, na aceitação silenciosa e fria dos seres abúlicos que caminham para a morte – certo de que a encontraria fatalmente, não adiantava fugir. E seguia o seu destino do passado, não como ela na sua memória do futuro para saber onde estava o erro e assim poder evitá-lo, não para saber onde estava a culpa pretérita, mas para aceitá-la como fatal e irremediável. Como aceitaria todas as punições, mesmo as faltas não sendo suas. Porque, ciente e frio, sabia que voltar ao passado apenas para reviver uma culpa antiga, real ou não, pouco importa porque sentida, e através desse ir para trás com a intenção de modificar, mudar o presente e o futuro, o próprio passado, e assim o destino, é magia e ele não tinha as palavras-chaves que exorcizam, regeneram e redimem. Por isso, mesmo sabendo, contraditoriamente voltava, não para mudar, mas para avançar mais e mais na escuridão e na imutabilidade, e no passado viver até encontrar a morte. Viver então se transformava para ele quase numa silenciosa cerimônia propiciatória, um ato mítico e cósmico, que punha em perigo a própria existência e cujo fim era o túmulo. Desprotegido e de mãos vazias, sem os instrumentos e as falas mágicas, no silêncio e na solidão, era para ela (a morte) que voluntariamente caminhava.

De tudo isso que se disse sobre o seu viver no passado, onde se comprazia na lembrança da mãe e da irmã, se poderia deduzir que ele compactuava com o crime e com o pecado. Não, ao contrário: era severo com o pecado e puniria o crime com rigor, se lhe fosse dado punir. Como homem voltado para a consciência, era, entretanto, a si mesmo que antes punia.

E assim como ele caminhava para o passado, ela ia sempre rumo ao futuro. Dois seres que caminham em direção oposta, vagarosamente a princípio, para depois, com o tempo e a aceleração, atingirem o paroxismo e a vertigem. E chegarem finalmente ao mesmo destino, tu poderias dizer, Tirésias, com a clara e sonorosa voz da tua cegueira.

Não que eles não se encontrassem, se encontraram. Mas o encontro foi apenas o breve e passageiro momento em que se viram e se conheceram e que poderia ter sido mansamente prolongado. Ah, Tirésias, eles não eram sábios; embora tivessem sofrido, não tinham ainda sofrido tanto como julgavam, como ainda iam sofrer, cada um a seu modo e particularmente – sozinhos – e portanto não podiam prever: ela menos do que ele, apesar da sua memória do futuro, feita de sonho – não viam –, para prosseguirem velozes e vertiginosos as suas trajetórias opostas; ele recuando e fugindo quando percebeu, ela avançando na ilusão de encontrá-lo. Sendo a felicidade para eles um breve instante, uma interseção no tempo, um ponto de encontro, não podia durar a não ser no próprio tempo, no passado, então reino exclusivo dele. A alegria (se assim se pode dizer) dos dois foi apenas o cruzamento de caminhos e esse breve cruzamento, tu sabes, Tirésias, é o que os homens chamam de vida feliz. Afogados e perdidos – ela na claridade indevassável do futuro, ele no negrume do passado – ambos seguiram os seus destinos. Se fosse possível prolongar, dilatar, suspender o engenho do tempo, esse breve encontro, o presente...

Nenhum deles sabia, Tirésias, que o destino do futuro é campo dos deuses, onde nada se pode fazer; e o destino do passado é o reino dos mortos, onde é inútil, impossível habitar. Ele, filho das trevas; ela, filha da luz. Ela vivia, ele morria. Perigosamente.

3

POR QUE NÃO CONTINUARAM eles no manso e deleitoso fruir das horas calmas? Por que não prolongaram por mais tempo, não esticaram toda vida aqueles dias bons e remansosos em que viveram felizes e sem sobressaltos? Por que imprimir, o coração pressuroso, velocidade ao tempo? Por que não deixar ao próprio tempo o rolar compassado das horas? A felicidade silenciosa, a sossegada e branda paradeza do tempo. Quando as coisas não aconteciam ou aconteciam tão vagarosamente que nem se notava, era como se não acontecessem. Quando não tinham ainda começado a acontecer. Por que apressar o engenho do tempo, o sumidouro voraz das suas areias? Por que não se desligar do tempo e apenas gozar o puro compassado amor? Por que mesmo pensar e dizer a palavra amor, quando tudo podia ter continuado sem nome no silêncio do coração, para todo o sempre felizes e despreocupados?

Eram as perguntas que ele se fazia constantemente, quando nada mais podia fazer. Quando, vasculhando o passado, seu pasto e reinado (não como antigamente se comprazia nas lembranças e nelas e delas procurava viver sem indagar por que as coisas aconteceram, mas vendo apenas como aconteceram), para descobrir e guardar (não para corrigir o que ficou atrás, passar a vida a limpo, mudar o presente e o futuro: apenas para descobrir e guardar), quando foi que tudo começou. Se tinha sido por acaso ele (não, não fui eu, se dizia contrariando a sua tendência de tudo se culpar), e não ela (sim, ela, na sua ânsia de viver mais e mais, cada vez mais para a frente, e de realizar o que é dado somente ao coração imaginar), que tudo botara a perder, procurando apressar o engenho do tempo e colaborar com o destino, fazendo viger não as imutáveis e imprevisíveis leis do futuro, que ele tanto temia, mas o orgulhoso desejo, a indomável pressa do coração.

O coração indolente não cessava agora de indagar. E ele procurava descobrir no tempo, nos desvãos da memória, quando foi. Não tinha sido nos primeiros dias. Pelo menos não notou, e mesmo agora, agudo e meticuloso como um relojoeiro, via que não foi. De jeito nenhum naquele primeiro dia tão longe.

Só muito mais tarde, meses depois, é que descobriu que o que ele chamava de calado repouso materno, puro carinho e respeito, convívio vagaroso, tudo aquilo que desejava dilatar ao infinito, e ela não deixou, podia ter outro nome, por exemplo: chamar-se para ele amor, para ela – paixão. Quando ainda tentou voltar atrás, porque só de pensar que amava Malvina já tinha cometido o pior dos pecados contra o pai, de quem, apesar da grande diferença de idade, ela era mulher. Que ele não podia, devia afogar aquele sentimento mesmo puro e casto como ele achava que era. E que depois não conseguiu, e tranquilizando a consciência se dizia que o simples fruir das horas calmas, remansosas e boas, não era ainda pecado ou era um crime que não merecia punição. E começou a fundir os sonhos em que disfarçadamente ela e ele apareciam (desvestindo os sonhos como escamava as lembranças, via horrorizado que neles realizava mascaradamente desejos e projetos que a si próprio o coração não ousava confessar, e a si mesmo a princípio acusava, em imaginários diálogos, na voz do pai e por outras vozes mais escuras e terríveis) com as fantasias diurnas tecidas com os fiapos daqueles mínimos sucessos que na verdade pareciam não existir, quando ele cuidava que o tempo parara e a vida na casa era um lago coagulado e intemporal, sem nuvem ou onda, que podia viver para sempre, sem nenhum vento ou borrasca. O que ele chamava de calado repouso materno puro e casto, já então, desde o princípio, esquecido de que nenhum sentimento mãe-filho era possível entre eles (uma loucura, uma ousadia pecaminosa do coração só imaginar), ela muito mais nova e tão diferente do que era a sua mãe, muito mais nova e viva, fogosa e impaciente do que ele, preguiçoso de coração. E no entanto prosseguiu, aceitando a culpa desde que nada mais acontecesse, nenhum gesto ou palavra, além do puro amor, além daquele nada acontecer que eram as suas horas mansas e escondidamente silenciosas (porque havia a música e as conversas, os versos e os mitos, mas tudo em tom tão em surdina e abafado que era como se fossem um prolongamento do silêncio interior), desde que ela não o tocasse, como ele nunca a tocou, só depois (o tropel dos cavalos, a queda, e tudo podia acontecer, nada aconteceu), as coisas se desencadeando. Inteiramente esquecido do seu ódio, da sua repulsa às mulheres...

Nas suas ruminações ia de um ponto ao outro da memória, não no fundo abissal do tempo, mas bem perto, até às camadas mais recentes da sua geologia sentimental. Não a memória cósmica e caótica que escapa ao tempo e às suas leis, e mesmo assim contraditoriamente matéria do tempo, mas a memória que ele procurava ordenar como uma sucessão fria e cronológica de fatos. Desde agora até àquele dia tão longe no tempo, naquela mesma sala em que depois armaram a essa do pai, os tocheiros crepitantes, o damasco roxo, as manchas de sangue. Para descobrir e entender.

Aquele dia tão longe no tempo, mais longe do que na verdade foi (ele acreditava bem perto do sem-fundo do tempo), porque as coisas começaram de repente a acontecer num ritmo apressado demais para um coração vagaroso, tanto tudo aconteceu.

Ele viera cansado de viagem. Aqueles dias que passou trancado no quarto, o corpo lasso e entregue, os olhos opacos e mornos, as coisas longe demais, o vulto do pai se aproximando sorrateiro da cama e a voz que ele mal ouvia, não entendendo nada do que o pai procurava dizer, não sabendo mesmo em que lugar no espaço e no tempo estava, se na casa do arraial do Padre Faria, se a sua mãe ainda viva (ele menino, às vezes, tinha agora então vontade de perguntar ao pai por ela; isso por detrás das névoas, do fundo de corredores infinitos), aqueles dias brumosos e pesados como se ele vivesse em febre num quarto cheio de vapor quente e úmido, às vezes sufocava, num torpor e lerdeza que tinha horas ele pensava eram efeito da febre (certamente devia ter apanhado uma febre malina nos matos e sertões por onde andou na sua fuga incessante, fuga mais do que do pai e da madrasta, que ainda não conhecia, de si mesmo), para dizer nos seus momentos de espírito lúcido (o corpo ainda pesado e dormente) não, não é a febre, não estou doente, é mais cansaço, meu coração não aguenta a maneira absurda e vagarosa que escolhi de morrer – porque tinha a certeza de que o seu corpo fraco não suportaria aquela vida. Quem sabe não estava morrendo e aquela sensação morna de abandono, de que se perdia no vazio, num vertiginoso poço sem fundo, não eram já os primeiros degraus da morte, chegava a se perguntar, e, não a sua consciência, se alguma coisa além lhe dizia não pode ser, a morte é o silêncio, a opacidade, o nada, se uma parte dele disso cogitava, era porque estava vivo.

Quando conseguiu sair daquele amolecimento e torpor disse estou vivo e viu, se lembrou que estava na nova casa do pai na Rua Direita, junto à praça, perto do palácio. Se banhou, aparou a barba e se vestiu com a muda de roupa que o escravo deixara sobre a cadeira.

Só na porta, quando a mão girou a chave, é que pensou nela. Como ia enfrentá-la pela primeira vez? Como ia dominar o desagrado diante daquela mulher jovem e certamente bela que o pai tinha escolhido para substituir a mãe que ele julgava insubstituível? Aquela mulher com quem teria de viver debaixo do mesmo teto, uma estranha, com fama de fidalga ainda por cima – fidalga da terra, ele que mal suportava os do reino. Não podia viver fugindo, metido no mato, toda a vida, já que não morria. Se queria se matar, tinha de escolher um meio mais ligeiro e eficaz do que aquele.

Desacostumado a estar de pé e a andar, ouviu um zumbido, a cabeça girava, mas foi coisa breve, passou. Agora, mais seguro de si, limpo e novo, podia sair.

A porta da sala aberta, mesmo assim ele parou no limiar. Uma cortina se moveu e ele disse é o vento, não viu ninguém. Assim sozinho podia ver a sala à vontade, conhecer o gosto da madrasta, a fidalga vicentina – pensou irônico, tentando assim se proteger. Poderia saber e prever, aquilatar quem era. Predisposto contra ela, o retrato que o pai fez da sua escolhida lhe dera um certo nojo. Não podia ser boa coisa, querer casar assim com um velho. Certamente de olho nos seus grossos cabedais. As cores repugnantes que via na paixão senil do pai e que o fez se afundar no mais longe sertão. Mas já que tinham de morar juntos e ele respeitava o pai, o melhor era ver com os próprios olhos. Deixaria de lado toda a má vontade. Esperar, é capaz de que ela seja bem diferente do que ele imaginou. Não acreditava muito, mas pensou.

Avançou um pouco mais e os olhos espantados foram devagarzinho percorrendo toda a sala. Do chão ao teto, as paredes e as janelas, dos tapetes às cortinas arrepanhadas com fitas de seda. Tudo muito rico, muito mais rico e de gosto do que podia imaginar. O canapé e as cadeiras de madeira entalhada, com assento forrado de damasco. Cômodas, consolos e mesas filetadas, com fechos e puxadores de ferro rendado, cobertos de toalhas de brocado e damasco, via meticuloso. Ela se esmerava, nem de longe ele podia imaginar. Gastança demais da conta. Mas não podia negar, ela sabia como viver e arrumar uma casa. E o lustre de cristal rebrilhando sonoro à menor aragem, o teto apainelado. Não podia acreditar, o pai devia ter gasto um dinheirão. Pintura de alto preço, mesmo um pintor de alegorias foram arranjar. Nos painéis do teto as quatro estações, junto do lustre flores e guirlandas, cupidos e medalhões. Pintura de cores vivas e chapadas, azul e vermelho, verde carregado, o preto com que se acentuava o risco das figuras. Sorriu diante dos cupidos, pareciam mais dois anjinhos de igreja, as feições brejeiras. Uma pintura singela e imperfeita, uma figuração que fugia aos cânones, uma mistura de oriente e ocidente, de fábula grega e frutos da terra, pensou o mazombo desenraizado que ele não conseguia deixar de ser. A vista acostumada aos riscos e contornos suaves e esbatidos, às nuanças e róseos entretons das encarnaduras, aos meios-tons, à passagem vagarosa das cores para as sombras nos planejamentos, à perfeição das figuras, à pintura agora em moda nos lugares por onde andou, sorria condescendente diante do pintor anônimo que não tinha a arte de outros reinos, que não conhecia os lugares que ele conheceu. Mazombo da Ilustração, estranhava as cores quentes demais, lisas. E as letras das cartelas, floreadas e desproporcionais. Certamente o pintor nem sabia ler, senão não separaria as sílabas e as letras assim. Mesmo assim, pouco importa, devia ter custado um dinheirão de contado. O velho gastava, tão diferente de quando a mãe era viva. Ela não carecia de nada, pedia tão pouco, a mãe. De linho, do melhor linho. A última vez, na despedida. Meu filho uma toalha de linho do melhor galego. Não vou mais te ver. Alguma coisa me diz. Não pense assim não, mãe. Primeiro foi Leonor, branca. A outra pedia, queria, exigia. Como devia ser a outra? Não devia ser boa coisa, a boa imagem se desfazia. Mão aberta, gastadeira. Pra amealhar, uma; pra gastar, a outra. Pelas pinturas, uma presunçosa. Ela queria ter uma vida que só as cortes, não aqueles matos, podiam dar. Fidalga paulista, de muita prosápia e farofa! No reino riam tanto da nobreza americana...

E viu o móvel pequeno, coberto com uma toalha de damasco. Damasco e brocado por tudo quanto era canto. Não, não era possível! Um cravo modelo italiano, uma espineta ali nas Minas! E pelos pés, finos e delicados, mesmo a caixa e os pés, coisa do reino, feitos com capricho, ao gosto francês. Avançou para o cravo, puxou a toalha e viu aquela peça que era toda delicadeza. Uma verdadeira joia, o pai devia ter gasto bom ouro. Meu filho, ela gosta de ler, disse o pai. Até aí bem, agora ficava sabendo que ela se dava à música. Apesar da pintura do teto, a boa impressão renascia. E como no resto, ela devia ser muito exigente. Saberia tocar? Sorriu outra vez antigo, de novo a má impressão. Não levava muito a sério aqueles mulatos músicos, seus possíveis mestres, meio orelhistas, de pouco convívio com as solfas. Enquanto no quarto, não se lembrava de ter ouvido música. Mesmo quando voltava a si.

Um cravo Bosten, disse abrindo o teclado, lendo a marca. Sim, manufatura das mais ricas e caprichadas. Ela tinha gosto, não podia negar. Pelo menos pelo cravo, um pequeno cravo todo pintado a ouro, com medalhões, conchas, liras e figuras mitológicas. No melhor capricho, tão diferente das alegorias do teto. Ao seu gosto, dele. Abriu a tampa: a pintura colorida e esfumada, a delicada simetria, o esbatido das figuras, a graça lânguida e musical, esta sim do seu agrado. Uma paisagem grega, colunas jônicas, um lago azul, um barco abandonado no espelho das águas. Se lembrou de umas árias e adágios, da poesia pastoril e arcádica. Tanto tempo fazia! Antes dela morrer, a mãe.

E tudo aquilo que durante algum tempo, até agora, negou, voltava. E ele era de novo um homem de bons modos, não mais caçador e mateiro, na cadência minueta. De bons modos, a alma nobre e delicada, o fino e sutil mazombo que viveu na corte, em outros reinos. As cordas de viés, clavicórdio. Do mais puro e fino som. Os dedos alisavam de leve uma tecla aqui, outra ali. Ainda não ousava feri-las. Apenas sentia o liso branco do marfim. Leonor, a dureza fria, o azulado da cara. Da primeira vez foi a medo, depois era bom ficar alisando a pele fria. Toda de branco. Linho, do mais puro, meu filho. Do melhor galego. Mas o liso do marfim, as teclas eram diferentes. Não, ainda não tiraria o primeiro som. Um Bosten, há tanto tempo! Ainda saberia tocar? Era de flauta, mas sabia alguma coisa de cravo. Ela podia não gostar. Que não gostasse, a casa também era sua! Ele podia. Bateu a primeira tecla e ficou ouvindo o som seco e metálico da nota vazar o silêncio da sala. Outra nota, com mais força, para sentir melhor a qualidade do som, o estado do cravo. Mais outra, ficou acompanhando a trajetória do som, o timbre seco e brilhante que atravessava a sala como uma lâmina de cristal.

E tirou o primeiro acorde. Horrendo, como estava sem treino! Desistiria, fechava o cravo com raiva, ia embora. Mas decidiu insistir no acorde. Melhor, muito melhor, sorriu satisfeito. Uma questão de treino, querendo podia voltar a tocar. Não o cravo, a flauta tanto tempo abandonada. De novo o mesmo acorde. Mais seguro de si, mesmo agora, se quisesse, podia tirar o adágio de uma sonata. Os olhos foram se alagando, uma mansidão, uma vaga ternura na alma.

De repente, se sentiu dividido. Não, não podia se permitir aqueles sentimentos, ele que antes queria morrer. A toalha de damasco vermelho caída no chão. A toalha branca, do melhor galego. Linho, meu filho. O sudário, a paixão de Verônica. Linho branco, o canto. O canto, a brancura, Leonor. No ouvido, na alma. Um zumbido, uma lembrança imprecisa, uma dor funda no peito, uma dureza nos olhos. A mãe, o linho, Leonor. Aquela mulher agora! Desejo violento de tudo destruir, tudo abandonar. Uma angústia, aura penosa. Tudo se confundia dentro dele. Destruir, destruir o cravo. Não o cravo, alguma coisa por demais dolorosa e funda no peito, que por uns instantes, quando os olhos se alagaram mansos, passara, agora voltava. Tonto, perturbado, uma ausência que poderia tragá-lo. E sem cuidar de onde estava, do que fazia, correu violentamente a mão fechada no teclado. Duma ponta à outra. Comprimiu os olhos, voltava a si, sentiu que podia chorar. Um tremor surdo e prolongado.

Súbito aquele grito. Ela disse não! e a mão lhe apertando o braço, segurando-o. Sem mesmo se voltar, sacudiu o braço, para se ver livre. Se ver livre, não sabia de quem. A mão firme, os dedos duros cravando-lhe as unhas na carne, doía. Não se libertava das garras de um tamanduá, o focinho que chupa formigas. Se voltou, viu-a. Assustado, a vista turva, não sabia quem era. Só depois de um enorme instante em que a aura cresceu e o chão fugia, é que viu que podia ser ela. O braço ainda preso, o sangue fugia, o coração desfalecendo. Não sabia o que fazer diante daqueles olhos arregalados e fuzilantes, feriam e devassavam. Como se estivesse nu. Você, ela tornou a gritar, e a voz esganiçada e furiosa o acordou para a realidade da sua dona. E sentiu os dedos (não mais duros, as unhas) frouxos e quentes. E o sangue voltou a subir à cara, quente. O tremor no corpo cessava, só as mãos ainda tremiam. Os dedos dela continuavam lhe segurando o braço, apalpando-o. A pressão daqueles dedos de mulher o incomodavam terrivelmente.

Você não faça isso, disse ela num tom mais baixo, mesmo assim imperativa. O rosto ardia, envergonhado. Um menino, se comportara como um menino. Delicadamente ele retirou aquela mão que o prendia e apalpava. Sem dizer uma palavra, se afastou, foi até à janela. De costas para ela, enchendo o peito do ar frio da manhã, se recompunha. Respirava com dificuldade, o coração batendo descompassado na goela, no ouvido. A cara úmida, pegajosa. Passou com força a mão pela cara. Um suor frio, melento.

Assim ficou durante algum tempo. Até que pudesse se voltar e enfrentá-la, mais dono de si. Ainda inseguro, se voltou, não podia ficar assim por mais tempo. Desastrado demais, carecia se conter. Mais lúcido, a vista clara, se voltou.

Me perdoe tudo isso, disse, e viu que ela olhava para as mãos que sem querer ele lhe estendera. Puxou-as bruscamente, escondendo-as nas costas. Instintivamente se protegia. Daqueles olhos a princípio, por causa da raiva, escuros e que aos poucos voltavam à sua cor natural: olhos azuis, olhos de conta. E ele, que nunca ousara mirar nenhuma mulher dentro dos olhos, só fazia mergulhar naqueles olhos azuis. Uns olhos grandes e rasgados, chamavam. Estranhamente ele não sentia nenhum medo. Os olhos mansos, nenhum perigo. Pálida, é capaz de que por causa do susto, pensou. Como não podia se desligar daqueles olhos e neles demorava mais do que se permitia, viu que ela era desprotegida. Feito eu há pouco, pensou. E pálida, ele lhe tinha feito muito mal.

De repente, aqueles olhos cresceram em brilho e fogo: ela não era mais uma mulher fraca e desprotegida. De mansos e parados, os olhos se transformavam e escureciam, tamanha a sua força. Ameaçado, novamente em perigo. De novo o chão fugia. Desviou os olhos daqueles olhos fortes e azuis, chamejantes, queimosos. Abaixou a cabeça, fez uma curvatura. Se Vossa Mercê me permite, disse e se afastou.

Os dias que se seguiram foram em tudo diferentes do que ele tinha imaginado no recolhimento do quarto. Só no dia seguinte, quando ela apareceu, é que se sentiu um pouco embaraçado e confuso. Mas foi coisa que durou pouco. Ela o deixava tão a cômodo, os olhos tão brandos e bons, ele se arrependia do mau juízo que fizera. Apesar da diferença de idade, o pai tinha escolhido uma boa mulher. Era atenciosa, a voz serena e quente, os gestos calmos e pausados; ele não tinha nenhuma razão para ficar de pé atrás contra ela.

Malvina era de uma delicadeza, de um polimento tão natural, que ele jamais encontrara em mulher nenhuma. Gostava de servi-lo, vivia sempre perguntando se ele carecia de alguma coisa, se tudo estava a contento. Me perdoe se lhe falta alguma coisa, não estou acostumada a ser dona de casa, dizia ela. Tinha mesmo um carinho todo especial no servir. Um carinho maternal, uma doçura, uma mansidão que há muito não via em ninguém. Não devia temê-la.

As mucamas de Malvina é que cuidavam da roupa dele, da sua comida. Homem não entende dessas coisas, disse ela quando lhe ponderou que ele tinha um escravo só para isso. Ela fazia questão de tudo cuidar, de tudo prover. Num instante ficou sabendo de seus gostos, de seus costumes. Ela é que comandava, através de Inácia ou mesmo sozinha, os pratos e quitutes de sua preferência. Era de um desvelo que o comovia. Só a mãe era capaz de adivinhar assim os seus pensamentos.

Pela primeira vez desde que a mãe morreu sentiu que alguém podia ser terno e puro com ele. Que havia um convívio carinhoso e sem nenhuma malícia. Que não havia nela nada de mau, nenhum pensamento escondido: ela era clara e pura feito um riachinho nascendo frio. Que ele não carecia de fugir nem de morrer, o coração agora alegre e feliz.

Tão feliz, alegre e despreocupado, que não tinha mais nenhum receio de ir para a sala quando ouvia os primeiros acordes do cravo. Logo que o percebia na sala (por mais que pisasse de leve, ela sempre sentia), abaixava o tom, parava de tocar. Vamos, continue, dizia ele. Não, ainda estou aprendendo, não me faça ficar envergonhada, dizia ela. Eu sou de casa, dizia ele, fique a gosto. Não devia nunca se esquecer que eram enteado e madrasta, afinal parentes.

Como ela não queria, ele adiava. E os dois conversavam muito, horas seguidas. Ele contava casos do Rio de Janeiro, do reino, das cortes por onde andou. Falava de música e poesia, lhe revelava um mundo inteiramente novo. Um mundo por que o seu coração devia ansiar. Tão delicado o seu coração, tão fina ela era. Viva, ciente. Ela ouvia embevecida, deixava-o falar. Os olhos azuis arregalados, navegava no sonho. Ele, sempre antes tão reservado e silencioso, era quem mais falava. Ela guardava as mínimas coisas que ouvia, mostrava tal interesse por sua vida passada, que sem perceber ele ia se abrindo para ela, se confessava. Mesmo sobre a mãe e a irmã já se permitia falar. E rir, mesmo rir ele já ria perto dela, reparou de repente surpreso das mudanças por que passava. Pensou em recuar, viu que não carecia. Aquelas horas eram suaves e boas, tão puras que ele até se recriminava de ter pensado mal das mulheres.

Tanto tempo nas sombras e no reino dos mortos, Gaspar renascia para a vida, para a luz. Nenhum pensamento triste, tudo tranquilo e pacificado. Mesmo o silêncio, que tanto o incomodava na presença dos outros, era bom, passou a gostar de ficar calado perto dela. Um novo homem nascia.

E o novo homem passava agora horas seguidas trancado no quarto, procurando recuperar a sua antiga mestria na flauta. Os dedos a princípio duros, a boca e a língua emperradas, o sopro molhado e dificultoso. Voltou às solfas, às partituras empoeiradas no fundo da canastra, tanto tempo esquecidas. Em poucos dias a dedilhação ficou correta, o sopro certo. Já conseguia tirar os mais alambicados sons oitavados, as mais difíceis escalas cromáticas, os mais ligeiros passos e trilos. Voltava a tocar com o antigo desembaraço e precisão. Tão alegre, chegava a cantarolar a ária Consolati e Spera!, de Scarlatti, que tanto amava. E buscava nos concertos, sonatas e óperas, os passos que podiam ser tocados sem voz, num duo de cravo e flauta. Fazia os arranjos necessários, se consolava na espera. Queria música séria e elevada, nada daquelas modinhas que eram agora a nova mania, verdadeira febre, mesmo no reino, para onde se transportaram. No fundo, mazombo ilustrado, achava-as vulgares e chulas. De alma tão fina, ela havia de aprender com ele. E o pai, que tanto gostava de Malvina, teria dobradas alegrias ouvindo os dois tocarem juntos. Eram agora uma família feliz.

Ela ainda relutava em tocar na sua presença. Mal o percebia na sala, parava. Gaspar deixava-a à vontade, pegava um livro, lia. Desde os primeiros dias ela não o deixou chamá-la de Vossa Mercê. Onde já se viu, entre nós, esse tratamento tão antigo? disse ela. Os dois já se tratavam de você sem nenhum acanhamento. Tão íntimos, tão sem perigo aquelas tardes na sala, a muito rogo ela se permitiu tocar um pouco. Envergonhada, tapando a cara, perguntou se estava muito ruim. Não, ao contrário, pelo pouco tempo que tem de estudo, disse ele. Carece é de um pouco mais de treino, caprichar nos volteios. Ela perguntou se quem sabe não era o mestre de música. Não, ele é bom, continue com ele, disse Gaspar, que queria deixar com mestre Estêvão a aborrecida função de dar as solfas.

Mesmo sem querer tomar o lugar do mulato, era de uma certa maneira seu mestre de música. Com mestre Estêvão ficavam as solfas, as escalas monótonas e cansativas. Dele era o lado mais ameno da aprendizagem, já pensando no futuro, ensinava-lhe os trechos mais lentos de uma sonata para flauta e cravo. Todas as tardes, mal ouvia as primeiras notas, vinha para a sala e ficava junto dela. No princípio ainda ficava encabulada, depois inteiramente à vontade, embora continuasse se fingindo de envergonhada. Ele achava que era dengue, graciosa faceirice que lhe ficava muito bem. Aliás tudo nela era agora pura graça, beleza e encantamento. Tão compreensivo, amigo e atencioso ele era.

Ela sempre interessada e viva, ele paciente, terno e brando, em pouco tempo Malvina já tirava sozinha uma pavana espanhola. Tão rápida e aplicada na aprendizagem, ele se assustou ao ver o desembaraço com que Malvina já tocava uma tarantela viva e ligeira demais para principiante. De manhã com mestre Estêvão, de tarde com a assistência de Gaspar, chegava às vezes a tocar peças inteiras sem que ele tivesse de corrigi-la em alguma falha.

Segura de si, dando um riso cristalino e puro que tanto o encantava (ele também já ria sem nenhum acanhamento, por qualquer coisinha os dois riam sem parar), foi ela que insistiu para tocarem um duo. Gaspar disse não, dissimulando. Não por quê, perguntou ela. Eu sei que você toca muito bem. Então não escuto todo dia você tocando no quarto? Ele ficou vermelhinho, feito tivesse sido pego numa falta grave. Não quero, disse ele, ainda não. Por quê, se toca tão bem, perguntou ela e ele respondeu por nada. Por causa da promessa à Virgem? disse ela, e ele achou graça daquela história que espalharam e ela acreditou. Não é por isso, disse ele. Se não é por isso, então é por causa de mim, acha que eu não sou capaz de acompanhá-lo, disse ela fazendo beicinho, trejeitosa. Está bem, amanhã, concordou ele finalmente.

Não satisfeita com a concordância, ela pediu que lesse então um pouco de versos. Ele riu satisfeito de ver que ela gostava da sua maneira de ler.

Como o pai (bem menos, é certo), tudo que ela fazia, mesmo os seus trejeitos e afetações, o encantava. Era muito gracioso aquele sestro de passar a língua entre os dentes e umedecer os lábios. Na verdade, os seus cabelos ruivos, luminosos e faiscantes, os grandes e rasgados olhos azuis, a sua boca carnuda e saliente, as asas do nariz muito bem feitinhas, o rosto arredondado, as curvas suaves dos ombros e do colo, mesmo o volume dos seios suspensos pelo justilho, que boiavam trêmulos e suspirosos, o seu cheiro entre carne calmosa e benjoim ou aquila (não conseguia distinguir as essências, tão pouco acostumado àqueles cheiros, àquela proximidade; procurava se lembrar depois, quando no quarto), toda a sua beleza quente (não se lembrava de ter visto antes mulher tão bela e pura assim), a sua fala bem modulada, de um timbre brilhante que às vezes lembrava um violino em surdina, tão baixinho e sonorosa ela falava, nada disso o perturbava mais. Ao contrário: se deixava arrastar, possuído por aquela beleza e graça que ele achava a mais pura dádiva dos céus. Sem nenhuma suspeita, sem nenhuma malícia no coração.

E veio a flauta. Com ela as tardes e as noites ficaram mais cheias e alegres na casa de João Diogo Galvão. O pai vinha para a sala, escutava embevecido, os olhos morteiros e úmidos. Aquele par era a alegria e felicidade que Deus lhe reservara para a velhice. Pouco acostumado a essas delicadezas e melodias, em pouco tempo estava dormindo, no balanço daquela música do céu. Os dois sorriam e continuavam nas ondas da música, esquecidos e embalados, entregues àquela suave paz.

Ele não se limitava somente a acompanhá-la (o contrário é que devia suceder, mas ele não queria) e a lhe ensinar as sonatas e suítes que cuidadosamente procurava escolher e arranjar para cravo e flauta, numa ciência que a espantava, como lhe falava do que tinha ouvido em Lisboa, em Veneza, em Florença, em Nápoles, em Paris, nos lugares todos por onde andou. Falava de Pergolesi, de Monteverdi, de Alexandre e Domingos Scarlatti, de Marcello. Tão outro homem, chegava a trautear algumas árias de ópera e de salmo. Quando a suíte ou sonata era mais difícil e Malvina não podia ainda tirá-la, ele solava os trechos que a sua flauta conseguia alcançar.

Alegre e agradecida, ela pedia sempre mais. Às vezes, aparentava uma ligeira tristeza, um desespero, uma incontenção velada, mas corrigia rápida e astuta, ele achava que tinha sido ilusão. Aquela calma bonançosa não podia acabar nunca mais.

Se ele lhe falava de teoria e técnica, ela não se mostrava muito interessada. Tão sensível, de alma tão harmônica e melodiosa, só lhe interessavam aquelas coisas que diziam dos sentimentos e das paixões. Ela queria o espírito, a pura comoção, achava ele. Quando lhe dizia que Scarlatti tirava do cravo quase tudo que o cravo podia dar de harmonia, de suas grandes audácias, ela não se mostrava muito interessada. Quando lhe disse que a infanta Maria Bárbara aprendeu com Scarlatti, seu interesse por Scarlatti cresceu. Quando falou do sentimento apaixonado e solene da sua música, ele viu o êxtase nos seus olhos luminosos; Malvina era uma alma eleita, sua pátria era o céu. Se lhe dizia, veja isto, e chegou mesmo a solar para ela o acompanhamento de um salmo, de Marcello, ela se mostrava aborrecida. Não, Gaspar, parece coro de igreja, ladainha, vamos tocar outra coisa, disse ela uma vez. Vamos tocar o quê, então, perguntou ele e ela disse qualquer coisa mais comovida e queimosa. Ele sorriu, não podia tocar na flauta aquelas coisas apaixonadas e patéticas, só se ela tocasse sozinha. Por quê, perguntou ela. Porque a flauta não dá, não é própria para isso. Ela entristeceu, queria tanto! O que é próprio para a flauta são as melodias suaves, sonhadoras, poéticas, pastoris, disse ele dono da sua arte. Então ela se abriu num delicado e neblinoso sorriso. Os olhos eram tão sonhadores e úmidos, o pensamento tão distante, as feições tão puras e suaves, era como se ela já ouvisse a flauta, não ali na sala, mas num campo verdejante, entre arvoredos e ribeiros cristalinos e sonorosos. E em pensamento ele se juntava a ela na aérea divagação das suas palavras. E mentalmente, pastor de lira, já tocava num campo de boninas agitadas levemente pela aragem macia e perfumosa, num vale distante, as folhagens farfalhantes feito a sonoridade velada de violas errantes, de uma harpa eólia tocada pelo vento. Se existisse céu, o céu devia ser assim, chegou ele a pensar, se permitindo uma ternura nunca antes experimentada. Mas o céu não era assim.

Um dia ela apareceu agitada, trêmula e nervosa, embora procurando disfarçar e aparentar calma. Mas havia nos gestos, na voz, uma vibração diferente que ela não conseguia esconder. Era desatenta, errava seguidamente. Tão vaga, os olhos tão ausentes e longe: era como se atravessassem a partitura, a partitura sendo um espelho, uma janela aberta por onde voava o pensamento.

Aqui, disse ele passando o braço por cima do ombro de Malvina, apontando na pauta onde estava o acorde. O braço roçou os ombros nus e redondos, e ele no momento não soube por que não quis ou não pôde voltar atrás, e a sua mão ficou parada nas gavinhas da pauta mais do que carecia. A mão parada um tempo que depois, e mesmo na hora, lhe pareceu prolongado demais. E sem notar que tinha quase colado o corpo ao dela, se contaminou do calor daqueles ombros redondos e queimosos, daquele corpo vibrante e cheiroso. E Malvina (não podia ser ilusão, depois ele teve a certeza, quando mil vezes relembrou as sensações), em vez de se afastar (no fundo ele é que se acusando de imprudência), procurava se chegar mais para junto dele, bem de mansinho, mas tão rente, quente e cheirosa, que ele não podia deixar de perceber – tudo nela era proposital. Mesmo assim ele não recuou, paralisado pela comoção e pelo tremor. Um prazer ardente e doloroso percorria todo o corpo, estremecendo-o. A mão tremeu mais do que de costume, revelando a penosa emoção. Ele não era inocente, os dois sabiam disso ou suspeitavam. E ela, sempre mais astuta, sinuosa, perturbadora, avançou mais (aqui? disse ela) e pegou-lhe a mão fria e trêmula. Ela também tremia, as mãos frias e trêmulas se aqueceram. Era como se tivessem se falado tudo o que estavam sentindo e pensando, ela mais do que ele. Agora podia retirar a mão, não retirou. Demorava mais do que podia.

Mas súbito um pudor, uma vergonha, uma ciência do pecado, um crime contra o pai (ela era sua mulher, estava no lugar da mãe), o impediram de continuar. Mais dono de si, mesmo assim a cara ardendo, procurava ganhar o equilíbrio perdido. Ela não devia nunca desconfiar que ele tinha conhecimento de tudo, participava escondido daquele jogo perigoso. Ele devia fingir: ela não podia perceber que viviam a mesma harmonia – o mesmo vento naquele instante os empurrava. E lhe disse com os olhos, nunca mais isto deve acontecer. Ela soltou-lhe a mão.

E esse mínimo encontro acordou-o, mudava-lhe toda a vida, assinalou para sempre um destino. Não somente o amava há muito tempo, é capaz de que desde a primeira vez que se encontraram; ele também. Não apenas ela, os dois se amavam e se correspondiam. De maneira diversa, conforme o feitio e o destino de cada um, mas se amavam. Malvina ardentemente querendo (na superfície ocultava, somente comunicando a sua paixão através de sinais cabalísticos e semafóricos só mais tarde, depois de muito tempo, decifrados), ele sem querer. Ela viva e esperta, ciente, brusca e indomável, procurando comandar os sucessos e os dias, se apossar do futuro; ele lento e tardonho, mesmo abúlico, sem se dar conta do que se passava nas camadas subterrâneas, não querendo ir para o futuro, mas apenas prolongar aquelas horas mansas e boas, o convívio silencioso, ausentes os grandes momentos – tudo aquilo que se pode chamar de felicidade presente. Homem do passado, vinha agora para o presente.

Aquele espaço de tempo de repente para ele uma eternidade, desde o dia em que entrou naquela sala e viu pela primeira vez o cravo, até quando as mãos se encontraram e através do frio, do tremor, do tato e do quentume, se falaram e se deram conta de que se amavam ou podiam se amar (ele pelo menos; ela de sua parte já sabia que o amava e queria), aquele espaço de tempo era um breve instante, mera interseção no tempo, cruzamento de dois caminhos que demandam horizontes opostos.

E então, horrorizado, soube: amava-a não de agora, mas sorrateiro e escondido, numa escala imperceptível e ascendente, há muito tempo. Não sabia era precisar no tempo quando tudo começou, tão vagarosas as coisas se passaram, tão lentamente ela o conquistou.

À luz daquele mínimo encontro de mãos, tudo passou a ter outra feição, ganhava novo sentido, se mostrava claramente, nu e significando o que realmente queriam dizer, o que diziam aqueles gestos e falas, aqueles olhares e silêncios. A luz recuava, e ele de novo homem pretérito, para o passado se voltava, atrás do facho de luz. Não nele querendo viver como antigamente (era agora um outro, o tempo que viveu no presente mudou-o – pelo menos assim achava), mas para descobrir onde tudo tinha começado, ver a culpa inicial, acompanhar a sequência de pecados.

E viu que toda a comunicação se fazia através de sinais cabalísticos, condutos semafóricos. Os signos só agora se desvelavam na sua consciência – semente debaixo da terra tinham inchado e crescido, ele é que não percebeu. Sem ele desconfiar, ela o inseminou, fora possuído por ela.

Malvina tinha vivido e sofrido, ele não. Aquilo que para ele era um presente prolongado até à sua máxima duração, para ela já era um passado. Malvina viveu e sofreu a sua lenta agonia, só agora ele começava a viver e a sofrer. Toda a sua felicidade tinha sido um breve entremez.

E tudo aquilo que ele chamava de convívio manso e carinhoso, sem nenhuma malícia, de horas puras e boas, de desvelo e atenção maternais (afinal, ela não tinha filhos e era mulher de seu pai), de velada e inocente ternura, podia ter e tinha outro nome. Para ele o nome era amor, para ela paixão. Quando ele pôde nomear tudo o que sentira no escondido e sombrio silêncio, nada mais podia fazer.

No seu agora incessante retorno, na sua jornada dentro ao passado, até àquele momento inicial – a primeira vez (perturbado e confuso correu violentamente a mão sobre o teclado, quando depois se olharam; no início ele, ignorando o que fazia, olhou fundamente com força os olhos assustados e azuis, e ela corou – como ele, corava – é capaz de que ferida e atônita, perdida, e ela abaixou os olhos, para em seguida voltar a ser a mulher forte e agressiva de sempre – ele agora sabia – e foi dele a vez de abaixar os olhos, e se afastou), e daí retornar ao presente, para então de novo voltar... Ele era enovelado e sofrido, mais ainda depois que a felicidade, sem ele ver, passou.

Nos olhos súbito frios, duros e lúcidos, desanuviados, as coisas ganhavam a sua verdadeira e real significação. Ele não podia ter mais nenhuma dúvida: tudo linguagem velada, artifícios e alçapões, de-

213

sentendidos e sombrios matizes. Linguagem que só agora ele tinha ouvidos e olhos para entender. Não só da parte dela, ele também. Ele também falava e dizia. E as mais, para ele, inocentes conversas ganhavam outra significação.

Se lembrava das sombras nos olhos de Malvina, do timbre suavemente ondulado e de repente sustenido da voz, um tremor mais pronunciado de mão, um suspiro mais fundo, como ela se demorava dizendo o seu nome (certas horas parecia dizer Gaspar pelo simples prazer de dizer, nas entrelinhas, nas dobras dos sons – os ouvidos então incapazes de catar – dizendo meu bem, meu amor, meu coração), e mais tarde, ela sempre avançando cada vez um passo, em falas inteiras, verdadeiros pedidos e confissões. Meu Deus, por que não tinha visto?

Se lembrava de como certos versos ganhavam para ela significações particulares e especiais, que nem ele estivesse (não o poema, mas ele) se abrindo, mostrando na mão a alma sufocada. Aqueles versos tinham sido escritos para ela, missivas. E mesmo posteriormente se arrepiava e se culpava, se envergonhava das árias que chegou a cantarolar, das palavras que disse. Como ele perdera o juízo, a medida!

Se lembrava dos olhos iluminados (não em êxtase puro, mas em fogo), quando dizia do sentimento solene e apaixonado de uma sonata, de uma ária, ele estava falando era da sua própria alma. Quando ela dizia vamos tocar qualquer coisa mais comovida e queimosa, era um convite sibilino, ardente. E mesmo ele, na hora não notando, queria também dizer, se confessar. Ela, a alma sedenta e apaixonada, parecia tudo ouvir e perceber. Quando ele disse a flauta não é própria para as melodias apaixonadas e patéticas, com certeza ela entendeu não posso acompanhá-la na sua paixão desesperada. Porque os olhos de Malvina se entristeceram. E como se abriram num sorriso quando consolou-a: a flauta só pode tocar melodias suaves e poéticas, sonhadoras e pastoris. Ali a advertia do perigo, convidava-a para um velado e puro amor. O amor que há muito já viviam, a felicidade passageira que Malvina de repente, desesperada e descuidosa, interrompeu. E tudo podia ter durado...

Não durou. Depois daquele dia, as coisas foram diferentes. Não que tivessem mudado, não mudaram. Eram na aparência as mesmas, só que diversas. Nada continuava acontecendo, nada aconteceu. Pelo menos à tona, tanto quanto lhe era dado perceber. Gaspar voltava atrás, buscava retomar o balanço perdido, a calma e a paz. Em frente ela prosseguia.

Os dias eram de martírio, sofrimento em surdina, velada flagelação. Gaspar se acusava e se punia; como penitência de culpa, se impunha tudo aguentar. Não se afastaria de Malvina, da casa do pai. Era ali mesmo que tudo tinha de passar.

A presença do pai incomodava, às vezes pensava não aguentar. Na hora da comida, principalmente na sala, quando o pai vinha vê-los. Se sentia culpado do seu amor por Malvina, impossível continuar ignorando. O velho podia desconfiar de alguma coisa, ver nos seus olhos a culpa que agora procurava afogar.

E perguntava se o pai não tinha percebido tudo, tão descuidados andavam no seu amor. Os dois sempre juntos, os duos de flauta e cravo, e no canapé, quase colados um no outro, as conversas baixinhas, os versos ciciados, e mesmo quando em voz alta, as coisas que se diziam, rasgadas confissões de amor. Será que o pai não via, desconfiou? Desconfiava, impossível não ver. Velho matreiro, tudo via, apenas esperava na vigia. Quando o pai se afastava, Gaspar dizia não, ele não viu nada, nem desconfiou. Tinha sido salvo, milagrosamente salvo. Um insano o que ele foi. Agora era ter tenência, mais cautela, não podia ser protegido duas vezes.

Apesar de todo o sofrimento das tardes e noites, os dois sozinhos na sala, venceria a dura penitência que se impôs. Mas e Malvina, se perguntava. Tão diferente dele, ela avançava sempre mais e mais. Ele sem poder falar, sem poder alertá-la. Teria de lutar não apenas contra si próprio, contra ela também. Tinha de contê-la, valia qualquer preço. Não podiam era continuar no crime e no pecado, se dizia nas horas de purgação.

Não mudou em nada as suas horas, as tardes e as noites. Apenas e vagarosamente procurava se afastar, impedia que as mãos e os corpos se tocassem, os olhos se cruzassem e se falassem. Sem ela notar que ele se afastava. Sem ela ver que a amava e amou. Sem ela desconfiar que ele sabia que ela o amava. Ela notando, vendo ou desconfiando, tudo estaria perdido.

Suplício continuar fingindo uma inocência, um convívio puro e descuidado, uma paz e uma alegria ingênua que há muito deixara de ter. Aos poucos conseguia, se venceu.

Era uma luta sobre-humana contra o sangue e contra as trevas, contra ela e contra si mesmo também. Buscava forças que jamais cuidara ter. Usava toda a sua capacidade, toda a sua ciência de viver: tudo aquilo que na sua vida solitária aprendeu.

E se vencia e se venceu. Dominou a voz, os gestos, mesmo o tremor das mãos. Até sorrir já conseguia, doendo. Tudo voltava atrás, continuava como até então. Em momento algum ela podia perceber que a amava e que sabia. Malvina nunca chegou a desconfiar que um dia os seus sofridos e patéticos apelos ele recebeu. Ela falava ao vento, a voz não voltava.

De tal maneira sabia fingir e disfarçar, que chegava a repetir os mesmos gestos e falas de antes, antes tão carregados de sentido; enganava-a e confundia. Como durante tanto tempo a si mesmo enganou.

Mas à medida que ganhava a sua luta (pagava um preço alto, purgando na solidão do quarto – as úmidas, frias e pegajosas insônias –, as mais sanguíneas lágrimas que chorou) e Malvina tinha a consciência de que nada entre eles aconteceu, acontecia ou podia acontecer (pelo menos enquanto o pai vivesse), era indisfarçável a mágoa, o despeito, o desespero surdo que ela não conseguia mais esconder. E ele via o travo e o amargor dos seus olhos, de suas falas. Como antes não notara os seus desesperados apelos, agora continuava, mas fingindo.

A mais dura provação foi quando João Diogo teve de viajar para ver as suas sesmarias no São Francisco. Não conseguiu evitar a ida do pai. Depois que ele se foi, viu que metade dele queria que o pai se fosse: assim poderia suportar melhor. Mas um outro pensamento, outro pecado lhe nascia no coração.

Mal o pai desapareceu no fim da rua, uma ideia começou sombriamente, vagarosamente, a brotar. Não era mais inocente, tinha consciência do que acontecia. Se afastava a ideia sinistra, ela retornava transvestida no sonho. E pela primeira vez veio o sonho que daí em diante iria se repetir com crescendos e acrescentamentos. Um pesadelo angustiante e premonitório, a mão avançava na escuridão. O pai deitado sozinho na cama do casal, afogado em rendas e bordados, sedas e borlados – a máscara branca, a boca pintada de carmim. O vulto negro avançava, saltava sobre a cama, o braço desferia seguidas punhaladas. O pai, a boca aberta, a língua roxa, o grito estrangulado na goela. Articulado o grito (não pelo pai, mas nele), acordava banhado de suor.

Aos poucos, com o correr dos dias, já se deixava pensar: o pai morrendo no sertão do couro, o parentesco desaparecia. Então o amor seria possível, tudo podia acontecer.

E como aceitou esse pensamento enquanto esperava a volta do pai, acomodava um outro pensamento ainda mais perigoso e com ele passou intimamente a conviver. Se nada fizesse, se não se tocassem e não se falassem sobre o que ambos pensavam, podia amá-la em segredo. Não havia nenhum mal, sendo só pensamento era permitido. Um pensamento que já era em si a própria realização do pecado, viu depois.

Já se punia por sentir a beleza e a presença de Malvina. Fruía, gozava finamente em silêncio, na aparente frieza e imobilidade, aquela voz brilhantemente sonorosa, aqueles olhos que escureciam e clareavam, minguavam e cresciam, com as emoções mais escondidas, aquele cheiro quente e duradouro – carne palpitante, benjoim, aquila. Tudo sem Malvina notar, tinha a certeza de que ela nunca notou.

Encharcado de sons, cores, cheiros, quentume, beleza e presença, ia para o quarto e se deixava cair na cama. Todo o corpo era um só tremor na escuridão.

O pai voltou. Mais uma vez, desta vez querendo, viu que tinha cometido contra o pai o maior pecado. Porém não se assustou nem se acusou: aceitava a danação como uma fatalidade. Tinha novamente de afogar o pensamento, o amor a que se permitiu.

Ao contrário de Gaspar, todo silêncio e aceitação, se entregando à quietude e à negação de qualquer vontade ou pensamento e vivia num estado de sonambúlica abulia, apagado e inexistente, mas continuando monstruosamente a viver a farsa do calmo, inocente e alegre convívio, Malvina avançava. Nenhuma força era capaz de detê-la. Mesmo assim, ele tentaria, era a sua obrigação. O tempo corria para os dois.

Nunca pôde saber o que se passava com Malvina. Jamais conseguiu adivinhar o que ela esperava e urdia. Cada dia mais amarga e desesperada, Malvina nem escondia o desespero. Era irônica e sibilina, de uma hora para a outra podia não se conter, confessar abertamente o seu desesperado amor.

Malvina crescia em audácia e ironia. Mais um passo e diria as coisas abertamente. Chegou na beiradinha de dizer. Quando daquela vez inventou de ir à Vila do Carmo. Ele não queria, tinha medo do que Malvina maquinava e tecia, do que estava por acontecer. Provocou-o, desafiava-o desabusada. Não quer? disse ela. Tem medo de andar comigo na cidade? Não vão falar nada. Afinal sou sua madrasta. E ele viu no canto da boca, nos olhos, um risinho de mofa. Ela o atingia, Gaspar tornou a corar.

Malvina se voltou para o pai, conseguiu; os dois iam agora à Vila do Carmo. Malvina estava mais bela do que nunca, caprichou. O chapeuzinho no alto da cabeça de fogo, os cabelos estalando brilhosos, os olhos afogueados, as rendas e bordados na camisa branca, nos punhos saindo das mangas da casaquinha azul. Era uma deusa, uma deusa da caça, pensou Gaspar retórico e exagerado. Inquieta e nervosa, Malvina batia o chicotinho de prata na amazona. Mas alegre, de uma alegria e brilho que o ofuscavam; ele temia não aguentar e se trair. Para vencer o seu próprio nervosismo, perguntou brincando se ela ia a alguma festa. Se arrependeu depois, ela disse, ainda mais atrevida, que sim. Os dois iam dançar a noite inteirinha de par constante, valsa a dois. Sentiu a cara arder, devia estar mais vermelho do que da primeira vez. E vendo-o corar, ela riu alto e cristalino, era alegre e feliz. Afinal o derrotava.

Gaspar recuperou a calma e o domínio sobre si. Para contornar a aflição e o constrangimento, falava das coisas do mato e do sertão. Contava histórias do Tripuí, das gentes de Taubaté que primeiro pisaram o chão das Minas.

Depois se encontraram com o mameluco e ela (agora Gaspar via, na hora só reparou o atrevimento de Januário) se deixou admirar demoradamente pelo mestiço. Então ela riu alto, deu um grito, chicoteou o cavalo, saiu num galope desabalado. Aquele mouro não era tão manso e de andadura tão firme como pensou. Ela chicoteava e gritava, alguma coisa ia acontecer. Ainda atônito, viu ela se distanciar. Chicoteou o ruão, calcou as rosetas nos vazios, procurava alcançá-la. A nuvem de poeira, ela sumiu na curva do caminho. Desacostumada, fustigando daquele jeito o cavalo, podia cair. Não ter mãos na rédea, o cavalo solto. Temia por ela.

Avistou-a. Quando perto de alcançá-la, viu o cavalo de Malvina se empinar, as patas da frente se agitando no ar. Com certeza tinha tentado pará-lo bruscamente nas rédeas. Quase se assentando no chão, ela caiu para um lado, o cavalo para o outro. Em tempo de esmagá-la.

Alcançou-a. Saltou, suspendeu o tronco de Malvina do chão, ergueu-lhe a cabeça, amparando-a contra o peito. Desmaiada, a cara muito branca. A cabeça de Malvina apoiada no ombro, a cara encostada no pescoço de Gaspar. Ele sentia a dureza e o redondo daqueles ombros, o calor daquele corpo, o bafo da sua respiração, os seios nevosos subindo e descendo na respiração alterada. O cheiro e a macieza viva dos cabelos colados na sua boca, no seu nariz. Nunca tinha segurado nos braços uma mulher. O coração de Malvina batia contra o seu. A tentação mais arriscada e perigosa: apertou-a, colou o rosto ao dela, sentiu-a até às suas últimas fibras, nela se fundia. Os lábios roçando temerosos a pele macia, a pele de um pêssego que ele podia morder. Desmaiada, ele podia. Mas ela se mexeu, procurava se ajeitar nos braços que a protegiam, chegar os lábios para ele. A respiração mais queimosa e ofegante, ela voltava a si. Quem sabe não desmaiara, fingia, e ele... Ele sacudiu-a, abanou-a com o chapéu. Ela acordava, abria os olhos. Tinha sido salva, nada aconteceu.

Depois daquele desvariado passeio, ao contrário do que ele esperava, Malvina se recolheu. Alguma coisa se passava com ela, parecia pacificada, se conformara com a mansidão. Ele não sabia o que era nem queria saber. Voltaram as tardes mansas, o convívio terno e bom. Contrariando o que se prometeu, ele já se permitia a ternura sigilosa. Assim, felizes, podiam em silêncio continuar toda a vida. Ela querendo, parecia querer. No mais puro amor.

Não continuaram, de repente tudo se precipitou. O engenho acionado, as coisas começaram a acontecer. A noite terrível em que tudo aconteceu. Estranho como as coisas antes de acontecer nos assustam. Feito um refrão. O pai morto, assassinado. A essa armada na sala, os tocheiros crepitantes, o cheiro de cera derretida e flores. As gentes, a agitação, a aura, a angústia. O sonho premonitório finalmente se realizava, se realizou. Era a sua própria mão que no pesadelo apunhalava o pai. O sonho se desvelava, nenhum mistério. Não podia ter mais dúvida, tinha sido ele que matou o pai.

Ao contrário do que chegou a pensar quando João Diogo foi de viagem para o sertão, morto o pai, não mais podia. O pai morto, tinha de ser outro homem, assumir o seu lugar. Pôr nova máscara, viver outra figuração. Não junto dela, se afastaria. Diante dos outros, da cidade, do Capitão-General. À frente das suas posses, das lavras e fazendas do pai. Para salvar alguma coisa da ruína geral, agora evidente. Assim o pai gostaria de vê-lo. Era de novo o seu filho muito amado. Outro homem, seria outro homem. Outro homem nasceu, tornou a dizer. Tudo claro e frio, sabia agora como agir.

Até que o Capitão-General perguntou por ela. Malvina veio, e então o que tanto temia ia acontecer. Ela lhe apertou a mão. A mão dela, fria e suada, tremia. Como a minha, pensou não podendo conter o tremor surdo ressoando no peito. A sala rodava, os sinos dobravam, a terra estremecia. Ele era um diapasão ferido. Mas nada aconteceu.

Quando o Capitão-General perguntou se podia, por medida de cautela, mandar um alferes de sua confiança para ficar com eles alguns dias, ele achou que mais uma vez tinha sido milagrosamente salvo. Assim evitava Malvina, se protegia contra ela, nada mais podia acontecer. Durante a permanência do alferes, teria tempo de arrumar a antiga casa do arraial do Padre Faria. De onde o pai nunca devia ter saído. Passados os dias de nojo, para lá se mudaria. Malvina ficava ali mesmo na Rua Direita, o sobrado afinal era dela. Ele longe, liberto, feliz.

Tudo assim foi. Terminado o nojo, os dois voltavam da missa, o alferes comunicou não ser mais necessária a sua presença no sobrado. Ordem do Capitão-General, tinham descoberto uma trama, agora o chefe ia agir.

O alferes saiu, os dois sozinhos de repente na sala. Os olhos chamejantes. Malvina enfrentava-o outra vez. Ele não tinha mais dúvida, ia acontecer. Esperava, agora queria mesmo que acontecesse. Para acabar com tudo de vez.

Ela mirou-o fundo nos olhos. Então, disse ela, e agora? Agora o quê? disse ele. Nós dois, disse ela. Eu sei de mim, já resolvi o que vou fazer, disse desafiando-a. Sim, o que você vai fazer, perguntou ela e ele respondeu que naquele mesmo dia se mudava para Padre Faria.

Malvina deu um grito, foi se curvando até cair de joelhos no chão. Abraçou-o pelas pernas. Ele imóvel e duro, não a levantaria. Não, disse ela chorando. Não depois de tudo que aconteceu. Tudo por você. Não adianta mais fingir, você agora sabe de minha paixão. Se não sabia, fica sabendo. Eu o amo, Gaspar, sempre o amei. Desde a primeira vez que o vi. Desde aquela vez.

Não, disse ele, e ela foi se erguendo sem soltá-lo, abraçando-o mais, se apoiando para se levantar. De pé, segurou-o pela cabeça. Cara a cara, olhos nos olhos. Não por quê? Um terror frio o dominava. Certo porém do que ia fazer. Porque você é a mulher de meu pai. Mulher de meu pai foi minha mãe. Como? gritou ela sacudindo-o, os olhos pingando lágrimas. Seu pai está morto, somos livres. E que tenho eu a ver com a sua mãe? Tudo e nada, disse ele. Eu não conseguiria, Malvina. É melhor você se convencer. Não, dizia ela gritando e chorando. Consegue! Pode! E beijou-o na boca. Ele não se mexeu, não se mexeria. De pedra, de gelo. Os lábios dele eram frios e molhados. Esfogueada, em desespero, ela beijava-o, mordia-o. Apalpava-o, sacudia-o.

Vendo-o frio, se vendo recusada, empurrou-o para trás. Frio e frouxo! disse ela num último assalto, a ver se, lhe ofendendo os brios, conseguia fazer com que ele ao menos se mexesse. Você não é homem! disse ela finalmente.

Gaspar abaixou a cabeça, sem dizer palavra se afastou.

QUARTA

JORNADA

A roda do tempo

1

UMA, DISSE MALVINA AO ouvir a primeira pancada do sino--mestre do Carmo. Alguém da mesa da irmandade, certamente. Esperava a segunda, para confirmar o que já sabia. A primeira vez que ouviu, manhãzinha ainda, perguntou a Inácia o que era que estavam tocando. Inácia disse agonia. Ela, Malvina, estremeceu. Havia na voz rouca e arrastada de preto sombra e premonição. Uma vez rezou a Nossa Senhora da Conceição para não deixar aqueles sinos o acordarem. Devia ser ela, a música do cravo agora para sempre mudo. O caixão coberto com uma toalha de damasco roxo, as manchas de sangue. Quando ele chegou de viagem, encafuado nos matos, sempre fugindo (dela? se não a conhecia), e não vinha na sala, trancado no quarto. Angustiada, esperava como agora. Agora pior, em desespero. Então ainda havia esperança, antes. Agora sozinha, abandonada, rejeitada. Olhou a rua (e por dentro estava tão escuro): tudo tão claro, o dia se anunciava luminoso. Não para ela; pra mim a escuridão, disse.

A segunda pancada. Malditos sinos, que antes apenas a enervavam, enlouqueciam um cristão. Ideia fatídica e estapafúrdia de quem inventou essa moda. Ensurdeciam. Tocavam dentro da sala, a cabeça enfiada na campânula, um enorme e dolorido badalo. Tonta, desesperada. Vontade de chorar, de gritar. Os olhos secos, apenas ódio. Ódio não dá lágrima, duro e seco. Era uma badalada grave e longa, demorava demais da conta no ar, dilatava-se. Reza, pediam reza. Alguém que ia morrer, não morria. Carecia de reza, muita reza. Não ela, alguém agonizando. Antes fosse ela, assim teria a certeza da morte, por mais arrastada que era a agonia. Encontrava a paz, o silêncio de Deus. Ela não merecia. Os infernos, malditos! Não ia rezar, nunca mais rezou desde que se viu abandonada. Quando os seus primeiros apelos eram atendidos: pra ela no fim sofrer mais. Acabou até o medo de pensar assim. De primeiro ainda batia na boca três vezes. Danação, morte. Se não rezava pra si, ia rezar pelos outros? E disse perversa, não temendo mais nenhum castigo do céu, que dure a agonia! Como a dela, um ano. Ou foi mais de ano? Perdeu a noção de tempo, tanto sofrera. Às vezes, parecia que tinha vivido uma enormidade de tempo, era mesmo uma velhinha engelhada, finda. Desde aquela noite, os dois: ela na frente iluminando o corredor escuro, a mão trêmula protegia a chama da vela, em direção ao quarto de João Diogo. Não tinha certeza do que ia acontecer, esperava confiante. Desde aquele dia, a essa armada nesta sala, a toalha de damasco manchada de sangue. Quando na frente de todos (naquela hora podia, ninguém maldava), ao lado do Capitão-General, foi inclinando vagarosa a cabeça para ele, os olhos alagados e doendo pediam amparo. A cabeça no ombro duro, se sentiu protegida. Mas como era frio aquele corpo há tanto tempo buscado. E uma paz inusitada, jamais atingida antes, vencia o cansaço de meses seguidos, a agoniada espera. E como ele não se movia, foi colando o braço no braço dele, a mão procurava aquela mão tantas vezes angustiadamente sonhada. E a outra mão era fria e suada. Ele tremia mais do que ela. De uma certa maneira o começo, o fim da única felicidade que alcançou. Esquecida daqueles dias em que se julgou feliz, quando soube que amava. Durou tão pouco, doía tanto. Lembrando agora doía outra vez.

E veio a terceira, ela sempre contando. As pancadas vibravam dilatadamente no ar − sem fim, feito as ondas de um lago sem margem. Malditos sinos! Como daquela vez há tantos anos, parecia. Malditos! não se cansava de dizer, como se os sinos fossem os culpados de tudo que aconteceu. Quando os sinos só dobravam depois do acontecido. Ou não? Que nem agora, a agonia. Quem sabe antes das coisas acontecerem, não tocavam tão em surdina, o ouvido da gente é que não escuta, anunciando agourentos o que vinha? Aquela vez era pior. Não, via em seguida. Os sinos então dobravam a finados em todas as igrejas, a mando do Capitão-General. Tristes, mas não aflitivos como agora. Por João Diogo, amigo del-Rei. Agora só numa igreja, o Carmo, ali mesmo ao lado. O efeito, porém, era pior, ela não tinha mais nenhuma esperança, apenas esperava.

E a quarta, a quinta. Aquelas pancadas não acabavam mais. Como um tempo tão curto podia durar uma eternidade. Temia gritar, se gritasse vinha logo Inácia. Não queria mais saber de Inácia. Se ela dava uma ordem, a preta obedecia, mas não era mais como antigamente. Inácia ali mesmo no corredor com certeza. Queria ficar sozinha. Obedecia, mas no fundo era Inácia que mandava na casa, nela. Nas mãos de Inácia pra sempre, desde então. Pra sempre não, hoje acabaria. Sem dizer nada, Inácia obedecia. Quando foi levar a carta a Gaspar. Tantas levou, antes. Não atendia, não veio, não vinha. Ele. Ela se desesperava na espera. Ele lhe pagaria caro. O velho e o novo, todas as culpas. Frio, de gelo. Só com ela, se via humilhada. A outra não, com certeza. Fácil esmagá-la, faria. Não, ele. Ele é que merecia. Não veio até agora, não vinha mais. No entanto esperava. Esperava a sexta (veio), e finalmente a última pancada da agonia. Não vinha, custava. Depois tudo recomeçava, a agonia. Até o desinfeliz encontrar a sua paz. Ela não encontraria nunca, jamais.

E o sino-mestre vibrou a sétima pancada. Mais longa do que as outras, se dissolvia redonda e demorada demais no ar. Porque era a última. Suspirou aliviada. Enquanto não vinha outra vez, daí a pouco. Até o fim. Se morresse antes, não vinha mais. De repente, contraditoriamente, o terror branco do grande silêncio. O agonizante encontrava a sua paz, ela não. Viria outra vez, tinha a certeza. O sino.

Aliviada voltou à janela. O céu claro, a bruma sumira, só o Itacolomi certamente coberto. Um pedaço de céu azul, mais luminoso do que devia ser. Porque visto de dentro de um poço: mergulhada, afogada na escuridão úmida. O silêncio e o azul: o alívio, o descanso, a paz. Se ainda houvesse uma saída, não via. Agora era o engenho em disparada, o engenho que ela não soube mais como parar. O engenho enlouquecido de um relógio. O relógio puxava os sinos, trazia as coisas. As coisas aconteciam sem parar. Tudo lhe escapava entre os dedos.

Só, inteiramente sozinha. Mesmo Inácia atrás da porta esperando. A espera da última ordem, chamando viria. De manhãzinha Inácia quis fazer companhia, ampará-la. Não deixou, agora tudo era com ela sozinha. Já se decidira, ninguém fazia ela voltar atrás. Não sabia era o que fazer. Quando Inácia voltou. Mais tarde saberia. Quando Inácia voltou do Padre Faria, da casa de Gaspar. Não, por que disse o nome? Não queria. Só dizer o nome dava um azedume na alma, um arrependimento, uma vergonha (por tudo que fez, que ele deixou ela fazer), um ódio incontido. Quando Inácia voltou do Padre Faria, da antiga e nova casa de Gaspar dizendo que ele não vinha. Melhor: vinha depois, conforme, dependia dela. Ainda esperava, podia ser. Diante do sofrimento dela, depois que leu outra vez sozinho a última carta, se arrependia, voltava ligeiro. Pra uma última palavra, ela humilhada pediu. Que vergonha, meu Deus! Ao menos ele vindo, valia. Tudo perdia a importância, a vergonha e a humilhação passavam.

Cartas e mais cartas, não sabia mais quantas cartas escreveu. Desde que ele a abandonou, depois da missa. Quando ela, os dois sozinhos finalmente na sala. Os dois sozinhos, aqui mesmo. Quando se confessou, o amor tanto tempo sufocado e escondido. Ajoelhada a seus pés: Que humilhação, meu Deus! O que ele obrigou ela a fazer. Naquele mesmo dia se mudava, foi o que disse. Sozinha na casa de repente enorme. De nada lhe valiam as mucamas, Inácia. Não carecia de mais ninguém, só dele. Não vinha. Conforme, ia depender dela.

Um soldado passou em disparada, cavalo sendeiro. Depois outro soldado a cavalo, mais outro. Assim desde ontem à noite. A porta guardada por dois soldados. Como no dia que João Diogo.

Ele não vinha, foi o que mandou mesmo dizer por Inácia. Por enquanto, dependia dela. Como ele estava, Inácia? O que foi que ele disse, perguntou. Inácia parecia ter medo de falar. Ou calculava. Sempre calculou. As duas agora juntas pra sempre, nada podia fazer contra Inácia. Nem Inácia contra ela. Juntas, miseravelmente juntas!

Pra sempre! Na mesma canoa, a correnteza. Diga, Inácia, pode dizer. Nhazinha não vai mandar me bater? Preta fingida, nunca mandou, não ia de ser agora. Inácia nada podia contra ela. Nhazinha não vai mandar me bater? Maneira sestrosa de dizer, vício de senzala. De tanto apanhar, de tanto ver apanhar. Se pudesse, mandaria bater. Até tirar sangue, depois salmoura nas chagas. Pelos conselhos que lhe deu. Não, ela é que pediu. Só ouvia da boca de Inácia o que pediu, o que falava o seu próprio coração. Nhazinha não vai se zangar eu dizendo? Não, Inácia, você sabe que não vou. Nhazinha sabe o bem que lhe quero. Se Nhazinha morrer, eu morro também. Chega, Inácia, fale de uma vez! Se pudesse gritava, não gritou.

Inácia ainda se fez de rogada, queria pedido, com certeza farta de ordens. Me diga, Inácia, disse mais mansa, já pedindo, quase implorando. Debaixo da cara lustrosa da preta, detrás dos olhos acastanhados (nunca soube o que é que escondiam) acreditou ver o brilho de um sorriso vitorioso e feliz. Era demais tanta humilhação.

Não quero ver Nhazinha sofrer, chega o que já sofreu, disse Inácia. Se não quer me ver sofrer, por que me faz esperar? Por que foi no Padre Faria levar a carta? Ara, por causa de que Nhazinha mandou. Você não dizendo, Inácia, é que me faz sofrer, disse, e de repente acreditou ver naqueles olhos: Inácia não era o que pensava, nos seus olhos muita bondade e dedicação. Quem sabe no desvario, cabeça confusa? Inácia a amava, as duas pra sempre na dor. Nhazinha pensa que eu não gosto mais dela? disse a preta parece adivinhando. Não é isso, Inácia, é que hoje está demais. Tem horas que eu não aguento, acho que vou estourar. Não aumente o meu sofrimento me fazendo esperar.

Inácia contou então. Ele estava na sala, na sombra, só uma janela aberta, recostado no canapé, a cabeça numa almofada, parece que tinha passado a noite ali. Os olhos cerrados, dormia? Ela entrou por detrás da casa, disse a uma preta sua velha conhecida que queria falar com siô Gaspar, recado de siá Malvina pra ele. A preta foi e voltou com o preto que desde menino o servia, o Bastião. Bastião, sem dizer palavra, não gostava dela, fez assim com a cabeça dizendo venha, pode entrar, ele está esperando.

Gaspar continuava de olhos fechados, dormindo ele não estava, jeito dele. Bastião disse sinhô, a preta está aqui. Mesmo assim ele não se mexia. Ela teve de puxar um pigarro, tossiu. Então sinhô se levantou, mirou-a bem nos olhos, aqueles olhos dele que davam até medo. Siô Gaspar não gosta, nunca gostou de mim, disse Inácia. Por causa de Nhazinha.

Vamos, disse Malvina, conte. Que é desta vez? disse ele. O de costume, sinhô, uma carta pra vosmecê. Ele voltou a cara para o outro lado, disse brusco pode deixar aí em cima da mesa. E como ela esperasse, pode ir, gritou. Ela esperava, fazia direitinho que nem Nhazinha mandou. Desta vez tinha ordem de esperar, ele devia ler a carta primeiro, mandar uma palavra de volta. Por boca, escrevinhado, tanto faz.

Inácia não sabia ler, mas adivinhava tudo o que as cartas diziam. No princípio Malvina ainda lhe contava, ultimamente emudeceu. Mais que infeliz, era sozinha e desconfiada, temerosa.

Siô Gaspar se virou outra vez, um tempão enorme olhando pra ela, estranhava o atrevimento da mucama querida de Nhazinha. Que foi que Nhazinha disse na carta, perguntou Inácia a ela. Não vou dizer, Inácia, no fim você vai ficar sabendo. Porque, Nhazinha, ele ficou branco que nem coberto de polvilho.

Gaspar nunca se empoava. Ficou mais branco do que era, do que sempre foi. E catava um apoio, de repente podia cair. Aquelas fraquezas, aquelas ausências de vez em quando, pensou Malvina. Às vezes tão longe, perdido. No princípio ela achava que era olhos sonhosos, vaguidão de poesia, o espírito erradio e cismarento nas bandas do além. Depois viu que não. Tão longe, tinha de chamá-lo de volta. Enquanto a preta falava, Malvina parecia vê-lo. Aquela aura, aquela brancura, mais doença, ninguém era assim. Nenhum sentimento maternal, como daquela vez. Gaspar se apoiando na mesa para não cair. Olhava a preta e não via. Sinhô Gaspar, sinhô Gaspar, gritou. Sim, o que é? disse estranhando a preta na sua frente, feito não a conhecesse. Aha, é você outra vez, disse se reencontrando. Está bem, me dá, disse ele, e a sua voz era rouca e trêmula. Tremia mais era a mão, quando ele apanhou a carta.

De novo de costas, agora lia. Assim de costas, não podia ver na cara o que se passava com ele. Os ombros subiam e desciam no ofego da respiração. Ele ali nesta janela, de costas para ela. Assim mesmo. Ela teve de gritar, lhe segurou o braço. Na fúria podia até quebrar o cravo, tão violento correu a mão pelo teclado. Ele lia a última confissão, a última ameaça. Ela guardou pro finzinho. Nunca lhe disse antes, mesmo nas piores cartas sem resposta. Agora dizia. Tinha sido ela que maquinou tudo, Januário apenas. Fez mal em dizer. Não, fez bem. Se contradizia, duvidosa. Não sabia o que vinha fazendo ultimamente, não sabia mais o que fazer. Quando se voltou para ela estava mais refeito, ainda que pálido. Daquela vez, o cravo. Januário foi apenas a mão que deu a primeira punhalada que matou seu pai. Agora queria ver, ele sabendo, o que é que ia fazer. Doente demais, podia cair de cama. Mas qualquer coisa acontecia, tinha hoje de acontecer. Januário, os soldados. A cidade ocupada, os dragões e ordenanças corriam as ruas a cavalo, gritavam. Januário vinha, este veio, tinha a certeza. Só não se aproximava por causa da soldadesca espalhada pelos quatro cantos. Não mais se interessava por ele, queria saber era de Gaspar.

Que foi que ele disse, Inácia, perguntou. Ele custou muito a dizer, Nhazinha. Meio estúrdio, não era medo não. Até que coraçudo nos olhos. Não me faça esperar, Inácia. Pelo amor de Deus, não conte as coisas assim arrastado. Estou contando do jeito que eu sei, disse a preta. Sem eu dizer do jeito que ele estava, vosmecê não ia mesmo entender. Ele disse muito pouco, mas dá pra entender o que ele quis dizer. Pelo que eu adivinho o que Nhazinha teve a coragem de escrever. Nhazinha não quis me dizer... Ele falou até limpo demais, vou repetir direitinho o que ele falou. Ele falou que estava bem.

Gaspar falou que estava bem. Quer dizer que ele não tinha medo, havia dever. Não levava a sua dor a sério, havia de ver. Diga pra ela que eu li e já me esqueci, disse Inácia. Quer dizer então que ele não ligava, havia de ver!

E Inácia, na dúvida do que Nhazinha podia estar cogitando, disse que ele parecia muito preocupado com ela. Era bom se preocupar, pensou Malvina. Ele falou que Nhazinha estava muito desinquieta, o bom que fazia era se aquietar.

Sim, devia ficar quieta, enquanto ele com a outra. Ele com a outra, sem nunca mais ter vindo vê-la. Sem nem ao menos lhe responder. Sem responder, enquanto ela sofria. Pelo menos uma palavra escrita podia ter mandado. Dizendo assim – espera, eu vou. Feito das outras vezes. Não, nunca disse espera, eu vou. Das duas ou três primeiras vezes que ele ainda escreveu. Depois as cartas sem resposta, a voz sem volta, ela gritando sem eco na escuridão. Quando ele deixou o sobrado e foi para o casarão. Ao menos uma carta, pra ela ver de novo a letra como era. As outras cartas, de tanto ela beijar e sobre elas chorar, se mancharam, se apagaram. As cartas que num dia de maior desespero ela rasgou em mil pedacinhos e jogou fora. E que agora queria de novo ver.

O bom que fazia era Nhazinha se aquietar, disse a preta. E o sino do Carmo começou novamente a bater. A mesma pancada, a mesma toada, a mesma agonia. Malvina tapou os ouvidos e, os olhos vidrados, ela gritava não, não. Não? Nhazinha não quer me ouvir? Por que então me mandou falar? Como se Malvina pudesse ouvi-la.

Assustada, Inácia não entendia o que estava acontecendo. Será que Nhazinha tinha virado a cabeça de vez? Porque ela gritava não, não. Chega, não quero ouvir! Eu fico calada, vou me embora, disse Inácia. Malvina não ouviu, fechou os olhos, abaixava a cabeça, apertava tanto os ouvidos, feito querendo ensurdecer.

Não, Nhazinha não virou a cabeça de vez. Um pouquinho só variada, de tanto que padeceu. Porque ela disse não é você que eu não quero ouvir. Eu não quero ouvir é esses sinos! Esses malditos sinos! Quem foi que inventou?! Feito escutasse o que Inácia agora dizia.

Ahn, os sinos, disse Inácia. Tão preocupada com Nhazinha, só agora parecia ouvir. A mesma toada de faz pouco, não contou. Pelo comprimento das pancadas era agonia. Alguém que está morrendo, disse. Alguém pede reza e perdão.

Alguém está morrendo, disse Malvina a si mesma, dentro da sua voluntária surdez. Disse como repetindo Inácia. Os ouvidos tapados, não tinha escutado o que a preta falou. Ela morrendo, enquanto ele vivia. Morrendo, desde que o conheceu. A lenta agonia, aos pouquinhos. Ele havia de conhecer uma agonia mais lenta, bem devagarinho morrer. Os sinos tocariam por ele, pena ela não poder ouvir. Esses ela queria ouvir, não taparia os ouvidos. Contava as pancadas uma a uma, gostando, fruindo. Que nem aquele prazer tão fundo uma vez ela sentiu.

Os sinos silenciaram. Malvina continuava de ouvidos tapados, feito ainda pudesse ouvir. Dentro dela ouvia, contava as pancadas espaçadas. Parou, Nhazinha, parou, disse a preta sacudindo-a. Ela se abraçou a Inácia, disse Inácia eu não aguento, acho que vou morrer! Morrer como, Nhazinha? A gente ainda vai vencer. Sim, ela ia vencer, repetiu mentalmente. Sozinha ia vencer. Os olhos doendo e inchados, não conseguia ainda chorar. Pare esses sinos, Inácia. Veja se faz eles pararem. Para como, Nhazinha? Vão pensar que eu perdi o juízo, capaz até de eu apanhar. É assim mesmo Nhazinha, demorado. O jeito de parar é ele que está morrendo, morrer. Reza pra ele, Nhazinha. Não, disse Malvina dura e seca. Nem pra mim eu rezo mais. Bate na boca três vezes, Nhazinha. Deus castiga isto agora, não chega o que a gente já fez?

A gente já fez. Ela não estava sozinha, Inácia vinha, também fez. Quem sabe as duas juntas não achavam uma saída? Devia ter. Qual, eu não sei. Depois não ia ainda pedir ajuda a Inácia, agora só queria era saber.

Que mais, Inácia? Que mais o quê? disse Inácia esquecida do que vinha dizendo. O que foi que ele disse, depois que entregou a carta?

Agora se lembrava. Diante da fúria de Nhazinha, agora tinha medo do que ia dizer. Enfeitava os confeitos, cuidava muito do que ia dizer. Guardava muito para si, alguma coisa, porém, tinha de dizer. Eu acho que num ponto ele está certo, Nhazinha deve primeiro se aquietar. Aquietar, eu? disse Malvina. Pra gente ver o que vai fazer, disse Inácia.

Sim, ela ia ver. E, aflita, repensou num átimo tudo aquilo que mil vezes cuidou fazer. Na verdade, não sabia o que fazer.

Ele guardou a carta dentro da casaca, bem junto do peito, disse a preta e viu que as janelas se abriram, os olhos de Nhazinha se iluminavam, pareciam querer sorrir. Quando ele na sua frente. Malvadeza, danação. Devia ter ao menos um pouco de piedade de Nhazinha, Nhazinha sofria tanto, tanto que já sofreu. Em que podia ter guardado na casaca, feito ela falou. Na sua frente mesmo, rasgou a carta. Pode dizer à sua senhora que não vou, na verdade foi o que ele disse. Das outras vezes não. Siô Gaspar, que nunca gostou dela, agora se abria, falava limpo pela primeira vez. Nem anteontem, nem ontem, nem hoje, disse. Depois de toda essa confusão, de toda essa insanidade que ela me aprontou. Ela faça o que bem quiser. Depois do muito que já fez! Não, de jeito nenhum ia contar isso pra Nhazinha. Nhazinha perdia a cabeça, acabava com tudo de vez. E então disse, inventando, ele mandou dizer que é pra vosmecê se aquietar. Vosmecê se aquietando, depois que acabar essa confusão toda de soldado pra lá e pra cá, ele vem.

Malvina segurou-a pelos braços, sacudiu-a, olhava-a bem dentro dos olhos. É verdade, Inácia? Ele disse mesmo assim? Assim mesmo, Nhazinha. Pra que, numa hora dessas, eu ia mentir? disse Inácia, e viu que Nhazinha acreditava, soltou-a. Agora pode ir, disse.

Sozinha, o coração outra vez animoso, viu a sala limpa, o céu azul outra vez. Mas sombras teimavam em voltar. Ela já se arrependia do que escreveu a Gaspar. Ele agora sabia de tudo o que ela tinha feito, ela não podia esperar. Será que tinha coragem de aceitá-la? Sabendo como foi mesmo a morte do pai. Não, do feitio que ele era. Impossível voltar atrás, retomar a carta, nunca ter escrito. Como as outras cartas que escreveu. A de Januário também. A não ser, quem sabe... Não, se ele não se mostrou antes, não era agora que ia se mostrar. Quem sabe agora, com medo ele voltava? Quem sabe, meu Deus? Eu não mereço tanto. Quem sabe ele sempre a amou? Quem sabe não era verdade o que ela às vezes vislumbrava, de tanto querer ver? Quem sabe ele não tinha recebido aqueles seus apelos e semáforas desesperadas, quando ela mudamente lhe comunicava o seu amor? Ele seria então uma pessoa ainda mais esquisita do que ela sempre imaginou. E os dois viveriam em pecado, tinha medo. Não medo do pecado, mas do que podia acontecer.

Mas, e a outra? O que faria da outra? A outra que ele procurou. A outra que tinha tudo aquilo que ela não tinha, apenas sonhou. Vontade de chamar Inácia, mandar ver a outra. Perguntar a Inácia mais uma vez como ela era. Porque uma vez a viu: brancarana, feia, pasmada. Quem sabe não eram os seus próprios olhos anuviados e ciumentos? Quem sabe Inácia não via diferente, e a outra era bela e encantadora? Sabia o nome, mas tal era seu ódio e ciúme, não ousava dizer. Bela e encantadora, tinha conseguido o que ela não conseguiu. Não, ele não viria de jeito nenhum. Quem sabe Inácia não mentiu? Chamava Inácia, ia apurar tudo direitinho. Era só gritar, ela vinha.

Não, não chamaria Inácia. Confusa e inquieta, desesperada. Por isso misturava tudo, desconfiava da preta sempre fiel. Esquecida do que antes pensou. Ele tinha razão, sempre mais juizado do que ela. Devia era se aquietar. E quieta, esperar. Hoje ainda? Depois que acabar essa confusão toda, os soldados, foi o que disse Inácia.

Chegou na janela, os soldados guardavam a porta do sobrado. Olhou em direção da praça, mais dragões embalados. Assim desde ontem. Tudo tão diferente do que ela maquinou. Tudo dava errado, sempre deu. Mesmo quando achava que tinha as rédeas na mão. Quando achou que podia dominá-lo e comandar as coisas que iam acontecer. Nunca comandou, via agora. Ainda agora, tudo errado. Aqueles soldados, Januário não conseguiria chegar até ela. Na cidade, escondido, tinha certeza. Porque ele veio, atendeu à sua carta. O outro é que não, não vinha. As cartas mais desvairadas. Que traças mais desatinadas ela maquinou. Tudo dava ao contrário do que ela cuidou. Aqueles soldados, ordens do Capitão-General. Mas como é que o Capitão-General tinha sabido que Januário vinha? Só se Gaspar... Gaspar sabia, na carta que antes lhe mandou tinha dito? Quando imaginou poder reunir os dois. Os dois viriam, se encontravam. Se encontrando, resolviam por ela. Aquela outra vez, a caminho do quarto de João Diogo, ela também não sabia inteiramente o que podia acontecer. E tudo aconteceu melhor do que pensou. Agora a traça não se repetia, as coisas escapavam ao seu domínio. E não vinha, o outro não podia vir. Não queria mais que Januário viesse, agora que Gaspar podia vir. Voltavam as dúvidas, as inquietações pendulares, em ondas contínuas. O sino bem que podia demorar. Quanto tempo? Não podia imaginar. Gaspar não viria, quanto tempo. Como é que o Capitão-General soube? espalhou seus homens para receber Januário. Januário viria, coraçudo ele era. Veio, Inácia mesmo disse que um soldado tinha visto não sabia onde. Inácia também sabia, Gaspar ainda podia, Gaspar ainda podia vir. Mas se Inácia contou, por que Inácia contou? Para os dois, Januário e Gaspar, não se encontrarem. Para protegê-la, é capaz. Chamaria Inácia, ela não podia, sem ordem sua. Confusa como estava, não devia chamar. Melhor se aquietar, ele sempre juizado. Quieta esperar, confiar. E mais quieta, começou a ver que não podia ser Inácia. Nem Gaspar. É capaz de que alguém viu Januário no caminho, veio avisar. Então o Capitão-General armou a ratoeira, a esparrela – Januário caía. Não sem querer, querendo. Cansado de fugir, coraçudo. Coitado, não tinha nada com a sua paixão, nem mesmo sabia. Serviu de mão para ela. A mão era dela. Olhou a mão, a mão manchada de sangue. A mão escura de Januário. Não, a mão dela, limpinha agora. Mas ele era um mameluco acostumado com essas coisas de matar e morrer, devia saber. Se fez foi porque quis, de novo sempre ela se justificava. Só podia ser ele, não tinha outra escolha. Mais tarde, devia ter passado a noite esperando. Mas tarde ele viria, já podia ter vindo. Passou de repente outra vez a querer que Januário viesse. Pra tudo acabar de vez, e então Gaspar. Não havia mais o perigo dos dois se encontrarem, Gaspar disse que vinha depois. Mesmo porque Januário jamais conseguiria chegar até à sua porta. Muito menos por detrás, pela Rua das Flores, como antigamente de noite ele vinha. Por causa dos quartéis atrás da casa.

Olhou outra vez as duas bocas da rua: a praça, a esquina lá embaixo. Cheias de gente embalada. Entrando pela praça, era para morrer. Por baixo, ele vindo das Cabeças, só por um milagre atravessava a Ponte dos Contratos. Protegida, era só ela ficar quieta e esperar. Foi o que ele disse, vinha.

Foi para junto do canapé, se sentou. As pernas balangando inquietas, na gastura da aflição. O cravo coberto com a toalha roxa de damasco. Ele puxou a toalha com força, aquela primeira vez. Ficou vendo o cravo, aquela joia, dizia mestre Estêvão. Tudo tão longe, tão distante, tinha se passado com outra pessoa, noutra era, noutro lugar. A toalha de damasco no chão, antes. Depois a toalha de damasco em cima do corpo de João Diogo, para encobrir as manchas de sangue. As minhas mãos ficaram manchadas de sangue? De nada valeu a outra mão, de nada o damasco. As manchas sempre apareciam, vinham à tona, via ainda agora, viu. As mãos manchadas de Januário, as suas próprias mãos. A essa armada, os tocheiros estralando, as chamas – aquelas línguas de fogo sobre a cabeça dos apóstolos, diziam. De tudo se lembrou. Ela procurava a mão a seu lado, segurou a mão fria e suada. Como a dela, tremia. Na frente do corpo de João Diogo. Ainda bem que a cara dele, todo o corpo coberto de damasco. O pecado não tinha mais paradeiro, merecia punição. Um terror súbito assaltou-a. Como se tudo voltando atrás, João Diogo ali presente. Ela sozinha, o caixão de João Diogo. Os mortos deixam presença nas coisas, ele estava ali. Mais duro e real do que o cravo coberto com a toalha de damasco, ela nunca mais tocou. A mão branca e cerosa de João Diogo podia aparecer por debaixo da toalha, apontar para ela, acusá-la. Ele disse você, puta! Pela primeira vez, pela única vez na vida disseram isso para ela. Mas era isso que devia estar pensando dela agora Januário, quando se viu cercado pela soldadada. E Gaspar? Gaspar não, meu Deus, ele disse que vinha. Você, puta! apontando a pistola para ela. Teve a ideia de soprar a vela, foi o que salvou. O clarão e o estrondo, o quarto na escuridão. Tudo ao mesmo tempo. Na sala agora de repente no escuro, podia aparecer João Diogo para acusá-la, puni-la. O suor frio na testa, a sensação de que podia desmaiar, morrer – fugir não podia.

Saltou do canapé, correu para a janela. Lá fora claro e azul, respirou fundo. Quando se sentiu melhor, se voltou vagarosamente, João Diogo ainda podia estar ali. Mas viu aliviada: o cravo era outra vez cravo; a toalha de damasco estava limpinha – nenhum sujo, nenhuma mancha, úmido nenhum. Tudo aflição, angústia, passava.

Mas não conseguia ficar quieta. Primeiro se aquietar, foi o que ele disse. Ela devia se aquietar, ele vinha. Os soldados na sua porta, de todas as janelas mil olhos a viam, mil dedos apontavam para ela. Puta, você! Medrosa se afastou, voltava para o canapé. No canapé, a cabeça apoiada sobre os joelhos, os olhos cerrados, esperava se dominar. Devia se aquietar, para Gaspar poder vir.

Depois de um tempo sem conta, se sentiu mais quieta. Quieta, ele podia vir. Quieta, ela podia pensar. Mas não queria pensar, mil vezes tinha pensado e o pensamento era impotente diante da frieza, da fatalidade das coisas. Ainda bem, as coisas eram frias. Se as coisas vivessem, se as salas e os quartos guardassem a presença da gente depois que a gente se foi, aí sim estaria perdida, feito ainda há pouco pensou. A pistola apontando para ela, você, puta!

As coisas frias e sem brilho, o brilho de antigamente. O lustre de cristal, os pingentes, as mangas facetadas e rebrilhantes antigamente. Cinquenta luzes (ela fazia tanto gosto!) apagadas. O lustre agora apenas silencioso e inútil. O teto apainelado, as pinturas das quatro estações. Ela é que escolheu. Ele ficou olhando as pinturas uma a uma. Encantado, com certeza aprovando. As cadeiras de palhinha, as mesas e consolos, as jarras e enfeites, os quadros e espelhos. Tudo escolhido por ela, no melhor gosto, na maior perfeição. Antigamente menina em Piratininga teve. Mentira, nunca assim. De ouvir dizer. A mãe sempre quis, o pai estadeava. Tudo lhe tiraram, o rio levou. Ela carecia tanto de ser feliz! Tudo podia ir outra vez rio abaixo, a felicidade foi. A riqueza, danação. Bem diziam água deu, água levou. Depois do ouro, a desgraça. A desgraça de todos não lhe importava, a dela sim.

De novo nos cantos do teto o Inverno, o Outono, o Estio. Mesmo as flores da Primavera, que caíam de um jarrão encaracolado, não tinham mais as cores e o brilho de primeiro. Murchavam, desbotavam. Não via antes, só agora. Por que não o Outono, o Estio, o Inverno? Por que justamente a Primavera? O tempo parecia brincar com ela. As coisas guardavam um recado que aos poucos se desvelava, presença.

A primavera se foi, a vida acabou. Um tempo enorme de repente tinha se passado, ela estava velhinha. A pintura ia esmaecendo, o risco das figuras esfumava, as cores empalideciam. Velhinha e feia, muito enrugada, esperava alguém que não vinha. Alguém vinha lhe avisar, a sua hora tinha chegado. Morreria devagarinho, aos poucos adormecendo, os olhos já pesavam, as coisas sumiam. As cores sumiam não em anos, súbito num minuto. Feito a gente pudesse ver as flores se encolhendo, um botão de rosa se abrindo de repente, não no tempo mesmo que levaram para abrir, para encolher.

Tudo antes vagaroso, agora em disparada. Não, morreria devagarinho, feito adormecesse. Sem nenhuma luta, sem nenhuma agonia entregava a sua alma. Não, não careciam de tocar sino, ela pedia. E tudo era paz, um silêncio bom e macio.

Mas a paz e o silêncio não eram feitos para ela, ela voltava. Quem tinha a paz e o silêncio das coisas inúteis eram as pinturas. As pinturas sim é que iam se apagando frias e mansas, antes tão vivas. Ou era ela é que achava, as coisas variavam segundo o ânimo e a hora de cada um? O tempo não existia senão um pouquinho? Não, o tempo corria, voraz. Sorvedouro das horas, da vida. As flores carnívoras, a Primavera seca. As pinturas eram as mesmas, nem tanto tempo assim tinha se passado. A têmpera boa, não podia ter perdido a cor. Era ela, os olhos. Os olhos é que mudaram, comiam a cor. Depois das lágrimas que chorou. Antes nunca tinha realmente sofrido, sofreu. Quem sabe mais pra frente não ia dizer a mesma coisa? Sofrimento é na hora, se esquece depois. Feito ninguém pode dizer quanto alguém sofre, a gente só pode dizer que fulano está sofrendo. Se a gente soubesse – só sabe o da gente, é capaz de que não fizesse os outros sofrerem. Ela não sabia o quanto ela estava sofrendo. As lágrimas apagavam a luz, a cor. Nos olhos não, no olhar é que morava o fogo, o brilho, a luz. Agora que o olhar era frio, e desesperadamente cega e muda, as coisas tinham para ela mais importância, voltavam à sua desvalida indiferença, existiam silentes. De longe, esvaziadas de toda carga, de toda aura, de todo sentido, a gente podia até ver as coisas. No quentume da hora, na pressa do coração, a gente não vê, sente só. Foi o que pensou vendo o cravo. As pernas compridas e finas, caprichosamente douradas, tão finas e compridas, tão fracas e delicadas, ela mesma, se quisesse, poderia quebrá-las.

Que nem ele numa vez, com tanta força correu o punho fechado sobre as lisas e delicadas teclas de marfim. Uma joia, o cravo. Antes parecia irradiar luz, mesmo em silêncio soava e cantava. Quando ela ainda acreditava em árias e liras, éclogas e sonatas, elegias e pavanas. Em musas e flautas, violas, liras e sanfoninhas, cantigas pastoris. Em pastoras e vaqueiros, harpas eólias tocadas pelo vento, o rumorejar cristalino dos regatos. Em Glauras e Anardas, Análias e Nises. Como tudo aquilo era mentiroso, tinha vontade de rir. Por que os homens faziam aquilo, escreviam aquilo, pensavam aquilo? Sem alma e sem fogo, assim paradas e distantes, mudas para sempre, as palavras e as coisas só podiam provocar riso. Mas ela não conseguia rir, um esgar doloroso no canto da boca repuxada. O cravo agora apenas uma caixa silenciosa de madeira pintada a ouro, o tempo podia ruir, ela mesmo de repente destruía. Ele teria destruído, a sorte foi que ela estava ali e gritou não, assustando-o.

Ele não vinha, como tardava. Como tarda o meu amigo na guarda, disse ele uma vez este verso antigo. Verso, mentira, reverso. Tudo podia ser mentira de Inácia, para acalmá-la. Ele não disse nada, vai ver disse foi outra coisa, jogou fora a carta na cara mesmo da preta. Com medo de ofendê-la, ela podia perder a cabeça, fazer algum desatino, Inácia escondeu. Chamaria Inácia, agora ela tinha de contar tudo direitinho. Inácia, gritou.

Detrás da porta Inácia vigiava, num salto estava ali. Que é? Que foi, Nhazinha? Malvina olhou espantada, tinha gritado sem querer, no fundo não queria, foi a aflição que gritou. Nada não, disse arrependida, sem querer dar mais parte de fraca, agora que friamente pensava as coisas. Nada, Nhazinha? Me chamou, não quer é dizer. Quer que eu fique junto da minha senhorazinha? Não, disse Malvina, e com medo de que a outra pudesse desconfiar de que ela não estava no seu juízo: Eu só queria perguntar uma coisa, depois você pode ir, disse procurando inventar. Mesmo como estava, não era difícil inventar. Me diga, eu queria tanto saber como é mesmo a moça. Que moça? disse a preta espantada. As duas jogavam de mentir e de esconder. Você sabe, a noivinha, disse tentando uma ironia impossível, o esgar na boca doía. A noiva, Nhazinha, deixa a noiva pra lá, ele vem. Ele vem e tudo vai mudar. Depois que matarem de vez aquele mameluco que já enforcaram uma vez na praça. É ele que atrapalha, quem sabe sinhô Gaspar não desconfia, tem medo que ele bata com a língua nos dentes, bote tudo a perder, disse a preta inventando uma razão tão boa, e viu uma luz de repente se acender nos olhos de Nhazinha, brilhar algum tempo, depois ir se apagando e morrer. Não, Inácia. Como é mesmo a noiva, aquela por causa de quem ele me rejeitou? disse Malvina, esquecida de que não tinha sido assim. Deve ser uma lindeza de moça, deve ter encantos que nenhuma outra teve, ele que sempre fugiu de mulher. Eu não tive, eu não presto, ela prestou! Que é isto, Nhazinha? disse a preta censurando-a. Vosmecê sabe que é linda, lindeza assim só mesmo no céu. No inferno, Inácia, a beleza vai é pro inferno.

Inácia não queria tomar aquele rumo desesperado, disse a noiva é feia, não chega nem nos pés de Nhazinha. É brancarana e sem lume, desajeitada, um estafermo. Não sabe nem usar os panos da moda, pisa que nem mula, assim. E Inácia fazia uma pantomima, tentando arremedar os gestos e a andadura da outra, num retrato que ela mesma sabia que estava longe de ser verdadeiro. Pra ver se desarmava Nhazinha, pra ver se fazia ela rir. Tem uns olhos morteiros, de cabra morta, meio enviesados, uma bolota de nariz, disse, e viu que de repente Malvina começava a rir. Um riso seco, feito soluço. Soluços em que depois o riso se transformou. Graças a Nossa Senhora do Rosário, chegada aos pretos, a quem ela tinha pedido tanto, Nhazinha chorava. Era bom chorar. Os olhos duros e inchados, secos e vidrados, é que não era bom. De dentro do choro a gente sempre se salva, depois do choro vem o bálsamo da salvação.

Malvina caiu de bruços no canapé e chorava. De longe a preta ficou espiando, vontade de chegar junto de Nhazinha, abraçá-la, botar a cabeça dela nos seus ombros e ir ninando, cafunando, dizendo nina nana, até ela de novo uma menina adormecer. E dormindo, tudo passava. Mas, confusa e desesperada, Nhazinha era capaz de recusar a sua afeição. Nhazinha acabando de chorar, ia ver o que podia fazer.

E passado algum tempo, o silêncio embaraçoso entre as duas, a própria Inácia sentiu que era melhor deixá-la, a onda podia voltar.

Vou lá dentro arranjar um chá de erva pra Nhazinha poder esperar. Vai, Inácia, disse Malvina querendo mesmo ficar sozinha.

Sozinha, ela caiu numa lerdeza mansa e boa, chorar era bom. Esquecida de tudo, na apatia. O próprio corpo parecia flutuar, não existir. O mundo de fora e o mundo de dentro apagados, sumiam. Música ao longe em surdina, tão em surdina que ela mal podia ouvir. Música macia e neutra, esvaziada de qualquer emoção. Mais cordas sopradas pela brisa, música de vento: nada queriam dizer, nem ela podia ouvir. Malvina sumia.

Depois que foi voltando da apatia e da lerdeza que nem um sono sem sonho (quanto tempo durou? Impossível saber, e foi mesmo difícil se acostumar ao tempo, ao mundo existente, ao lugar onde estava, a sala onde teria de viver), começava a ver com mais clareza e precisão. O mundo era sem cores e frio, cinza ou indiferente. As coisas sem importância, apenas tinham de acontecer. Aconteceriam, ela agora podia decidir. Como se durante aquele tempo em que ficou apagada e sumida, sem vida consciente ou sensação, veiazinha sumiça, brisa, brisa palpitando na escuridão, sem a possibilidade de uma semente, um fiapo sequer de pensamento, alguma coisa no fundo e além dela, por ela, tivesse pensado. Porque de repente, lúcida e fria, viu resumido e articulado tudo aquilo que viveu, tudo aquilo por que passou e sofreu. E entendia o entrançado da vida, a sua própria razão de existir. Tudo fazia sentido, ela agora sabia o que fazer.

E sem nenhum desespero, apenas perguntas que alguém se faz, ela disse que fiz, meu Deus, pra que tudo isso acontecesse? Que fez ou fizeram por ela? Antes dela? A mãe? O pai? Toda uma cadeia sem fim, que começava em lugar nenhum e não parava nunca mais, roda. Qual o seu pecado, qual o pecado de todos antes dela, que para puni-lo, a invisível presença negra (era assim que ela dizia, melhor – sentia) a soprou e estimulou, e ela passava adiante, a Januário e Gaspar, todas essas ideias malignas que foram aos poucos nascendo? Porque aquele primeiro encontro, o amor, que ela julgava uma dádiva de repente caída do céu, era um destino há muito traçado, do qual não podia fugir. O que julgou uma bênção e uma dádiva, era o castigo por que esperava a sua danação.

Dizia tudo isso (pensava) sem nenhuma mágoa aparente, sem nenhum arrependimento também. Era uma fria apuração, uma verificação do passado, tão imutável como o futuro – uma voz intrometida, um coro e um vidente misteriosos podiam dizer.

E verificou ter sido tudo inútil, de nada lhe valeu. E quando antes pensava que tudo dominava e as coisas aconteciam como queria, um poderoso e escondido engenho trabalhava, contra o qual ela nada podia fazer. Como Januário foi a mão que lhe serviu, ela também servia de mão para alguém. Inúteis todas as traças, inúteis as horas perdidas. Inútil toda alegria, todo sofrimento, todo amor. Inúteis os sonhos e os pecados, as angústias e sofreguidões. Inútil a sua traição silenciosa a Gaspar. Inútil a sua leviana entrega ao Capitão-General, quando pensou com esse último recurso poder ainda conquistá-lo, e lhe contou mesmo numa das últimas cartas sem resposta, a Gaspar. Inúteis as cartas e as semáforas, os pensamentos mágicos e as premeditações. Inútil ela viver.

Essa noção de inutilidade, porém, não a cegava nem ensandecia. Pelo menos assim pensava. Viu com uma clareza de que nunca se julgou capaz (sempre agiu pelo faro e pela premonição, por aquela certeza dos que se acreditam escolhidas dos deuses, e que nada lhe acontecia sem que ela quisesse; porque as coisas lhe pertenciam e deviam pertencer por direito de nascença, por nobreza de casta e de coração), viu que Gaspar a tinha escondidamente amado, não a amava mais. Mesmo amando-a, ele miseravelmente traíra, nada mais podia fazer para trazê-lo de volta. Se não podia tê-lo quando a amava, como é que agora podia, quando a temia e não a amava mais? E mesmo voltando, não seria mais a mesma coisa que sonhou inutilmente o coração. Ele sem coragem para os grandes gestos, sem coragem para o pecado, para o sofrimento e para a dor. Ele um desfibrado, sem força para querer, sem ânimo para verdadeiramente amar. Ele era o anúncio de um mundo se acabando. Com eles o mundo acabaria, como o ouro vai secar. A danação para sempre, nunca mais.

E assim como tinha agora uma visão fatal do passado, viu o que devia fazer. Futuro e passado nela se encontravam, realizavam a dor.

E quase com um sorriso nos lábios (mais pensamento; por dentro, porque ela não sorria), como se desejasse rir de si mesma, da sua ingenuidade e inocência, viu que mesmo uma preta sua mucama, sem nascença e boçal, era capaz de enganá-la e de descaradamente lhe mentir. Podia ser por dedicação e amor, pouco importava: sempre e ainda agora a enganou. Nada faria contra ela, tinha uma noção nítida do que devia fazer. Fria, precisa, lúcida.

Inácia, disse ela alto. Não alto demais, a voz sem nenhum sustenido, nenhuma estridência ou timbre mais agudo; mesmo assim, de longe, a preta tinha de ouvir. Feito um cão ouve o chamado do dono. Mesmo Inácia estando mais longe, nos fundos da casa; mesmo estando no fim do mundo, ela viria – animicamente tinha de ouvir. Tal a confiança, a certeza, a segurança e magia com que disse; tal a confiança no poder da sua fala, da sua alma, da sua decisão.

De novo num salto Inácia estava diante dela. Os olhos da preta foram se arregalando, castanhos se vidraram espantados. Malvina não estava tão agitada quanto antes: era mesmo serena e leve, fria, pausada. Mas terrível, e Inácia, no espanto boquiaberto, estranhava a figura de siá Malvina. Não era mais a Nhazinha de antes, a Nhazinha do coração. Uma outra nasceu enquanto ela cochilava? Porque os olhos de Malvina eram duros e gelados. Se tinham brilho, era o brilho sem fundo, o brilho seco e metálico das superfícies polidas que refletem e amedrontam; o brilho que afasta, intima, repele, afugenta. Não era mais a mulher alquebrada e vencida a quem ela aconselhou o choro como salvação. Longe estava a sua comparsa, a senhora que descera da sua casta para com ela compactuar e pecar. Era agora uma senhora dona altiva que enterrara no fundo do peito, numa cova dificultosa de descobrir ou adivinhar, toda fraqueza, toda dor. Uma rainha, pensou Inácia na sua mitologia primitiva, fabulosa e mágica. E diante de uma rainha a gente se prostra e se ajoelha, beija-se a mão estendida, o manto azul, arminho e púrpura, bordado de fios de ouro e prata. Diante de uma rainha, diante dos deuses, a única coisa que se pode é obedecer e sacrificar.

E sem saber o que fazia, obedecendo ao medo e respeito arcaico, ela não a pensava mais como Nhazinha e sim siá Malvina; não como aquela senhorazinha que cordialmente mandava, trocava e permitia confidências, mas como soberana, dona e senhora. Se estivesse na sua capacidade ou nos seus hábitos, outro tratamento Inácia lhe daria, o mais alto que pudesse saber; majestade talvez.

A senhora chamou? disse ela, a voz rouca, arrepiada. Era a primeira vez que via aquela dona que de repente crescia e envelheceu. Alta e espigada, mais magra do que realmente era. A cabeça levantada, os olhos por cima; não ia pedir ou dizer, calada ordenava. A preta não tinha mais força diante da grandeza, da estátua de ouro e pedraria, da apagada e inexistente dor: toda a história antiga sumiu, passou.

Sim, chamei, disse Malvina, e sua voz era de prata, cristalina e pura, de branco inexistente, orvalhada, seca e cortante como uma nota de cravo, o fio de um punhal. Você ainda há pouco me contou um caso, me disse umas coisas que agora começo melhor a ver. E vejo que me mentiu. É capaz de que não só agora, sempre me mentiu, disse Malvina sem alterar a voz, numa modulação lisa e horizontal. Não senhora, eu nunca antes lhe menti. E há pouco, perguntou Malvina. Ele recebeu a carta, enfiou dentro da casaca, junto do peito, não foi? Não senhora, não foi, disse Inácia. Ele rasgou a carta em mil pedaços. O senhor Gaspar fez bem, foi para isso mesmo que escrevi, disse Malvina, e tal era a sua certeza, que nem remotamente Inácia podia saber se ela mentia, tanto fazia para ela agora mentir ou a verdade dizer. Conte tudo de novo, só para eu ouvir, disse ela.

Tanto medo e espanto, a preta nem chorar conseguia. Devia dizer, nenhum castigo sofreria, escrava outra vez. A senhora pode mandar me bater, eu agora vou falar. Ele me mandou dizer que não vinha, a senhora devia fazer o que achar que deve fazer. Depois de tudo que a senhora aprontou, do muito que fez. E eu digo por minha conta, senhora dona Malvina, ele não tinha nenhum medo nos olhos, mesmo no parecer.

Se calou, abaixou a cabeça, não ousava enfrentar os olhos brilhosos e secos de dona Malvina. E como Malvina não dissesse nada, levantou os olhos e pediu eu posso ir pra dentro, pra junto dos outros pretos, esperar pelo capataz? Não, ainda não, disse Malvina. Me espera atrás da porta, daqui a pouco eu chamo para ir à rua.

Malvina se dirigia à cômoda no fundo da sala. O sino-mestre voltava a bater lento as sete pancadas da agonia. As ondas largas morriam vagarosamente, mais longe do que eram. Nenhuma angústia, nenhum tremor, ela parecia mesmo não ouvir.

Junto da cômoda, desceu a tampa da escrivaninha. Com a ponta dos dedos tocou de leve a brancura do esmeril que caíra do areeiro. Abriu o tinteiro, pegou a pena, via se estava bem limpa e aparada. Tudo vagarosamente medido, nenhuma vacilação. Dura e precisa, tinha tempo. Só ela mesma podia saber se na sua carne, debaixo da pele, na mão sobre o papel em branco, havia algum tremor. Mas não cuidava disso, parecia nem ver. Os olhos sem pestanejar, antevia meticulosa o galeio, o talho bordado da primeira letra no ar. Tão meticulosa e precisa como um relojoeiro ajusta e ajeita os pesos e as rodas do engenho no vidro da sua banca; os dentes da catarina, as paletas do volante, a ponte e a âncora. O relojoeiro azeita, adianta ou atrasa a roda do tempo, senhor das horas. No alto da página ela escreveu: Muy Snõr Meu Capitão-General.

2

INÁCIA SAIU, GASPAR VOLTOU ao canapé onde estava recostado e modorrento quando a preta chegou. Se recostou para descansar um pouco da noite indormida, agitada, sem descanso. Enquanto esperava o dia pela frente, as coisas que tinha a certeza iam finalmente acontecer.

Tudo se precipitava, ele não sabia o que fazer, mil vezes pensara, apenas esperava. Sabia, porém, o que não devia fazer. Essa certeza, como antes (tanto tempo fazia e na verdade apenas um ano se passou) ao resolver voltar para o casarão velho e abandonado, já era um conforto, lhe dava mesmo uma confiança de que nunca se julgara capaz: ao contrário de antes, quando aparentava força e certeza e tudo era só defesa e paliçada de fraco. Uma confiança que o ajudaria a suportar o que ainda ia acontecer.

Havia nos seus gestos, no seu olhar neblinoso e distante, uma espécie de presságio e aceitação fatal daquele dia de soldados, gritos e cascos de cavalo ecoando lá fora, detrás das janelas cerradas por onde se coava, em réstias de luz, a manhã. A manhã de um dia que se anunciava terrível, agourento e ameaçador.

Quando vieram despertá-lo da modorra. Vinham lhe dizer que a mucama de Malvina queria falar com ele. Tão cedo assim? Já? pensou. Como ele, Malvina não dormiu; como ele, esperava. Antes ela tivesse dormido, assim lhe daria sossego, parava aquela incessante maquinação. Ela não descansava nunca, a paz tinha sido apenas temporária, as cartas voltavam cada vez mais seguidas, mais terríveis e ameaçadoras. As cartas ficavam sem resposta, ele as rasgava depois de ler; não queria deixar nenhum rastro, nenhum sinal. Assim pensava resistir, ela com certeza esperava que ele as guardasse. Tudo em vão, antecipadamente derrotado.

Com certeza outra carta, pensou. Antes fosse a última. As cartas iam num crescendo de notícias e fatalidades. Não bastava aquela outra, em que ela contava ter tido notícia de que Januário retornava e pedia para ele voltar ao sobrado a fim de protegê-la? Que ideias mais desatinadas, que maquinações mais desencontradas, Malvina não ia nada bem, não regulava direito. Mas podia também ser verdade, alguma coisa ia acontecer. Como é que ela tinha sabido? O mameluco lhe mandara um bilhete ameaçando-a, foi o que disse a carta. Ameaçando-a por quê? Não conseguia entender, tão confusas e disparatadas as cartas. Depois, nunca conseguiu entender o assassinato do pai. A princípio pensou que era mesmo para roubar, mas tanto o Capitão-General usou da morte do pai (aquela farsa da morte em efígie, dirigida com todas as minúcias de aparatoso e importante enforcamento na praça, só para amedrontar a cidade), tanto embaralhou os fatos, tanta gente prendeu nas traças políticas preparatórias da derrama, que Gaspar não conseguia entender mais nada do que tinha se passado. Porque nunca acreditou que aquele mestiço filho das ervas fosse capaz de alguma inconfidência, de qualquer conspiração.

Mesmo sabendo que podia não ser verdade, resolveu procurar o Capitão-General. Depois vieram notícias de outras fontes, viram o assassino por perto, vieram contar. Gente que não sabia da carta de Malvina, da denúncia que ele deu, das providências que tomou o Capitão-General.

Podia então ser verdade o que ela escreveu. Mesmo assim não iria vê-la, nada tinha a fazer no sobrado, não queria nunca mais com ela se encontrar. Desde que conheceu Ana, fazia tudo por esquecer Malvina, chegou mesmo a esquecê-la, arrancou-a a torquês da sua lembrança. Malvina (mesmo o nome já podia dizer, o que sentia agora era medo e premonição; não mais estremecimento de amor), ela estava muito bem guardada e protegida pela gente do Capitão-General. Januário jamais conseguiria se aproximar dela. De qualquer lado da cidade que ele tentasse entrar, seria preso. Para ser enforcado de vez. Assim Gaspar ficava mais descansado e tranquilo, não queria que nada acontecesse à madrasta − era um verdadeiro sucessor do seu pai.

Mas não estava nada tranquilo e descansado quando vieram dizer que a preta queria falar com ele. Mandou que a trouxessem, permaneceu como estava, no mesmo derreamento e entrega. O corpo pesado e moído de cansaço, feito tivesse lutado a noite inteira, mal conseguia se mover. Feito tivesse sido espancado. A cabeça agitada e fervendo, as ideias mais confusas, as fantasias mais absurdas que a sua mente cansada conseguia fabricar. Assim a noite inteirinha, de um lado para o outro da sala, fazendo e refazendo o mesmo caminho, boi de olaria. Só depois de vencido pelo cansaço é que se deixou cair no canapé, a ver se amortecido conseguia apagar um pouco.

Aquela noite pesada, arrastada, cheia de sustos e presságios, de lembranças soturnas e agourentas. Mergulhado numa névoa, num vapor úmido e quente. Noite de agonia sem fim, que se prolongava no dia. Tinha pensado todas as saídas, tudo que aconteceu e ainda podia acontecer. Como sempre esperava, sempre esperou as coisas acontecerem. Mas desta vez era diferente, sabia: não esperava passivamente, tinha feito o que lhe competia, decidido sobre o que não ia fazer.

Assim, quando Inácia saiu, atordoado e tonto, voltou ao canapé. A cabeça girava, não conseguia entender mais nada. Moído de cansaço por dentro e por fora, foi caindo numa lerdeza, numa opacidade muito parecida com aquele pesado e mortal cansaço, o sono profundo e doentio, de quando voltou à casa do pai, vindo daquela viagem de fuga pelos sertões. Como se, mesmo sem conhecê-la ainda, dentro dele uma voz secreta e cega o alertasse para tudo o que ia se passar, o coração desconfiando. Mesmo não sabendo precisamente o que dizia, tão mascarados e cifrados os anúncios, antes. Agora era o desejo de que o sono mórbido se repetisse, dias seguidos sem dar conta de si, entregue à carne e à pasta informe do tempo, quase inexistente, morrendo talvez. O poderoso desejo da morte com que sempre conviveu, a morte que sempre o chamava, ele sem coragem de comparecer: a morte sempre uma porta aberta, por ali poderia escapar. Assim dormindo, no pegajoso sono da morte, deixaria de pensar, não teria de agir, não veria as coisas se sucederem sem ele nada poder fazer. Era o mesmo homem antigo, tentava inutilmente reviver uma situação enterrada no tempo.

Agora estava agitado demais, aquele torpor de ondas morrendo ao longe não duraria muito. Por fora imóvel, nenhum sinal aparente de vida como se ele tivesse caído no sono mais profundo. Dentro dele é que a vida fervilhava, uma vida de mil formigas, aranhas e inquietações. Falas e vozes confusas, toda a sua vida repassada. Falas novas e falas antigas se misturavam num tropel fantástico e alucinado. Falas de Malvina e do pai, falas da mãe e de Leonor feito brisa macia na escuridão, as suas próprias falas e ruminações. E de repente as cartas falavam, as frases ameaçadoras. Ele tentava responder, a ver se acalmava Malvina e o pai, se conseguia evitar outras falas e outras cartas, as coisas todas ainda podiam acontecer. Desta vez a mente não acompanhava as pálpebras pesadas, o corpo derreado e informe se recusava a partir.

E de repente o medo, a mão decepada, o punhal brilhando na escuridão, avançava para o pai afogado em rendas e sedas, a mão decepada era a sua própria mão. Não era verdade o que ela dizia, Malvina tinha ensandecido e ele também. Mas carecia de ficar lúcido para esperar e prevenir, alguma coisa ele ainda podia. O medo de que o sonho se repetisse acordava-o do desejo de se afundar numa meia morte, num sono sem sonhos em que o mundo deixasse temporariamente de existir e as coisas acontecessem sem ele ver. Nem mais aquele torpor era possível, ele teria de viver. Para fugir do sonho que vinha vindo outra vez. Um sonho úmido e pegajoso que ameaçava levá-lo nas suas névoas pesadas e sufocantes, nas suas sombras deslizantes, para um precipício sem fundo. Sabia o que aquela mão significava. Tudo, mesmo a agonia da espera; tudo menos aquele sonho de sangue, aquela mão, aquele punhal que ia cravar no peito do pai. O sonho puxava-o, uma voz chamando.

E de repente o medo, o surdo rumor. As vozes, as falas voltavam. As vozes se atropelavam e tudo era uma só algaravia, uma pasta de sons e ruídos sem mais nexo nenhum. Todos falavam ao mesmo tempo, as vozes cresciam grossas, caíam finas, tornavam a subir, ensurdecedoras. E não eram mais falas e vozes - uivos e gritos prolongados na noite, serras, martelos e bigornas, correntes e tinir metálicos; sons disjuntados se uniam num crescendo terrível, num sustenido altíssimo e agudo, ensurdecedor.

Quando o único, contínuo e infindável som pastoso em que as vozes se transformaram atingiu a sua maior intensidade, a altura maior que um tímpano pode suportar, ele voltou da letargia e das trevas em que a princípio tentou se afogar para sempre e nunca mais. Na beira do abismo, voltava, saltou. Saltou do canapé e as mãos foram apalpando o ar como se ainda dentro da noite, na mais completa escuridão. Os olhos esgazeados e rútilos, ele avançava para a única janela aberta, num tropismo de planta ou bicho, em busca da luz. As mãos encontraram o duro peitoril da janela, ele cego parou. A dureza da madeira devolvia a posse do corpo, ele começava a sentir uma grande e fulgurante dor. A dureza das coisas e a luminescência da dor sempre o salvaram, mais uma vez se salvou. E a dor cedia, os olhos clareavam. A princípio uma névoa luminosa e distante, a luz se aproxima mais e mais. Já podia ver algumas formas confusas, uns riscos mais pronunciados e coriscantes, sombras e massas mais consistentes. E as formas pastosas, as massas e sombras, agora ganhavam corpo e dureza, formavam volumes, quinas, cores e saliências – o mundo voltava a si.

E ele pôde ver que estava outra vez na sala. Os olhos desanuviados, sorriu para o dia lá fora, para a luz macia e suave feito uma aragem. Luz e ar eram uma só coisa, ele voltava a existir. Na alegria menina de se ver salvo, sentia uma irresistível e desarrazoada vontade de rir e agradecer ao verde antigo e subitamente brilhoso das janelas, às copas das árvores, à brancura de cal das paredes, àquele pedaço de céu translúcido e azul. Ele esticava e abria os olhos e os ouvidos, as narinas, e se deixava invadir pelas sensações mansas, novas, redondas e embalantes, feito as ondas distantes de um sino que começava a ouvir.

O sino batia longe, tão longe que se cuidava ainda mergulhado no tempo do sonho e da memória; lúcido, estranhamente feliz. Era dentro dele ou longe a vibração do sino? Longe a pancada ficou vibrando no ar até encontrar o túmulo do silêncio. Depois de um longo silêncio, nova pancada. Capela do Rosário? Matriz de Antônio Dias? São Francisco? Igreja dos Perdões? Se não era na memória, era na Igreja do Carmo, tão distantes as pancadas do sino-mestre. Dizer esses nomes, poder pensar, tudo o confortava, ele se sentia mesmo feliz.

Levou a mão à testa úmida e fria, apalpou o peito debaixo da camisa molhada, ouvindo o coração bater. Era bom se sentir vivo outra vez.

Mas essa sensação feliz de existir durou pouco, ele voltava a pensar. Pensando, se lembrava. Se lembrou de que ainda faz pouco a maldita Inácia partiu. A carta, ele rasgou a carta na frente da preta. Não devia ter feito aquilo, devia ter se contido. Se abrira diante da mucama, ele que sempre se guardou. Ela agora conhecia o segredo do que houve entre ele e Malvina. Não, da parte dele não houve, ela não podia saber. Sabia, Malvina com certeza contava tudo para ela. Contava o quê, se a própria Malvina desconhecia? Da parte de Malvina devia saber, as duas sempre juntas cochichando. Como é que uma senhora antes tão fina podia se misturar, se entregar daquele jeito a uma preta boçal que de repente ele viu tinha tomado conta da casa do pai? Inácia ia contar tudo para ela, ele fez muito mal. Quem sabe o que agora Malvina podia fazer? Ela era capaz de tudo. Ana, quem sabe no seu desespero Malvina não escreveu? Pode ter escrito para Ana, mais alguém. Não, ela escrevia era só para ele, não ia chegar ao desvario de escrever aquelas maluqueiras para mais ninguém. Mentira, invenção, fantasia desesperada, nada daquilo aconteceu. Não pode, não fazia sentido. Ela só dizia que tinha dormido com o Capitão-General para provocar ciúme. Não, era capaz de ser. Se lembrava dos olhos gordurosos do Capitão-General. Depois que viu que ele não voltava, ela passou a frequentar o palácio; um escândalo, nem luto ela guardou. Falavam dela, mas essa gente fala mesmo de todo mundo que está por cima. Numa carta ela dizia uma coisa, na outra se desdizia. Como agora desta vez. Que tinha sido ela, com a ajuda do mestiço Januário, que matara João Diogo. De jeito nenhum podia ser. Ela mal conhecia Januário, só o viu aquela vez. Os dois a caminho da Vila do Carmo, só aquela vez. Só aquela vez, nunca mais. Não era possível, ele teria percebido alguma coisa, não se lembrava de ter saído de noite, sempre com ela, ela não saía nunca mais, enquanto o pai viveu. A casa era bem guardada, o mameluco não ia entrar lá, não teria a coragem. Quem sabe de noite Inácia abria a porta? Era demais, naquela ocasião ela o amava. Pelo menos assim dizia, se confessou. As cartas se contradiziam, ela mentia. Com o Capitão-General ainda podia ser, com aquele mestiço filho das ervas era que não. As cartas, por que não guardou as cartas? quase gritou, súbito se dando conta do perigo que agora corria. Quem sabe não era melhor ir vê-la? Acalmava-a, depois voltaria. Se fosse lá estaria perdido, não voltava nunca mais. Era isso o que ela queria. Por isso lhe escreveu, tudo mentira. Queria era provocá-lo, inventava coisas para ele voltar. Nada daquilo existiu, nem Januário, nem Capitão-General. Por que não guardou as cartas? se arrependia. Poderia comparar, veria fácil que ela estava mentindo. Uma prova, teria uma prova. De jeito nenhum podia voltar à Rua Direita, à casa do pai: Mas como saber se ela escreveu para mais alguém? Ana, quem sabe Ana sabia? Ela sabia e não lhe dizia nada. Não, Ana era pura e boa, incapaz de esconder e mentir. Lhe contaria tudo. Mesmo escondendo, ingênua, uma criança, ela se trairia. Procurava se lembrar da noiva. Nada que pudesse indicar ter recebido cartas de Malvina. Quem sabe ela não recebia, só hoje é que recebeu? Ela nunca tinha lhe dito nada, só hoje em desespero escreveu. Como escreveu para ele, bem podia ter escrito para ela. Pela primeira vez, vendo que o perdia para sempre, desistindo de vez. Vendo todo o seu sonho ir por água abaixo. Quem sabe o que ela seria capaz de inventar, de dizer para Ana? Se disse aquilo para ele. Ela e o mameluco, o assassinato do pai. Podia mentir para Ana, vendo que ele agora vivia pacificado, ia ser de outra, feliz. Por Ana ficaria sabendo, o jeito era ir lá. Se escreveu para Ana, pode ter escrito ao Capitão-General. Se ele tivesse as cartas. Ia lá, agora mesmo ia lá. Do jeito que estava, não cuidaria de se aprontar. Era só lavar a cara, passar um pente na cabeleira, ajeitar a roupa, para ela não ficar impressionada com o seu estado, a noite inteira sem dormir, em desalinho, agitado. Vendo-o naquele estado, podia desconfiar de alguma coisa. Tendo recebido carta de Malvina, vendo-o como estava, tudo se confirmaria. Se confirmaria o quê, se nem sabia o que Malvina podia ter escrito a Ana? Se não tinha mesmo a certeza se ela escreveu? Se ela escreveu para Ana era horrível, mas ainda podia explicar. E se ela inventou outra coisa? O que ela podia ter inventado? Outra coisa que se passou entre os dois? Se nada se passou. Com as cartas, se não tivesse rasgado, provaria. Agora como é que ia fazer? Tinha de ser ligeiro, se aprontar. Antes de Ana, lida a carta, dormir demais no assunto. Depois seria custoso desfazer. Por mais que Ana o amasse, uma semente sempre podia ficar. Quem sabe não encontraria Inácia no caminho? Primeiro entregou a carta para ele, a de Ana ficou para depois. Deve ter sido assim, o contrário impossível. Não, não dava tempo, muito tempo tinha se passado, carecia de correr. Não a alcançaria, tinha de correr por causa de Ana, desmanchar o mal que a carta fez.

Correu para o quarto, trocou de roupa, num instante estava pronto. Se olhou ainda no espelho, o arroxeado das olheiras, os olhos fundos de cansaço e de não dormir. Agora era ter calma, se manter frio, lúcido e calmo. Não podia deixar se dominar pela angústia, pela aura outra vez. Preparado, tinha jeito de evitar, era só querer, se dizia para ganhar força e certeza. Agora que deixara a abulia e se decidiu a agir. Tudo ia depender dele outra vez.

Sem que ele tivesse mandado, adivinhando o que podia acontecer, o preto Bastião já tinha pronto e arreado o cavalo. Foi só montar e sair.

Passou a galope pela Capela do Padre Faria, logo estava no Caminho das Lajes. Não demorava muito e estaria na Rua do Ouvidor, junto ao largo do primeiro pelourinho, onde morava Ana.

Quando ia deixando o Caminho das Lajes para pegar a Rua dos Paulistas, viu um soldado cavalgando desabalado atrás dele. Para, gritou o soldado. É del-Rei! Conteve o cavalo nas rédeas. Mais soldados na esquina. Que é, perguntou ao soldado. Aha, é o senhor, disse o soldado reconhecendo, saudando em continência. Vosmecê faz mal em correr assim. Eu podia ter confundido vosmecê com o facinoroso, ter mandado bala. Não cuidei disso, respondeu Gaspar. É que estou com pressa. Vosmecê vai me perdoar, mas tenho de saber a sua direção, disse o soldado pardo. São ordens, desde manhã ninguém pode ficar na rua. Eu não sabia, disse Gaspar impaciente com o atraso. No caso de vosmecê, que é filho do falecido, eu acho que a gente podia deixar, disse o pardo indagando do alferes que chegou com os seus homens embalados. É verdade, mas tem de dizer pra onde é que vai, disse o alferes. Vou para a casa do coronel Bento Pires Cabral, disse Gaspar. Assunto devera importância. Mas vai devagar e cuidado, disse o alferes. Nessa tropelia toda, pode ser confundido, levar um balaço extraviado. Gaspar agradeceu e a custo conteve o cavalo afogueado, na pressa de chegar.

Chegou ao Largo do Pelourinho e logo bateu na porta da casa da noiva. Para surpresa sua, o próprio coronel Bento Pires foi quem veio abrir a porta. Vossa Mercê a esta hora? disse o coronel. Alguma coisa aconteceu? Vossa Mercê está branco que nem defunto, sem uma pinga de sangue na cara. É que vim com muita pressa, galopado, disse Gaspar. Não dormi bem a noite, disse tentando sossegá-lo, disfarçava a inquietação. Queria falar logo com Ana e o velho atrapalhando-o cerimonioso, o que não ficava bem com o seu a gosto, de chinelas e em mangas de camisa.

Qual o assunto que traz Vossa Mercê, indagou o coronel. Qual a razão da correria? É que careço muito de falar com Ana, disse Gaspar. Falar com Ana, filha minha donzela, a estas horas? disse o coronel de olhos arregalados, estranhando a ousadia. Ela está lá nos fundos no à vontade caseiro, não creio que possa recebê-lo. E ademais, se o assunto é assim tão urgente e importante, é comigo mesmo que Vossa Mercê tem de falar. Sou o chefe, quem cuida e manda nos assuntos de minha família. Eu sei, coronel, disse Gaspar aborrecido com tantas regras e cerimônias, tanta delonga. Ia ser muito custoso falar com Ana sozinho, o pai era homem dos antigos. Mas o assunto é só de nós dois, disse Gaspar mal conseguindo sofrear a irritação. Só de vocês dois? disse o coronel franzindo o cenho. Que modas são estas agora? Vossa Mercê me perdoe a ousadia, mas careço demais de falar com Ana, disse Gaspar. Depois converso com Vossa Mercê, o assunto sendo de decidir.

O coronel gostava demais de Gaspar, o casamento de Ana ia ser a sua salvação. Alcançado de dívidas, em atraso com a Fazenda Real, o terror da derrama lhe tirando o sono, como o de toda gente, mesmo sabendo da fama estúrdia de Gaspar, queria muito aquele casamento. Os contratos do velho João Diogo ainda rendiam, mas o que mais aguçava o seu interesse eram as sesmarias e o muito gado nos sertões do São Francisco. Porque as lavras no Jequitinhonha e nos ribeirinhos podiam também ir secando, como o ouro acabava a olhos vistos, as grupiaras morrendo, as catas abandonadas. As notícias de lá não eram tão boas feito de primeiro. Água deu, água levou, era só o que se ouvia das bocas agoniadas.

Por tudo isso era bom atender Gaspar. Vou lá dentro chamar a moça, volto já, disse finalmente. Mesmo assim foi resmungando contra os namoros de hoje-em-dia.

Sozinho na sala, o chapéu na mão, não conseguia ficar quieto, ao menos sentar. Para passar o tempo e se distrair, ficou vendo como a casa de Bento Pires ia se esvaziando ultimamente, as marcas brancas nas paredes, onde antes ficavam os quadros e espelhos, os móveis de preço e estimação. Primeiro foi o relógio todo vindo do reino, não só o engenho; depois o espelho de cristal e pintura a ouro; os candelabros de prata lavrada, mesmo os móveis laqueados e de palhinha, na última moda e gosto francês, tinham sumido, trocados por outros bem pobres, com assento de sola sem risco ou bordado, os estragos aparecendo. Mesmo no alto da janela, feridas de reboco caído. O coronel Bento Pires Cabral não andava nada bem. A sua senzala estava vazia, só lhe restavam três peças caseiras, que ele, envergonhado, alugava em serviço de rua. Gaspar se lembrou de que Ana não andava mais de joias, os vestidos sempre os mesmos. Se tudo acabasse bem, se nada hoje acontecer, ia apressar o casamento. Do jeito que as coisas iam, Bento Pires acabava mesmo aceitando receber dele as alfaias e o enxoval da noiva, o que seria uma vexação para homem antes tão bem de vida.

Bento Pires voltou, desta vez arrumado, de casaca e véstia, calção e tudo o mais. A roupa ruça e puída, as meias costuradas e cerzidas.

A moça já vem, está se aprontando, não sabia desta visita de Vossa Mercê, disse Bento Pires. É melhor a gente se abancar, Vossa Mercê sabe como as moças demoram, querem sempre se emperiquitar.

Gaspar se assentou na cadeira ao lado do sofá, onde foi se abancar o coronel. A princípio, um silêncio difícil pesou entre os dois, cortado pelos pigarros e chiados de asma do velho. Bento Pires não cruzava as pernas, com certeza para não mostrar os buracos e remendos dos sapatos. Não carecia de esconder as solas, mesmo por cima mostravam os sinais do uso e do tempo, de onde já tinham sumido as fivelas de prata. Gaspar sentiu pena, um certo mal-estar, desviou os olhos. Desgraça dos outros incomoda, lembra à gente, aquilo também podia suceder com ele. Não sucederia, mesmo o ouro sumindo, o diamante escasseando, sempre restavam as sesmarias do bendito sertão. Se mudaria para lá; além do gado, nas terras boas plantaria cana, montava engenhos de moer. Mentalmente já alargando a obra do pai. Se tudo hoje desse certo.

Bem, disse o coronel cortando as divagações de Gaspar, quebrando o silêncio que já começava a sufocar. Como vão as coisas, senhor Gaspar? Hoje parece que não vão nada bem, disse Gaspar. Da janela mesmo Vossa Mercê pode ver. Como? disse o coronel Bento Pires, os olhos arregalados de espanto. Alguma má nova, a derrama vem afinal? Não é isso, tranquilizou-o Gaspar, estou falando dos dragões e dos ordenanças, dessa festa toda de mosquetes e varapaus que o Senhor Capitão-General e Governador das Minas aprontou para receber o assassino de meu pai. Ah, suspirou aliviado Bento Pires. Eu estava pensando noutro assunto. E depois, Vossa Mercê não deve de falar assim, lembre-se que as paredes têm ouvido. Hoje a gente tem de coser a boca, se cuidar mesmo de não pensar alto. Eu cá estava pensando era nas lavras, na famigerada derrama, na cobrança dos quintos a ferro e fogo, que a gente até treme de pensar.

E o coronel Bento Pires, no chiado da asma, sufocado de catarro e emoção, os olhos sujos e sem brilho dos cachorros escorraçados, perguntou ao futuro genro se ele achava que a ruína vinha mesmo, se tudo ia acabar. Não sei, a gente nunca pode saber, disse Gaspar. É feito dizem agora, o que o rio traz, o rio mesmo pode levar. Não sou nenhum Tirésias para prever e anunciar. Quem, perguntou Bento Pires ainda mais assustado. Não importa, um adivinho muito velho, disse Gaspar. Vossa Mercê falou com ele? Que foi mesmo que ele disse? disse o velho. Gaspar sorriu, era um velho que tinha morrido há mais de dois mil anos, da Grécia antiga. Grécia! disse o velho desacorçoado. Eu pensei que Vossa Mercê estava falando de assunto sério e o senhor me vem com versos e sanfoninhas, adivinhos e pastores, essas coisas de crisólitos e filigranas!

Gaspar não se sentiu ofendido pela fala grossa de Bento Pires, chegou mesmo a sorrir. Ninguém pode saber, meu futuro sogro. Há gente que diz que as eras áureas, os tempos felizes, podem voltar. É só ter a cabeça no lugar, chá e paciência, não se aconselha? que a vida melhora. Eu acredito que sim.

Disse mais para acalmar o velho, no fundo do seu coração patético e catastrófico achava que as Minas estavam mesmo no fim. O que disse só serviu para apertar ainda mais a sofrida e humilhada alma do coronel. Eu estou muito velho, nas cãs da idade, não tenho mais tempo pra esperar, disse Bento Pires. Quando a bonança de novo soprar, se voltar, eu já estarei pra lá das bandas do além, na paz do Senhor. Pelo que pude entender debaixo da sua fala, parece que tudo vai mesmo acabar, disse o velho coronel abaixando a cabeça, escondendo os olhos sujos, olhos de cachorro.

É bom a gente ser franco, afinal eu vou entrar para a sua família, disse Gaspar impaciente com a conversa incômoda. Ana demorava demais. Disse, mesmo pensando que o velho podia começar a chorar. Não se importava mais com lágrimas, para elas os lenços foram feitos, pensou amargurado. E aumentando a amargura com a ironia grossa: para o catarro da asma, a gosma do tabaco. Impaciente, ansiado, ele pensava ou dizia as piores coisas. As Minas que a gente viveu, disse ele, as Minas que Vossa Mercê e o meu pai fizeram e eu gozei e conheci, essas eu acho que vão mesmo acabar. Pode ser que surjam outras, completou diante do desespero do velho coronel Bento Pires Cabral. Mas uma ponta, uma verruma de pena, uma dor de piedade, lhe remexeram as entranhas. Tudo vai mudar para melhor, Vossa Mercê não tem fé em Deus e em el-Rei?

O coronel parece que não ouviu a última fala de Gaspar, levou a mão à testa, abaixou a cabeça. O constrangimento dobrava, e Gaspar, apesar da ironia amarga com que antes se armou, tinha medo de que de repente aquele homem tão solene e cerimonioso, antigamente rico e acatado, viesse a chorar na sua frente. E ele nada podia fazer com as lágrimas de um velho roto e despojado. Mas não ia consolá-lo com mentiras, preferia animá-lo de outra forma.

Vamos ser francos, coronel Bento Pires, disse ele. Não carece, não há precisão de Vossa Mercê ficar sangrando na veia da saúde, se atormentando, as coisas vão se arranjar. Acabado o inventário de meu pai, feita a partilha, muita coisa vai me sobrar. Lavras, perguntou o velho ainda de cabeça baixa, o desconsolo na voz. Não, muitas e muitas léguas de sesmarias, disse Gaspar. Só terra? E gado, perguntou o velho levantando a cabeça, começando a espevitar os olhos. Muito gado, senhor coronel Bento Pires. Mas eu não tenho nenhum chãozinho de sesmaria lá no sertão do couro, disse o velho catando um sinal, uma promessa, um adjutório, nos olhos de Gaspar. Mas eu tenho, disse Gaspar. Apurados os haveres, vai me sobrar muita sesmaria. A gente, nós dois fazemos parceria, o senhor vai comigo para o sertão. Mas eu não tenho nada pra dar, cabedal algum com que entrar, não quero ser peso morto, disse o velho já fingindo um acanhamento e pudor que a pobreza comeu. Vossa Mercê tem ũma filha muito rica e prendada, fina pastora, seu maior cabedal, a quem quero muito bem, disse Gaspar galante e arcádico, e viu os olhos cansados e poeirentos do velho se abrirem, se espevitarem mais e mais, alumiados. E o brilho aumentando, se aguando, num instante se encheram de lágrimas os olhos do velho.

Vossa Mercê há de me perdoar a fraqueza, é que a comoção é demais pra minha idade. Na minha família, Vossa Mercê sabe, eu não estou acostumado com a pobreza, sempre comemos da banda rica, do bom e do melhor, disse Bento Pires sungando o nariz. Tirou da algibeira um lenço de alcobaça vermelha, sujo de rapé, tapou a cara a pretexto de enxugar as lágrimas.

Era penosa demais aquela conversa, a humilhação do coronel Bento Pires Cabral, antigamente um homem soberbo e de altos cabedais. Um homem em ruína, pensou Gaspar se lembrando dos tempos das vacas magras de que o pai, antes do novo casamento, tanto falava. Do famigerado ano da grande fome, eras atrás, as pesadas sombras antigas que o fausto e o ouro das Minas, as riquezas da usura e do aluvião dissolveram no ar. Devia ter sido assim, o tempo prometia, assim mesmo, quando mesmo cheios de ouro (o ouro não valia mais nada, tinham se esquecido da plantação, um prato de comida custava os olhos da cara; os botocudos caindo em cima, na vingança; quando um clavinote valia todo o ouro de uma bandeira), o ouro brotando na flor da terra, à vista nos riachos, ribeiros e ribeirões, os homens tiveram de abandonar as catas, lavras e faisqueiras, para só mais tarde, os olhos novamente aguçados pela cobiça, voltar.

Assim não, pensava Gaspar. Agora ia ser pior, aqueles homens antigos eram sanhudos e duros, curtidos e fortes, só na velhice vieram a conhecer o fausto e a riqueza, a esbanjação que amolece. Eles não conheciam as igrejas cobertas de talhas douradas, os frontões de pedra rendilhada, os anjos e santos de pau e pedra talhada, as pinturas de alto preço, os palácios e os sobrados, a casa de ópera. Não conheciam a música e os versos que falavam de liras e pastores, sanfoninhas e suspiros, as mil delicadezas. Não tinham ainda ouvido falar de orquestras e solfas, de cravos e harpas cromáticas, flautas e violas, dos órgãos sonorosos, tudo vindo do reino, de outros reinos. Só conheciam de ouvir dizer as suaves, nobres e divertidas horas de academia e saraus. Não conheciam e não sabiam por que foram eles que vieram a pagar e a fazer. Os homens de agora eram feito ele. Ele pálido e de sangue aguado, cheio de auras e angústias. Ele prenúncio e sinal da ruína que vinha vindo, da desgraça fatal. Para depois recomeçar? Não com homens como ele, ia pensando na sua angústia, no desespero com que o velho o contagiou. Marcado desde cedo pela morte, decadente no pino da vida, já morto antes mesmo de começar a viver. Com gente da sua iguala nada se faria: ele, mazombo ilustrado, mimado pela vida nas tetas do ouro, nos pingentes dos diamantes, era o fim de uma raça, de uma nação mal parida, de um povo não nato. Os crimes e as injustiças, ia ele pensando esquecido de si, de repente lembrado de si, os escravos e a retórica, o sangue e a danação. Como se tudo que acontecia e ameaçava ainda acontecer fosse pena e purgação de velhas culpas, incestos e sodomias, roubos e usuras, torturas e preações.

Tudo isso Gaspar ruminava dolorido e enojado, enquanto esperava o velho acabar de chorar. Enquanto Ana não vinha.

A cara empoada desde que foi lá dentro, escorrida e marcada de caminhos de lágrimas, o velho tentou abraçar Gaspar. Meu filho! disse o velho. Que é isso, coronel? disse Gaspar afastando-o delicadamente. Não se avexe!

O coronel Bento Pires voltou para a sua cadeira, refastelou-se feliz. Enxugadas as lágrimas, havia na sua máscara, nos seus olhos agora brilhosos, uma alegria com que ele nunca sonhou. Navegava, já vagava manso nas ondas do sonho, vagava sonhando com verdes capinzais, barrancas coloridas, canaviais ondeados pelo vento, tachas de melado fumegante e recendente, o mugido bom e plangente, a toada monótona e gostosa dos aboios e mugidos, tudo tão lindo, das vacas nos currais. E o que antes eram catas e faisqueiras, lavras e grupiaras (ouro branco, ouro preto, ouro podre), rios ribeirões, carrascais lavados e bateados (seixos e matacões, guias e seixões), se transformava na imaginação vadia e feliz do velho em pastos e matas, touros, vacas e bezerrinhos que só faltavam falar. No sonho do velho eram as Minas que se mudavam para outro lugar.

Apesar de difícil e embaraçosa, a conversa tinha sido boa. Foi conscientemente que Gaspar a dirigiu para aquele final. Assim se garantiria contra uma possível intriga, havia as cartas de Malvina voando no ar. O velho tudo aceitaria, mas e Ana, que custava tanto a chegar?

A garrida da cadeia começou a bater as horas. Nove horas? disse Gaspar quando as batidas finas e secas do sino cessaram. Vim cedo demais, me releve, coronel. Não seja por isso, meu filho, você já é de casa, disse Bento Pires todo chegado e íntimo. Para se distrair do velho que sonhava riqueza outra vez, para amansar a ansiedade que voltava a sentir, começou a enrolar e desenrolar no dedo, para um lado e para o outro, de diante para trás, de trás para diante, uma corrente de ouro velho que tinha sido do pai. Será que ela não vem? disse Gaspar. Quem, perguntou o velho; Ana, disse Gaspar. Aha, sim, vou ver, disse o velho.

Bento Pires saiu e não demorou muito apareceu Ana. Vinha de branco, a saia de seda, a blusa de holanda por ela mesma bordada. Sem joias e enfeites, os cabelos muito pretos apanhados atrás por uma fita branca: na sua pura, ingênua, simples e aérea beleza. Gaspar sentiu a aragem, o bálsamo no coração. Tão diferente da outra, tão sem fogo e brilho fulgurante, nenhum perigo. A cara fina e ovalada; os olhos pretos, sonhosos, mansos, só lhe trariam a paz. Os mesmos olhos, o mesmo jeito manso da mãe e da irmã. Com ela estaria salvo, a sua alma encontrava o sossego, a mansidão outra vez. Não podia perdê-la, tudo ia depender daquele dia. Mas e a outra, que faria para a outra cessar, sumir?

Ana vinha sozinha, o pai permitiu. Pela primeira vez os dois sozinhos, sem ninguém por perto rondando, vigiando. Ela avançou para ele, estendeu-lhe a mão. Liricamente, namoradamente, Gaspar levou aquela mão leve, branca e macia aos lábios, depois ao coração. Não a soltaria, carecia mais do que nunca daquele amparo.

Mas o que foi que aconteceu, Gaspar, perguntou ela trêmula e espantada. Você por aqui tão cedo! Espera, deixa eu ver. Como você está branco e cansado, meu Deus! Me diga, alguma coisa de ruim aconteceu?

Gaspar via pelos olhos limpos, pela fala solta, sem nenhum travo, pela maneira como ela falou: Ana não devia saber. Nenhuma carta, ele não devia ter vindo, tudo precipitação, desvario seu. Mas foi bom ter vindo, se não viesse, como é que ia saber?

Ela puxou-o para o sofá. As mãos dadas, muito juntos um do outro. A suave e terna presença, o cheiro bom e macio; aquela beleza leve, aquela sublime mansidão; tudo o enlevava e emudecia. A alma retornava ao sutil, aéreo e quebradiço mundo poético, às liras e sanfoninhas, aos prados e pastores, ao espelho vacilante das águas, às frondosas fontes. Vivia outra vez os mitos e as fábulas, toda uma teoria do amor. Tudo aquilo que perdera com a morte da mãe, renascido depois, e que o fogo de Malvina impaciente queimou.

Me conte, me fale, dizia ela aflita. Não carece de se assustar, ficar assim, disse ele. Nada, não foi nada não. Eu fiz mal em ter vindo. Não, disse Ana, não fez mal não. É a mim que você tem de vir.

Esse a mim é que você tem de vir assustou-o. Quem sabe ela sabia, quem sabe ela recebeu a carta? Mas nada demais havia naqueles olhos sedosos e limpos, nenhuma sombra, tudo inocência e meninice, prado em flor.

Foi por isso que eu vim, disse ele. Não estava me sentindo bem. Passei mal a noite, não consegui dormir. Pensamentos ruins, alguma coisa podia acontecer com você. Comigo por quê? disse ela. Não, comigo, as minhas ideias é que estão confusas, digo coisas sem sentido, não sei o que vou dizer. Então não diga, disse ela. Descanse a cabeça no meu ombro, depois que melhorar você fala.

Que suavidade, que paz ela lhe dava! Encostou a cabeça no ombro de Ana, e tudo era tão puro e bom, ele nem reparou que era a primeira vez que abraçava Ana, e se abria, se sentia livre diante de uma mulher. Sem que pudesse se conter, as lágrimas lhe caíam dos olhos: pela primeira vez também chorava nos ombros de uma mulher. E ela, com a mão livre, tirou um lenço da manga do vestido e, enquanto lhe enxugava as lágrimas, ia dizendo chore, meu bem, faz bem chorar, meu amado.

Na felicidade o tempo é breve, um tempo enorme se passou. Felizes e libertos, ele queria tudo esquecer. Sem ela, como ele ia fazer?

A ideia de perdê-la trouxe de volta a inquietação. A inquietação, o medo e a ansiedade, os pensamentos terríveis, perigosos. Devia atalhar, quem sabe Malvina ainda podia? Com jeito e tato, para ela não desconfiar. Se afastou um pouco, queria mirar bem nos olhos de Ana enquanto falava. Assim abraçados, na paz do choro e da ternura, tinha receio de se abrir demais.

Eu vim também por outra coisa, Ana. Para preveni-la. Me prevenir de quê, perguntou ela e ele disse não sei, tudo pode acontecer. Não fique assim não, disse ela, se acalme, não diga nada. Não, Ana, careço de falar, e só a você eu posso falar. Se lhe faz bem, se você carece, Gaspar, então fale. É a minha madrasta, começou ele a dizer, ela não anda bem, muito confusa e desatinada desde que mataram meu pai. Tenho medo de que ela possa fazer alguma loucura. Não consigo atinar com o que seja, mas sinto que alguma coisa de ruim ainda vai acontecer. Ando tão perturbado, essas coisas todas mexem demais comigo. Às vezes penso que estou sonhando um sonho ruim, tudo não passa de um pesadelo, quero acordar, Ana. Eu ainda me refreio, mas a minha madrasta... Desde ontem ela piorou, por causa dessa agitação toda na cidade, essa confusão de soldados, essa espera agoniada. Ninguém sabe se o homem vem ou não.

É isso, disse Ana toda bondade e compreensão. Pelos olhos de Ana, não havia nada, ela não recebeu carta nenhuma, nem ao menos desconfiava. Você também está assim por causa dessa espera, disse ela. Afinal, o homem matou seu pai. Isso bole com a gente, remexe lá dentro. Eu mesma, a cidade inteira está aflita, imagino você, de alma tão boa e delicada. Tudo isso passa, Gaspar. Essa tropelia, hoje mesmo, Deus querendo, acaba. E tudo vai voltar ao que era antes. Dona Malvina se aquieta, você mesmo vai se esquecer de tudo. Você tem certeza, Ana, perguntou ele. É o que me diz o coração, disse ela.

Ana se calou. Embora aflito, ele se continha para não falar. Temia se abrir mais, devia ir embora. Tudo acabado, voltaria.

Mas de repente o silêncio contagiou-a de ansiedade e aflição, ela perguntou se ele achava que o homem estava mesmo nos arredores da cidade. Você acha que ele voltou? disse ela. Eu voltaria, Ana. Eu não fujo mais! Eu aceito a minha morte, a minha culpa, não fujo mais, disse ele patético. Como se ela lhe tivesse feito uma outra pergunta, a pergunta que há muito tempo se fazia no coração. Não entendo do que você está falando. Eu perguntei foi sobre o mameluco, você me fala de outra coisa, disse ela.

E só então, dando conta do engano, disse eu fiz confusão. Eu quis dizer, se estivesse no lugar dele, eu voltaria. Porque já o mataram há muito tempo, desde aquela ópera na praça. Mas você é diferente, meu bem, disse ela. Você não é que nem aquele bruto desalmado, você tem coração. Você acha, perguntou ele e pela primeira vez ela se sentiu insegura diante dos olhos sombrios e patéticos de Gaspar.

Ele se afastou um pouco, se recostou no sofá. Os olhos fechados, procurava recuperar a calma perdida outra vez. Sentia na testa, na barba, nos lábios ressequidos, os dedos leves e medrosos de Ana. E aquele primeiro carinho que ela lhe fazia restituiu-lhe outra vez a paz. Se sentia bem, uma onda de ternura o invadia. Ficar assim a vida inteira, mudo e esquecido, o coração apagado. E começou a ouvir outra vez, agora mais perto, uma longa pancada de sino. Um longo intervalo, depois outra. Um tempo enorme, mais outra. Esperava outra, não veio; a última pancada dissolvida no ar.

Que é que estão tocando, Ana? disse ele. Você não sabe, se esqueceu das modas da terra? Não, é que não contei, disse ele; só agora ouvi. São as sete pancadas da agonia, disse ela. Entre uma pancada e outra dá tempo da gente dizer uma oração, pedir por quem vai morrer, disse Ana. Eu não rezei antes porque estava entretida em você.

Mesmo de olhos fechados, via que ela agora rezava. Rezava não entre uma pancada e outra como manda a regra, rezava mesmo depois. Rezava baixinho, só lábios se movendo. Mesmo assim ele escutava o ressoar da reza que ela dizia dentro do coração.

Quase não me lembrava mais, disse ele. Minha mãe é que sabia o código dos sinos, ela rezava sempre como você agora deve de estar rezando. Assim mesmo calada, só lábios, sem fala, igualzinha a você.

Ela não disse nada e o seu silêncio de pluma não o incomodava mais. Tal a paz, a felicidade, a leveza que sentia. É triste o toque de agonia, disse ela quando terminou de rezar. Sim, é triste, mas é belo demais, Ana. Você acha, perguntou ela. Você gosta da morte? Eu sinto tanta pena de quem carece de morrer e não morre, de quem pede pelo sino da irmandade clemência e oração. Dizem que é algum pecado feio que segura a gente de morrer. A alma tem medo de se entregar à mão de Deus. Acho que não, Ana, disse ele. Por pior que tivesse sido o meu pecado, esses toques seriam a minha libertação, eu morreria feliz.

Ana começou a chorar. Vendo as lágrimas, Gaspar disse me perdoa, meu bem. Eu não devia ter dito isso, eu não devia ter vindo. Vou me embora, adeus. Não, disse ela, ainda não. Fica mais um pouco, fica comigo até tudo isso passar. Não posso, disse ele se levantando, tenho de ir para casa. Fica, Gaspar, eu peço. Tenho de ir, Ana. Saí sem dizer para onde ia, minha madrasta e o Capitão-General podem carecer de alguma coisa de mim. Depois que tudo acabar, eu volto.

Ela viu que era inútil tentar prendê-lo. Então vai, disse ela, eu fico rezando. E ele sorriu, porque há muito não acreditava em reza, não acreditava em mais nada. E com os dedos limpou-lhe as lágrimas. Beijou-lhe a testa, saiu.

Na rua, os dragões e ordenanças estavam mais agitados. Ele calcou as rosetas nos vazios do cavalo. Não ligava mais para o conselho que lhe deu o soldado, galopava. Não se importava com os tiros, com o que podia agora acontecer. Alguma coisa o chamava, ele devia ir ligeiro. Calcou mais fundo as esporas, galopava agora desabalado. Detrás das rótulas, janelas e portas entreabertas, olhos espantados e curiosos o acompanhavam. Não viu mais nada, coisa alguma lhe importava. Voava para casa, não fugiria mais, era só o que sabia dizer.

Quando chegou em casa, um moleque veio correndo dizer que tia Inácia esperava por ele na sala. Outra vez? disse ele, o coração disparado. O moleque ficou olhando fulo e esgazeado, sem entender.

Que é desta vez? Me dá a carta, disse ele a Inácia. Não tem carta nenhuma não, meu senhor. A carta que tinha, eu levei foi pro

Senhor Capitão-General. Pro senhor eu tenho é um recado de siá Malvina, tenho até medo de falar. Diga logo, negra dos infernos, gritou impaciente Gaspar. Ela mandou dizer que contou tudo direitinho pro Senhor Capitão-General. Que o cariboca Januário é limpo de culpa; ela se confessou. Na carta ela disse que quem matou o Senhor João Diogo foi ela mais o senhor.

Varado de dor, Gaspar fechou os olhos. Deu as costas para a preta, se afastou, foi para junto da janela. Apalpou a pistola aparelhada de prata, a mesma que foi do pai. Tinha medo do que pudesse fazer. Apavorada, Inácia foi se afastando, se encostou na parede e esperou. Esperava a punição que atavicamente sempre esperou. Mas nada, ele não parecia dar por ela, por ninguém. Dentro dele tudo aquilo que sempre temeu, não acontecia: nenhum desespero, frio e lúcido esperaria a sua vez, não ia fugir. Tudo teria mesmo de ter a sua vez. E com o implacável encadeamento lógico dos vencidos, começou a imaginar que lhe armaram uma cilada terrível. Ela ou alguém por ela, invisível, arbitrário e fatal. As cartas, por que destruiu as cartas? Só a última carta que ela escreveu, ficou – a carta ao Capitão-General. Inútil se defender. Mesmo na hora da morte não a acusaria. Pela honra do pai, pela sua própria vontade de morrer.

De repente, sem nem ao menos pedir licença, entrou um preto correndo e esbranquiçado. Meu senhor, aconteceu, aconteceu coisa muito ruim na casa do falecido senhor seu pai, disse o preto gaguejando e ofegante. Diga logo o que foi! disse Gaspar já prevendo o que tinha acontecido. Siá Malvina se matou, disse o preto.

Inácia deu um grito, caiu de joelhos no chão. Entre baba, lágrimas e soluços, ela chorava e se lastimava numa mistura de ioruba e língua do reino, de santos e orixás. Levem esta maldita crioula da minha presença, gritou Gaspar.

E, sozinho, se deixou de novo cair pesadamente no canapé. Nada mais tinha a fazer. Ao contrário do outro, não morreria em efígie, impossível e inútil fugir. Crescia dentro dele a certeza de que tudo aquilo que sonhara realmente aconteceu.

3

OS GALOS NO DESAFIO agoniado, vendo quem anunciava na frente a manhã. A madrugada vinha vindo macilenta, clareando o vale estremunhado. A bruma agora mais branca e luminosa nas bordas, se desfazendo aos poucos. A cidade soterrada pela cinza fria da bruma, que se assentara pesada durante a noite sobre os vales do Tripuí, do Caquende, do Funil. A claridade e o calor aumentando, o preto Isidoro veria as agulhas da Igreja do Carmo, o perfil serrilhado da montanha, a curva suave dos morros dentro da cidade, o Morro da Forca. A cidade iluminada, renascida das brumas, só o pico continuaria com a sua coroa de nuvens.

Agora, despertada pelo clarim dos galos, a manhã andava mais ligeira, o céu entre cinza e branco. Cinco ou seis horas. Num instante o sol espantaria os restos da noite para longe. Com ela a espera agoniada, os pesadelos, as ideias ruins. Fria e inofensiva, a carabina parecia agora desescorvada. Antes, a tentação, pensou que seria fácil, Nhonhô dormindo. O único jeito de encontrar vida mesmo, alforria. Vida que nunca conheceu, nascido escravo. Nem isso era mais possível: o outro preto, o demo que pensava por ele, foi se embora com a escuridão.

Nhonhô dormindo, todo encolhido de frio. A manta e as peles pareciam não aquecer, o frio do cansaço por dentro. Feito buscando um conchego de mão, um agasalho mais fundo, um quentume impossível. Se enrolava, um cachorrinho se encaracolando. E assim encolhido, cada vez mais parecia um menino. A própria cara, de bronze liso. Coitado, não podia fazer mais nada por Nhonhô. Era esperar o dia, se cumpriria o que Nhonhô tinha decidido. O que decidiram por ele. Não era mais possível esperar. Também ele se decidiria, tomava o seu rumo de vez. Mesmo para um preto aquilo não era vida.

O sol mesmo é que vai acordar Nhonhô. Vencido pelo cansaço, Nhonhô carecia muito de dormir. Faz tempo não dormia. Quem sabe sonhava? Mesmo perto da morte, sonhava. Perto da morte é que a gente sonha mais, as coisas antigas voltam, diziam. A gente se lembra mesmo de coisas de que nunca se lembrou. Coisas enterradas um horror de tempo. Coisas antigas de velha, engolidas pelo bicho esfomeado do tempo. Vida que a gente nunca chegou a pensar que existiu.

A claridade desfazia a bruma. Primeiro os galos de canto engalanado, clarins e penas coloridas, agora um sino chamando para a missa. Seis horas, contou. O sino pequeno do Carmo, as batidas finas e curtas, secas, ligeiras. Missa de vigário, não de padre qualquer. Pelas três pancadas finais mais espaçadas, depois das pancadinhas de costume. Conhecia a fala dos sinos, os dobres e pancadas, os repiques. O que diziam as garridas, os meões, os sinos-mestres. Desde menino, os sinos. Mesmo cativo, moleque recadeiro, antes de ir de castigo para as catas (os primeiros ferros e gargalheiras) acompanhava o sineiro Vindovino, da matriz de Antônio Dias. Devia ser bom era ser escravo de padre, tomava conta das torres e dos sinos. Mesmo alforriado, era bom ser sineiro. Por causa das músicas, os dobres e aleluias. Sino pra tudo, pra toda hora. Vindovino é que ensinou as regras dos dobres, das pancadas, dos repiques. O medo que tinha dos grandes sinos campanudos, as suas cangalhas de braúna. Nos balangos e voltas, podiam matar um. As histórias que contavam de um que morreu assim, no rodar dobrado da cangalha. Os sinos pequenos eram uma gracinha: alegres e limpos quando repenicados. Sinos anunciando missa, sinos às almas. Sinos de festa, sinos a finados. Quando é irmão de mesa, vai na ordem: primeiro o pequeno, depois os meões; a gente termina é com o sino grande da irmandade. Vindovino ensinava. Carece de entender a fala dos sinos, pra saber as coisas da vida. O sino da irmandade, se quem morreu é gente graúda. Duas pancadas três vezes, uma pancadinha entre cada dobre. Quando é anjo, fica até alegrinho, aprecio muito, só repiques. Pra mim batida de anjinho é diversão. Dobre de saimento é que é tristonho, fica redobrando doído dentro do peito. De gente grande, anjinho não. Os sinos do viático, os sinos da agonia. A aprendida lição de Vindovino. Os sinos, sempre, antes, agora.

Agora era plena manhã, a bruma se esgarçava e se desfazia. A Igreja do Carmo luminosa, uma luz entranhada por debaixo da cal. O casario todo branco e alegre, os marcos das janelas, as janelas e portas – azul e verde. No vale do Funil, detrás do Morro da Forca, ainda reinava a bruma renitente e reimosa. O dia vinha luminoso, já era claridade, manhã.

Os olhos fechados pesavam chumbo, grossos, impossível abrir. O entressono meloso, o mingau pastoso de sonho e coisas principiando, vindo da bruma, renascido em dor, estremunhado e tonto. A certeza de que, levantando a cabeça, cairia de novo no sono, nos pesadelos feitos de coisas acontecidas. Não eram invenção do oco, do silêncio prenhe da escuridão, da alma afogada. Do corpo mesmo, segregação viscosa, ferida purgando. Se largasse os braços e as pernas, o corpo solto no abandono, podia afundar de novo no sono, agora não queria. Carecia acordar, principiar a viver. A morrer, meio que disse, começando a pensar, não mais sonhando. A luz do sol obrigava-o instintivamente a se virar, buscando proteção e sombra. Não os olhos, o corpo é que começava a ver.

No princípio a luz, os ruídos, as coisas. O mundo é que principiava. A eterna reinvenção, o recriar incessante, o renascimento sem fim, o sempre retorno. Vida, inauguração. Tudo para a morte, quis dizer. Agora sabia, tinha começado mesmo a pensar. Depois Deus faria os seres. No princípio Deus criou os céus e a terra. A voz sem timbre, as leituras na casa de jantar do seminário da Vila do Carmo. As bocas mastigavam silenciosas, esganadas. O barulho das bocas. Calma fingida, silêncio, recolhimento, meditação. A regra conventual do seminário. A terra era sem forma e vazia. Luz, fez-se luz. Deus separou a luz das trevas. As águas, que apareçam a terra e os mares. E o verde e as árvores e os frutos. Deus criou o tempo. O dia e a noite. Para todo o sempre. Ou o tempo só veio com o homem? Ele dizia faça-se isso, tudo se fazia. E vieram as grandes baleias, as bestas feras e os demais viventes. Só no sexto dia o homem. Mais tarde a mulher, tirada da sua dor mais funda, da costela. Ele não sentia, dormindo. Enquanto dormia, Malvina. Só no sétimo dia é que descansava. Deus também carece de descanso.

O homem e a mulher, juntos inaugurariam o inferno. Não careciam do demônio. E a obra de Deus continuaria o seu curso. Para todo o sempre, amém. O seminário, as lições esquecidas. O inferno inaugural, o medo das blasfêmias. Anátema, gritavam a toda hora. Ensinaram. Até vir a morte. Na primeira semente já existia. Como numa semente o risco da sua árvore. O próprio nome era agônico – Seminário da Boa Morte.

Nhonhô acordava, viu Isidoro. Tudo vai começar. Ele se mexe, se estica. Vai começar de novo, recomeçar. Pela última vez, tinha certeza. Os dois, livres para sempre. Ele tinha se decidido, mas era capaz de Nhonhô mudar de ideia. Então ele também mudava, cativo. Sempre uma esperança. Não mudava, conhecia Nhonhô. Mameluco, mestiço. Queria ser preto, vejam só! Tinha vontade de rir. Coitado daquele menino. Ela fez dele o que quis. Nhonhô bobo, passarinho foi indo, foi indo até cair na boca da cobra. Assim é que elas faziam. Ele mesmo tinha percebido, muitas vezes desconfiou. Nhonhô andava era cego, de nada valia ele dizer. Também não tinha certeza, mais uma cisma, a alma suspeitosa. Acostumado aos sofrimentos, às traições, às malvadezas. O medo vindo de outros mundos, atravessou muitos mares. Os vômitos, os banzos, corpos mortos apodrecendo. Os mais velhos é que contavam. Os que tinham vindo, os que continuavam a vir ainda. Mesmo ele dizendo, Nhonhô não ia de jeito nenhum acreditar. A gente não acredita no que os outros falam, só vivendo. Bem que desconfiava. Não via siá Malvina, nas vezes que tinha vindo falar com ela a mando de Nhonhô? Brancas! disse com ódio. Nhonhô devia andar dizendo no seu meio sono. Depois que viu que foi traído. Os dois sabiam, só que não podiam falar um pro outro. Pelo menos ele, preto. Preto não podia falar, só quando perguntado. Aprendeu na chibata. Mesmo Nhonhô não tinha coragem de falar. Falando, reconhecia que tinha errado, ela não merecia. Puta! disse com ódio. De repente a alma alforriada, podia dizer aquilo de senhora dona branca. Ela nunca tinha merecido, tudo à toa. Então não via, das vezes que veio na cidade? Na primeira vez ela ainda o recebeu. Depois mandava sempre dizer que não podia, era muito perigoso, uma loucura ficar mandando ele. Podendo, na hora ela mandava avisar. Nunca mandou, só agora, pela carta que apanhou com Inácia. Carta de engano, quis dizer pra Nhonhô, morreu coragem. Também não tinha certeza. Nhonhô carecia de voltar. Pra acabar com tudo de vez. Nhonhô era capaz de matá-lo no rompante, ele dizendo. Da carta. No princípio nem ele mesmo desconfiou. Quando Nhonhô caiu no sono mais pesado é que veio o clarão. A carta era uma carta de engano, chamariz. Toda ela enganosa, siá Malvina. Será que Nhonhô não via, nunca viu? Carta de engano pra chamar Nhonhô, a soldadesca faria o resto do serviço. Tinham caído num mundéu, na esparrela. Agora, jaguatirica presa, tinha de morrer. Os soldados na praça, Nhonhô descia. Já via Nhonhô descendo. De que adiantava agora dizer que tudo era pura falsidade? A carta da dona. Que nem mulher de partido, chamarisca. Nem preta-de-parte faz assim. Falsa, a dona. Aqueles ouros, toda empoada, a trunfa trançada de pérola. A cara, lindeza às vezes é quase sempre perdição. No descaro, branca-de--parte. Nhonhô fazia melhor quando deitava com o femeaço dadivoso, gente sem fumaça de soberba. Tem dinheiro, paga, vai pra cama. Qualquer, sem escolha. Não tinham esconde-esconde, muito duvidoso se amarrar com elas. Alguns se amarravam, Nhonhô não. O que cativou Nhonhô foi a beleza de fogo, branca. Foi a fumaça, os ares. Boca aberta de cobra branca, passarinho ele foi. Pia-piando, foi. Agora estava ali preso, visgado. Nunca que podia, nunca se afastou da cidade. Feito peru no risco. Preso, visgado. Naquela casa, em Santa Quitéria, na sombra, cheirando o rastro da dona. Nhonhô não iria nunca pro sertão do couro. Mesmo ele contando a verdade. Antes só suspeitava, no clarão tinha tido a certeza. Nhonhô ia morrer, entregava o corpo. Feito quem dá um recado. Só faltava o corpo, condenado. Mulungu carrasco puxou a corda com toda a força. O calunga balangando no ar, remedando gente. Morto faz tempo, só faltava mesmo era dar o corpo. Era o que ia fazer. Ninguém capaz de segurar. Mesmo ele próprio Isidoro querendo, danação. Quando um homem resolve, condenado quer morrer, tem jeito mais não. Ainda podia tentar, uma luzinha de esperança piscou lá longe. Um sininho mal ouvido na alma, vontade agoniada de escutar. Os repiques dos sinos. Ela ainda o recebeu da primeira vez. Depois mandava dizer por meio de Inácia. Mesmo Inácia de repente fugia dele. T'esconjuro, preto vai simbora. Que nem ela sendo branca. Só faltava bater, jogar pedra. Cuspir, cuspiu. Será que soberba, malvadeza pega? Inácia também ficou cheia de ares. Ligava pra preto nada, pra ele. Disgramada de raça, merece. Passou a mentir pra Nhonhô. Dizia que tinha falado mesmo com siá Malvina. Viu duas vezes siá Malvina passeando airosa na cadeirinha, indo para o palácio. Feito antigamente no descansado da janela. Com siô Gaspar, o enteado. Ele muito sério, ela é que mais falava. Isso antes de tudo acontecer. Antes de Nhonhô se enrabichar. Depois que Nhonhô se enrabichou, ele Isidoro ficava rondando a casa da Rua Direita. Via a dona mais o enteado, sempre juntinhos, as conversas nas sacadas. Antes de Nhonhô matar. Será que era com ele? Passava não só o marido, Januário também levava corno? Aquela dona não tinha paradeiro. Que nem mulher-de-partido, preta-de-partes, com mais malvadeza. Diziam que ele agora era noivo, ia se casar. Morava outra vez no Padre Faria, na casa velha do finado. Mesmo assim desconfiava. Podia ser de fingimento, se encontravam escondido, feito com Nhonhô. Inácia chegava, abria o portão pra Nhonhô. Depois que Nhonhô entrava, ele ficava lá fora esperando, dando guarda. Será que era assim com o enteado? Não podia descobrir. Suspeitava. Podia ser com outros. Não, ele mesmo. Com os outros também. Os risos que ela dava na escadaria do palácio, na porta do Carmo. Antes de tudo acontecer. Quando Nhonhô seguia ela na cadeirinha, feito um cachorro cheirando o rastro do dono. Dona-de-partes, visguenta. O encantamento, Nhonhô de cabeça virada. Gaspar sempre sério, na sacada do sobrado, antes de se mudar para o Padre Faria. Mas homem é assim mesmo, tem mais compostura. Mulher, mais de uma vez deitou, sempre emputece. Não contou nunca pra Nhonhô que desconfiava. Quando Nhonhô ia toda noite na casa dela. Só disse que não sabia. Os olhos agoniados de Nhonhô, nunca que tinha coragem de contar. Mesmo antigamente sabendo. Só hoje é que deu o clarão, antes não sabia. Agora ia juntando os pedaços, atando as pontas, via o bordado. Tudo limpo, olho d'água minando clarinho. Por que não viu antes? Vendo como agora no clarão viu, tinha contado. Mesmo que Nhonhô matasse ele de pancada. Nhonhô às vezes era furioso, perdia as estribeiras. Não com ele. Mas no grande ódio de morte, mesmo com ele. Se falasse. Ela tinha armado tudo, bordadeira caprichosa. Ela mesmo é que embaralhou o jogo, via limpo. Nhonhô não era nenhum bronco que nem ele, preto boçal feito branco dizia. Mesmo de sangue misturado, filho das ervas, sem lei de água benta, tinham mandado ele pra Vila do Carmo, no Seminário da Boa Morte. Devia ter aprendido, não ensinaram? Ou ensinaram só ladainha, rezação? Não diziam que era padre que entendia das almas, dos esconjuros dos pecados? Mesmo Nhonhô não sendo padre, só o principinho dos estudos. Devia ter desconfiado. A gente nunca vê, paixão amarrada deita areia nos olhos. Feito dentro da bruma a gente não vê, nada, só as sombras às vezes. Se ele mesmo, de fora, não viu tudo clarinho, como é que Nhonhô ia ver, mergulhado nas brumas? Ele mesmo que não vivia em nenhuma bruma, senão o brumado da sua raça. Se ele tivesse ouvido o sangue, a fala vinda de mil anos, de eras mortas. Criação no meio de branco vicia, cega o olho escondido da gente. Ouça de branco é entupida, que nem derramassem chumbo dentro. Teria visto. Preto sabe tudo, basta esticar as ouças, escutar a escuridão. A mãe da gente, os orixás da proteção. Se a gente espeta um calunga dizendo que é o cujo que a gente quer acabar, de longe ele vai sentir, mesmo as dores vai purgar. O corpo de Nhonhô dependurado balangando na forca, na praça aquela vez. Agora diziam que Nhonhô estava morto, pra el--Rei. Foi o que matou Nhonhô, de longe ele sentia. Um calunga dependurado. O baque na goela, deve mesmo de longe ter sentido. A estremeção. Daí foi principiando a morrer. Até que agora ia acabar. Na agonia, na última agonia. Ele também podia acompanhar Nhonhô. Morrer com ele. Dar seu corpo de preto condenado.

Súbito, como se a voz noturna que acreditava agora morta e que o assombrara durante a noite, quando os dedos ficaram distraídos brincando no gatilho, entretidos no que podia repentinamente acontecer no faiscar do demo, mirando, tão fácil, Isidoro disse eu não vou morrer com nenhum branco! Merecem não, uma canalha só! Não vou morrer nem mesmo com Nhonhô. Vou brigar, secundou com medo de que o demo pudesse renascer na claridade do dia, aconselhando a matar. Não era mais cativo, estava ali é porque queria. Seu cativeiro era outro. Tentaria, não custava nada tentar. Começou a ouvir a primeira pancada de um sino. Uma pancada bastante demorada, redonda. Só pela primeira já sabia, esperava as outras para dizer. Tentaria, pela última vez.

Mesmo acordado, Januário continuava de olhos fechados, se protegendo da luz. Não queria ver a claridade, tinha medo de sair para a luz. Em plena luz veria tudo aquilo que tinha começado a ver no entressono. As coisas agora faziam sentido. As ligações, as raízes submersas vinham à tona. Tudo aquilo que não pôde, não quis ver. Tudo agora tão claro, instantaneamente. Só ele bobo não via. Tão fácil agora, antes não via. Mesmo Isidoro deve ter reparado. Preto danado de ladino. Um mina, meu filho, valorizava o pai a peça que lhe dera de presente. Isidoro só não teve foi coragem de dizer. Medo de pancada, medo ancestral. Mesmo sabendo que nunca tinha sido castigado por ele, só por seu pai. Medo do seu ódio.

Vindo das brumas, agora começava a ver mais claro. A verdade só germina na escuridão da terra, semente encharcada. Aqueles sonhos todos e lembranças. Quando não podia distinguir se sonhava, se apenas relembrava. Se já inventava o que ia acontecer, podia. Na escuridão às vezes pegajosa desses sonhos foi que começou a inchar a miúda semente. Uma semente já traz em si toda a árvore que vai ser depois. Para todo o sempre, amém. Feito é cego, antes de se cumprir, o destino dum homem. Mas que vive escondido na primeira semente. Súbito ele via para trás, desenovelando. E tudo fazia sentido. Um jogo cujas peças só agora, depois da revelação luminosa, era capaz de montar. Tão fácil, por que não viu?

Agora via claro, o jogo armado. Súbito viu. Agora se lembrava do que tinha visto de repente. Tudo o que tinha acontecido e ele não conseguia entender, se desvendava. Um desenho, a traça feita só para ele. Por que não tinha percebido?

Malvina é que tinha a ponta dos fios, a agulha, ele era um joguete nas mãos dela. Mesmo quando achava que ele é que decidia,

273

a ideia de Malvina é que comandava. Ele apenas fazia, ela é que maquinava. Partes com o demo, aquela mulher tinha partes com o demônio, via de repente com medo. As traças, o demônio vestido de gente, na pele de uma mulher. O demônio então existia, viu. Senão, como explicar aquilo tudo, as sequências desde o princípio, desde a primeira semente, se ajustando? Aquilo que antes não percebia e que agora era tão claro feito o sol nos olhos? Preferia acreditar no demônio a ver a maldade estampada na cara de Malvina. Como ela o adamava. O que tinha feito do poderoso potentado. João Diogo entre lençóis e colchas e fronhas rendadas. Aquelas roupas, na cama era feito uma velhinha faceira. Aquela mulher castrava, destruía quem dela se aproximava. Uma maldição pesando, desde sempre vindo, escrita para melhor se cumprir, sem nenhum esquecimento. Ele próprio se sentia mulher, os gestos amaricados, musicais. Começava a se aflautar, doce. Tinha ódio do que ela fez dele. Dele, de João Diogo Galvão. As pompas do nome temido, o passado tenebroso, tudo ela amaneirou. Todos tinham sido joguetes nas mãos diabólicas de Malvina. Só mesmo pensando no demônio é que podia entender. Sozinho não dava, a traça se confundia. Havendo uma inteligência, um jogador por detrás, compreendia.

E como agora via tudo tão claro, tinha mais ódio de si mesmo do que dela. Ele pequeno, uma menininha perto dela. Feito João Diogo, velhinha muito faceira vestida de rendas. Por que não percebeu? Desde o primeiro dia ela deve ter pensado aquilo tudo, maquinando. Um boneco nas suas mãos. Toda iniciativa era dela, mesmo quando ele é que pensava. De longe ela comandava. Feito ele quis de longe, com a respiração, dominar o sono de João Diogo. Ele apenas fazia, menino bem mandado. Mesmo o punhal, ela é que deu. Nunca tinha falado no punhal. Com certeza escondido na saia. Tudo conforme a sua traça, a maquinação do diabo. Ela dizia apenas que o velho morreria de susto, acordando. Pouca coisa teriam de fazer. Ouvia a sua voz, via os seus olhos subitamente escuros. Ele só teria de sufocar com o travesseiro. João Diogo voltando. Mesmo não voltando, pra terem a certeza de que o velho tinha morrido. Ela pensou aquilo tudo, nada deixou de lado. Mesmo aquilo que ele agora não sabia, aquilo que só ela conhecia. Aquilo que só mais tarde, na ressurreição, se saberia. Na hora de pedir as contas. Das menores coisas ela cuidou. João Diogo morreria de susto, fraco do coração. Mas trazia a arma, passou-lhe o punhal. Assim ficava bem claro, assassinato. O assassinato o que ela queria, não a mera morte. Só isso o que ela queria. Só a morte de João Diogo não lhe interessava, o plano era outro. Se ela quisesse apenas que o marido morresse, teria armado as coisas de maneira bem diferente. Não lhe falou da pistola junto da cama, pertinho da mão. Ela devia saber, sabia. Quem sabe ela quis que ele também, os dois morressem? Ficaria livre dos dois de uma vezada só. Sem sujar as mãos. Ou ela tinha engenhado as duas saídas, deixava ao azar, qualquer uma servia? Porque ela não avisou que ia apagar a vela. Deixava os dois decidirem. Ou o demônio? Deus é que não seria. Os planos de Deus são mais escondidos, a gente só vê é com o coração, antes ou depois de acontecidos. Do demônio é a inteligência, a ruminação da cabeça, quando as coisas todas fazem sentido. Como agora ele via, clarinho. Todo homem é macho-fêmea. Macho a cabeça, fêmea no coração. É no coração do homem, na sua banda escondida de mulher, que Deus deposita a sua semente. Um homem-só-cabeça é o demo, uma aberração. Ela uma aberração, de tanto que pensava, ruminava, traçava. Não duas saídas, quem sabe três ou mais? Na primeira João Diogo o matava, depois ela explicaria, ninguém igual a ela pra explicar. Ela encontrava de novo a sua paz nos braços do marido. Ou ela, depois que o marido o matasse, esperava que a própria emoção o desmaiasse e ela então mataria João Diogo? Não, ela não faria, outros por ela, sem ela mexer uma palha? Só o sopro na vela. Aquele segundo tiro que acreditou ouvir. Depois o outro, tinha certeza. Muita coisa só ela devia saber. Nela tudo era possível, via agora.

Tudo direitinho como ela cuidou. Ela deve ter pensado de trás pra diante, de diante pra trás, toda a trama que depois desencadeou. As coisas tinham mais sentido, agora qualquer um podia entender. O cofre das joias, para pensarem que tinha sido roubo. O cofre já preparado, feito o punhal. Não estavam nele as suas melhores joias, viu agora depois. A gargantilha de prata e coral, aquela vez.

Ninguém ia acreditar que pudesse haver qualquer coisa entre ela e ele. Ninguém sabia de nada entre os dois.

De novo a suspeita de quem sabe ela queria que João Diogo o matasse? Tudo nela era possível, como é que não viu? Com certeza não. Ela sabia que ele estava perdido. Cego de paixão, não via. Ele saltou a janela, ela gritou. Toda a figuração do roubo. A sombra de Malvina na janela iluminada, a última visão. Ela deve ter parado aí, aquela história toda de conjura era invenção do Capitão-General. Cego ele não via que Malvina o amava apenas com o corpo, a alma não era dele. Do outro, certamente.

Que outro? E um nome surgia das trevas prenhes de silêncio ameaçador. Aquele mesmo nome que o seu ciúme às vezes lhe segredava. Não antes, depois que fugiu, quando se lembrava. Como agora, espumando, na certeza. E ele não queria ouvir. Porque sabia ser verdade. Isso agora, antes não. Antes não tinha nenhuma certeza, tudo ainda muito nebuloso. Agora de repente se cristalizou. O nome se fazia ouvir. Gaspar, era dele que ela gostava com danação. Gaspar era igual a ela, ele não – mestiço, bastardo. Então não via? Sempre gostou, mesmo antes dele Januário aparecer na sua vida, quando os dois a cavalo. De tudo Malvina era capaz, via agora, não cansava de repetir, na monotonia da angústia, da solidão. Tudo viria a seu tempo, tudo ela traçou. O demo sabe é esperar. O demo sabe que o mundo é redondo, que o homem indo sempre em frente acaba voltando pro mesmo lugar. Era só ficar na porta esperando, o demo sabia esperar. Uma questão de tempo, mesmo ela deixando de maquinar. Gaspar e Malvina podiam até se casar. Havia impedimento, mas com dinheiro o que não se conseguia comprar! Um breve do Papa, conhecia alguns casos de parentesco até mais chegado. Vinha, era uma questão de tempo, de saber esperar. Ela sabia esperar, nunca se afobou. Mesmo na hora. Uma outra qualquer era capaz de tremer, de falhar. Ela não, esperava.

Às vezes voltava a não entender certos passos, não desconfiava de todas as intenções escondidas de Malvina. Diziam que Gaspar era virgem, devia ser malvadeza. Será que mesmo antes daquele dia, ela a cavalo, quando primeiro se viram, se devassaram com os olhos? Mesmo muito antes ela amava Gaspar? Agora não tinha mais nenhuma dúvida. A alma de Malvina era dele, de Gaspar. Aquela primeira vez, os dois a cavalo. O jeito como Gaspar o olhou. Quem é? disse ela interessada, pelo menos parecia. Era um mameluco qualquer, ninguém. Havia nos olhos de Gaspar mais que ódio. Aquilo doeu, doía. Olhar de desprezo, de quem se sabe acima, dono da situação. Como ele Januário era pequeno perto do outro. Perto dela. Ele tinha feito um triste papel. Gente de casta, feitos um para o outro. Os brancos se entendem, dizia Isidoro. Agora se sentia o último dos homens, quase um preto. Devia ter visto desde o primeiro dia, os dois a cavalo. Ela agora galopava, ria. O riso dela começou a doer fundo no peito. Um mameluco qualquer, ninguém. Como pôde acreditar que ela pudesse amá-lo? um mameluco. Bastardo, filho das ervas. Foi só o que faltou dizer Gaspar. Com certeza pensou, todos sabiam. Mas disse foi ninguém. Bastardo é ninguém. Não teve coragem de dizer. Não diziam bugre perto dele. Muito menos filho das ervas, filho da puta. Nem de brincadeira. Corda em casa de enforcado. Tinha fama de danado, coraçudo. Ninguém como ele na faca, nas brigas e desmandos. Ele era mais era um meninão. Quem sabe por isso o Capitão-General pensou...

De repente as coisas se confundiam, ele deixava de entender, em alguns pontos a traça ficava confusa. Será que Gaspar sabia de tudo? Não, era demais. A maldade estava toda nela. Feito fez com ele. Na surdina, passos em pantufas, gata esperta, veludosa. Não que quisesse se inocentar da morte do velho. Se sentia logrado, a ideia tinha sido dela, dele a mão. Gaspar não podia saber do caso dele com Malvina. Ninguém soube. Se soubesse as coisas teriam sido diferentes. De jeito nenhum que Gaspar sabia. Várias vezes topou com Gaspar. Gaspar nem notava o atrevimento com que ele o olhava, só pra experimentar. Ver se o outro sabia. Brincando com fogo, podia botar tudo a perder. Mesmo assim olhava afrontoso. Gaspar parecia nem notar. Ou encobria, disfarçado? Nenhum homem consegue ser assim tão matreiro. Acaba sempre reagindo, se mostra. Só mulher ou herma. Ela era muito embuçada, de mil folhas. Cebola, caramujo. Mulher, uma gata, muitas capas. Filha do sol, rainha. Filha do fogo, danação. Ronronava e mordia. Híbrida, monstro. Como os anjos danados, monstruosa. Como seus irmãos no corpo. Os pés de cabra escondidos. Com certeza por isso ela não emprenhava, não tinha filhos. Do velho, vá lá, mas e dele? Ele que já tinha filhos pelo mundo, que passou pra diante a sina que herdou. Filho das ervas, da puta. Na espera, ela, para gerar monstros. Gata, unhas, rainha. Ela ensinou e ele aprendeu na carne que ninguém ama uma rainha. Por que não viu antes? Agora aprendeu, nas entranhas. Ninguém ama uma rainha sem ter de pagar com a própria morte. Quando não a do corpo, a alma. Um zangão cuja razão de ser é fecundar a rainha, depois morrer. Matam, assassinam. Se ela tivesse emprenhado, teria sido morto. De qualquer maneira foi morto. Na alma, em efígie. Não ia agora apenas entregar o corpo? Feito se leva um menino ao batismo. Pra que ele viva. Depois de prenhe, devia ser morto, ela armou o mundéu. Quem sabe ela esteve prenhe? Não, só se disfarçou. Loucura, ela ficava nua, ele alisava a barriga lisinha, vazia. Aí a sua morte fazia sentido. Só os machos, só o zangão é morto. Um macho forte e coraçudo, se via agora feito criança, um bichinho. Uma mosca no melado, não podia escapar. Teria de esperar a morte lenta. Tinha sido a vítima, não o assassino que imaginou. Agora vinha, a agonia.

Quando da primeira vez, a cavalo. Devia ter pensado que aquele bugre vinha a calhar. Ele não fez mais do que obedecer direitinho tudo aquilo que ela maquinou, voltava à sua monocórdica repetição. Caiu no mundéu, na esparrela. Um menino, um menino perto da maldade dela. Zangão, ela rainha. A mulher e seus filtros. Tudo falso, mentirosa. Mesmo aquela carta chamando-o. Carta de engano, mulher enganosa. Tem gente que gosta de usar. Feito um gato esconde a mão, o mal feito. Gata e rainha. O ronronar quente do bafo no pescoço dele, quando ela em fogo, desvestida de rainha. O corpo nu brilhando na meia escuridão. As unhas na carne, cravava. Depois da carta com certeza mandou avisar o Capitão-General que ele voltava. O mundéu armado, ele não fugia mais. Não era impossível, porque se decidiu. Era a parca, vinha cobrar o que era dela, o corpo. Uma vez lhe contaram o trato que fez um homem com a morte. Ou era com o demo? Um trato enganoso, só pra conseguir riqueza. O homem sempre maldoso, diziam. No fim de alguns anos ela viria buscá-lo, levava. Marcaram data, ele esticou o mais que podia, ela nem se incomodava, o tempo todo era seu. Ela cumpriu a sua parte, o homem enriqueceu. Um dia foi chegou a hora marcada, tinha certeza ela não faltaria. Não faltou, veio. O homem foi se escondeu nos fundos da casa, pintou de carvão a cara, as mãos, os pés, tudo que aparecia. Ela ia pensar que era um preto, não era ele. Ela chegou perguntando quede ele, que eu disse que vinha buscar. Foi simbora, fugiu, disse o homem agora preto, no borralho. E você, preto? disse ela meio que rindo. Eu nada, disse ele. Faz mal não, disse ela. Pra não perder a caminhada, levo mesmo você. E levou. Ele se entregaria, daria o corpo. Cansado, já morto, pela metade. Ou era ela mesma falando com o Capitão-General? Ouvia a voz de Malvina. A fala quente no ouvido. Quem sabe não era com o Capitão-General? Diziam que ele gostava. Doideira, impossível. Os anjos danados, a escuridão. Não conseguiria nunca entender o lado escondido daquela mulher, as mil folhas. Tudo possível. Não, o Capitão-General não. Bobagem, cisma de alma carregada. Ela nunca tinha falado no Capitão-General, só por acaso. Quando ela contava vantagem, das suas idas ao palácio em dias de festa. Gaspar era mais possível. Só às vezes falava em Gaspar, e a voz parece que tremia, agora. Agora reparava a volta enorme que ela dava só para falar no enteado. Se lembrava com ciúme, o ódio impotente. Castrado, ele não podia fazer nada. Sim, nenhuma dúvida, Gaspar. Tão claro, por que não viu? repetia. Via agora. O pensamento circular, labiríntico, angustioso. Agora Gaspar podia desfrutar o corpo de Malvina, os seus segredos. Se é que já não desfrutava há muito tempo, mesmo antes.

Antes que pudesse afundar novamente nas suas brumas, na sua letargia, nas suas ruminações, no negrume do poço sem fim do tempo, só memória, o corpo transmudado na carne do tempo anárquico, deslizando no despenhadeiro, até à última agonia (quando estaria perdido, impossibilitado de fazer o que já tinha decidido), abriu os olhos e viu Isidoro de olhos vidrados nele. O brilho duro e indevassável dos olhos de um preto cativo, que tudo pode esconder, da ternura ao ódio esganado, a morte. Percebidos, os olhos instantaneamente se abriam, deixavam se devassar, se alagavam. E a dureza dos olhos amolecia num brilho úmido. Tanto podia ser véspera de lágrima sempre contida ou simples cansaço, não sabia, indormidos. Mesmo assim, não se deixavam ver, não mostravam o que havia atrás deles. Os olhos do preto como que perguntavam, não se davam mais outra vez, se recuperavam da momentânea fraqueza que os umedecera. O branco dos olhos era mais castanho e lustroso do que nunca, todo raiado de sangue. Os olhos aveludados de tanto não dormir.

Você me deixou dormir, disse Januário, e você não dormiu. Nos olhos de Isidoro uma sombra de ódio, uma nuvem esconde o sol, ensombrecendo. Eu não sou dono do sono de ninguém, disse o preto. Januário estranhou Isidoro, o preto assim desde a véspera. Muitas vezes o surpreendeu de olhos parados, opacos, duros. Se estava morto de cansado, que é que eu podia fazer? disse o preto. Eu é que não preguei olho esta noite, vigiava. Não foi o que prometi? É a última vez que eu vigio.

É, ele prometeu. Pela última vez. Se lembrou que Isidoro tinha mesmo prometido. A fala mansa de ontem à noite, sua conhecida. Hoje era uma dureza estranha, um timbre rouco, quase animal rosnando. Toda a noite passada, tudo aquilo da véspera, a conversa dos dois. Muito esfumado, coisa antiga de velha. Recuava no tempo. Há muitos e muitos anos é que os dois tinham chegado ontem de noite à cidade. Quis dizer ao preto não estou lhe cobrando nada, mas sentiu um cansaço enorme de ter de falar, depois do que tinha decidido fazer.

Você não dormiu, quantas horas acha que são, perguntou. Já passa muito das oito, daqui a pouco o sino da cadeia bate as nove, disse o preto. É, daqui a pouco eu vou, disse Januário. Tem hora marcada, perguntou Isidoro provocando-o. Olhou devagar o preto, começava a entender aquelas mudanças de brilho nos olhos. Viu de repente: Isidoro não era mais seu escravo, estava ali porque queria.

280

Um seu igual, companheiro. Tenho, eu é que marquei, disse. Nem você nem eles sabem. E a gente pode saber a que horas vai ser, perguntou o preto, e havia nos seus beiços um riso maldoso. Mas Januário não reagiu, não reagiria mais. Daria apenas o primeiro passo, tudo seria como tivesse de acontecer.

Você pode ir embora, não estou lhe prendendo, disse mansamente para o preto, sem nenhum rancor. Um cansaço terrível, uma tristeza de morte sufocando a alma. Não, disse o preto, vou esperar pra ver. Pode ser que na hora se arrependa, volte atrás. Aquilo que eu venho dizendo continua de pé. Pode desistir, disse Januário. Volto mais não.

Isidoro sabia que era verdade, tudo findaria ali. Iam se separar, dois braços de rio. Cada um no rumo de outros rios, em demanda do mar. Ainda faltava alguma coisa, por isso esperava. Alguma coisa ainda podia acontecer, ele não sabia o que era nem suspeitava. Esperava apenas, naquela fatalidade surda e aparentemente mansa dos homens de cor.

Me diga uma coisa, Isidoro. Só pra conferir com o que eu vinha pensando faz pouco, disse Januário vencendo mais uma vez o cansaço. Carecia de saber, o negro certamente não se negaria agora a lhe dizer. Você esteve com Malvina as vezes todas que me falou?

Não sabia por quê, passava a dizer Malvina e não siá Malvina, feito os dois fossem iguais.

Isidoro continuou mais mudo do que antes, do que nunca. Aquela mudez sombria, pesada e pegajosa que só os pretos sabem ter. Me diga, homem, pelo amor de Deus! É a última coisa que lhe peço, disse Januário com aquela humildade canina e envergonhada que só os mestiços sabem ter.

O preto ia falar, sentiu. Não, disse ele, só estive com ela uma vez, aquela primeira, depois que a gente fugiu. Por que não me disse? Por que me mentiu? disse Januário. Por não querer magoar, por cisma, por medo, sei lá! disse o preto. Pra ser franco, nem mesmo Inácia queria mais me ver. Se você tivesse me contado (Januário rebuscava possibilidades passadas), as coisas podiam ter sido diferentes. Não (Isidoro confirmava a imutabilidade fatídica do passado), não ia ser diferente. Tudo tinha de ser como foi. (E Tirésias reafirmava, revia e antevia a impossibilidade de mudar o passado, como se dissesse o passado é tão imutável quanto o futuro, só que o futuro é encoberto, somente os cegos, mergulhados no tempo sombrio, podendo ver as pedras de um jogo inconsequente e absurdo, jogado, na sua glória cruel, por deuses desatentos e vingativos.) O que ficou pra trás, pra trás ficou, disse Isidoro, e a gente não pode mudar. Só o pra frente, o que ainda vai acontecer. Pra depois que acontecer a gente falar que tinha de ser. Também o futuro não se pode mudar.

Era capaz do preto ter razão, pensava Januário aceitando e, sem saber, respondendo às indagações dos cegos, dos adivinhos, dos mensageiros, às advertências lamuriosas do coro invisível, ao desejo dos deuses. Pra que ficar afligindo ainda mais o coração? Não ia resolver mesmo nada, o que ficou pra trás, pra trás ficou.

Começou a ouvir um sino batendo muito longe, em longas pancadas sombrias e espaçadas. As pancadas já no fim, há muito estavam tocando, só agora reparou. Não podia saber o que anunciavam, apenas pressentia, pela tristeza redonda das badaladas. Você que entende de sino, que é que estão tocando, Isidoro?

O preto custava cada vez mais a responder, achando que só os olhos bastavam. A fala ia perdendo para ele qualquer serventia, só o silêncio contava. Não escutou antes? disse. Não, é a primeira vez, disse Januário custoso. O preto parece que vai rir, os olhos já riam. Não escutou mesmo antes? Ou escutou e não contou? É capaz de eu ter escutado antes, respondeu Januário. Não se lembrava. Não é a primeira vez, disse o preto a contragosto, não querendo ainda responder. É capaz de ir assim o dia inteiro.

Passado algum tempo, disse o preto agora vem a última. Preste bem atenção. Não sabe o que é, não contou. Eu contei, mesmo sem querer eu conto. São as sete pancadas compridas, muito espaçadas, como de costume. Mesmo eu falando, não sabe o que é? Parece brinquedo, meu branco, mas eles estão tocando é mesmo a agonia.

(E Tirésias sorria vitorioso detrás da sua cegueira.)

A minha agonia, pensou Januário, numa estremeção. Um calafrio correu toda a espinha, desde a nuca. Não, não era dele a agonia. De algum outro. Um outro também carecia de render a alma cansada, não conseguia.

Alguém está morrendo, disse Isidoro. As badaladas pedem ajutório de reza. Não custa nada rezar, é o que branco ensina pra gente. Eu mesmo rezava, agora não rezo mais não. Pra que o infeliz não sofra demais a agonia, os dedos da cadela.

Não sofrer demais, mergulhar no silêncio sem fim de Deus. Todas as coisas que vêm do fundo, antes delas vem o silêncio. Feito a cegueira dos adivinhos. O silêncio é a fala de Deus. A gente fica querendo ouvir a voz de Deus, não escuta o silêncio. Antes de dizer faça-se a luz, houve o sopro de Deus, o silêncio consagrando a terra. Ainda hoje, a gente querendo, na véspera da agonia, se ouve o sopro silencioso de Deus. E o espírito de Deus se movia sobre as águas. Era outra vez a voz sem timbre do leitor no seminário. E o espírito de Deus era o silêncio, reconheceu Januário na mais profunda e sentida humildade. E começou a ver, uma repentina paz o invadia, uma luz tão forte, por dentro e fora dele. Uma paz que era como a aragem mansa e perfumada.

Levantou-se e olhou Isidoro já de pé. Você vem, perguntou mais por perguntar. Como poderia perguntar quantas horas eram, ele que já tinha ouvido as nove soarem. Agora era indiferente, sabia que na hora mesmo estaria sozinho. Perguntou como uma despedida, em vez de dizer adeus.

Vou não, disse o preto. Daqui pra frente vou sozinho. Me afundo num sertão desses, sertão é o que não falta. Sei lá pra onde vou. Vai se encontrar com a morte de vez, mundo de branco acabou pra mim. Me desato pra sempre.

E Januário sentiu uma estranha alegria, todo o cansaço desapareceu. Na cara a aragem fresca do vento lambendo as folhagens, soprando as flores. Respirava fundo, e todo o seu peito era um campo de luz e de flores, esvoaçado pelo silêncio colorido das borboletas. Tudo macio, ele podia morrer. E uma ternura imensa, uma luz de alegria, começavam a jorrar dentro dele; um canto de nave, epifania de Deus. Tinha vontade de beijar a mão de Isidoro e, sem saber por quê, pedir perdão.

Você vai pra algum quilombo? Vai virar quilombola?

No timbre da sua voz, nas suas perguntas, toda a mansa e luminosa ternura que ele não era capaz de dizer. Quem sabe o Quilombo Grande, ia dizendo num conselho que valia por um carinho. Porque não era capaz de dizer o que queria mesmo dizer.

O preto guardou um longo silêncio. Os silêncios eram cada vez mais longos e pesados, só através deles Isidoro queria falar. Os olhos relumeavam enormes.

Tem Quilombo Grande nenhum mais não, disse Isidoro. Quem diz que ainda tem está mais é sonhando com alma do outro mundo, conversando com a banda de lá, na escuridão. Pai Ambrósio morreu faz um tempão de anos. Tempo de tudo é de todo mundo, não tem meu nem teu, se acabou, volta mais não.

Mas tem gente que ainda fala nele, disse Januário sem acreditar muito. Não queria deixar o preto sozinho no vazio silencioso da solidão. Dizem que Ambrósio não morreu, continuou querendo ver outro lume nos olhos sofridos do preto. Dizem que um dia ele volta com uma tropa de centuriões, muito mais de mil, que ele vive alforriando e arrebanhando no peito por esse mundão perdido de Deus.

Qual, disse Isidoro num riso repuxado. Basta fazer as contas nos dedos. Ninguém vive tanto assim. Tem Ambrósio mais não!

Dizem que Ambrósio não envelhece, a morte de Ambrósio foi mentira, invenção de branco, disse Januário repetindo o que tinha ouvido contar na senzala do pai.

Só se for um outro Ambrósio, aquele morreu, disse Isidoro começando a querer acreditar. Não, tudo isso é história, fumaça, invenção! A gente carece disso, é melhor isso sofrendo do que nada sem dor. A gente carece de fumaça, de ar, de azulidão. Pra poder aguentar a dor de viver. É feito esse rei dom Sebastião, que tem muito branco esperando até hoje. Se acha que ainda tem quilombo... disse querendo acreditar, já acreditando.

Tem, você mesmo sabe que tem, disse Januário.

O preto ruminava o seu grosso silêncio. Um boi pastava longe, contra o azul ensolarado do céu.

Sempre tem uns gatos pingados de fujões encafuados por esses matos, disse Isidoro. Isso nunca deixou de ter. É, é capaz de ter razão. Eu vou catar um quilombo qualquer por aí, ainda deve de ter. Até que a disgramada da morte venha buscar o que é dela de nascença.

É o melhor que você faz, disse Januário. Você tem uma raça que te espera, uma noite pra te abrigar. Eu não tenho raça nenhuma, sou que nem mula, manchado de geração. Me chamam às vezes de bugre, você sabe. Nem isso eu sou. Sou mais um puri esbranquiçado por obra de meu pai. Nem branco nem índio. Eu sou nada. Eu vou é ao encontro desse nada que eu sou.

O silêncio do preto era agora enorme demais, maior do que a noite da véspera, da noite que o esperava. Uma ou outra palavra avarenta, palavras miúdas e sofridas, arrancadas das entranhas do silêncio, era só o que Januário conseguia. Pelo que vejo, você não quer mais falar comigo, disse Januário sufocado.

O preto custava ainda mais a responder, como se tivesse mesmo de arrancar da carne as palavras. Nada disso não, falou. Que é então, perguntou Januário. Nada, repetiu o preto olhando o céu. Nada não, gritou Januário, e o seu grito ecoou longe. Isidoro encarou-o demoradamente, mais fundo do que nunca, nos olhos. O olhar do preto lhe varava a alma. Só com os olhos queria falar.

E Januário viu que uma coisa terrível, um silêncio ensurdecedor, crescia detrás dos olhos do preto. Fala, disse Januário pedindo, apesar do medo na alma, do que o outro podia dizer.

Eu falo agora pela última vez, foi dizendo Isidoro pausado e duro, feito ditando uma carta. (E Januário viu: de há muito ele não era mais seu escravo, os dois eram agora iguais.) Daqui pra frente me calo de vez em língua de branco. Só vou falar ioruba, língua da minha cor. Branco nenhum vai mais me entender. Podem me matar de pancada, bacalhau no lombo, pés e braços no tronco, que não falo mais língua de branco, de reinol ou paulista nenhum! Se não tem mais quilombo, eu arrebanho uns da minha iguala, faço um. Um quilombo tão grande que nem o do Ambrósio, do tamanho da minha nação.

Só preto igual a mim é que vai me entender! Só morto é que vão me pegar. Morro de trabuco na mão!

E como Januário tentasse ainda uma nova pergunta, o preto começou, entre uivos e gemidos, uma algaravia selvagem de sons guturais. Adeus mesmo assim, disse Januário sabendo que o outro não ia mais responder.

E foi descendo o morro, quase escorregando. Quando se voltou, viu o preto parado e mudo. A carabina segura pelas duas mãos, na frente do corpo. Toda a sua figura se recortava em pedra negra, contra o azul claro do céu. A cabeça levantada, o peito aberto, os olhos no além, parecia mais um guardião do templo, o porteiro e guia mudo da sua nação. Andou mais um pouco e tornou a se voltar. Isidoro tinha sumido de vez na luz. Agora ele ia sozinho, quase corria. Não se voltou mais para trás. Alcançou a rua, passou pela Igreja das Mercês.

A praça se abriu num lago luminoso. O ar faiscava em ondas sonoras, cheio de risquinhos de luz. E em longas ondas os sinos do Carmo voltaram a tocar a primeira das sete soturnas badaladas. Mas ele não ouviu, não podia ouvir. Mergulhado por dentro e por fora na claridade, cego por um facho de luz, ele avançava para a morte.

A praça cheia de casaquilhas azuis, os soldados sonolentos em pequenos grupos, sentados no chão ou apoiados nos mosquetes. Um menino que o reconheceu gritou alto olha ele aqui. Bem perto dele, e fugiu.

Januário foi descendo, descia agora vagarosamente. Os soldados olhavam para ele como se não acreditassem no que viam. Ninguém, porém, se mexeu, os olhos fascinados pela sinistra aparição.

Vamos, gritou um alferes rompendo a letargia. Agarrem o homem! É ele mesmo!

Januário finge que vai correr, ou vai mesmo correr. Queria ser morto de vez, não ia ser preso. Para um soldado mais afoito atirar. O soldado corre para ele, grita para. Januário não parou. O soldado é que para, atirou. Quase ao mesmo tempo: o estrondo, o baque na nuca. Januário caiu de borco no chão.

Os soldados correram para junto do corpo caído. Outro tiro, agora à queima-roupa. Mais outro. Chega, disse o alferes virando com a bota o corpo no chão, para que todos vissem a cara. E como um soldado pardo ainda fizesse tenção de atirar, eu disse chega, carece de tiro mais não! Está morto, olhem os olhos esbugalhados, a boca escumando sangue!

Dos quatro cantos da praça corriam soldados para junto do amontoado que se formou ao redor do corpo. Se afastem, gritou o alferes abrindo vau. Vocês dois aí carregam o corpo. Um soldado perguntou se devia ir na frente avisar que o homem morreu. O alferes fulminou-o com um olhar furioso. Bobagem, disse. A gente tem de levar é o corpo pra eles verem. Faz tempo que ele estava morto. Mesmo antes da gente atirar.

Este livro foi impresso pela Cruzado,
em 2022, para a HarperCollins Brasil.
O papel do miolo é pólen 80g/m²,
e o da capa é cartão 250g/m².